编 委 会

序

　　企业"企"字，人字当头，做好企业，首先就要做好人的工作，企业员工素质高低直接关系企业的兴衰成败。像燕山石化这样技术密集、文化独特的国有大型企业，不断加强培训，提高员工素质，打造卓越企业文化，对于国有企业更好地承担政治责任、社会责任和经济责任具有十分重要的作用。

　　燕山石化公司是中国石化集团公司直属的特大型石油化工联合企业。公司始建于1967年，是我国石化工业的摇篮。多年来始终坚持走内涵发展、特色发展之路，通过技术改造、科技创新，实现了高质量、高水平的发展，取得了令人瞩目的成就，为我国石化工业和经济社会发展做出了突出贡献。

　　这些成绩的取得得益于公司坚持"以人为本、人才强企"的发展战略，坚持以"员工与企业共同成长、企业与社会和谐发展"的核心价值观；得益于公司坚持把班组建设作为企业的基础建设来抓，坚持把班组长素质提升作为企业"三支人才"队伍建设重要工程来抓。公司现有员工2万人，技能操作人员近1.5万人，班组总数1500个，班组长1800余人。抓好了班组管理，企业管理就有了落脚点；抓好了班组长队伍建设，企业的队伍建设就有了坚实基础。

　　为了做好班组培训工作，公司教育培训中心加强班组建设科研工作，先后完成"燕山石化公司班组管理规范化研究"、"燕山石化公司工人班组长提高性培训教材开发"、"操作技能型人员继续教育教学教法研究"等科研课题；广泛开展班组长通用能力培训、素质工程教育培训、现场管理培训；分工种举办班组长专题研讨班、拔尖人才研修班、学分银行培训班；组织编写《中国石化班组长培训大纲》、深度参与公司"班组风采"展示大赛组织、定期开展公司班组长论坛活动，为燕山石化打造一支技能精湛、作风过硬、爱岗敬业、勇于创新的优秀班组长队伍积累了丰富的经验。

　　《明明白白当好班组长》一书，是燕山石化公司教育培训中心班组长培训项目组全体教师多年培训实践的智慧结晶。项目组通过大量的调研选择了班组长迫切需要破解的10个课题，从职场的角度，采用通俗的语言，选择鲜活生动的案例对这些课题进行分析举证，提出了具体的措施与办法，紧贴班组管理实际、紧贴班组长生活实际，可读性、实用性较强。该书的出版必将对规范班组建设，提高班组长的工作能力与技巧提供示范和借鉴作用。

　　我相信，通过加强班组长培训，以提升班组长综合能力为起点，不断引领技能操作人员素质提高，就一定能够进一步促进企业管理水平和产品质量不断提高，进一步增强员工的整体素质和竞争力，打造精锐工作团队，为企业的科学发展奠定坚实基础！

　　愿我们一起赢在起跑线上！

燕山石化公司副总经理

李刚

前言

随着经济全球化的不断深入，企业面临着更加激烈的市场、资源、技术、文化和人员的竞争。加强班组建设，强化班组长培训，全面提升班组长的素质与水平是企业立于不败之地的根本。

班组管理是企业管理的基石，是企业核心竞争能力的体现。提高班组工作水平和班组长的管理水平，建设"技能型、管理型、效益型、创新型、和谐型"班组，对于企业更好地承担政治责任、社会责任和经济责任具有十分重要的作用。

班组长是企业生产经营管理的第一线，是班组管理的直接指挥者，也是推动"五型"班组建设的关键。班组长的素质和能力直接决定班组建设的成效。做好班组长培训工作，切实提升班组长的知识、技能和综合素质，是企业面临的一项紧迫的任务，也是适应经济全球化竞争的关键所在。

为了推动企业班组建设，为班组长提高自身素质搭建重要平台，我们在不断地研究和培训中，通过大量调研，从制约当前班组建设的诸多问题出发，选择了角色认知、"三基"管理、班组规范化建设等10个课题进行研究，采用通俗的语言，筛选贴切的案例对这些课题进行分析举证，编写了这本书，力求使班组长能够看得进、学得懂、用得上。

本书可作为班组长开展工作的工具书，也可作为班组培训的实用教材。希望本书出版能给企业的班组建设提供一点有益的思路和办法；能给从事班组长培训工作的组织者提供一本贴近企业实际的资料和案例；能给在岗或者即将上岗的班组长提供一些解决问题的技巧和技能。

参加本书编著的有：谢景山、李粤冀、孟军、李悦、金铁创、石春芳、王艾勤、郝凤。在本书成稿过程中得到燕山石化公司李刚副总经理的鼓励与关怀；得到燕山石化公司副总工程师、人力资源部部长李立新的指导和支持；同时燕山石化公司工会、燕山石化公司运行保障中心、燕山石化公司铁路运输部等单位还为我们提供了大量的资料，在此表示衷心的感谢！

尽管愿望很好，但由于编者水平和阅历的限制，书中肯定还有很多问题，恳请广大同行和读者批评指正！

编著者

目录

模块一

角色认知

　　每个员工在企业中都扮演着各种各样的角色。作为一名班组长，你对自己所扮演的角色了解吗？你知道这个岗位应当担负什么样的职责，应当具备什么样的素质与修养吗？

　　人生需要成功，成功始于规划，成于行动。只要认清自己的位置，扮演好自己的角色，怀着强烈的成功愿望，忠诚于企业，精心工作，就一定能够走向成功的彼岸。

班组建设

　　小王毕业于名牌大学，由于生产技术好，工作两年就被任命为甲班组班长。上任前，车间主任叮嘱小王：你技术一流，年轻有闯劲，一定要尽快熟悉班组管理业务，抓好安全，带好队伍……小王领了任务，走上了班长岗位。上任伊始，他制定了一系列班组管理制度，并带头严格执行。用他的话说，叫作严惩立威，责罚立信。可事与愿违，半年过去了，他所带领的班组业绩依然平平，期间还出了一起安全事故，车间扣了班组每个成员的奖金。在每月车间班组成本竞赛中，班组的成绩也不理想。班组成员士气低落，怨声不断，小王也觉得没有完成领导交给的任务，于是写了辞职报告，到乙班组当一名普通操作工。他认真总结经验，一方面苦学操作技术，苦练技术本领，一丝不苟地干好本职工作，一方面研究班组管理方面的书籍，还仔细留意优秀班组长的"治班之道"，车间也有意识派他参加公司组织的班组长培训班。经过一段时间的思索，他逐步悟到：班组长既要懂技术，还要会管理；既要管事，还要管人。只有把班组的方方面面事情协调好，才能管好事，班组的各项任务才能完成；只有把班组成员的积极性调动起来，才能凝聚大家的智慧，营造和谐班组，创造性完成任务。一年后，他再次被任命为丙组班长，上任后，小王一头扎进班组里向班组成员学习，了解他们的思想，征求他们的意见和建议。通过摸索，小王总结出了"一个坚持、两个结合、三个带头、四个加强"的有效班组管理方法。一个坚持：坚持做到落实规章制度不走样，确保生产装置"安、稳、长、满、优"运行和生产任务及各项经济责任制指标的完成。两个结合：在班组管理上，要结合班组工作实际，做到责任明确；要结合副班学习，抓好业务技术培训和岗位练兵活动，不断提高班组成员的业务素质。三个带头：带头以铁的纪律建"班"，操作规程一丝不苟、安全隐患一点不放、生产指标一点不松、产品质量一分不让；坚持以浓厚的学风建"班"，学习政治定时间、学习技术挤时间、学习业务抢时间、互帮互

学随时间；坚持和谐理念建"班"，工作有困难重点帮、学习有困难专人帮、家庭有困难集体帮、生活有困难互相帮。四个加强：一是加强团结；二是加强思想工作；三是加强岗位练兵；四是加强民主管理。

经过小王的不断努力，该班组发生了巨大变化。不仅经济指标不断提升，人员素质不断提高，小王本人被授予技术能手称号，而班组也光荣地被评为"工人先锋号"。

问题导向 ▶▶▶

- 班组和班组长的地位和作用有哪些？
- 班组建设的主要内容有哪些？

案例分析

班组长是生产者，但不同于一般的生产者；班组长是管理者，但不同于普通的管理者。优秀的班组长首先应该技术过硬，但是技术过硬的工人并非合格的班组长，其角色转变，必须经过学习和锻炼。

班组长作为最基层的管理者，既要严格管理，更要有情操作。各项措施必须得到班组成员理解，否则小王刚开始出现的处境就在所难免。

班组长作为管理者，必须做到既要管人，又要理事。只有把班组事务沟通协调好，才能担当管理者职责。小王在丙组提出"一个坚持、两个结合、三个带头、四个加强"的管理模式值得班组建设借鉴。

班组长既是管理者，又是被管理者；既是士兵，又是政委。班组长要清醒找准自己的定位，主动完成角色赋予的权利、责任和使命，协调好企业、员工两者的关系，促进班组和谐发展。

读书札记

一、班组与班组建设

班组是企业根据劳动分工、协作、管理的需要，把相同工种、同一工序或相同职能的人员组织在一起从事生产（经营、管理）活动的基本单位。

班组大致可分为：生产班组、辅助班组、职能班组、服务班组。其特点是规模小、管理全、分工细、任务实。班组建设的基本要求是：组织好生产劳动；班组长要懂技术、会管理，能从事一定的技术革新和技术开发；能进行一定范围的经营活动；服务班组要提供优质服务。

班组是企业这个大厦的基石，犹如人体的细胞，是企业最基层的劳动组织，是企业的基础，也是员工每天工作和学习时间相对较多的场所。班组长是基层工作任务的主要指挥者和承担着，他们的肩上承载着管理者、技能操作者等多重责任。

1. 班组与班组长的地位和作用

班组在企业中具有重要的地位和作用，现代化企业的生产经营、民主管理、技术进步等

均要在班组里落实。因此，班组管理的状况影响着企业运营的好坏，每一个班组的精神风貌折射出企业的整体形态。身为企业基层管理的领头兵——班组长既是企业生产管理的基层领导者，又是企业民主管理的关键人物；既要担当企业生产第一线的指挥员，还要做好班组成员的政治思想工作。其重要性更是不容忽视。所以，人们总是这样形容班组长："是司令，是政委，也是战士！"

2. 班组建设

为了提高班组成员的整体素质，优化班组的生产力配置，充分调动班组成员的积极性和创造性，科学、合理地组织生产，维护安全、洁净的生产环境，保质、保量地完成各项生产任务，必须搞好班组建设。

班组建设必须以企业的生产、建设任务为中心，以企业的条例、规章制度为准则，以建设"四有"（有理想、有道德、有文化、有纪律）的职工队伍为目标，为社会主义物质文明、精神文明和政治文明建设服务。

二、班组建设的特点

1. **群众性**

班组每个人都有自己的生产任务，都是生产者，班组管理的职责又都是由班组工人自己承担。因此，班组的管理是工人自己对自己的管理，是群众集体的管理。因此班组建设要充分发扬民主，充分调动每个职工的积极性，使他们自觉地完成班组所承担的生产任务和管理任务。

2. **直接性**

班组是企业从事生产活动的最基层组织，班组管理者对被管理者，是面对面的直接管理。同时，管理者又是被管理者，在某一方面是个管理者，在另一方面，又是一个被管理者。班组管理的直接性，容易引起管理者同被管理者之间的直接矛盾，因此，要求班组成员要有强烈的集体荣誉感，要求被管理者自觉服从管理。管理者既要敢于管理，又要讲究方式方法，尽量创造一个团结友爱的工作环境。

3. **多元性**

"上边千条线，下边一根针"，企业的各种管理活动最终都要落实到班组，而班组又没有脱产管理人员，因此，班组的主要管理者——班组长是很重要的。这就要求班组长有较好的组织领导能力，要善于调动群众参加管理的积极性，把班组各项管理工作落实到每个人，共同做好各项管理工作。

三、班组建设的主要内容

班组是企业细胞，班组建设是企业基层建设的重要组成部分，是一项综合性和群众性很强的基础建设工作，它包括班组的思想建设、组织建设、民主管理和劳动竞赛。

1. **班组的组织建设**

班组的日常生产和行政工作由班长统一指挥，并建立以班长、工会组长为主的班组核心，班组的重大问题应由工会组长召集班组民主会，广泛听取班组成员的意见，最后由班长根据大家讨论结果进行决定。

班长的产生可采取车间（队）任命或班组成员民主选举，也可以先民主推荐，后车间（队）任命。

每届班长任期一般一至二年，期满后，根据工作业绩和考评情况，车间（队）要提出连任或更换的意见，一般情况下，班长要保持相对的稳定，不称职的要及时更换。

要坚持每年通过不同形式轮训班长，提高班长的思想、管理水平，同时要注意培养班长

后备人才。

2. 班组的思想建设

班组思想建设的主要任务：宣传党的路线、方针政策，教育职工热爱本企业，热爱本职工作，努力完成各项生产工作任务；教育职工正确处理长远利益和眼前利益的关系，集体利益和个人利益的关系，全局和局部的关系，树立顾全大局、大公无私的优良品德；教育职工遵章守纪，服从分配，听从指挥，培养大生产意识。

班组思想建设的主要方法：认真组织班组政治学习和政治活动；经常讲评班组好人好事，批评不良倾向，定期召开民主生活会，开展批评与自我批评；经常分析职工思想动态，定期开展家访谈心活动，做好后进职工的帮教工作，做到解决思想问题不出班组；抓好班组生产和劳动竞赛中的宣传鼓动工作；开展争先进，学先进，赶先进活动，充分发挥先进人物、党团员的骨干带头作用。

3. 班组的民主管理

班组的民主管理是在班长领导下，由工会小组长具体组织职工实施。

工会小组长的职责：配合班长抓好班组的思想政治工作；组织职工抓好班组民主管理，开展各种形式的社会主义劳动竞赛；组织班组的业余政治、文化、技术学习和文体活动，开展读书自学活动，协助班长做好班内的生活福利工作；主持召开班组民主生活会，正确开展批评与自我批评；做好本班组新会员的发展工作，按时按数收缴会费。

班组民主管理的主要内容：班组长每月向班组成员通报关于工作的计划、总结，组织讨论完成生产、科研、服务的措施、办法，做到生产任务、管理措施、考核奖励等班务公开；能民主讨论制定和落实班组各项规章制度；能民主讨论决定班组奖罚原则、考核办法和奖金分配方案；发动职工开展合理化建议活动，按上级要求上报并根据情况督促实施；民主选举工会小组长，保证工会小组活动有生气。

4. 班组的劳动竞赛

广泛开展班组劳动竞赛，是推动班组建设的重要措施。班组劳动竞赛在车间领导下由工会分会具体组织，以完成班组生产、工作任务为根本目的，以提高班组管理水平为重点，以各项基础资料为依据，赛班组建设的水平，比班组建设的成果。

班组竞赛的主要形式分为红旗班组竞赛、优秀班组长竞赛等。

红旗班组竞赛是以红旗班组条件为依据，通过竞赛促使班组改进队伍思想作风，提高管理水平，更好地完成各项生产、工作任务。竞赛分三档：文明班组、先进班组、红旗班组。按照班组竞赛考核内容和分工，每年检查验收一次，由车间组织检查验收文明班组，推荐先进班组；各厂（院、公司、事业部）组织验收命名先进班组，推荐红旗班组；公司组织验收命名红旗班组。

优秀班组长竞赛以优秀班组长条件为内容，以提高班组长的思想水平、管理水平和工作能力为主要目的，共分两个档次：即先进班组长、优秀班组长。由各车间考核推荐，各厂（院、公司、事业部）验收命名先进班组长，推荐优秀班组长，公司验收命名优秀班组长。

开展以提高产品质量、安全生产、增收节支、降低消耗等为内容的各种形式的小指标劳动竞赛。

班组长的角色认知

情景1

小刘是厂里的工人技术骨干，为人老实厚道，多次在公司电工比武中名列前茅。电工班老班长退休后，车间领导任命小刘为电工班班长。

小刘平时话不多，好钻研，电工方面的技术问题很少能难得倒他。担任班长后，小刘更加任劳任怨。不管是电气设备检修还是运行线路的维护，每天从早忙到晚，手脚不得闲。

平时他和领导、同事们的话也很少。车间调度会他很少发言，班前会也只是简短几句布置一下任务。私下里和领导、班组成员几乎没有什么来往。班组成员身体不舒服，家里有什么事，情绪有什么波动等问题他很少、也没有时间能注意到。

他认为班长最重要的是以身作则，带头完成各项工作任务。

情景2

经过一层层激烈的角逐，小张终于如愿以偿，成为钳工班班长。

为人严谨的小张认为班组管理的关键应该是制度管理。只要健全班组各项管理制度，严格考核，公平公正，人们自然会心服口服，班组管理也会井井有条。

上任伊始，他就细化了班组各项管理规定，并将考核结果与当月奖金挂钩。于是，小张一发现违纪现象就绷起脸来，严加训斥。结果，在一个星期之内，班里16名工人被张军训斥了10名，并对3名实施了经济处罚。

这样一来，大家对小张的意见很大，有人见到他就气鼓鼓的。班里以前和小张关系不错的哥们儿，也对他"敬而远之"了，小张成了孤家寡人。

情景3

质检班长周姐是个热心人。班里谁家有个大事小情，她都能照顾得到，哪个身体不舒服，她都像老大姐一样关心照顾。还经常做些好吃的，拿到班上和大家一起分享。和同事朋友相处，她从不计较个人得失，活干在前头，荣誉、奖金拿在后头。论人品，没二话，班长周姐是个好人。

周姐还有一个特点就是：对领导言听计从，领导安排什么，她马上向大家布置什么，自己从没什么想法。一旦大家提出异议，她马上便说："领导说了，就照这样执行。您照吩咐做了，出了差错领导不会怪您，您如果不照这样做，出了问题您得自己担着。"大家听了觉得有道理，也就不再说什么。如果有了不明白的地方，就不再问她，而是直接请示主管主任，因为大家知道跟他说了也没用，她还得去请示领导。

令周姐苦恼的是：她发现班里有个别人直接跟她"顶牛"，不再服从她的指挥，有什么事也不跟她商量，直接找主任。她的"无能"渐渐被传播开来，以至于其他原本"听话"的下属也开始不拿她当回事了。

情景4

老赵任司机班班长十多年了。由于工作认真负责，待人热情豪爽，和老老少少各级领导的关系都处得不错。

对年轻司机，老赵更是像家长一样关心、照顾，即使他们工作中出现一些纰漏，凭老赵里里外外的关系都能给遮掩过去。小伙子们服他，也怕他。在司机班里，不管是工作分派还是车辆管理，老赵说一不二，他的话有时比领导还好使。

司机们私下也嘀咕，这司机班也不能没有章程。跟老赵关系好，什么事都好办；把老赵得罪了，领导也得说好话。

问题导向 ▶▶▶

● 班组长有哪些职责和权益？
● 班组长如何认知和定位自身的角色？

案例分析

小刘不是个称职的班长，倒是个地道的劳模。虽然班组长作为生产最前线的指挥员，有危险、有困难应该冲在最前面。但作为一名基层管理者，班组长的主要职责应该是组织调动班组成员共同完成工作，而不应该自己埋头做业务。否则，即使有三头六臂，也不见得能完成班组工作任务。

小张严格管理本意没错，但工作方法过于简单和生硬，又带有明显"官"的作风。人是有思想、有感情的，不能用对待机器的方法来对待人。管理和被管理者本来就是一对矛盾，稍不注意就会引起不满和对抗。更何况班组长不同于厂长、车间主任，每天必须和工人摸爬滚打在一起。所以，一定要注意管理的方式、方法，让员工感觉您是在帮他，为他好，从而自觉服从管理。

周姐是个好人，但不是个好班长。大家对她的不满和"背叛"是早晚的事。作为一班之长，对班组工作一定要有自己的想法和思路，而不能只做上级的传声筒。唯有如此，才能征得大家的信服。

老赵是典型的哥们义气型的班长。他的工作积极性往往仅来自于谁瞧得起我，谁看重我。工作中凭义气、凭感情用事，缺乏原则性与稳定性。实际上相当于非正式群体的小头目。

一名班组长，要扮演好自己的角色，不是一件容易的事，但也不是一件难事，关键在于是否有角色意识，有了这种角色意识就有了演好角色的前提，余下的就是能力的问题。如果这所有的角色都演好了，他离成功的目标就不远了。

读书札记

一、班组长的角色定位

班组是企业的最基本单位，班组长被称为兵头将尾，是最基本单位的掌门人，因此，班

组长只有认清角色定位，才能在实际工作中发挥自己的作用。

1. 班组长的职责

负责向班组员工传达上级指示精神和工作部署，负责向车间请示汇报班组工作，做到上情下达，下情上传。

负责指挥班组的生产，开好班前班后会，协调工序、岗位、班组之间的关系，及时组织处理生产过程中的问题，确保安全生产。

负责实施班组经济责任制规定的内容，做好对本班组职工的考核工作。

负责检查督促职工严格执行厂规厂纪和车间、班组的各项规章制度，完善考核办法和各项措施。

及时掌握班组人员的思想动态，发动班组骨干做好班组思想政治工作，调动各方面的积极因素。督促和帮助工会组长、团小组长等落实各项管理工作。

2. 班组长的权益

班组生产及各项工作行使统一指挥权。

在紧急情况下，对不属自己职权范围内而又需立即处理、决定的生产、行政方面的问题，有临时处置权，但事后必须立即向车间和有关主管部门报告。

在厂、车间规定的范围内，征得车间同意，班长有制定本班管理制度的权利，有对本班工人工作的调配权。班长对班内职工的病假、事假有一天以内的批准权。

违法乱纪、扰乱工作秩序或在工作上造成后果的职工，班长有权批评教育，扣发奖金，情节严重者，在征得车间同意后有令其停职检查的权利。有建议上级给予行政处分的权利。

分配到班组的奖金，班长有权按《班组奖金分配办法》作二次分配。对职工技术业务考核、晋级等工作有权提出建议。

对生产（工作）中严重失职或瞎指挥的行政管理人员，有权提出批评或向上级反映情况，对严重危及设备和人身安全的违章指挥，有权拒绝执行。

班长在任职期间应享受本单位规定的有关经济待遇。

二、班组长角色

马克思社会学的理论告诉人们：角色是和一定社会位置相联系的行为模式，是占有某一位置的个人、团体应有的行为表现。所以，说角色是指个人具有某种职位后的行为身份，体现一个人在组织中的地位，反映了其相应的权利、义务、权力和职责。简单地讲，当某个成员在特定的职业岗位上工作时，便充当着特定的职业角色。角色行为必须遵循组织对其成员所期望的一系列行为规范，组织的正常运作有赖于组织内部的每个成员自觉、出色地履行自己所承担的工作角色，完成自己的角色任务。不同的角色有着不同的行为规范和表现要求。根据以上分析，我们认为班组长应充当下列三种角色。

第一，面对部下应充当代表企业经营者的角色；

第二，面对经营者应充当反映部下呼声的角色；

第三，面对直接上司，应充当部下同时也是参谋助手的角色。

这里所说的三个角色，是指作为基层管理者的班组长在接受某一项任务时，必须向三种人负责任：第一就是厂长（经理），从隶属关系来说，班长就代表厂长（经理）完成所分配的任务；第二是车间主任、科长或主管，作为班组长必须全力完成车间主任、科长或主管交办的任务，从隶属关系来说，班组长是由他们任命的，所以完成车间主任、科长或主管交办的任务是向他们负责的具体表现；第三要向组员负责，作为班组长必须代表组员的利益，反映组员的正当要求，解决组员的实际困难。作为班组长只有具备了向三种人负责的精神，通

过自己的创造性工作，把三种人的利益融合在一起，才是班组长应有的立场。

三、当好班组长角色的修炼

1. 面对下属

班组长向部下下达工作命令和工作要求，必须让其执行。对于不服从这个命令和工作要求的人必须提醒注意，如果还不服从，则必须予以惩罚。

班组长拥有这种权限，是因为对部下来说，他站在代表经营者的立场，向从业人员下达命令和工作要求的权限是根据该从业人员和企业之间签订的劳动合同关系确定的。就是说企业要求从业人员进行一定的工作之后就负有支付相应工资的义务；从业人员完成所交给的工作责任之后，换来了拥有领取合同所规定的工资的权利。

根据这个合同代表经营者直接下达工作命令和工作要求的是班组长。班组长和部下的关系不是个人自己或私人朋友的关系。因此，班组长不可忘记本来应有的立场，不能以个人的利害关系或感情来左右命令和工作要求。

凭感情用事的班组长，在大多数国有企业里普遍存在。这些班组长认为，我之所以能当上班组长是车间主任或科长看重我而提拔的，因此，只能对车间主任或科长负责。这种"哥们义气"的思想，在某些时候，能对工作起一定的作用。有时候还能完成较难的工作任务。但从长远的观点看问题，这种谁提拔我，我就为谁干的工作积极性不会长久。如有一个企业的某个车间主任，在任期间聘任了几个"铁哥们儿"当班组长，工作的确干得很出色，时间一长，车间主任流露出一种得意的感觉，对上级夸夸其谈自己手下的班长如何如何能干。被他聘任的班长也夸夸其谈车间主任会用人。有一年这个车间领导班子因工作调整：车间主任调走了，他聘任的几个班长积极性锐减，而且想辞职不干，结果给工作带来一定的损失。这个例子说明，凭感情用事的班组长，不是一位好班长。当然他领导的组员，也一定会时起时落。所以，在选拔使用班组长时，一定要用德、才、体标准去衡量，去教育。

2. 面对上级

既要站在部下的立场，按照上级命令和工作要求行事，又要发挥好参谋助手作用。班组长天天接触下属，是最理解他们的愿望和情绪的，所以，有必要向上反映下属的愿望和意见，为他们提供最真实、最直接的信息，供他们决策参考。可以说，班组长是连结上级和班组成员的关键人物，是站在两者的连结点上。在企业里，越能向上反映下面的意见，把上头的方针让下面吃透、理解的，越能提高全体员工的工作热情和积极性，越能取得更大的成绩。

3. 面对自己

班组长要扮演好被管理的角色。一些班组长往往有这样的情况：把本班组工作做得很好，然而却与其他部门关系紧张，与其他班组搞不好关系。其原因就是没有演好被管理者的角色，或者说他自己根本就没有意识到自己是一个被管理者，就是说他没有被管理者的角色意识。尤其是重要班组的负责人，这些班组长通常手里有绝活，技术水平较高，因此他们总认为自己功劳最大，最重要，不服管，甚至不服车间主任或科长的管理。其实，这种人就是缺乏角色意识。如果您是一位想成就一番事业的人，如果想把自己的班组打造成一流班组的人，如果想使自己的下属个个都是精兵高手，那么就要培养起自己被管理的意识，扮演好被管理者的角色。只有如此，您才可能是个出色的管理者，您的职业生涯设计才能实现，您的人生道路才会越走越宽。

其次，扮演好被领导者的角色。在实际工作中往往有这样的情况：有的班组长有很好的群众基础，也就是说，不但本部门的人说他好、拥护他，而且周围的人也说他不错。大家提起他都夸他好。可为什么他就是升不到更高一级的管理岗位上呢？也许好人的优点他都有

了，群众拥护，同事说他好，平级的人都夸他不错，可组织部门却对他另有看法。原因就是这样的班组长缺乏被领导的意识，他经常我行我素，凭借自己有技术专长和人缘较好，不尊重上级领导，有时不把上级放在眼里，时常在背地里说领导的坏话。这些不良现象他不仅不认为是错误的，而且还向下属和同级别的人炫耀，因此他得到了一部分人的拥护，受到了其他班组长的称赞（其实有时候这只是表面现象），与此同时，领导对他却有看法。试想，这样的人谁敢重用，哪一个领导愿意重用。

四、班组长的素质要求

随着信息技术的迅猛发展，越来越多的企业进行组织变革、流程再造。机构专业化、组织扁平化、管控一体化、联系网络化、形态虚拟化已成为现代化企业适应内外环境的必然要求。例如班组结构日趋精简、班组成员流动性加强、班组成员学历层次大大提高等，这些都要求班组长必须由技能型转向智能型发展，从而对班组长的综合素质提出了更高的要求。

班组长不仅应具备过硬的技术水平，同时还要具备良好的心理调节能力、崇高的职业道德，要不断提高自己的思想、技术、业务、文化等多方面的素质，成为一名现代化企业称职的班组长。

要提高班组建设水平，关键是选拔和培养具有一定文化程度、年纪较轻、责任心强、技术熟练、会管理、能够团结人的员工担任班组长。面对企业组织的快速变革，班组长应做到以下几点。

① 能够坚持原则，敢于管理，作风正派，办事公道。

② 有一定的组织协调指挥能力，能充分利用班组现有生产条件，带领班组员工完成各项生产任务，实现计划目标，创造最佳效益。

③ 有一定的生产实践经验，会管理、懂业务，具有与生产操作要求相适应的技术技能。

④ 善于团结同志，会做思想工作，并能以身作则，关心班组员工的合理需求。

⑤ 具有不断适应企业变革的理念，有勇于改革和不断开拓创新的精神。

⑥ 具有一定的文化水平，掌握一定的现代化管理方法和相应的知识。

简而言之，一个称职的班组长应具备以下条件：

事业心强，认真负责，严以律己，身先士卒；

坚持原则，作风正派，办事公道，善于管理；

熟悉生产，精通技术，精心组织，合理安排；

协调关系，化解矛盾，团结互助，身体健康；

民主管理，待人真诚，动之以情，晓之以理。

职业生涯设计

 案例3

试试看

1. 自我评价

（1）我的人生价值是什么？＿＿＿＿＿＿＿＿＿＿＿＿＿＿＿

（2）我的人格特质是什么？ _____

（3）我平生最感兴趣的事情是什么？ _____

（4）我现有的技能和条件有哪些？ _____

2．自我探索

从上述自我评价中找出自己可信、可行的职业生涯方向。

_____

3．锁定特定目标

给自己设定一个值得而且愿意付出时间去完成的目标。

_____

4．职业生涯策略性计划

（1）为什么这个目标对我而言是最可能实现的目标？

_____

（2）我将如何达成这一特定目标？

_____

（3）我将分别在何时进行上述每一行动计划？

_____

（4）有哪些人将会或应当加入这一行动计划？

_____

（5）对我而言还有什么不能解决的问题呢？

_____

问题导向 ▶▶▶

- 我想往哪一路线发展？
- 我能往哪一路线发展？
- 我可以往哪一路线发展？

 **案例分析**

在现代西方的词语中，"职业"含有一个与宗教有关的概念：上帝安排的任务。

人生的意义究竟是什么？工作自身，成为人实现人生目的的惟一方式。蜜蜂的天职是采花造蜜，猫的天职是抓捕老鼠，而做好本职工作可谓是人的天职。子曰："在其位，谋其政"，可以说人的信仰就是职业本身。

"生涯"一词，具有人生经历、生活道路和职业、专业、事业的含义，就是有关一个人一生中活动的连续经历。人的一生大多伴随着职业生活，因此，职业生涯是人生全部生活的主体。

职业生涯即事业生涯，是指一个人依据理想的长期目标，所形成的一系列工作选择，以及相关的教育和训练活动，是有计划的职业发展历程。它是一个人一生的工作经历，是连续从事和负担的职业、职务、职位的全过程。个人的职业生涯管理是以实现个人发展的成就最大化为目的的，通过对个人兴趣、能力和个人发展目标的有效管理实现个人的发展愿望。职

业生涯包含了一个人的人生奋斗目标和生命的价值。

　　个人的事业究竟应向哪个方向发展，一生要从事哪种职业类型，扮演何种职业角色，都可以在之前做出设想和规划，这就是职业生涯设计。职业生涯设计要在对自己职业生涯的主客观条件进行测定、分析、总结研究的基础上，确定自己最佳的职业奋斗目标，并为实现这一目标做出行之有效的安排，付之努力。

读书札记

一、重视职业生涯设计

人的一生必须为自己的职业做出三项重要的决定：

您将以什么方式来谋生？

您将朝什么方向发展？

您将以什么样的态度工作？

您能回答吗？

1. 新型职业生涯呈现的特点

　　在传统意义上的职业中，员工被动地接受培训、工作轮换等，"知道怎样做"是非常关键的。新型的职业生涯概念赋有变化。现在人们除了要"知道怎样做"之外，还需要"知道为什么做"和"知道为谁做"。当然，也可以通过选择"为谁做"、"为什么做"而进一步确定"怎样做"。

　　新型职业生涯的特点主要体现在以下三个方面。

　　① 职业生涯计划的目标是为获得心理上的成功。即通过科学地规划、积极地工作来获得自豪与成功的体验。

　　② 员工要不断开发新的技能，而不是仅仅依赖一成不变的旧知识。知识更新是企业为了适应产品需要、客户需要的变化而必须满足的要求。原有的知识老化了、淘汰了，需要作为企业员工的个人不断去学习和掌握新的知识和技能，以适应社会、企业和个人的三重发展需要。

　　③ 职业是无边界的。它既包括在相同岗位上、不同层面的学习、工作内容的变更，还可能包括在不同工作甚至不同职业之间的转换。

　　员工在个人的职业生涯规划中负有更多责任。员工可以主动地从各个方面获取关于自己优点和不足的信息，增加自我认识，明确自己的职业生涯发展处于什么阶段，了解企业内部有哪些发展机会，确定自己的发展目标。

2. 职业生涯进行规划和设计的重要意义

　　① 有利于明确人生的奋斗目标。员工个人的职业究竟应向哪个方面发展，可以通过制定职业生涯的计划明确起来。换句话说，就是要明确自己到底想从事管理工作，还是从事技能工作？

　　② 有利于本人更好地了解自身的实力和专业技术。对个人来说，要有自知之明，不仅要知己所长，还要知己所短。

　　③ 有利于个人制定出有针对性的学习计划，从而激励自我控制自己前途和命运。

　　一定要进行职业生涯规划和设计！

　　职业生涯设计的目的绝不只是按照自己的资历条件找份工作，达到和实现个人目标，更重要的是在"衡外情，量己力"的情形下，为自己定下事业大计，设计出合理且可行的职业

生涯发展方向。

要得到良好的归宿，必须事先有筹划，根据外部环境、个人能力与素质，来设计、规划自己的职业生涯，明确长期的目标、中期的阶梯、短期的门径。

您有明确的职业生涯蓝图吗？

3. 职业生涯目标的设定是职业设计的核心

一个人职业上的成败，很大程度上取决于是否确立了适当的职业生涯目标。制定目标时要"知己"，真正地认识自我，认清自己的特长和短处、认清自己的脾气秉性、认清自己的才能和素质、认清自己的发展方向。职业生涯设计基本上可以分为确立目标、自我与环境评估、职业选择、职业生涯策略、评估与反馈五个阶段。

对自己的职业生涯进行规划可以帮助人们以既有的成就和环境为基础，确立人生的方向，提供奋斗的策略；可以帮助人们突破生活的原有框架，塑造全新、充实的自我；可以帮助人们准确评价个人特点和强项，评估个人目标以及与现状的差距，重新认识自身的价值，并通过不断努力增强自身的职业竞争力；可以帮助人们准确定位职业方向，发现新的职业机遇，将个人、事业与家庭有机地联系起来。

职业生涯提供给人们成长的空间，它并非是漫长的发展过程，或不切实际的幻想，而是具体的行动计划。

现在就开始！

二、突破自我发展瓶颈

二十岁至三十岁：走好第一步！

三十岁至四十岁：制定并修整目标！

四十岁至五十岁：及时充电、终身学习！

职业生涯规划是系统工程，主要取决于两个方面：一是社会发展的客观需要，特别是社会职业的现实要求；二是当事人自身的实际情况，其中起主要作用的是自己。

客观地分析现状，充分挖掘自身潜力，不断学习、提高，才能使自己的既定职业目标得以实现，突破自我发展的瓶颈。

影响自我职业生涯发展的六大因素如下。

1. 对外部职业环境认知不清

人生发展的环境条件是个人职业生涯发展的依托。它包含了伙伴条件、生存条件、配偶条件、行业条件、企业条件等。朋友数量多、朋友从事的职业多样化、且有能力，有机会、有条件帮助我们，成就我们的事业；家庭有相应的储蓄或资金、配偶相互支持、有共同奋斗的家庭目标是促成我们职业发展的动力；要稳定，在大中型企业；要创业，则在小企业，公司的改革计划、公司的人才培养计划可供我们做职业发展参考；社会当前及潜在的市场条件以及未来行业的发展趋势，为我们的职业选择提供了指南。

2. 制定的目标不切实际，好高骛远

职业发展目标的制定既要体现发展的总体思想，也要从实际出发，为自己制定一套适合自身特点、能发挥自身特长同时又使自己有发展兴趣的目标，才能使职业生涯规划有逐步实施的可能。切忌好高骛远，这山望着那山高，只图名声，不量力而行。

3. 心理认知偏差

人生的意义到底在哪里？人的价值观在成长中形成，在工作中形成，在环境中形成，并非一成不变，认清人生的价值、认清人生的发展目标，为之努力不懈，才能完成自己的职业目标。社会的价值并不被所有的人等同接受，同样，个人的价值观也各有不同。

4.　性格因素

（1）进取心与责任心　认真而持久的工作是个体事业成功的前提，而具有进取特质的个体也就具有了事业成功的心理基石。责任心强的人常能够审时度势选择适度的目标，并持久地、自信地追求这个目标，责任心强的人容易事业成功。

（2）自我认识和自我调节能力　了解自己的优势和短处，与组织环境的关系融洽，善于调整自己的生涯规划、学习时间，情绪保持愉快、稳定。

（3）自信心　自信为自身在逆境中开拓、创新提供了信心和勇气，也为怀疑和批评提供了信心和勇气，喜欢挑战、战胜失败、突破逆境常常使自己的好梦成真。人虽然存在能力的差别，但只要善于总结经验、教训，善于改进方法和策略，许多事情是完全可以做到的。

（4）社会敏感性　善于把握人际交往间的逻辑关系，对人际交往有洞察力和预见力，承认人人有差别、有不足，设身处地为他人着想，乐于接纳他人、与他人真诚交往，有助于实现个人理想。

（5）协作精神　有以正直和公正为基础的说服力，有使他人发展和合作的精神，善于沟通和交流。具有自信心、幽默等对情感的感染力，仔细、镇静、沉着等对行为的影响力，仪表、身姿等对视觉的影响力，忠诚和正直等对道德品德的感染力。

5.　自我现状不明

身体是否有病痛？生活习惯是否良好？自己有何专长？是否正在培养其他技能？经常进行相关学习与培训吗？经常阅读和收集资料吗？现在的职位是什么？喜欢现在的工作吗？理由是什么？还有升迁的机会吗？是否有升迁的准备呢？外在的人际关系如何？家庭环境如何？您为完成人生的理想做了哪些准备工作？……请认真、仔细地想一想！

6.　抱怨、惰性与拖延

在职业生涯的进程中，难免会遭遇挫折，使人们面临诸多的考验。每个人都很努力，但不能每个人都成功，即便成功，成就也不等同。此时，最容易产生抱怨、惰性和拖延的行为，前面的努力也将付之东流，从而对自己的发展前景乃至自信心产生怀疑，重新恢复原态。应学会超越既有的得失，后悔与抱怨对未来无济于事，自我陶醉只能像"龟兔赛跑"中的兔子。

每个人都希望找到一种相对稳定、适合自己的职业。如何选择和规划自己的职业生涯，往往受学识、爱好、机遇、工作环境等主客观条件的制约，调整好自己的心态，培养对职业的敬业精神，热爱自己的事业，才能集中精力全身心投入工作，实现个人价值，做出成就。

一个人的职业生涯是一个漫长的过程。也许一生只从事一种职业，也许一生中从事多种职业，无论怎样，除了努力，我们别无选择！

三、职业生涯设计方案

1.　职业生涯成功是人生的成功的核心内容

一个人要想实现自己的价值，得到社会的承认，一定要为社会环境、所在企业做出贡献，这是成功的必要条件。

2.　职业选择是个人人格的表现，当然个人的技能也必须符合工作职位的要求

作为班组长，在企业中处于兵头将尾的地位，这要求从个体素质上应具备相应的业务能力、技术能力、学识水平和管理水平。同时，也为其发展提供了可塑的空间。

在职业、岗位确定后，向哪一路线发展，此时要作出选择。即是向行政管理路线发展，还是向专业技术路线发展；是先走技术路线，再转向行政管理路线；是走技术型，还是管理型、创造型……由于发展路线不同，对职业发展的要求也不相同。因此，在职业生涯规划

中，必须根据自己的实际情况作出抉择，以便使自己的学习、工作以及各种行动措施沿着职业生涯路线或预定的方向前进。

一个人到底应选择什么样的职业，做什么样的工作呢？这要根据本人所具有的性格、气质、能力、兴趣、价值观等而定。在现有的工作环境中，如何进一步提升自己、明确自己的发展方向，这要求每一个人既要了解自己的长处与短处，也要掌握所选专业的特点。

3. 班组长个人职业生涯发展的几种方案

（1）技术型发展道路 职业选择时，主要注意力集中在工作的实际技术或职能内容，在技术领域勇于探索、肯于付出，在技术职能区域得到提升。例如通过不断的岗位学习、培训、自学，达到国家规定的岗位及资格等相应标准，岗位职能由中级工提升为高级工，由高级工提升为技师，由技师提升为高级技师，甚至工人岗位转入专业技术岗位，成为工程师或高级工程师。

同时，很多企业按照科学人才观要求，综合各类员工在企业所能、所为、所贡献等基本情况，以提高职业能力为导向、履行岗位职责为基础、考核绩效贡献为依据，综合反映各级各类人才在企业基本情况，形成统一规范的职位序列，建立完善科学的选才、育才、用才、聚才工作机制，使各类人才成长有通道、发展有空间。比如某企业对技能操作人员的岗位管理，由一线生产、辅助生产、后勤服务的具体操作岗位构成，岗位类别由高到低依次为：公司专家（7～9级）；一线生产、辅助生产岗位的高级技师；一线生产、辅助生产、后勤服务岗位的技师；一线生产、辅助生产、后勤服务岗位的高级工、中级工、初级工。在高级技师上，又增加了公司专家序列，在加强高技能人才队伍建设的同时，又畅通了人才成长通道，充分提高了技能操作人员干事创业的积极性、主动性和创造性，造就精兵、成就高手。

四川维尼纶厂工人、乙炔车间裂解装置操作主管米钰林就是典型示例。初入四川维尼纶厂时，他是一名只具有初中文化的普通工人，但如今，已成为一名掌握世界先进技术的高级技师，享受中国石化集团公司特殊津贴。初进厂时他对化工装置一无所知，为了能适应岗位需要，他从A、B、C和X+Y起步，潜心学习英语操作指令和计算机操作、DCS生产自动控制等知识，逐步成为了一个氧化制乙炔技术的专家。多年来，老米在乙炔炉裂解的平凡岗位上干出了不平凡的业绩，成为当代知识型职工的突出代表。

这样的技术工人，他们通过国家技能鉴定考试、国家技能大赛或专业培养，在本岗位技术区域内达到较高甚至最高管理位置，保持自己的技术优势，从而实现个人的职业目标。技术型发展道路是一种纵向发展趋势，走初级工—中级工—高级工—技师—高级技师—企业专家的技术体系，是班组长上升的主要阶梯。

（2）管理型发展道路 成为专职的管理型人员，即横向发展模式，也可作为职业选择的一个方向。这种发展模式不是沿着职业阶梯向上攀登，而是在机构内部不同职能部门之间轮换，或走职业专家的道路。

个人能力上具备管理才能，表现出强烈的管理动机和管理愿望，能在信息不全的情况下，分析解决问题，善于影响、监督、率领、操纵、控制组织成员，善于沟通技巧，善于体察民情，组织协调能力强，权力使用得当。如此在工作中管理的下级会越来越多，承担的责任越来越大，独立性也越来越大。通过管理理论的合理、有效应用来提升自身的岗位，由员工—班组长—车间书记、工会主席—企业高层领导、企业组织及其各部门的主要负责人的职务体系，同样也可实现个人发展愿景，成为员工上升的阶梯。

（3）稳定型发展道路 干一行、爱一行，干一行、精一行。完全立足本职工作，寻求一种稳定、安全、整合良好的家庭、工作环境。依赖组织，完全按企业要求行事，严格各项工

作流程，力求在本岗位精益求精，抱有本职工作无小事、岗位工作无卑微的信念，追求本岗位工作的完美卓越，不求职位升迁的发展道路比较适合追求"平平淡淡才是真"的员工。

中石化股份公司北京燕山分公司炼油厂三催化车间机组岗位操作工许淑云同志，自1981年参加工作以来，她始终工作在石油炼制行业的生产一线。作为一名普普通通的中国女性，许淑云凭借自己的一份热情，恪守在燕山脚下塔林耸立、机声轰鸣的生产装置操作台前，以她突出的工作业绩和良好的言行在职工中树立了崇高的形象。多年来，她在平凡的工作岗位上勤于钻研，勇于创新，多次获得燕山石化公司岗位操作能手、"三八"红旗手、公司级技术专家等荣誉称号。

（4）自主型、创造型的发展道路　人格因素在职业选择上具有很大的影响力，也许您根本就不喜欢现在的职业，也许您认为您的潜能和特长在其他的领域，也许您已经看好了其他的职业目标，有了更高的目标和新的理想，那还犹豫什么，放弃现在的职业，重新选择，重新开始，做自己喜欢做的事、从事自己喜欢的职业吧！实际上每个人不是只包含有一种职业倾向，而可能是几种职业倾向的混合，找到适合自己发展的空间，找到属于自己的领域，完全享有自主权、管理才能、能施展自己的特殊能力，创造完全属于自己的杰作，制定自己的步调、时间表、生活方式和习惯，在自己的领域中发展自己的事业与个人，何乐而不为呢！

自主型、创造型的员工一般具有冒险、好胜的品性，他们可能没有典型的职业通路，极易变换职业或干脆单挑。

从个人角度看，职业生涯规划必须由自己决定，要结合自己的性格、兴趣进行设计并选择。如果从事的是自己喜欢的工作，就会精力充沛，满怀热情。如果对从事的职业活动不感兴趣，就会缺乏工作动力，成功的可能性将大大降低。

职业生涯的成功能让人产生很强的满足感和骄傲感，但成功对每一个人而言又是各不相同的。职业生涯的成功也没有一个统一的标准。如果一个人从自我、家庭、企业以及社会这四个方面来说，都能获得肯定的评价，则其职业生涯毫无疑问是获得了成功。

四、我选择、我努力

职业生涯规划不是社会或学校强加在个人身上的实施方案，而是当事人在内心动力的驱使下，结合社会职业的要求和社会发展利益，依据现实条件和机会所制定的个性化的实施方案。

1. 如何制定切实可行的行动方案

拿一名希望成为技师的工人来说，应该考虑这样几个问题：第一，成为技师的途径有哪些？第二，自己需要参加哪些培训、学习、考核，才可以够资格作一名工人技师？第三，自己在成为技师的发展路上需要排除哪些来自内部和外部的障碍？第四，自己如何寻求上司、师傅、同事的多方面帮助？第五，如何在自己所处的工作环境中寻得有利于自己实现目标的机会？第六，一个技师应具有怎样的经验水平和技能要求？自己怎样做才能符合这个范围？其中，通过培训、学习来提升自己的各方面能力，是最为重要的环节。

四川维尼纶厂高级技师米钰林说："一个工人，哪怕曾经是个先进的、有一技之长的工人，如果不更新知识，跟上时代的步伐，也会被淘汰。"

2. 树立终身学习观念

知识是当今最重要的资源。只有不断学习才能不断适应日益激烈的竞争。员工自己要想做成事，有职业理想，求发展，就必须肯付出。学习的主要任务是多方面的，既有职业技术，又有组织规范，既要提高工作能力，又要学会协作与共处，逐步适应职业与组织，期望未来职业成功。

业务能力是一个班组长必须具备的素质，对于个人，通过学习，可以帮助学员获得更多的本专业及相关专业知识，提高学习力，提高竞争力，从而更明确人生发展的目标和方向；通过学习可以使员工不断自我完善，并最大限度发挥个人的创造力，提高成长效益；通过学习还可以掌握灵活多样的管理技巧，学习如何对下属员工的潜能进行合理开发和利用；同时，学习还可以使班组长进一步提高职业素质，帮助班组长成为一名优秀的管理人才，做到坚守专业、强化技能，才能非您莫属。

3. 通过多种渠道进行学习

学习的方式是多样化的，专业培训、岗位练兵、自学、传帮带、学历进修、始终追随胜利者工作、延揽优秀的人才来弥补专业知识及技术上的不足等，都是学习的途径。日本人把职场学习叫"三即"——工作即学习；工作内容即教材；长辈员工即教师，体现了工作学习化的内涵。同时，还要将学习渗透到工作中，把学习转化为创造力，将学习工作化。

4. 在学习中提升能力和素质

在这个激烈竞争的时代，需要员工随时充实自己，奠定雄厚的实力，否则就难以生存下去。您的工作每天都会有新情况、新挑战，您每天都要面对，学习与工作相伴，只有学习才有进步，才有机会。制定具体的学习计划和措施，包括工作、训练、教育、轮岗等。审视一下，为达成目标，在工作方面，您计划采取什么措施提高工作效率？在业务素质方面，您计划学习哪些知识、掌握哪些技能提高业务能力？在潜能开发方面，采取什么措施开发潜能？

5. 注意事项

制定职业生涯要留有余地。生活中的最大悲剧，就是没有选择的自由，因此，当着手设计将来的时候，应该考虑给自己留下一些选择的空间，尤其是当现在对未来的打算并不很有把握的时候，这样尤为重要。

一个人毕生的时间和职业是十分宝贵的，必须有效安排。

"工作着是美丽的！"耐得寂寞，做好本职工作，对自我意志和自信心是一种锻炼，也是走向成熟的一种表现。一个人的职业生涯，贯穿一生，是一个漫长的过程，今天的磨炼，正是日后成功的最好铺垫。亚里士多德说过："人的行为总是一再重复，因此卓越不是单一的举动，而是习惯。"

您的处境如何？为什么不马上采取行动？任何的获得都需要付出，代价是必要的。

"在工作中活出生命的意义！"努力学习吧，在学习中不断提高、不断完善、不断奋斗，职业会带给您意想不到的收获！

 参考案例

当好班组长　做好排头兵

班组建设，是指在企业统一领导指挥下，按照科学规律而开展的一系列有利于提高职工素质和管理水平的活动。它的主要内容包括思想建设、组织建设、制度建设和业务建设等。我是一名来自电信事业部网络维修班的班长，我所在的班组——网络维修班，在班组建设中也积累了一些经验。

一、加强管理，提高班组成员思想意识，完善班组建设

电信事业部网络维修班是以工人力量为骨干的团队，现有成员6人，工人力量的热情火焰在我们班组中燃烧；一流的管理、一流的队伍、一流的服务让这个集体唱出了一支新时代

的工人之歌。网络维修班全体员工以本岗位为支点，努力向上，与时俱进，开拓创新，无论是在"平安奥运"、"国庆60周年"工作上，还是在抢修故障等工作中，我们都积极圆满地完成了各项任务。

为提高班组建设的全面发展，完成班组的各项任务，我班组严格执行各项规章制度，并制定了一系列的班组考核规则，从实际出发，落实到每一位班组成员，以调动职工的积极性和创造性。随着班组建设的深入开展，班组人员也充分认识到竞争带来的压力，他们有危机意识，也促使我们在工作中更要严格要求自己，不断提高自身业务素质，理论与实践相结合，树立正确的思想认识，积极创建文明岗位，对事业部及网络部下达的各项任务，做到了准确、无误、高质量地完成。

在加强管理的同时，我们还注重提高班组员工的思想素质，要求大家转变观念，放低技术工作者的姿态，把自己的工作定位在"服务"二字上。严格执行事业部领导班子提出的"首问制"服务模式，在用户提出问题时，被咨询的首问职工不得推诿，做到有问必答、有求必应、有应必果。

"不让客户在我这里受到怠慢，不让工作在我手中被延误，不让公司形象在我身上受到损害"，这是电信事业部网络部网络维修班全体员工的座右铭。在为客户服务的过程中，大力提倡以爱岗敬业、诚实守信、服务群众、奉献社会为主要内容的职业道德精神，用优质的服务赢得了客户的赞赏，用良好的形象得到了客户的信任。

二、加强安全教育，增强法制和安全意识

根据事业部有关安全生产会议精神的要求，在网络部领导的安排与指导下，我们班对安全生产工作做到早抓、早部署，坚持预防为主、防治结合、加强教育、群防群治的原则，切实完成全年安全生产。班组成员的自保和互保意识差。针对在其他班组出现的轻伤事件，班组进一步加强了安全教育活动。如利用每周的安全会进行班组讨论、发放安全材料等形式开展丰富多彩的安全教育。并通过座谈及会议等形式宣传和学习有关安全规章制度和法律法规，提高认识，统一了思想。一系列的安全教育活动提高了班组职工的安全意识、安全防范能力和自我保护能力，从而切实保障员工安全和设备安全运行，使得班组成员的集体观念、法制观念和奉献精神明显增强，达到了良好的效果。

三、提高班组成员工作积极性，努力完成生产任务

随着信息网络技术在我公司日常生产工作中的不断深入，燕化公司的网络建设不断推进，从公司ERP网络建设、物装中心网络建设、公司宾馆网络建设、公司生产指挥中心的组建、公司视频会议系统的高清改造、物业公司搬迁网络建设等，每个信息网络工程项目都洒下了我们辛勤的汗水，从施工项目方案制定到现场勘查，从网络拓扑结构设计到设备选型，从机房选址到机柜布放，从信息点打线规范到光链路的测试，凭借我们多年积累的技术与经验，克服任务量大、人员少、时间紧等困难，不怕苦不怕累冲在前头，很好地完成了各项网络改造工作。并且在北京奥运会与国庆60周年期间，为确保电信事业部的安防系统的稳定运行，根据电信事业部的安排，对安防系统进行改造。新增八个节点门禁，完善门禁控制系统，更新视频监控设备，加强对电信事业部的安防系统的巡检，很好地完成了安保任务，受到公司及事业部领导的好评。

四、提高自身素质，当好"兵头将尾"

要搞好班组建设，班组长的作用异常重要，班组长就是班组安全生产活动和各项工作的组织者，是现场施工直接指挥者和决策者，是"兵头将尾"。班组长是班组管理的核心人物，是生产和日常管理工作的指挥者和组织者，他们在班组中的地位和作用决定他们必须要具备

三种素质，所以在创建"和谐班组"过程中要努力提高自身的综合素质。一是政治素质。作为班组的带头人，要具备强烈的事业心和使命感，自强不息，顽强进取，坚持原则，大胆管理，善于协调干部和职工之间的关系。二是技术业务素质。班组长必须胜任班组的各项工作，具有丰富的技术水平和工作经验。三是管理素质。对手下的工人、设备、物质等做到科学管理，合理使用，使之人尽其才，物尽其用。

　　班组是企业的最基础单位，企业的各项工作最终都要通过班组去落实。班组建设的好坏直接影响着企业各项经济指标的实现，全面加强班组建设，实现班组管理的科学化、制度化、规范化，进一步增强班组员工的服务意识，提高各班组长的管理水平，搞好班组安全管理工作尤为重要。

（燕山石化公司电信事业部　黑建民）

邓建军的成才之路

　　在被公认为"中国牛仔布第一品牌"、"色织行业一枝奇葩"的常州黑牡丹（集团）股份有限公司，35岁的一线工人邓建军如今成了公司的"宝贝"：公司破格聘任他为主任工程师，每月工资大幅提高；作为省级劳模，他的彩照单独挂在橱窗劳模光荣榜最前面。

　　19岁的邓建军从常州市轻工学校中专毕业，被分配到"黑牡丹"公司当工人。进公司后，他面对的是一个全新的世界，工作的挑战、外方专家的轻视使他下定决心要通过知识改变命运。

　　瞄准"知识型工人"的目标，邓建军给自己定下强制性学习计划：每晚必须看1个半小时的技术书籍和有关资料，他常常是捧着书本进入梦乡；参加自学考试，专攻计算机应用技术；获得大专学历以后继续攻读本科专业。就这样，他还先后自学了《计算机信息管理系统》等200多册专业书籍。

　　多年来，他的学习总是围绕工作需要有条不紊地展开。工作上缺什么就去学什么，遇到技术难题，便通过知识去"攻关"。多年的奋斗，使他在工作中成绩突出。

　　有一次，公司进口的德国气流纺纱机的中枢系统变频器被烧坏，急需更换。这种纺织新设备价格昂贵，国内尚无现货供应，而订货周期长达2个月。邓建军带领小组成员仔细分析图纸，反复计算、测试数据，重新确定参数和模拟调试，大胆采用类似的国产变频器替换获得成功，就连外国人也不得不称叹。

　　控制牛仔布预缩率是一个世界性技术难题。邓建军盯住了这一重大课题，广泛搜集国内外有关资料，对关键性的英语资料，通过字典一个一个地对照翻译。在技术突破的关键阶段，邓建军面对设备线路，熬过了几十个不眠之夜，经过无数次的调试，终于运用平时学到的电子技术与气动技术，攻克了这一难关，使黑牡丹牛仔布的预缩率领先于国内外同行，蜚声国际牛仔布市场。

　　他的学习观点是：知识的天空浩如烟海，神奇的世界充满魅力，每个人不可能也不必全都去探究，只有紧紧围绕自己立足的岗位追求真知，有所为有所不为，才能使学习符合实际，达到事半功倍的效果。

　　多年来，邓建军立足本职岗位学技术、练本领，造就出他"工人工程师"的梦想。

他曾经说过一句极朴实的话："今天当工人，不学习，不胜任岗位，很容易把饭碗丢掉！"如今在邓建军看来，已不仅仅是"保住饭碗"的问题，而更在于能否真正成为一名合格的新时代知识型工人。不仅要熟练掌握新设备，能够排除故障，而且更要参与新产品科研与开发，不断去实践创新。

被破格聘任为"主任工程师"的邓建军还带动周围一大批劳动者跨入到学习的行列。公司先后组建了7个学习研究小组。近年，他们完成技术改造项目多项。企业曾一度出现的技工短缺的矛盾正逐步得到缓解。

邓建军曾深有体会地说："知识能改变命运，知识能成就未来。只有学好技术，才能长工人的志气；只有不断学习，才有希望当好知识型工人。"

请您思考

- 您认为现代化企业中班组长的职责和权限有哪些？
- 您如何看待班组建设？
- 您认为在日常工作中班组长担当了哪些角色？应当具备哪些素养？
- 您认为在现代企业中职工应如何规划自己的职业生涯？

 我的心得

模块二 "三基" 管理

抓基层建设、基础工作、基本功训练，是石油石化企业生产现场管理的独特实战和优良传统。几十年来，无论企业内外部环境如何发生变化，这个"看家本领"总是能一抓就灵、行之有效，成为现场管理"永恒的主题"。重视生产现场的科学管理，已成为当今世界一流生产型企业的共识。

管理理念

 案例1

某国家捐献了两只袋鼠给一个动物园。为了好好哺育繁殖更多的袋鼠，园方咨询了动物专家，然后耗资兴建了一个既舒适又宽敞的围场。同时，园方筑了一个1米高的篱笆，以免袋鼠跳出去逃走。

奇怪的是，第二天早上，动物园管理员发现袋鼠从围场里跑出来了，于是开会讨论，一致认为篱笆的高度过低。所以他们决定将篱笆由原来的1米增加到2米。结果相同的事情又发生了，于是他们决定再将高度提升到3米……

几经反复，篱笆已经加高到5米了，但让管理员吃惊的是，袋鼠仍旧不在围场内，而是在篱笆外。园方百思不得其解。隔壁围场的长颈鹿忍不住问其中一只袋鼠："你是怎么跳出5米高的篱笆的？你到底能跳多高？"

袋鼠笑着回答说："我实在搞不懂他们为什么一直在加高篱笆，事实上，我从来都不曾跳过篱笆，而是走出围场的，因为他们从来就没有把围场的门给关上。"

问题导向

- 身为班组长您是如何看待班组管理的？
- 我们的生产现场应用的管理方法有哪些？
- 班组管理倡导什么样的管理理念？

 **案例分析**

初看之下，这个故事很好笑，但却蕴含着深刻的管理哲理。在现实工作中有些班组长也在扮演着管理员的角色。凡事都有"本末"、"缓急"、"轻重"，关门是本，加高篱笆是末，舍本逐末，当然问题得不到解决。

管理是什么？管理就是抓事情的"本末"、"缓急"、"轻重"，否则就是无用的管理。管理者的思想和意识，决定着管理的效果，就像开车，速度再快，如果方向反了，距离目标只能越来越远。

读书札记

管理即管人、理事，它是组织实现目标的关键因素，是社会进步的重要力量，是生产力。科学管理是企业和组织成功的保障，其精髓在于那些用现实打造出来的、经常看得见的、能够左右我们今天心思和想法的管理理念，管理理念决定一切。

现代企业管理实质是信息的处理，企业通过信息的输入与输出，在处理过程中创造效益。它已逐步呈现出战略化、信息化、人性化、弹性化的发展趋势。确立以"人"为本的管理理念，真正重视人的管理，不断提升管理者的素质是现代管理的特点，它体现了自然属性和社会属性的双重性。

一、追求完美品质——6σ理论

1. 什么是"6σ"

σ原文为sigma希腊字母，术语σ用来描述任一过程参数的平均值的分布或离散程度，"σ"含义为"标准偏差"，管理上被用来标志质量所达到的等级水平。

"6σ"是从全面质量管理的理论和最优实践中发展而来的。所谓6σ可以从不同的层面来理解，对整个企业来讲，6σ是一项策略，引导企业人力资源由应付每天运作中的问题，转变到达成企业关键绩效指标的具体实施过程上，藉由推动改变企业的"结果应变文化"成为"过程改善文化"来增加企业运作的效率。对管理人员来讲，6σ是一个完整的计量性管理系统，藉由工程技术人员具备的计量决策技术与方法，让企业的持续性改善活动变得容易且有效。对工程技术人员来讲，6σ是以一个独特且强而有力的技术来面对变异（Variation）的问题。它能让不良率、动作周期及生产能力有突破性的改善。

"6σ"为"6倍标准偏差"，在质量上表示每百万坏品率少于3.4，它意味着每100万件产品中只有3.4件是残次品，生产质量合格率达到99.9997%。

2. "6σ"理论的核心内容

①"6σ"以数据为基础，追求几乎完美无瑕的质量管理活动。它不仅仅关注品质，同时也站在顾客及策略的角度来思考，它不仅是远景、目标、方法及工具，同时也是一套明确的管理方式，让所有的人更明了需要做什么事？做到什么程度！它告诉我们目前的产品、服务和过程的真实水准如何，使我们将自己与其他类似产品、服务和过程进行比较，以确定自己所处位置以及努力的方向。"6σ"测量标准提供给我们一个精确测量自己产品、服务和过程的"微型标尺"。

②"用数据说话"是"6σ"管理理念和原则的一个突出的特点。"6σ"理论是由数据和事实驱动的管理方法，一切建立在数据和事实基础上。数据是测量的结果，同时也是分析、决

策和改进的依据。

③"6σ"管理强调从"了解您的顾客"开始，从"确定顾客的关键要求"开始，真诚地以客户为中心，一切以客户满意和创造客户价值为中心。客户的需求是动态变化的，只有对顾客真正的关注，倾听顾客的声音，站在顾客的立场上，才能找出能为企业带来明显的节省或利润，并提升顾客满意度的方案。

④"6σ"管理强化了"事实管理"的概念，关注"过程管理"，通过过程的优化，实现组织竞争力的提高其管理的核心理念。管理方法的改进模型D（定义）M（评估）A（分析）I（改进）C（控制）是建立在PDCA循环的基础上，质量目标的实现是靠过程的不断优化，而不是靠严格的检验把关。

⑤"6σ"的过程控制，从管理这层面上说是有预见性的、积极的管理，主动地推动改进，例如设定挑战性的目标与经常审视目标，确定清晰的工作次序，更看重预防问题而不是"救火"，质疑为什么要这样做，而不是不加分析地维持现状。

⑥"6σ"管理强调将组织作为系统来看待，提倡"无边界"合作，而不是一些独立的部门和孤立的过程的集合。"6σ"密切了企业部门之间的关系，强调管理系统的整合，这一做法加速了业务的发展。

"6σ"管理既追求完美，又容忍失误。"6σ"理念倡导冒险，一辈子不犯错的员工不是好员工，而第二次犯错的也不是好员工。

3. "6σ"的实施步骤

第一步，辨别核心流程和关键顾客，并根据实际情况定义顾客需求；

第二步，评估公司当前绩效，衡量公司情况和客户需求之间的差距；

第三步，应用统计工具探究造成现状与需求之间落差的关键因素，找出影响结果的潜在变数加以分析，并辨别优先次序；

第四步，实施改进，用最佳解决方案来改善现状；

第五步，扩展并整合，将改善的成果继续保持下去，形成完整的质量管理体系。

4. 实施"6σ"的意义

"6σ"的吸引力在于：

其一可以降低成本，从而提高生产力，增加市场份额；

其二加快改进速度，为企业员工设计绩效目标，促进组织内学习和互相学习；

其三改进产品和服务，提高产品质量，增加顾客获得的价值，保留顾客；

其四根据市场而转变更快地执行战略转移，减少产品周期循环时间，为企业赢得丰厚利润；

其五推动企业文化建设。

5. 6σ追求的目标

（1）减少不良品

（2）提高生产力

（3）缩短生产运作周期

（4）降低成本

（5）提高客户满意度

（6）提升企业竞争力

（7）增加利润

（8）培训鲜明的企业文化

"6σ"并非无法达成，它需要对顾客需求的理解，对事实、数据的规范使用、统计分析，以及对管理、改进、再发明业务流程的密切关注。它是一种思考的模式，是一种精神、目标以及做事的态度和方法。与传统管理方式不同，它的运作是由上而下，适用于所有企业流程，管理非常全面。

二、学习促进卓越——学习型组织

学习型组织这一理论是由信息社会、知识经济时代催生的。

当今社会已经进入了信息时代，企业要想在社会变革和市场经济大潮中立于不败之地，成为学习型的企业组织已成为必然趋势。每个企业必须比竞争对手学习得更快、更好，才能在竞争中处于优势。

1. 什么是学习型组织

学习型组织，是指通过培养弥漫于整个组织的学习气氛、充分发挥员工的创造性思维而建立起来的一种有机的、高度柔性的、扁平的、符合人性的、能持续发展的组织。这种组织具有持续学习的能力，具有高于个人绩效总和的综合绩效。其真谛是全体成员全身心投入，并有能力不断学习的组织，让成员体验到工作中生命意义的组织，通过学习创造自我、扩展未来能量的组织，由用人干工作转变到用工作育人的组织。

2. 学习型组织的主要表现

① 组织成员拥有共同的愿景。它是组织成员的共同目标，是他们的共同理想，它使不同个性的人凝聚在一起，朝着组织共同的目标前进。

② 组织成员能全身心投入学习，并有持续增长的学习力的组织。学习力是指学习动力、学习毅力和学习能力。未来惟一持久的竞争优势，就是有能力比您的竞争对手学习得更快！

③ 能让组织成员体验到工作中生命意义的组织。学习型组织努力使员工充实的工作生活和丰富的家庭生活相得益彰。既注重企业的发展，又注重员工的发展。

④ 能将学习转化为创造能量的组织。学习型组织的将工作学习化和学习工作化相结合。强调以"终身学习"促进组织良好的学习气氛；以"全员学习"带动员工发展；以"全过程学习"将工作与学习结合；以"团体学习"开发群体智力。

⑤ 自主管理的组织。即自己提出问题、自己调查研究、自己分析问题、自己研究解决方案、自己制定改进措施、自己实施、自己确定改进效果、单位确认后予以标准化和制度化。学习型组织特别强调自主管理，企业要成功，必须让员工参与进来，给他们自主管理的机会，肯定他们的工作成果，让他们体会到人生价值，于是他们就乐于奉献，企业也就成功了。

学习型组织还可理解为：有宽广心胸和前瞻性目光、勇于"自找麻烦"、不断创新的决策层；有为共同目标而不断学习、追求超越的员工队伍；有工作即学习、学习即工作的良性机制；有个性得到充分舒展、互相协作、激励创新的氛围等特征的充满生机和活力的组织。与传统管理模式相比，学习型组织更侧重于依赖职工的自主、自觉，依赖于组织内部的相对稳定的运行机制，而不是靠权力、靠长官意志、靠行政命令。

学习型组织是一个能熟练地创造、获取和传递知识的组织，同时也能善于修正自身的行为，以适应新的知识和见解。

彼得·圣吉针对如何创建"学习型组织"的企业提出了五项修炼，即改善心智模式、自我超越、建立共同愿景、团队学习、系统思考。

3. 个人在学习型组织中应承担的责任

个人自身的技术、创造力、对变革的反应和对学习方法的掌握是服务于个人的技能，同时也是服务于组织的技能，学习型组织需要那些能驾驭自我的人。没有人可以强迫您，只有

您本人对自己的学习负责。"软件即是硬件"，学习意味着在实践中应用您所学的知识，并根据您所学的知识改变您的行为。无论您是否满足于现状，现在都是该重新开始的时候了，对学习保持开放的心态、敢于冒险、个人承担学习责任、主动创造。

学习型组织中提出的学习有其自身的特点。一是强调学习工作化和工作学习化，要求员工把工作的过程看作学习的过程。要不断对工作过程进行反思，并把反思看成是最好的学习。同时要求把学习与工作一样对待，要求"学"就要有"新行为"。一个现代企业不可能把重要的工作交给一个不爱学习、不善学习的人。

学习型组织强调所有的人员必须不断学习，不断提升学习力，才能不断超越自我，不断挑战极限，不断创造辉煌。

4. 学习型组织中组织学习的四大特点

（1）以个人学习为基础的组织学习

（2）以信息反馈为基础的组织学习

（3）以反思为基础的组织学习

（4）以共享为基础的组织学习

三、木桶装水容量——木桶理论

1. 木桶理论的内容

一个由许多块长短不同的木板箍成的木桶，决定其容水量大小的并非是其中最长的那块木板或全部木板长度的平均值，而是取决于其中最短的那块木板。要想提高木桶整体效应，不是增加最长的那块木板的长度，而是要下工夫补齐最短的那块木板的长度。这就是管理学中的"木桶理论"。

2. "木桶理论"的指导意义

① 企业是一个"木桶"，它由战略决策、人力资源管理、财务管理、质量管理、生产管理等诸多"木板"组成，而市场就是木桶中的水，无论哪一块木板发生短缺，都会影响企业的生存与发展，甚至导致企业灭亡。

② 员工个人是一个"木桶"，他由文化素质、业务素质、道德素质、专业技能素质、管理素质等多个"木板"组成，竞争力就是木桶中的水，无论哪一个方面的能力有所不足，也必将被社会所淘汰。

3. 除此之外，木桶的盛水不单取决于最短的一片，它还决定于其他因素

① 桶底——企业员工的素质得不到提高、基础工作不扎实，企业就没有成长基础。

② 木片间隙——企业各部门、各岗位衔接不好，个人自制能力欠缺，都会让人力资源大打折扣。

③ 木桶位置不平——人力、物力、财力管理无序，各方面管理力度不均衡，那么企业管理效果只能适得其反。

④ 木片本身有漏洞——员工的素质和能力得不到提高，企业的成长将受限制。

⑤ 水被舀走了——人力资源的流失、物质资源的流失使企业损失难以弥补。

⑥ 木桶周围的环境——将木桶放在热带沙漠里，不到几小时水就被蒸发了，如果企业环境不能被员工创造，就只能让员工被迫离开。

⑦ 木桶在运输途中，水会溅出去——企业需要给员工以稳定的生活环境，舒适的工作环境。

⑧ 木桶里的水到底有多少——如果本来就满了，再倒水，就会溢出，试着放进一些沙砾如何！人力资源合理搭配，岗位合理安置，可以使工作事半功倍。

随着环境、时间的变迁，短板也在时刻发生变化，当旧的短板被解决时，新的短板就会出现；当旧的短板发生变化时，其余的木板因素可能会受到影响，发生相应变化，如此等等。这就要求我们不断地在工作中寻找短板，发现欠缺，不断地提高和完善，那么就会像水桶一样，不断增长最短的一块木板，木桶里的水会越来越多，我们工作的绩效、个人的能力就相应提高了。企业、班组、个人的发展，就是不断地发展与挖掘短板、对短板进行管理、不断延长每一块木板的过程。以动态的、发展的眼光来看待和解决问题，不做最短的那块木板，在各方面能力上齐头并进，追求综合素质、做复合型人才，在工作中找到自己最具优势潜力的木板，重点加长之，如此，则无往而不胜。

四、来自海尔的经验——OEC理论（经验、斜坡球体）

1. **什么是OEC理论**

"OEC"管理法——英文 Overall Every Control and Clear 的缩写。

《礼记·大学》中有段佳话："苟日新，日日新，又日新"。其核心内容直指"OEC"。"OEC"的内容为：O——Overall全方位；E——Every每人、Everyday每天、Everything每件事；C——Control控制、Clear清理。"OEC"管理法也可表示为：日事日毕、日清日高，即每天的工作每天完成，每天工作要清理并要每天有所提高。

2. **"OEC"的三个基本原则**

① 一是闭环原则，即凡事都要讲究善始善终，都必须有一个计划—实施—检查—总结的全过程，即将PDCA循环有效地落实到每个人、每件事和每一天，通过设定目标、组织达到这些目标的具体措施和方法、付诸实施、逐一检查、纠正和改进计划及修正目标，从而使日常工作中的每件事都处于受控状态，使整体工作不断完善，并达到持续提高、螺旋式上升的目的。

② 二是比较分析原则，纵向与自己的以往的工作状况相比，横向与同种行业相比、与同类型企业相比、与相关部门相比、与其他员工相比，挖掘不足，寻求发展，充分认识到没有比较就没有提高、没有比较就没有发展的道理。

③ 三是不断优化原则，根据木桶理论，找出薄弱环节，加以分析并及时整改，以期提高整个系统的水平。

3. **"OEC"管理法由三个体系构成：目标体系→日清体系→激励体系**

（1）首先确立目标，"OEC"管理法实际上是一个目标管理体系，总目标是"日高"，即通过工作的不断完善使企业管理水平、企业核心竞争力以及员工个人综合素质持续提高，最终实现使企业取得最佳经济效益的总目标。

（2）其次，"日清"是完成目标的基础工作，即通过当天的工作当天完成，不拖延、不滞后，使得企业日常工作的每一件事都达到有序状态和受控状态。达到"日高"的目标和巩固"日清"的基础又是通过在每天的日常工作中，全面控制企业里每个人、每件事的具体行为过程而完成的。最后，日清的结果必须与正负激励挂钩才有效。

管理工作的难点在于做到持续的实施和改进，而海尔"OEC"管理法正是解决了这个问题，把所有的目标分解到每个人身上，每个人的目标每天都有新的提高，这样就可以使整个工作不断改进，绩效有条不紊地持续增长。

"勿以善小而不为"。万通董事长冯仑曾说过："管理公司要求有家庭主妇的心态。您每天都打扫卫生，看看池子里的水是否干净，碗碟有没有洗好，桌子有没有擦干净……只有这样的心态，才能管好公司。"海尔经过多年经验总结出来的"OEC"管理，正是强调了这种一点一滴勤于积累的方式。其主要内涵和精髓在于将"日事日毕、日清日高"渗透到企业的各

项工作中去，全方位地对每人、每天、每件事进行控制和清理，每天有所提高，促使企业、企业的每个员工以及各项工作都步入自我约束、自我发展、良性循环的轨道上。企业的生命存在于细节之中，这种看得见、摸得着的管理方法、细节上的创新，实现了基础管理的精细化和规范化、科学化和标准化、目标化和效率化。

生产现场管理的改善

 **案例2**

几名维修工完成工作回到班组，谈论起一天的工作，抱怨说："我们负责的区域井盖太多、太乱了，费了半天劲儿打开了好几个井盖，下面都不是我们要找的阀门，能不能想点什么办法呢？"班长老张提了个建议："干脆咱们自己画个井盖分布图，每个井盖下是阀门、污水、电线还是别的咱都给它标清楚，一劳永逸！""就是要花点工夫"，"我看行，每天干活时顺便画下井盖位置图，再看看下面到底是什么？"……大家七嘴八舌地说。一个月后，他们绘制出井盖分布图及每个井盖下有什么东西，再去检查维修时，拿上图纸，大大提高了工作效率。

问题导向

- 张班长所在的维修班对工作现场管理进行了哪些改善？
- 生产现场管理包括哪些内容？
- 生产现场管理改善的方法有哪些？

 **案例分析**

应该说生产现场管理是班组长的主要工作之一，既然是现场管理，就要学在现场，盯在现场，干在现场，没有更多的技巧，但高度的责任心和悟性是管理现场的基本条件，同时对现场管理的设计提出改进建议，使其尽量简化，有利于提高工作效率。例如，用涂有蓝色的壶，去接涂有蓝色的油桶的油，然后用涂有蓝色的壶去给涂有蓝色的设备的油嘴加油，效果一定是又快又准，同时便于监督。万一哪个员工"开小差"拿错了油壶，别人也能马上发现。颜色一一对应，即使是新员工，也不易出错。现在许多停车场的区域标识，除了运用传统的字母、数字，还增加了水果、动物等其他类别的图案，便于人们记忆。

张班长带领班组成员对工作区域的整体思考及改善，有效提高了工作效率。

读书札记

一、生产现场管理
生产现场是指劳动者在一定的环境下，运用劳动工具作用于劳动对象，实现产品生

产或提供商品服务的场所。例如城市里"前店后坊"布局的饭店,"后坊"就是一种生产现场。

生产现场管理是指现代企业的生产现场运营管理,就是运用科学的管理思想、方法、手段和制度,以人为本,充分调动人的积极性,对生产现场的各种生产要素,通过计划、组织、领导、控制等管理职能,实现合理配置与优化组合,在文明生产、安全生产、均衡生产、品质生产、效率生产的制约下,实现生产作业或优质服务的管理目标。

其内涵主要体现在四个方面。

① 要认识和把握生产现场管理的理性工具,即有效的管理思想和方法。例如,某企业计量站地中衡班在实践中提炼出了具有自身特点的团队精神,即"做好小事情,树立小节操,纠正小错误,拒绝小意思,营造和谐小氛围",就是一种管理理念。再如,中国石化在生产现场推行的"三基"管理标准,就是一种管理方法。

② 要认识和把握生产现场管理的生产要素,即生产经营过程中需要投入的各种资源。就生产现场而言,生产要素主要包括以下几方面。

a. 人员。生产一线车间站队的领导、工程技术人员、班组长、操作人员。他们通过职位或岗位说明书,明确各自的责权利、职业道德和职业行为规范,优化凝聚在一起,发挥团队的合力作用,是生产要素投入产出效益化的源动力与关键控制点。

b. 机器。是企业有形资产最主要的基础部分。对生产现场的机器设备进行ABC的分类管理,定期点检、巡检、联检,定期保养、维护、修复,既是安全生产、品质生产、效率生产的保障,也是实现实物形态上资产保值和增值的基础。

c. 材料。主要指生产所需的各种原材料及半成品。材料的质量、数量、价格、库存和物流周期等因素将直接影响投入产出的品质和效益。

d. 方法。流程、工艺、技术、标准等方法的可持续改进,是确保生产要素投入产出处于可控状态的保障。

e. 环境。生产现场的作业环境、组织环境、安全环境和外部的生存环境是否适宜、和谐、健康、环保等,无疑是现代生产现场管理的重要课题,也是企业公共形象树立的标志。

f. 能源。电能、热能、燃料以及新能源,是企业生产的血液,最基本的生产资料,成本的主要担当者,一般情况下80%左右消耗在生产现场。因此节约能源,实施替代技术,实现低耗生产和降本增效,是现代企业在生产现场管理方面普遍追求的目标,也是企业环境友好的必然选择。

g. 成本。生产现场的成本构成主要有:各种物料消耗、劳动消耗和各种相关费用的支出。它是企业成本控制的重点,是企业收益和资金运作的晴雨表,是企业竞争战略实施的落脚点。

h. 信息。在竞争全球化和市场全球化的背景下,现代企业的管理者更加重视生产现场的信息流管理。因为生产现场不仅是企业管理信息系统的终端,而且是企业管理信息系统直接反馈的来源。在那里,可以直观清晰地看到生产活动的过程是否有序合理,是否需要革新或改造。

i. 制度。包括各种责任制度、规章制度、行为规范及其运行机制。从优化生产现场的组织职能入手,构建制度管人、流程管事、自我管理、自我控制、自我完善的可持续改进的运行机制,是建立和完善现代企业制度的基础性工作。

j. 绩效。生产目标、维度指标、考核标准、评价方法、员工激励、持续改进等是生产现场绩效管理的主要内容。从某种意义上讲,企业的绩效管理的出发点和落脚点都在生

产现场。因为只有生产现场才是生产诸要素的投入产出是否合理配置、是否优化组合的试金石。

③ 要认识和把握生产现场管理的管理职能。即管理者通过管理实践形成的具有共性的程序性管理行为，主要包括以下方面。

a. 计划过程。对所主管的工作进行计划。计划过程的关键要素有：规定目标，明确资源，优选方案，制定标准，互相配合。

b. 组织过程。一是在资源约束条件下有效配置资源；二是设计采用有效分工协作的结构和方法；三是凝聚组合有效工作的职能群体；四是重视基础环节的承载力建设。

c. 领导过程。沟通与服务，一是指导和激励部属的行为趋向管理的目标；二是通过构建良好的人际关系程序来表达意图；三是用制度化的工作机制规范权力运作；四是及时了解和组织解决按计划行动过程中面临的各种问题。

d. 控制过程。一是确定预期工作标准；二是绩效对比工作标准；三是纠偏回归工作标准。

④ 要认识和把握生产现场管理的生产作业的管控点。它主要包括点、线、面三个环节。"点"就是指工序管理，"线"就是指物流、信息流、资金流等管理，"面"是指环境管理。

二、生产现场管理的重要性

① 现场能直接创造效益。现场是产品开发和生产的场所，企业要降低生产成本，按期将产品交付给顾客，以及产品质量要达到顾客期望的要求，这一切都要在现场实现，企业也正是从现场获得产品的附加值而得以在社会上生存和发展。

② 现场能提供大量的信息。生产现场可以提供生产经营所必需的各种信息。

③ 现场是问题萌芽产生的场所。现场出现问题时如不及时采取对应的措施，放任自流而任其发展，会直接导致生产混乱，产生巨大的安全隐患。

④ 现场最能反映出员工思想动态。职工的思想动态会有意识或无意识地反映到他的工作上，直接或间接地影响产品和生产效率。

一个企业管理水平的高低，就看其现场管理是否为完成总的经济目标而设定了各项阶段性和细化了的具体目标，是否很好地引导广大员工有组织、有计划地开展工作，经济合理地完成目标。

三、生产现场管理改善的基本方法

生产现场改善是指突破现有管理水平使之向更高水平提升的过程。在这个过程中要有正确的看法、想法和方法。班组长首先要对班组管理的现场问题形成某种看法，比如说违章作业，然后才会对于通过什么方式着手解决"违章作业"有个基本想法，最后借鉴可以运用的有效手段产生具体的方法。

具有普遍价值的生产现场改善方法，是在实践中总结、提炼、推广形成的。

1. PDCA 的内涵与特征

PDCA 分别代表了计划、执行、检查和总结四个动作，这四个动作周而复始，不断循环。它是生产现场改善常用的方法，也是生产现场改善的基本方法。PDCA 实施的步骤分别如下。

① 计划的步骤：明确目的—把握现状—设定目标—组织资源。

② 实施的步骤：教育培训—责任分担—全员参与（包括提案改善）—基础资料（评价确认）。

③ 确认的步骤：进度确认—目标确认—失误确认（会诊方式）—成功确认（推广方式）。

④ 总结的步骤：撰写报告—效果比较—经验总结—正负反馈。

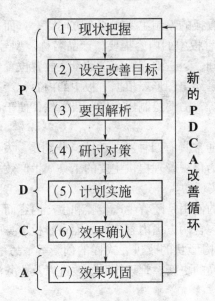

2. 6S的内涵与特征

6S形成的基础来源于5S，6S是在5S的基础上增加了安全（Safety）。

（1）整理 一是改善和增加作业面积，现场无杂物，行道通畅，提高效率；二是消除管理上的混放、混料等差错事故；三是有利于减少库存，节约资金。

（2）整顿 把需要的人、事、物加以定位、定品、定量，实现科学合理地布置摆放，以便在最快速的情况下取得所要之物，在简洁有效的制度流程下完成事物，即人、事、物置放的标准化。

（3）清扫 把工作场所打扫干净，对有异常情况的设备即可进行维修，恢复正常。管理目标：一是根据整理、整顿的结果，将物的冗余部分清除掉，或标识出来放进库房；二是设备的维修要同点检和日常保养结合；三是治理现场脏乱差和跑冒滴漏现象，改善工作环境。

（4）清洁 在整理、整顿、清扫之后，认真维护、持久保持的标准化状态。管理目标：一是清洁制度；二是标准化维护；三是员工形体和精神的清洁。

（5）素养 养成员工良好的行为习惯、工作作风和营造团队精神。管理目标：一是思想教育；二是制度文化；三是自我管理。

（6）安全 将工作中可能涉及的安全隐患如危险品或者危险的工序进行专项管理，定点、定岗、定人、定时对可能导致安全隐患的操作进行细致的管理，从根本上杜绝工作中安全事故的发生。

有效地实施6S管理有以下两种常用的方法。

一是红牌作战。即不断找寻所需要改善的事物，并用醒目的红色标牌来标识问题所在，然后通过不断地增加或减少红牌，从而达到发现问题和解决问题的目的。红牌作战的方法适用于6S的各个阶段。

二是目视管理。利用形象、直观、色彩适宜的各种视觉信息和感知信息来组织生产现场活动，以达到提高劳动生产率目的的一种管理方式，也叫看得见的管理。

3. 看板管理的内涵与特征

看板管理最早源于日本丰田公司的生产管理，它是指通过某种载体使生产中的各种信息，如生产数量、产品种类、工序位置等被有效地在生产的各个环节中使用，从而保证生产的即时性。看板管理的实施主要包括三方面内容。

（1）看板的编制　通常看板的编制主要有两个方面。一方面是编写内容提要。根据看板的用途，详细而全面地编写看板中的内容提要，产品名称、型号、件号、件名、每台件数、生产的工序或机台、运送时间、运送地点、运送数量、放置位置、最低标准数量等都要在看板中明确书写。另一方面则是绘出图形。根据看板中的内容，产品移动的路线，相关的权利与责任人以及各种计划安排等，需要绘制出令人一目了然，便于识别的图形，这也是看板编制的重要环节。

（2）看板的使用　看板通常具有四种主要功能，分别是：发送生产和运送的工作指令；防止过量生产和过量运送；为目视管理提供主要的工具；生产效率的改善。这四种核心的功能是通过看板的有序使用来实现的。

（3）看板的改进　看板的使用是随着生产步骤和生产内容而不断发生变化的，因此，看板需要随时改进。看板改进包含两方面内容。一方面是看板本身的改进。看板内容的改进主要包括标示内容的改进、结构形状的改进、式样的创新等；另一方面是看板使用时机的改进。这种情况通常发生在产品的更新、管理体系的改进以及业务流程的再造等生产经营管理发生变化的时候。

"三基"管理与生产现场

 案例3

情景1："两次冬训"形成了基层建设的管理经验

大庆会战初期的采油某队队长在解放战争中曾是一位勇敢的战士。1960年的夏天，他带领着全队职工昼夜奋战在井场，很少休息和按时吃饭，急了动不动就训人，所管理的油井连续掉刮蜡片，影响了安全生产，他一气之下平均一个月撤换一个井长。为此上级派人到队上检查掉刮蜡片的问题，在队部门前先看到的是一个眼泪汪汪的青工，脖子上挂着一块牌子，上面写道"我掉了刮蜡片，不要跟我学"。在当时艰难困苦的创业环境下，刘队长这种拼命也要拿下大油田的急切心理和急躁作风，在基层站队的领导行为上很普遍，使得干群关系一度紧张。怎样认识和解决这一问题，油田会战的组织者从1960年底到1962年底，在全区进行了两次冬季整训，发扬三大民主，整顿干部作风。通过相互帮助、相互教育、相互启发、相互沟通，加强了基层的班子建设，凝聚了创业精神。1961年2月，会战工委的领导在一次总结会议上，总结出"抓生产从思想入手，抓思想从生产出发"的基层建设管理经验，迅速在油区推开。

情景2："一把大火"形成了基础工作的管理经验

1962年5月8日凌晨1时15分，油田第一个投产的中一号注水站突然燃起冲天大火，160万元的设备和厂房两三小时内化为乌有。火灾的原因很简单，是柴油机排气管水封防火装置失效，导致冒出的火花引燃了屋顶保温层中的油毡和锯末。在事故的调查分析之后，会战工委举一反三，认为管理这么大的油田，组织大规模的生产，缺少一个统一的管理标准不行，

没有一套行之有效的管理制度不行，基础管理工作不扎实不行。因此，在会战全区自上而下开展"一把火烧出问题"大讨论的基础上，决定立即在1417个生产一线的基层单位着手建立岗位责任制。与此同时，组织160多名生产管理干部和工程技术人员，分别到10个不同类型的基层单位跟班试点和抓落实。经过一段时间的实践，在会战全区形成的岗位责任制包括了岗位专责制、巡回检查制、质量负责制、安全生产制、交接班制和班组经济核算制六大制度。

情景3："四一九事件"形成了基本功训练的管理经验

1961年的4月上旬，曾经是铁人王进喜领导过的钢铁钻井队钻的井，井斜超过了规定的3°，达5.6°，会战工委的领导从这口井上看到了忽视质量问题的苗头和倾向，针对钻井质量问题，点名叫钻井指挥部的领导站到主席台前亮相接受批评，包括已是钻进大队大队长的王进喜也主动上台陪批。会后，这个井队的职工含着眼泪，跟着王进喜背水泥填死了那口不合格的井。当时王进喜跟大家说："没有这耻辱的一页，队史就是假的。这一页不但要记录在队史上，还要铭刻在每个人的心里，要让后来的人都知道，我们填掉的不只是一口不合格的井，而是填掉了低水平、老毛病和坏作风。"从此"低老坏"就成为工作不细、质量不精、水平不高的代名词，至今仍是管理者的口头禅。会后会战工委认为，"四一九事件"虽然反映的是质量问题，但深层次的问题是员工的基本功需要加强，质量过得硬，打铁先得自身硬，必须有过硬的技术本领作保障，要因势利导。青年司机侯祖跃当时开着一辆进口的泰脱拉重型水泥车，是油田会战的关键设备。他半年完成了4000个工时，做到了车辆完好率100%，出勤率100%，安全生产100%，完成任务100%。当会战工委领导请他讲讲是怎么做到这4个100%时，他说："就是'四勤、三查、三不交'。四勤是勤检查、勤保养、勤紧固、勤润滑；三查是出车前检查、工间休息检查、工作后检查；三不交是车不清洁不交、工具设备不齐不交、存在问题不解决不交。"听完侯祖跃的介绍，会战工委领导说："就得像侯祖跃一样，一要有极端负责的责任心，二要有钻研技术的钻劲，起码要熟练几知几会，然后精益求精。现在全区新工人占80%，应当认真展开岗位技术练兵"。于是会战指挥部很快向全区发出了《号召全区职工学习侯祖跃爱车如命的精神，大练岗位基本功的决定》。也就是从那个时候起，岗位练兵、应知应会、技术比武、秋季打擂等逐渐形成制度。

问题导向 ▶▶▶

- 如何理解"三基"管理？
- 您的班组"三基"管理内容有哪些？

案例分析

"三基"管理虽原创于20世纪60年代的大庆石油会战时期，但却是中国企业独特的生产现场运营管理实战和"看家本领"。日后将其优化为管理标准，形成新的管理基因，适应了发展的需要，使遗传的优良功能得到进化。

上述三个背景资料对"三基"管理工作的形成历史做一番简要的回顾，那么，如何使"三基"管理工作从经验管理上升到科学管理呢？

一、"三基"管理的基本原理

"三基"管理是生产现场管理的科学方法，结构上包括基层建设、基础工作和基本功训练。

（1）基层建设 基层单位的组织建设和员工队伍建设，包括基层单位的领导班子建设，工会、共青团等群众组织建设，员工队伍建设和企业文化建设。

基层建设概括地讲即团队力量。包括职业化的素养、合理的分工与有效的合作、高效的人员配置、卓越的团队文化等。例如中石化集团公司燕山石化，坚持以"创争"活动为载体，树立基层建设的先进班组，创建"模范职工小家"，规范班组基础管理工作，开展班组经济核算竞赛，激发班组之间的"比、学、赶、帮、超"的工作热情，通过"招标揭榜"活动，凝聚班组成员的集体智慧，培育了赢在执行了的团队力量。

（2）基础工作 基层单位完成生产任务必不可缺的一系列基础性管理工作。

基本功训练概括地讲即个体力量。包括修炼学习型员工、使用和创造先进的方法、工具。例如，中石化集团公司镇海炼化，坚持"炼油先炼人、炼人先炼带头人"的人才管理理念，着眼于现实与未来的需要，努力抢占人才高地，培养"一专多能"的榜样，为他们提供短期培训与长期培训相结合、脱产培训与岗位学习相结合的有利条件，促进和带动了一大批装置操作能手的涌现，新装置的人机配置率达到了国际先进水平。

（3）基本功训练 以岗位说明书确定的工作内容和任职条件为依据，明确培训需求和目标，开发和提升基层单位领导干部、专业技术人员和技能操作人员职业能力的一系列活动。

基础工作概括地讲是：运行平台建设、运行与维护。其中运行平台又分为基础平台与专业平台，基础平台有标准平台（如制度、流程）、工具平台（如6S、TPM、设备、设施）、信息平台、工艺技术平台；专业平台包括如HSE、内控、ERP等。在结构的层次上，专业平台的运行是建立在基础平台之上的。此外运行与维护组分包括过程控制、资源整合、优化升级等。例如安庆石化，为了确保化肥"油改煤"装置的安全生产，强化"三基"管理，狠反"三违"现象，加强HSE规章制度的落实，有效地控制了安全生产，"三基"工作与专业管理"嫁接"，大大提高了装置的运行水平，大机组运行水平总体较高，年平均故障率仅0.013%，烟机同步运转率100%。

"三基"管理通过基层建设和基本功训练的人的因素，实现对基础工作平台建设、运行与维护的双向促进作用，进而承担企业的各项管理活动，体现人事相宜的管理绩效。

二、"三基"管理的基本模式

管理模式是指把管理实践中总结、概括、提炼出的好的管理理念和管理方法用制度加以固定，形成长效机制。因此，管理模式一般都具有典型的针对性、重复的有效性和学习的价值性。

"三基"管理三者之间的关系如下。

①"三基"管理的基本模式在结构上的表现，是独特的以人为本的三维管理结构，这使得它具有能动管理的环境适应性和相对稳定的管理转基因载体。也就是说，无论系统外的管理思想、方法、技术如何变化，它都能根据企业不同生命周期管理实际的需要，引进消化新的管理基因为己所用。

② 基础工作起着整体调控的功能。"三基"管理工作中最重要的是企业的基础工作，而企业的基础工作最主要内容是基本制度标准建设。无论是基层建设还是基本功训练，都需要一套相关的制度和管理标准来实现，真正实现用制度标准管理企业，实现文本化管理。新标准、新工艺、新设备、新材料的运用，需要基层建设、基本功训练的积极跟进，实现人事相宜的耦合。

三、"三基"管理的主要经验

① 领导重视，党政工团齐抓共管，是做好"三基"工作的组织保证。它是一项系统工程，涉及到各方面的职责，只有落实各方面的责任制，齐抓共管，才能确保"三基"工作落到实处。

② 抓好基层领导班子建设，是做好"三基"工作的关键。一流的领导班子必然带出一流的队伍，创出一流的业绩。

③ 加强班组建设，是做好"三基"工作的基础。抓好班组长队伍建设和以岗位责任制为核心的班组制度建设，并严格制度落实。

④ 调动职工自主管理的积极性，提升职工业务素质，是做好"三基"工作的主要内容。在严格考核管理的基础上推行自主管理，使职工养成自我约束、自主管理的好习惯，促进职工队伍整体素质的不断提高，推动"三基"工作向更高层次发展。

⑤ 树典型、刻样板、抓交流，是推动"三基"工作的有效途径。通过树立有影响、有说服力的典型，起到带动效果。

⑥ 细化标准，严格考核，持之以恒，是推动"三基"工作的有效措施。各项工作必须扎扎实实，常抓不懈。

"三基"管理与班组建设

案例4

张海萍和她的"娘子军"

某计量站地中衡班的班长张海萍，在班组文化建设中形成了具有自身特点的团队精神，即"做好小事情，树立小节操，纠正小错误，拒绝小意思，营造和谐小氛围"，为"三基"管理在班组提供了良好的团队凝聚力和执行力环境。

在张海萍的案头，有一本管理书籍，叫作《天下大事必作于细》。结合"三基"管理在班组的实践，她和她的"娘子军"班全体成员在"细"字上下工夫、出细活、做文章。

在"细"字上下工夫，班长张海萍认为，首先要下在计量工的基本功上。例如对于经常出入厂内的车辆，哪怕是将铁链子换成铁架子、更换保温以及变换备胎数这样可能影响计量的细小变化，她们一眼就能发现，并及时对该车辆的记录进行修改。

在"细"字上出细活，班长张海萍认为，干的就是数据活，细就要细在基础工作上。例如，使厂方与供方的计量差量由3‰减少到2‰，进而控制在2‰以内，计量精度每提高0.1个百分点，每年就为企业创造近40万元的间接经济效益。

在"细"字上做文章，班长张海萍认为，那就是《员工守则》中"爱岗敬业"内容里提

到的"细"字，也就是实际工作中要培养员工队伍的那份责任心和敬业精神。例如，"做好小事情，树立小节操，纠正小错误，拒绝小意思，营造和谐小氛围"的班组精神创建，文如其人。

问题导向

- "三基"管理与班组建设的关系是什么？
- 夯实"三基"，制度管理和人本管理哪个更重要？

案例分析

团队凝聚力是团队存在的必要条件，而团队精神则是团队形成的首要条件。"三基"管理在班组，考量的就是班组管理的承载力，能把上面千条线穿进下面的针鼻，不是班组长个人的作为，也不是班组成员一个加一个的作为，而是班组成员形成合力、整体大于部分之和的作为。从某种意义上讲，未来管理创新的发展趋势就是团队管理。与其他管理理论和管理方式相比较而言，团队管理的内在要求是培养团队协作，凝聚团队智慧，提高组织效率，而所有这些正是基于团队中存在着一种精神文化的灵魂。

读书札记

一、班组管理的"口头禅"

所谓管理的口头禅，一般是指常挂在管理者嘴边的管理理念，也是一种管理习惯的思维定势。例如"三老四严"、"遵章守纪"等。所以，班组管理的口头禅就是班组长要常跟班组员工念叨念叨的管理"经"。

班组是企业中基本作业单位，是企业内部最基层的劳动和管理组织。在一般企业里，班组长不算"干部"，但实际上，班组长基本具备了"干部"的管理职能。因此，班组长也被称为"兵头将尾"，就其职能而言，"将尾"的职能是上情下达，"兵头"的职能是下情上传。那么针对上面千条线，下面一根针，企业所有管理内容最终都要落实到班组这一管理特点，班组长如何扮演好"穿针引线"的双重身份角色，就需要积极修炼界面管理的技能，把复杂问题简单化，在坚持"三基"管理标准的前提下，念好班组管理的口头禅，最大限度地使"三基"管理工作触底做实。概括地讲就是以下"三句口头禅"。

（1）遵章守纪的执行力建设　基础工作的全部内涵集中到一点就是规章制度，而遵章守纪的执行力建设就是夯实基础工作的"葵花宝典"。对执行力的理解，包含了三个方面的内容：

首先，执行力是一种能力，而且是一种综合能力，它不仅反映了个体执行者的任务技能，如工作技能、学习技能等，而且还体现了执行团队的战斗能力，包括协调能力、合作能力等与团队工作有关的各种能力。

其次，执行力是将方案执行到位的能力。"到位"包含了两个层次的理解：第一是基本层次，指在规定的时间内，用规定的投入达到预期的目标，即完成工作的速度、资源消耗、

产生的结果与既定的目标保持一致；第二个层次高于基本层次，它指用更快的速度达到预期目标，或者是超过预期的目标，用更少的投入得到了更大的产出。处于基本层次的执行力是令人满意的执行力，而处于第二层次的执行力则是优秀的执行力，是应当受到嘉奖和推广的执行力。

最后，执行力还体现了执行者的主观意愿。拥有良好执行力的团队或者个人，往往对工作都有着强烈的主动性和责任感，很难想象一个有着消极文化的团队能够产生优秀的执行力。

（2）"三老四严"的作风建设　基层建设和基本功训练的一个共同目的，就是要培育一支作风过硬的"四有"员工队伍。作风是人们思想、工作和生活等方面表现出来的态度或行为，它是长期养成的结果。

（3）安全和谐的环境建设　就像地肥水美才有硕果累累的因果关系一样，"三基"管理在班组触底做实需要安全和谐的环境建设，这是由班组工作的特点决定的。

二、积极有效控制的职能

计划过程、组织过程、领导过程、控制过程，是管理者通过管理实践形成的具有共性的程序性管理行为。其中控制过程又是启动新一轮程序性管理行为的关键管控点。

① 控制过程的基本要素。一是确定预期工作标准；二是绩效对比工作标准；三是纠偏回归工作标准。这三个基本要素的相互作用产生的就是控制过程的控制功能。

② 在实际工作中，要想有效地发挥控制功能，关键是建立有效的信息反馈机制。所谓反馈，就是指将输出回输到原来的系统中去。控制过程处于管理过程的核心地位，没有控制过程，系统就不能主动地适应环境变化，就不能长久存在。控制过程又是依赖于有效的信息反馈机制而存在的，因为迅速而适当地纠偏行动是依赖接收到的信息种类。

a."准不准"，是指班组的"三基"管理工作有没有按"三基"管理的检查标准进行。

b."有没有"，是指班组的"三基"管理工作有没有按"三基"管理检查标准工作的计划、部署和措施等安排。

c."是不是"，是指班组的"三基"管理工作有没有按计划、部署和措施实施的过程和相应的痕迹管理资料。

d."真不真"，是指按照"三基"管理的检查标准与班组"三基"管理工作的痕迹管理资料进行比对。

e."好不好"，是指整个控制过程的绩效评价，以利持续改进。

③ "三基"管理工作标准能不能在班组管理这个终端贯彻到底，积极有效的控制是关键。而要发挥积极有效的控制职能，需要建立"两要两不要"的运行机制。

a. 一是要按标准工作，不要经验管理。"三基"管理标准对"三基"管理工作重复出现的管理业务规定了工作程序和工作方法。重复的有效性是规律的特点。通过"三基"工作检查的实证分析，有两种管理行为需要引起关注，一种是"麦当劳"式的管理行为，严格按标准执行不走样；另一种是"鱼香肉丝"式的管理行为，凭经验管理模糊了标准。检查的结果是，凡是达标的几乎都是"麦当劳"式的。

b. 二是要按标准反馈，不要文过饰非。控制过程的职能管理说到底是信息反馈的管理。其中包括信息的正反馈和负反馈，比如某个基层车间或站队通过年度"三基"检查完全达标就是正反馈；反之在某些方面没达标就是负反馈。通过"三基"工作检查的实证分析，在信息反馈管理上存在的普遍问题是不能或不敢有效地负反馈，主要原因是管理者向上负责的心理负担作祟，所以文过饰非的现象也就不足为怪，精细化管理的微循环常不到位。

④ 重视信息反馈。控制是企业管理重要的职能，也是各级管理者必备的一项综合能力。在信息化的时代，企业的生产计划付诸实施后，生产现场作为控制的终端，如果不重视作业信息反馈或反馈的是时滞信息，必将直接影响生产的效率和企业品质管理过程以及效益。一般而言，作业信息主要是指反映生产活动的实际进程和实际状态的动态信息，是随着生产活动的进展不断更新的。它是控制和评价生产现场运营管理工作，不失时机地揭示和克服薄弱环节的重要措施，也是对局部中间环节品质管理的改善，例如生产过程、工序质量、在制品库存等，它是起间接控制作用的有效途径。因此，重视生产现场的信息反馈，不仅要取决于主管人员的个人素质、工作作风、沟通方式，更是要基于员工的理解程度、重视程度、技能水平和执行力度。

三、班组"三基"工作落实

（1）以人为本的基层建设　首先，充分了解班组成员的个性、特点、特长、工作技能等，结合个人的特点系统的布置工作，努力做到知人善任；其次，班组工作和管理中要进行有效的沟通，形成良好氛围；最后，重视班组文化建设，用班组员工在生产实践中体现的典型事例，引导员工自觉实践文化内涵。

（2）制度为先的基础工作　首先，完善班组管理各项制度，做到统筹兼顾；其次，注重制度落实和执行，做到求真务实；最后，注重工作过程的技术创新和管理创新，做到持续改善。

（3）应知应会的基本功训练　首先，关注现代员工价值体现和理念的变化，逐步引导员工由"岗位操作工到系统操作工"转变；其次，基本功训练方式要进行优化组合，结合班组特点，因地制宜；最后，在基本功训练或培训的过程中，进行有效控制，确保训练效果。

班组文化

 案例5

著名的经营专家松下幸之助曾经去考察一个企业，洽谈与他们的合作意向。当时松下幸之助只是在企业生产车间仔细地观察了一遍，并且与工厂的工人交流很长时间，随后他没有听汇报就离开了。公司的同行对此很不理解，问松下为什么不去听汇报。松下笑着说："一个企业最主要的是他的精神，这其实很简单，我从工厂的面貌和工人的言谈举止就了解和认识他们的文化，这一切说明这个企业是一个很有活力和具有发展前景的企业，我觉得最吸引我的就是这些。"松下是从员工身上表现出来的企业文化和企业精神来确定与对方合作的。企业文化的重要性可见一斑。

案例6

为了加强职工的沟通与交流，增进职工的友谊，按照车间的要求，有两个班组同时组织一个春游活动，而且不但主题相同，活动原则也是出奇的一致：一天时间，单位只提供门票和来回用车。但一样的活动，却有完全不一样的通知。

第一班组的班长交给工会小组长负责本次活动，他根据车间的要求拟定通知如下：

通知：经研究决定，拟定于"三八"妇女节组织全体员工去深圳欢乐谷游玩，时间一天，全体员工务必带好身份证、边防证，于当日早上八点前赶到单位门前集合，否则，后果自负。另外，单位只负责门票和来回车费，游玩期间，伙食自理。无特殊情况，不得请假。

另外一个班组的班长召集工会小组长等相关成员进行了认真研究并确定了主题，并拟定通知如下：

邀请书：如果您想尖叫而办公室里又不允许；如果您想牵漂亮MM的手而又找不到借口和机会；如果您想忘记无处发泄的郁闷和不快，那么，请在下面签上您的大名，参加公司的欢乐谷之旅吧。

在启程前一天，工会小组长带着两位年轻的同事笑吟吟地送给参加旅游的同事两样东西——一张门票，还有一张制作精美的卡片（以其中一张为例）：

谢CG：恭喜您已成为我"三八"（正好38人哦）欢乐之旅的成员！

请您做好行前准备：① 带好边防证、身份证；保管好您的门票；② 让您轻松、保暖的衣服；③ 约好您的朋友；④ 如果您嫌开私家车麻烦，步行又太累，请早上八点前到单位门前乘车；⑤ 如果您不吃不喝，可以不带一分钱。祝三八和爱三八的人们玩得愉快！

两份通知，给人不一样的感觉，反映出了两种不同的文化，而且肯定会产生不一样的玩的心情。如果让您在上述两家做出工作选择的话，我想您的答案是不言自明的。

问题导向

- 什么是企业文化？
- 如何构建班组文化？

 案例分析

班组文化是企业文化的有机组成部分，班组文化是班组管理的灵魂，班组文化建设是班组建设的主要内容。企业文化渗透着班组文化的血脉，推动、影响着班组文化的建设；班组文化决定着企业文化内容的丰富性。优秀而又独特的班组文化是企业制度、企业战略发展内容的重要构成，对于增强班组员工的凝聚力，增强员工的团队精神，培养员工新的企业理念、新的价值观、新的职业道德观，有着十分重要的作用。

 **读书札记**

一、企业文化及其组成

1. 企业文化的概念

企业文化实质上是一种企业管理哲学理念，是指企业长期形成的共同思想、作风、价值观和行为准则，是企业内成员共同认定且遵守的具有本企业个性的信念和行为方式。现代管理逐渐强调人性化与柔性管理，注重依靠人的积极性，发挥人的精神力量的作用，所以，许多企业都把企业文化建设作为自己的企业发展战略予以高度重视并付诸实施。可以肯定地说，一个没有文化的企业，绝对不可能是卓越企业。

2. 企业文化的构成要素

企业文化是一种独特的文化现象，其可以分为企业物质文化、制度文化、行为文化和精神文化。

① 企业物质文化，是由企业职工创造的产品和各种物质设施等构成的器物文化。它包括企业生产经营的成果、生产环境、企业建筑、产品、包装、设计等。

② 企业制度文化，既是人的意识与观念形态的反映，又是由一定物的形式所构成，是塑造精神文化的主要机制和载体。企业的制度文化也是企业行为文化得以贯彻的保证。同企业职工生产、学习、娱乐、生活等方面直接发生联系的行为文化建设得如何、企业经营作风是否有活力，与制度文化建设有很大关系。

③ 企业行为文化，是指企业经营、教育宣传、人际关系活动、文娱体育活动中产生的文化现象，它是企业经营作风、精神面貌、人际关系的动态体现，是企业精神、企业价值观的折射。

④ 企业精神文化，在整个企业文化系统中处于核心地位，它是在企业生产经营过程中，受一定的社会文化背景、意识形态影响而长期形成的一种精神成果和文化观念，包括企业精神、企业经营哲学、企业道德、企业价值观念、企业风貌等内容，是企业意识形态的总和。

以上分析不够具体，对于班组长来说也许太抽象，实际上企业文化是一条"看得见的战线"，主要由以下几个要素组成。

（1）企业环境　从走入一家企业的大门开始，您就已经看到、感觉到它的存在了：您看它的建筑外观、厂容厂貌、绿化情况、办公室办公用品摆放，看到它的车间工艺流水线，感觉办公室里人们的工作热情，感觉职工活动室里的和谐气氛。这些不同的感觉，不同的环境，体现了不同的企业文化。

（2）价值观　一场特大的灾难袭击了某个城市。有的企业毫不犹豫地捐出救急物资；有的企业只对着摄像机作态，行动上则迟缓；还有的企业趁机哄抬物价。这就是企业的价值观，高低优劣立见分明。一般来讲，我们可以把企业价值观分为三种形式：最大利润价值观、经营管理价值观、企业社会互利价值观。当代社会追求的是和谐发展的社会，所以企业价值观应该更多考虑在确定一定利润水平的情况下，把员工、企业、社会的利益统筹考虑，以人为中心，以人本主义为导向，以回报社会为己任，绝不能失之偏颇。

（3）模范人物　企业模范人物是企业的中坚力量，他们的行为在整个企业行为中占有重要的地位。在具有优秀企业文化的企业中，最受人敬重的是那些集中体现了企业价值观的企业模范人物，这些模范人物使企业的价值观"人格化"，他们是企业员工学习的榜样，他们的行为是被企业员工仿效的行为规范。大家只要提起张瑞敏，就想起了海尔"敬业报国、追求卓越、创新为魂，以人为本"的文化；大家只要提起米钰林、许振超，就会想起企业职工中形成了爱学习、会钻研、能吃苦、善创新、讲奉献的行为文化。

（4）文化仪式　仪式是文化与人们的现实生活对接的最恰当、最有效的方式，没有仪式，就没有文化。前不久有幸参观了一个企业，我们发现员工不仅统一着装，而且只要有两人以上行进，就主动排成队。这就是一种仪式，体现一种文化。有些企业在节假日后及每个月初都举行升旗仪式、有些企业对各种礼仪接待非常认真，这些仪式绝不是形式，而是反映与营造公司企业文化的一种重要途径。

（5）文化网络　企业文化需要一定的文化网络进行运转。企业文化要注重正式和非正式两种文化传播渠道。作为正式渠道，公司一般通过电视台、报刊、杂志、公告、员工座谈会等传播企业文化，现代企业更提倡通过教育培训来传输企业文化、企业理念。非正式渠道主要强调人际关系、沟通交流、开展各种活动等。精心策划、强化宣传、搞好培训是企业文化

建设的关键要素。否则，价值观是空洞的价值观，英雄是默默无闻、不被表现的英雄，再好的企业环境也只能是水中月、镜中花。

企业文化是企业在创立和发展中逐步形成的文化形态。它是企业中的全体员工共同创造的，又反过来影响着它们的日常行为。企业文化表现为对社会公众的责任感，就成为它的价值观；表现在工作、生活作风上，就是它的办事风格；表现在产品和服务上，就成为它的物质文化。

良好的企业文化就是要营造企业上上下下都以公司所有人的态度来思考行事，员工自觉地把个人的表现与公司最重要的目标相结合的氛围。

总之，企业文化并不神秘，而是一条"看得见的战线"，一条维系企业发展的生命线。企业文化是从企业实际中提炼出来的一种新型的管理思想和手段。

二、班组文化建设

班组文化是整个班组生存和发展的源动力，是企业文化建设的基石。所谓班组文化，实质上是班组成员共同认定的思维方式和办事风格，是班组内部成员付诸于实践的共同价值观体系。班组文化建设要紧密结合企业精神、企业宗旨、企业使命开展工作，并加强精炼和概括。班组文化之所以能够表现班组的风格，就在于每个班组的成员组成、工作性质、工作内容的特殊性。班组也像人一样，有自己特有的性格、层次、思想、精神内涵等。班组文化的主体是人，一个没有文化的班组就像一个没有个性、活力的人，是绝无竞争力的。

1. 班组文化的作用

一个班组是一个企业缩影，只有成员之间树立共同的愿景理念、共同的文化心理，才能建立起员工间相互认同、相互聚合的基础。班组文化建设能够促进班组成员认清班组共同利益，精诚合作，取长补短，最终实现班组共同目标。

① 良好的班组环境和人际关系，为全体班组成员创造了和谐的工作条件。员工在良好的氛围中相互沟通与合作，就会形成班组的共同语言、共同的思维方式、共同的行为准则，有利于班组的协调发展。

② 班组文化建设有利于塑造一种员工乐于服从、强于执行、相互尊重、志同道合的团队目标，促使员工的精神面貌焕然一新。全心全意依靠员工，班组的凝聚力将明显增强，班组成员的自我管理意识、主人翁意识将明显提升，职工的归属感和共同点将自觉产生，从而形成职工的共同价值理念。

③ 班组的共同价值观能够对班组内个体成员的行为产生约束和影响，并逐渐形成自身的行为规范，这种规范同时也表现出了这个班组的行为风格与准则。员工之间在工作中有一个共同的价值理念，这个理念不仅是班组文化内容的核心，而且也是企业文化的重要组成部分。为了共同目标的实现，班组成员间会相互学习、共享信息，不断创新，对提高班组的工作效率具有一定的促进作用。

一个健康的、有竞争力的班组文化可以使班组成员相信自己是在最好的组织中工作，产生由衷的自豪感，还可以使班组成员与班组长成为并肩战斗的伙伴，从而一样渴望成功、创造奇迹。

2. 班组文化的建立

班组文化建设必须紧紧围绕着人们如何共处、如何实现自我、如何发展班组而建立，它是一种小群体中调整人际关系和人本身的一种人文文化。班组文化建设，离不开企业员工的积极参与，员工爱厂如家、爱岗敬业的精神，服务奉献、争创一流的精神。班组文化建设不仅要注重员工思想政治素质和职业道德素质的提高，还要引导员工树立爱岗敬业、诚实守

信、奉献社会的良好职业道德风尚。班组文化建设包含的内容很多，作为班组长应紧紧抓住以下几个方面工作。

（1）班组思想文化的建立　班组长要强化学习制度。必须组织好成员学习掌握党的路线、方针、政策以及相应的法律法规，这是班组文化建设必须具备的内容。必须组织学习好企业精神、企业作风、经营理念，要结合班组实际讨论、研究、制定班组的行为准则。班组长必须加强现代管理理论的学习，了解职工思想状况，学会思想工作的方法。要通过学习，使员工应该明白为什么工作，为谁工作，怎么工作。要通过有效的思想工作，使员工团结合作、心情舒畅、自觉工作，形成"心齐、气顺、干劲足"的局面。

（2）班组技术文化的建立　班组成员技术水平直接反映出班组的竞争力。班组长要带头学习先进技术，掌握先进技术，应用先进技术。所有班组成员要立足岗位成才，要通过集体攻关技术难题，提高技术攻关水平，争当技术能手。班组长要通过树立典型，加强培训，提高技术攻关能力。要搭建知识、技能共享平台，使每位成员明白自己所具有的技术理论知识，是为谁而掌握，为谁而应用。任何人、任何时候都应积极地把知识奉献给企业的经济建设。

（3）班组安全文化的建立　安全文化建设首先要提高班组成员的安全意识，要坚持安全学习制度、开展好各种提高安全意识的活动。要严格劳动纪律和工艺纪律，加强考核力度，逐步实现从"要我安全"向"我要安全"过渡，保证员工生命安全。安全是最大的经济效益。搞好班组的安全文化建设，要做到点滴积累，形成系统。

（4）班组文化建设的几条措施　开展好班组劳动竞赛；开展好QC小组活动；组织好合理化建议活动；开展文体活动，寓教于乐。

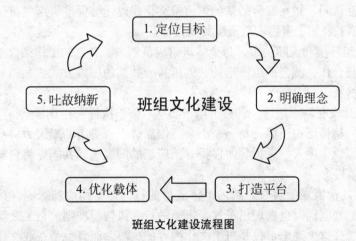

班组文化建设流程图

3. 处理好班组文化建设的两个问题

（1）班组文化与企业文化是支流和主流的关系　企业文化对企业管理具有不可替代的功能，这些功能体现在企业文化具有导向功能、规范功能、凝聚功能、塑造形象的功能以及激励功能。班组是企业的基本单位，因此，企业文化是主流，它一定会在班组文化中生动地体现出来；班组文化是支流，既要反映企业文化，同时也应有属于自己的特色文化。由于班组之间人员组成，所承担的任务、工作性质、条件和方式不尽相同，这就形成了班组文化的差异性。这种文化差异性，丰富和发展了企业文化的内容，同时，它又给企业文化的不断融合、升华带来了动力。企业文化，由于它具有班组文化的一般特性，能够整合各具有小文化的团体，就保证了企业整个组织在文化上的同质。企业只有实现了文化上的同质结构，才能真正具有凝聚力、向心力和战斗力。

（2）班组文化是不断发展和创新的 企业在变、环境在变、人员构成在变。如果一味攀附过去，画地为牢，班组文化容易成为前进的绊脚石。要不断研究新情况、不断丰富和发展班组文化的内容，使之符合时代潮流。

总之，班组文化建设是企业文化建设的基础。优秀的企业文化无不有其深厚的管理理念、扎实有效的"三基"工作作为基础。试想，一个不抓班组建设，职工纪律涣散，不讲文明礼貌，到处脏、乱、差的企业，文化根本无从谈起。所以，一个企业要想长盛不衰，构筑"百年老店"，必须把管理当成永恒的主题，把班组建设常抓不懈。

所以说，班组建设是企业文化的重要载体，也是企业文化形成的必经之路。

参考案例

"三基"工作是石油石化行业的"传家宝"，更是中国石化的"看家宝"。近些年，"三基"工作在中国石化得到很好延续，呈现稳步推进的良好势头，各企业基础工作进一步夯实，基层建设进一步加强，职工队伍素质不断提高，促进了企业改革发展和生产经营任务的圆满完成。

1．基础工作，抓好每一个环节

把基础工作放在突出位置，从完善管理制度和工作标准入手，紧紧围绕生产经营，科学建章立制，强化精细管理，狠抓责任落实，基础管理工作进一步夯实，管理水平不断提高。

积极遵循精细化管理思路，在安全生产上不放过任何一个隐患，在降本减费上控制每一笔费用，在优化增效上挖掘每一个空间，在基础管理上做精做细每一个环节，形成了注重细节、严细认真的工作作风。

为解决基层管理中存在的"低标准、老毛病、坏习惯"问题，一些企业实施"问题管理法"，要求基层管理人员每天至少发现一个问题，并挂到公司的问题管理网页上，由专业处室负责对重点问题的整改进度、质量等情况进行检查督办，综合管理处每月对各单位发现问题的数量、问题整改完成率、整改效果等情况进行监督考核，对问题管理活动落实不到位的给予处罚，每月评选最有价值问题和敷衍问题，纳入考核。

2．基层建设，激活每一个细胞

基层班组是企业的"细胞"。各企业坚持以加强基层班组建设为重点，狠抓落实，推动基层建设不断向纵深发展，确保基层队伍更加稳定，基层管理更加扎实。

把班组建设列为企业管理的重要内容，纳入企业发展规划，成立班组建设领导小组并强化其职能，配备了高素质的专兼职干部。企业的各级领导工作落脚点也都放在班组，开展一些适宜班组现状，改进和加强班组管理，提高班组长和班员素质的各类培训及主题教育活动。同时，经常深入班组，重视和关心班组一线职工的工作、学习和生活，激发并调动一线职工的工作热情和生产积极性。

为激发班组活力，积极开展班组创优争先活动。通过以安全生产、增收节支、节能降耗为主要内容的班组劳动竞赛和"红旗班组"创建等活动，调动了职工自觉学文化、学知识、学科技，比能力、比水平、比贡献的积极性，全面提高了职工队伍素质，推动班组管理向自主管理转变。

3．基本功训练，提升每一项素质

一流的企业需要一流的员工。紧密结合职工队伍实际和岗位特点，大力加强基本功训

练，引导职工树立"学习培训是最大的福利"新理念。企业职工掀起了"学技术光荣，有技术才更有力量"的学习热潮。

不断丰富培训内容，创新培训形式，完善培训机制，广泛开展了技术培训、岗位练兵、技能竞赛等活动。一些炼化企业与"创建学习型组织、争做知识型职工"活动相结合，全年培训班组长，并开展仿真、化工工艺、设备、仪表专业高级研修班等形式多样、针对性强的自主培训，不断提升职工业务技能水平；广东石油制定了《员工教育培训管理手册》，有针对性地进行全员培训，培训覆盖面达90%以上。

技能竞赛逐步制度化，形成了人才辈出、人尽其才、人企共赢的良好局面。以各工种的职业竞赛为载体，通过全员岗位练兵、层层选拔、强化训练，促进了队伍整体素质提高。

 参考案例

回归管理的根本

生产现场运营管理是企业生产与运营管理过程中的基础环节，是企业直接从事生产、销售或辅助生产过程的场所，也是企业管理持续改善的发源地。有关研究表明，很多世界级的大公司，其产品成本的70%是在生产现场发生的，资产的70%左右是在生产现场集聚的，资源的70%左右是在生产现场配置的。因此，生产现场运营管理水平的高低，将直接影响公司科学管理的效率和战略的核心竞争力，直接影响公司的产品价值、服务价值和资产价值，直接影响公司的安全生产和员工的士气。

在经济全球化、区域化的发展趋势下，在工业时代向高技术信息产业时代转变的过程中，现代企业发展的水平要求越来越高，劳动生产率对企业竞争优势的影响愈来愈大，ISO9000质量体系作为全球企业的认证标准，企业业务流程再造的根本性变革，安全环保与企业的可持续发展战略，源于价值链、供应链的虚拟企业建立等变化，都需要企业的管理创新与之相适应。那么如何理解管理创新，管理创新又如何落脚呢？

一般而言，管理创新主要是指管理模式的创新，包括观念、体制、机制和方法的创新。由于企业明确的战略动机和管理改善的需要，从20世纪末以来风靡世界的管理创新无不把落脚点放在了生产现场，例如5S管理、看板管理、目视管理、精益生产、清洁生产、准时生产、ERP管理、HSE管理、品质管理、局域网管理、全员生产保养等，都毋庸置疑地表明了管理创新需要回归根本。日本当代著名的生产现场管理专家木村博光在其所著的《如何实施正确的生产管理》一书开宗明义：让日本企业从现在回归根本，回归生产制造的根本。这个"回归根本"的目的，就是生产现场管理根基的改善。

当代美国的詹姆斯·C·柯林斯和杰里·I波勒斯两位作者，在其所著的风靡世界的《基业长青》一书中，以美国福特公司的百年兴衰史系于"人员、产品、利润"的排序为例，讲述了一个十分经典的基业长青的故事。1908～1916年间福特汽车公司把汽车的价格降低了58%，用国民买得起的T型车改变了美国人的生活方式。然而到了80年代初期，这个世界汽车业的老巨人在日本竞争者的一再攻击下遍体鳞伤，公司在3年里净亏损33亿美元，占公司净值的43%。原因何在呢？高级管理层最优先做的事是什么呢？追溯公司早年的管理理念和管理模式，亨利·福特在1916年曾描述过，那就是利润第一、产品第二、人员第三。面对惨败的现实，1983年福特的高层管理人员花了很多时间进行管理哲学讨论，思考利润、产品和人员的先后次序，最后决定人员绝对第一、产品其次、利润第三，并将其写进公司的"使

命、价值观和指导方针"，然后把公司的运营、战略和战术与之紧密配合，尤其重视与生产现场的协调一致，例如在生产现场全面采用统计学的质量管理，并责令生产经理发现劣质零件或材料缺陷时要把整个生产线关掉；在生产现场协助、教导经理人和领班如何支持员工参与生产计划，使生产线员工成为改善质量的关键成员；为了使公司回归"汽车工业"的根本，重视生产现场管理、重视员工对设计的创新精神等，将高瞻远瞩与基础管理有机结合，自下而上地改善了公司管理的品质，实现了持续发展。

1986年，几乎是在福特汽车公司重视公司"使命、价值观和指导方针"与生产现场管理协调一致发挥威力的同时，日本首部5S著作问世。所谓5S，是指对企业生产现场各生产要素所处的状态不断进行整理、整顿、清扫、清洁、素养活动，进而改善企业的管理，塑造企业形象，提高企业的竞争力。作为福特汽车公司竞争老对手的丰田公司，也是日本倡导5S活动最有名的。随着世界经济一体化的发展，5S管理已成为世界范围生产现场管理的潮流。可以说，以福特汽车公司和丰田汽车公司为代表的两大世界级跨国公司，重视生产现场的基础管理，是管理根基的殊途同归。

世界著名的生产管理改善大师今井正明先生认为：改善企业生产运营绩效的关键在于生产现场运营管理。对于任何一个欲在未来竞争中成为世界一流的生产型企业来说，重视现场应该成为企业及所有员工的共识。美国哈佛大学教授阿巴纳西分析表明：日本企业之所以强大，是因为他们认真抓好了生产管理的基本点。中国石化几十年的管理实践反复证明，抓"三基"是打好生产现场管理的基础工作，基础不牢，地动山摇。

参考案例

传统优秀文化是一个班组的灵魂和血脉，是一个组织或群体的精神记，它需要一代代传承下来；传统优秀的文化随着历史的发展又需要不断的创新，新时期赋予其新的内涵和活力。因此，我们的班组文化建设贵在稳定、重在积累，在稳定中发展、在积累中创新。

1963年是大庆会战关键的一年，也是会战全区实行岗位责任制的第二年。通过岗位责任制的大检查，各基层单位在实践过程中的执行情况并不平衡。会战工委认识到，建立岗位责任制只是管理好油田的基本条件，而制度要靠人去执行，关键是培养职工的责任心，加强队伍的作风建设。为此，1963年会战工委派工作组到采油三矿的四队蹲点，工作组发现该队队长是会战初期转业的解放军班长，全队12个人中10人是部队转业的，在执行岗位责任制的过程中全队仍保持着部队的优良作风。在近一年半的时间里，在单兵管理油井的荒原野地，他们所管辖的12口油井全部达到一类标准，全部设备台台完好，3万多个油井数据准确齐全、无一差错，545天安全生产，月月超额完成配产计划，同时做到了地面无油污、井下无落物、井场规格化。经过反复的分析和总结，他们的典型经验就是：当老实人，说老实话，做老实事；严格的要求，严密的组织，严肃的态度，严明的纪律。1964年5月原石油部召开第一次政治工作会议，向全国石油战线推广大庆油田的"三老四严"的工作作风，从此"三老四严"就成为石油石化行业队伍建设的标准。2008年中国石化颁布执行的《员工守则》，在五项道德规范中明确了"诚实守信"的内涵就是"三老四严"。

"三老四严"的作风建设就是要具体体现在"严细实恒"的运行机制建设上。其中"严"就是指严格标准、严格要求、严格考核、严格问责；"细"就是指过细的工作、精细化管理；"实"就是指切合实际、注重实效；"恒"就是指持之以恒、常抓不懈。

 参考案例

"12345"建家新模式使"彩虹事业至上"
——电子枪厂装枪三组班组文化建设纪实

企业文化的实质是以员工为主体的文化。其核心在于培养企业员工的共同信念、共同奋斗目标和行为规范，树立企业群体共同的价值观。班组是企业最基本的组织，它既是生产过程中最小的单位、管理的基础和展现形象的窗口，也应该是企业文化建设的核心。当"彩虹事业至上"理念的宏伟目标确定之后，彩虹人经过理性与缜密的思考，提出了"敬人敬业，追求卓越"、"彩虹六条"等核心观念，将人类美好生活的创造者作为彩虹经营理念，从此彩虹文化走向了正确的发展轨道。

电子枪厂装枪三组在班组文化是这样做的。

一、发挥企业文化的引导作用，探求班组管理新模式

电子枪厂装配一车间装枪三组拥有员工173人，其中女性员工占总数的98.4%，青工占90%，短期合同工占86%，新工占46.5%，是一个工艺复杂，操作技能要求高的复合型班组，小组肩负着37cm高聚焦和54cm PF电子枪两个品种的装配任务。

在企业文化走入班组的前期他们经历了两种管理，一是行政命令式管理，二是感性管理。实践证明这两种管理都只能部分地解决员工的管理问题，但班组管理仍是困难重重，人心各异，员工积极性调动不起来，产品质量上不去。如何寻找班组管理的突破口，在很长一段时间里困扰着装枪三组的管理者们。

在班组管理接近一年的摸索中，他们改变了观念，找到了班组管理的突破口——将传统的模式化管理转型为班组小家管理的新模式。

二、"12345"建家新模式，形成了企业文化建设的一个亮点。

班组文化建设过程中，装枪三组的管理者们将企业文化融入到了"12345"建家的新模式中，创建了具有班组特色的管理新模式，通过开展各种活动，不断增强小组的凝聚力，为出色地完成上级交给的各项任务奠定了坚实的基础。

所谓"12345"建家新模式，即一板、两角、三公开、四落实、五种类型班组。一块宣传板，用于班组每周一题，安全警示等；一个阅读角，一个服务角，满足员工学习、工作需要；班组考核、考勤情况，班务公开；岗位责任制、企业文化体系、先进人物事迹、亲情嘱托一律落实；创建学习进取型、民主和谐型、文明创新型、节约创效型、安全高效型五种类型的班组小家。现在，五种类型班组小家建设活动已经在班组全面启动，并初显效果，不但确保了安全生产，还增加了员工工作环境的文化气息和学习氛围。

1. 好人品才能出好产品，好产品才能出高效益

装枪三组认为，实践"彩虹六条"，让企业文化走入班组，就需要道德的支撑。好人品才能出好产品，好产品才能出高效益。装枪三组把职业道德建设作为提高企业整体素质的基础工程来抓，比如利用一块宣传板来开展书写"他（她）人长处知多少"的活动，作为班组一周的热门话题，这项活动的开展目的就是要让小组员工善于发现身边每位员工的长处，以便学习别人的优点，小组利用"12345"的建家模式，通过座谈会、讨论会、交心会的形式，让大家畅所欲言，把不同看法、意见和心里话都讲出来，然后集中群众智慧，吸取有益意见，统一思想，达到调动一切积极因素的目的。循循善诱，说服教育，把员工的各种不同思想引导到正确的方向，不断提升自身的素质。

在全体员工中开展了以老带新，以好带差的互教互学活动。班组长们以身作则，带头学习一岗多技。通过互助网络，进行"强帮弱、一帮一"结对子的办法，由业务骨干传授作业技巧，让组员树立自信心。

员工在班组文化建设中直接参与实践、创新，小组文化的不断发展、日积月累，将对企业整体文化建设起着促进和推动作用。

① 标兵评选。小组以三德（职业道德、社会公德、家庭美德）四创（创新、创效、创业、创优）为标准，开展全员直接推选"形象使者"活动，把评选标兵的权力交给广大职工群众。在班组职工推荐"提名候选人"的基础上，小组筛选出优秀员工，并利用《彩虹报》、《彩虹党建》、《彩虹网站》、《我与企业》等媒体进行宣传。以班组为单位组织学习讨论，把"形象使者"活动评选过程变为大力弘扬先进典型的过程。

② "每月一星"。在企业降成本活动中，为了促进职业道德建设向效益转化，小组开展了"做主人创效益每月一星"活动，在班组中举办了"我的形象就是彩虹形象"的征文活动，广泛宣传立足岗位小改小革、节约降耗、最佳操作的先进人物和事迹。"每月一星"活动日益深入人心，学星、赶星、超星蔚然成风，先后涌现出做主人创效益典型，班组作为职业道德建设的好教材。

为了体现安全生产在企业中重要性，小组还组织全体员工观看安全电视专题教育片。安全教育专题形式是改进安全教育模式的成功实践，真实、感人、形式好、印象深刻。

2．以组为家，以人为本，关爱无微不至

小组成立了以工会组长为首的互助服务小分队，为因加班延点的员工买来油茶、奶粉等营养品；同时公开了互助分队成员的联系电话，为因有困难，需要帮助的员工排忧解难，解除他们的后顾之忧。小组的成员及时慰问病员、为有困难的组员自发捐款，等等一系列的爱心活动，将员工们的心暖在了一起，感染了员工，为小组顺利完成各项工作起到了促进的作用。

3．敢于批评，维护彩虹利益，持续创新，追求卓越

在装枪三组开展的"三公开"活动中，对员工实行"工效挂钩"的考核办法，即对员工按月进行考核，完成产量与奖金系数挂钩，没有完成产量指标者扣除当月奖金或无奖金。

"一岗定终生、一路走到头"的人员使用和管理模式，不利于人才健康成长。为此，他们确立了"跟踪培养、及时调整、科学换岗、放手使用"的育人思路，一批复合型人才得以健康成长。

一些骨干以自己的实际行动带动班组的年轻人。为了调动大家的工作积极性，他们不断征求员工的意见，反映大家的心声，带领文化小组丰富员工们的业余文化生活，定期了解每位员工的思想动态，任劳任怨，从不计较。

通过用"12345"建家新的管理模式深入到班组，把责任细化到班组每一个员工，既能全面提升员工的质量意识、安全意识、成本意识，又能全面提升企业的质量管理、安全管理、成本管理、现场管理，对树立良好的企业形象有着重要的意义。

三、以班组为家，主动积极，顾全大局

在班组中开展"温馨小家"活动，在班组内形成主动积极，顾全大局；常怀感激之心，淡泊个人名利；敢于批评，制止损害彩虹利益的人和事。形成团结向上、生气勃勃的文化氛围，形成了企业文化建设的一个亮点，让企业整体文化建设与班组文化建设互为支撑，互为补充。

四、让企业文化根植于班组建设中

强化员工的主人翁意识，树立团队精神。"润物细无声"地作用于员工的心田，指导着

人们的行为。通过开展班组文化建设活动，能有效地调动职工的积极性和创造性，使广大职工都能够以主人翁的态度投入到企业建设中，并由此形成一种促进企业发展的凝聚力和向心力，使广大职工成为企业建设的主体。

经过装枪三组班组文化管理的实践，装枪三组确实体会到文化制胜的甜头。37cm高聚焦SQ受检合格率由过去的60%上升到100%，后工程截止8月份电压不良率由0.6%下降至0.04%，取得了可喜的成绩。班组还被评为集团公司"先进工会小组"，《应用QC方法，使54cm PF电子枪良品率再创新高》荣获分厂QC成果一等奖和集团公司的最佳发表奖。

装枪三组用"12345"的建家新模式实践了"彩虹事业至上"的理念深入人心，"彩虹六条"在班组员工的心中已经成为一种潜移默化的行动语言，在这里得到充分体现。同时，小组依靠企业的每一位员工，让企业文化根植于班组建设中，班组小家就能促使员工与企业价值观融合的纽带，成为企业文化创新和发展的源泉。

请您思考 ▶▶▶

- 您工作的现场还有哪些地方需要进一步改善？
- 您的班组是如何开展"三基"工作的？
- 您在日常班组管理中是如何培育班组文化的？

我的心得

模块三

班组规范化管理

规范化管理是在管理的过程中，充分体现人的价值，是在对人的本质特性准确把握的基础上，通过确立一套价值观念体系来引导下属员工的意志行为选择。企业只有按照时代的要求，探索具有科学性、合理性和预见性的管理方法，进一步优化组织机构、理顺管理关系、健全管理机制，走上管理规范化的道路，才能发挥最大潜能，加快培育核心竞争力，为企业持续有效发展提供动力源泉。

规范化管理

情景1

"到底什么是规范化管理？大道理我也说不清，我觉得就像我们做菜一样。中国人的菜谱大都是'盐少许，糖少许，生抽一汤匙……'，少许是多少？基本凭感觉。如果菜谱的量具体些，如'3克、5克、15克'，比较好把握。规范化管理我理解就是有制度、有执行，当然制度得是具体的、可量化的。说白了班组规范化管理就是定制度。"李班长是这样理解班组规范化管理的。

情景2

辅机班是锅炉专业的一个辅助班组，管辖8台空压机、3台冷冻式干燥机、3台干燥塔、10台储气罐、10多台泵类和管道等设备系统。不管是设备管理、安全生产、班容班貌，还是员工等各方面，辅机班班长从严要求，高标准、高质量，做到规范化管理。

设备管理，定人定机。每台设备都有专人负责，新设备从开始装机，到调试、维护、检修都全程参与，同时要求员工对所辖设备达到"四懂"，即懂原理、懂性能、懂结构、懂用途；做到"四会"，即会使用、会保养、会检查、会排除故障；实现"三好"，即管理好、检修好、保养好。

管好工具器。工器具做到从领用、保管、使用、传递、校验、维护、报废全过程进行控制。并将工器具消耗指标分解到每个人，纳入个人岗位经济考核内容，按月考核。

加强规范化劳动管理。认真执行生产计划，严格遵守工艺纪律，严格遵守岗位操作规范，加强自我管理、自我约束意识。

抓好思想教育工作。认真开展各类学习，开展职业道德教育等，增强员工爱国、爱厂、爱岗的热情和自觉性。

在班长的带领下，一切工作都进行的井然有序，促进了管理水平的不断提高。

问题导向

- 什么是规范化管理？
- 规范化管理的要求有哪些？
- 规范化管理与标准化管理的区别有哪些？

案例分析

规范化管理是班组管理的基本要求之一。加强规范化管理，可以提高班组生产管理水平，辅机班班长正是深谙此道，常抓不懈，并最终取得了显著的成绩。

班组是企业的细胞，各项生产工作最终都要通过班组去落实，各项任务都要依靠班组去完成，所以班组是企业各项工作的落脚点。班组规范化管理是提高企业基础管理水平的主要手段；是提高服务水平、保证产品质量的要求；是企业安全生产的重要保障。通过对班组的岗位设置和岗位职责落实，管理制度、操作流程、作业指导书等工作的规范，实现班组管理上台阶，提高企业的基础管理水平。

读书札记

一、规范化管理概述

规范化管理是使企业对班组的各项管理工作，都在简便实用、统一正规的形式下，形成一个互相协调、全面发展、双向服务、有机联系的班组管理体制，保证并促进班组始终处于规范有序、高效运行的管理状态的一种管理方法。简而言之，就是用管理操作规范进行管理。

对规范化管理的理解可以分为三个层次：

① 是一种管理理论或称之为知识体系；

② 是改进管理的活动，即在规范化管理理论指导下开展的管理规范化活动；

③ 是一种管理状态，实现了管理的科学化、规范化状态。

二、规范化管理的内涵

① 以达到"八零"境界为目标。即决策制定零失误、产品质量零次品、产品客户零遗憾、经营管理零库存、资源管理零浪费、组织结构零中间层、合作伙伴零抱怨、竞争对手零指责。

② 以满足"十化"行为要求为基本标准。即决策程序化、考核定量化、组织系统化、权责明晰化、奖惩有据化、目标计划化、业务流程化、措施具体化、行为标准化、控制过程化。

③ 健全完善一套公开透明、上下认同的规则。

④ 为管理的实施构造一个抓手，以保证"4E"控制标准的实现。即企业的每一个岗位、每一个活动、每一份资产、每一个时刻，都处于受控之中。

⑤ 在达成"八化"措施上不断努力。即系统化、常态化、流程化、标准化、专业化、数据化、表单化、信息化。

⑥ 以协调组织发展的利益关联主体相互之间的关系。

⑦ 引导员工为组织发展贡献自己资源的意志行为。

三、规范化管理的特征

① 系统思考。贯彻整体统一、普遍联系、发展变化、相互制衡、和谐有序、中正有矩六大观念。

② 员工参与。让每一个员工都参与到管理规则的制定过程中来，以保证其理解、认同和支持。

③ 体系完整。有完整的思想理论，对班组管理的方法和技术进行整合和协调。

④ 制度健全。有能构成班组各项工作有序开展的规则，健全激励机制。

四、规范化管理的要求

① 为被管理者积极性和创造性的发挥，提供规范的支持。

② 为被管理者做好工作，确立评价标准。

③ 共同约定做好工作的方法和程序。

④ 通过制定奖惩机制，激发被管理者努力为企业发展做贡献的热忱。

⑤ 行为规范和标准，必须建立在员工广泛认同的基础上。

五、规范化管理的意义

① 从管理者个人层面看，规范化管理能够提高管理者决策、计划、控制的质量，避免随意性，减少无效劳动，减轻工作负担，降低成本；把管理者从大量重复繁琐的常规事务中解放出来，进行新的创造和变革；帮助管理者持续提高管理水平，发展职业生涯。

② 从企业组织层面看，规范化管理能够克服组织的"无政府主义"和失控状态，减少岗位之间的摩擦、推诿、扯皮；建立组织管理知识的平台，形成持续的学习能力；奠定组织使用 ERP 等管理信息系统的基础。

班组规范化管理

 **案例2**

如下现象您可熟悉？

① 决策不讲程序，仅仅靠班组长个人拍脑袋；

② 没有稳定的发展规划和目标，决策随意性大，朝令夕改；

③ 部门、单位之间不配合，各吹各的号，各唱各的调，小团体利益损害整体利益；

④ 组织层次多，官僚主义严重；

⑤ 因人设事，组织架构混乱；

⑥ 决策信息传递多渠道，小道儿侵袭主道儿，信息失真；

⑦ 下情不能及时上达，决策盲目，导致企业内部的不和与对抗；

⑧ 行政控制无力，有禁难止；

⑨ 岗位职责不清，有过互推，有功相争；

⑩ 用人拉帮结派，任人唯亲，依个人好恶取人；

⑪ 管理方式简单，奖不能激励人，罚不能禁止人；

⑫ 缺乏科学的工作绩效考核，功过不明；

⑬ 薪资管理粗放，多劳不能多得，大功不能大奖；

⑭ 忽视员工个人价值和心理需要，员工缺少对企业的忠诚；

⑮ 岗位角色配置不当，一方面小材大用，造成工作瓶颈，另一方面又大材小用，造成人力资源浪费；

⑯ 缺乏正常的沟通，劳资关系、上下关系紧张；

⑰ 忽视员工参与，员工目标与企业目标两张皮，员工意志与领导意志两张皮；

⑱ 财务目标和市场目标不协调，顾此失彼；

⑲ 短期目标和长期目标不协调，彼此不顾；

⑳ 品牌有创建无管理，重公关运作，轻形象维护；

㉑ 成本管理不当，成本责任不清，投资和费用不分；

㉒ 质量不稳定，有ISO9000认证，没有体系保证；

㉓ 技术与管理分家，有技术引进和创新，没有技术管理；

㉔ 岗位工作流程、系统事务流程、企业业务流程、企业组织流程组合不当，效率低下，劳人伤财；

㉕ 人际环境管理出现空白，人际关系紧张，内耗严重；

㉖ 安全上重事故处理，轻防范措施；

㉗ 单位部门职能主次不分，岗位职责倒位，支持部门反倒成了发号施令的等。

问题导向

- 班组的职责有哪些？
- 班组规范化管理包括哪些内容？
- 班组如何开展规范化管理？

 案例分析

　　班组是企业的基层单位，是最主要执行层，正确的执行尤为关键。系统、科学地设计班组管理体系，制定班组管理标准，班务管理科学化、规范化，现场工作流程化、标准化，基础管理信息化、系统化，是现代班组管理规范化的内涵。

　　此外，班组在规范化管理中强调必须完整地承认班组成员的主体地位，充分尊重人的价值、尊严、地位和个性，以"人性定理"为基础，强调人的自我意识、主观能动性、自我认知、重视自我价值的实现和必要的外在约束。班组长要能充分发挥班组成员的合力，共同制定、组织实施规范化管理，才能形成良性的发展机制，促进班组建设的稳步提升。

读书札记

一、班组规范化管理

（1）班组基础管理规范化　规章制度实现有序管理，资料台账实行标准管理，物资摆放实行定置管理。

（2）班组人员管理动态化　在队伍管理上，对班组员工实行专业化、职业化、正规化的动态管理。

（3）班组生产管理制度化　从班组的基础管理、安全管理、质量管理、生产技术管理、文明施工管理及其他管理等方面进行建立健全规章制度的策划，并落实相关经济责任制，通过有计划、有步骤地逐步实施与完善，努力使班组管理各项工作逐步走上"安全基础牢固、基础管理规范、专业管理标准、管理方法科学、管理手段现代、班组文化特色、员工素质综合、考评工作常态"的目标。

二、班组规范化管理措施

（1）统一班组管理体系　规范班组设置条件及资源配置，确定班组职责，细化、量化班组作业目标，建立、健全班组内部制度，完善班组基础材料。

①班组设置条件及资源配置包括班组设置条件、班组机构职责、班组管辖物资、班组人员素质、相关工作资料提供等。

②班组职责包括班组主要职责、班组核心业务和工作专业接口。

③班组作业目标包括生产管理、安全管理、质量管理、科技创新、班组培训、成本管理、劳动竞赛等。

④班组内部制度包括相关技术规定（规程）和班组管理制度。

⑤班组基础资料包括台账、记录、图表、报表、信息等。

（2）调整和确定班组设置及职责，编制各项标准　明确班组各岗位的职、责、权，制定岗位说明书，规定各岗位主要业务的工作内容、方式方法和工作绩效办法。在企业基础资料标准化基础之上，对班组所涉及的安全、生产、劳动、培训、管理、科技、思想政治工作等多个领域制定相应的管理细则。标准的制定中要注意发挥全员参与的作用，让班组员工由制度的执行者转变为制定者，变被动接受为主动实施。

（3）规范班组基础资料，制定、推广作业指导书　班组是企业的执行层，班组主要的精力放在现场，正确地做事是班组必须的要求。制定现场标准化作业卡，明确操作流程、安全注意事项等要素，是班组提高执行力的主要手段。班组可以通过严格执行标准化作业指导书来规范现场作业。

（4）完善班组考核制度　完善对班组的检查考核标准，通过指导检查来督促班组建设。班组要根据企业的考核制度，结合班组的实际情况，细化并形成班组的考核标准，根据考核标准予以奖惩。

（5）对班组工作的开展进行过程控制，严格按照标准和操作规范执行　班组开展多种形式的教育培训，严格操作规范，强化责任意识，约束个人行为。班组长应当以身作则，确保自己每一次操作、每一项指导、每一个动作都是符合工作规范的，并不断强化班组职工正确的工作行为，培养良好习惯，并逐步固化，使有意识的、被动的工作行为转变成内化的、主动的行为表现。

（6）建立班组规范化建设的持续改进机制　岗位职责、管理标准、考核制度都需要结合实际，持续完善与改进，并形成长效机制。完善考核措施，建设企业文化，尤其是执行力文化，确保各种规章制度得到有效执行，保证班组管理水平持续提升。

三、班组实施规范化管理的注意事项——常态化管理

① 分工与职责相结合。在其位、谋其政、担其责。

② 工作与流程相结合。按照规范组织实施各项工作。

③ 检查与标准相结合。有理可依、有据可查、有法可行。

④ 行为与理念相结合。理念引导行为、行为践行理念。

规范化管理是什么？是一种工作心态，主动的、负责任的态度；是一种工作方式，科学的、标准的方法；是一个持续改进的循环，不断完善、不断提高。

 参考案例

三书管理

某石化企业联合一车间推出了"三书管理"，即对班组现场工作表格化、规范化。班组成员对照"三书"核对，消项。保证日常工作有标准、不落项。

1.《班组管理指导书》：谁管我——自己管自己

《班组管理指导书》包括基础管理、民主管理、成本管理、现场管理4个大项、15个子项，其目的是把组织的各项规章制度细化后，落实到每个职工身上，由班长管逐步过渡到制度管，班长更多的是起到监督、协调作用。

2.《日常工作指导书》：干什么——种好自己的"责任田"

《日常工作指导书》就是把每个岗位、每个班组职工的日常工作都一一列出，使人一目了然、清清楚楚。例如班组长岗位，每天班组长都对照指导书上所列出的消防器材检查、安全隐患检查、岗位巡检、交接班日记填写、办理作业票等14项工作进行，完成后逐一消项。

对于临时出现的工作，由班组长进行再分配。事后，班组会对这样的工作进行分析，如果属于今后还会出现的就列入指导书。

以前每个职工忙，但没有章法，有时还做不到位。现在大家也忙，但忙得有条不紊，忙得轻松从容，因为都知道该干什么，都知道首先要种好自己的"责任田"。

3.《事故处理指导书》：怎么干——才能保安全

《事故处理指导书》将职工在事故状态下的反应和操作具体化、程序化，侧重的是班组职工对各种事故预案的学习掌握和演练。

指导书分为一般事故处理、设备故障紧急处理和综合事故处理三个部分。对每个部分的内容包括涉及到的工艺流程、注意事项等都进行了详细的说明，同时根据岗位情况对每个职工需要学习和掌握的内容也进行了明确的要求。在如何学习方面，也有具体要求。将所有事故预案按照岗位分配给个人学习，个人在规定的时间内要达到熟练掌握的要求，然后再相互学习、相互传授，最后达到人人掌握全部事故预案的目的。

在事故状态下，只有具备高超的事故处理能力，才能避免事故的进一步扩大，才能够做到本质安全。

参考案例

"以点带面"——班组规范化管理

没有规矩，不成方圆。一个企业要充满活力、健康发展，就必须做到行有秩序，做有章法。对于像黑化集团这样一个以班组为基本生产单位的企业而言，班组管理是搞好各项管理的基础。近年来，企业对班组的管理越来越重视，并不断推出一些新的管理方法，但管理上还存在着一些问题。对此，我结合所在分厂班组建设实际，分析我厂班组建设目前存在的普遍性问题，提出建立"以点带面"班组规范化管理体系的设想，并设计了这一管理体系的总体框架。

（1）目前班组建设存在的问题　班组是企业的细胞，是企业的最基层组织，搞好班组建设，是整个企业发展的基础，而要搞好班组建设，离不开实行规范化管理这一手段。但目前公司的班组建设因为没有一个统一的模式，管理不够规范，所以常常出现一些不尽如人意的问题，有的甚至严重制约了企业的建设和发展。具体来讲，有以下几个方面。

① 一些班组管理目标不明确，表现为员工工作没有动力。

② 班组内部规章制度不健全，使员工面对具体问题往往无章可循。

③ 很多班组由于其中个别员工的主人翁意识不强而成了"破大家"。

④ 缺乏班组内部制约机制，表现为头疼医头，脚疼医脚，解决问题只治标，不治本。

⑤ 班组内部权责不清，经常发生有事无人管，有人无事干的现象。

⑥ 个别班组长的管理意识差，管理素质低，使班组内部管理失控，增加了上级部门的负担。

以上种种问题的存在，是因为班组管理没有形成一个完整的规范化体系，没有一套具体、全面的规范化制度。所以，建立规范化的管理体系，健全各项规章制度是当前管理工作的当务之急。

（2）"以点带面"班组规范化管理的概念和基本特征　班组作为最基层的组织，班组长和员工是这一级组织的基本元素，如果把班组每个成员看成一个"点"，任意两点之间的关系，就是一条"线"，这些点和线就构成了班组这个"面"。"以点带面"的规范化管理，就是针对班组日常工作中大量常规性的管理活动、生产活动、服务活动、技能培训等活动，制定全面、系统、科学的程序、标准、制度和章法，去约束、引导这些"点"和"线"的行为，达到规范"面"的行为、整个企业的行为，建立起有序、稳定、高效的运作秩序，形成有强大向心力和战斗力的团队精神。

根据以上对"以点带面"班组规范化管理的定义，它应具备以下五大特征。

① 全面性　班组的规范化管理是一个全面的、系统的管理体系，它以班组整体行为和所有个体行为为对象，以建立、健全各项制度为手段，规范每个人的工作职责、权限、标准、程序，从而约束和控制班组整体的运作，促进班组总体目标的实现，真正做到时时、处处、事事有规范。

② 程序性　就是要求每项工作都有科学的程序，所有常规性的事情，都按程序办理，从根本上保证班组各项工作的连续性和有序性。

③ 标准性　就是要求班组每项工作都有科学合理的具体标准，每个人的工作都必须达到这样的标准。从而将过程控制与结果控制、内部控制与外部控制、自控与他控有机地结合起来。

④ 强制性　就是指这些规范一经施行，就上升为班组的统一意志，具有"法"的属性，成

为班组成员必须共同遵守的行为准则，利用必要的行政、经济等手段，强制执行，以维护制度的严肃性。

⑤ 制约性就是通过制定某一方面的制度，达到对员工其他方面的制约和促进。比如通过建立等级员工制，促进员工业务技能提高，通过技能提高，促进生产效率和质量的提高，从而增强集团的整体实力。

（3）"以点带面"班组规范化管理体系的要素　因为班组规范化管理体系的建立，是为实现管理的升级而进行的，所以其目的应放在提高每个员工的单兵作战能力、协同作战能力和团队整体战斗力上。如果把每个班组成员看作一个"点"，他们之间的协作就可视为"线"，整个班组可视为"面"，使企业成为一个有机整体，如此，多点连成线，多线连成面，多面形成体，"点"、"线"、"面"、"体"相统一，使班组规范化体系成为企业全面管理的基础。

所以，班组规范化管理体系可分为点、线、面三个层次，即：对班组成员的规范，对班组成员间协作行为的规范，对班组整体的规范。

1）点——对班组成员的规范

① 确定班组内各员工的奋斗目标。包括岗位业绩目标、个人事业奋斗目标、个人能力奋斗目标和工资收入目标、奖金目标。保证各个目标既不是唾手可得，又不是高不可攀。

② 明确班组内各员工的职责。结合各项奋斗目标确定每个人的职责，包括对社会、对企业整体、对整个班组、对上级、对下级的职责。

③ 规定班组内各员工的工作标准。针对不同岗位及职责制定出切合实际、可操作性强的各项工作标准。

④ 设计班组内各项工作程序。要根据每个人和每项工作的不同职责确定不同的工作程序，从而使各项工作有秩序进行。

⑤ 统一常规事项的处理原则。如班组内成员间的个人交往，员工家中婚、丧、嫁、娶、迎来、送往等事项的处理原则等。

2）线——对班组成员间协作行为的规范

① 设计班组内部关系控制图。可按班长、工管员、普通成员分层，也可按班长、非正式组织领导者、普通员工划分层次，确定他们之间的控制关系。

② 明确规定上、下级之间、成员之间要衔接或协调的主要事项、程序、方法与标准。

③ 明确上、下级之间的权利、义务关系。

④ 公开上级对下级实行管理的内容和方法。

3）面——对班组整体的规范

① 确定班组的统一理念，包括班组命名、整体精神、使命感、价值观、社会责任感。

② 确定班组的整体奋斗目标和努力方向。

③ 确定上、下级之间、相关岗位之间的监督制约机制。

④ 确定班组各项工作之间的运行程序，包括生产、管理、服务、培训、控制、调整等各个方面。

⑤ 制定班组内部的各项防范措施与策略。

⑥ 制定对班组控制与管理的方法、手段。

⑦ 建立各项与工作业绩、表现挂钩的奖惩制度。

以上班组的规范化模式，目前看还只是一个粗线条的总体框架，在实际应用中，还要结合具体问题具体研究，这就需要班组在实践活动中，逐步建立起完善的规范化管理体系，健全各项制度，并使其发挥出应有作用，为公司基础建设步入快车道做出贡献。

请您思考

- 您如何看待班组规范化管理？
- 您认为班组在规范化管理中应当发挥什么作用？
- 您认为班组应当如何实施规范化管理？

 我的心得

模块四

管理技巧

让班组成员全身心地投入到工作中，让工作渗透到他们的生活中，一切都会变得积极起来。只有善于判断、思考、选择、创造适合于当时当地管理方式的人，不为时髦而盲从、不为"陈腐"而固执，才会营造快乐工作的范围。

激励技巧

情景1

某韩国大型公司一个清洁工，本来是一个最容易被人忽视，最不起眼的角色，但就是这样一个人，却在一天晚上公司保险箱被窃时，与小偷进行了殊死搏斗。事后，有人为他请功并问他动机时，答案却出人意料。他说当公司的总经理从他身旁经过时，总会不时地赞美他"您扫的地真干净"。就这么一句简简单单的话，就使这个员工受到了感动。

情景2

希腊神话中有个塞浦路斯国王名叫皮特马利翁，他很擅长雕刻，对自己创作的女性雕像爱慕不已。于是他虔诚地祈祷神将雕像变为真正的人。神终于动了慈悲心肠，给雕像注入了生命，使皮特马利翁的愿望得以实现。像这样，当您从心里坚信有那种可能，并虔诚期待的话，您的愿望就会实现，这种现象在心理学中被称为皮特马利翁效应。

问题导向

- 什么是激励？
- 身为班组长，您如何看待班组激励？
- 班组工作中可以使用的激励方式有哪些？

 案例分析

　　管理的目的在于充分利用所拥有的资源，使组织得以高效运转，提高组织绩效，实现既定目标。组织绩效来自何处？来自企业组织内全体员工的个人绩效。因此，企业的成功必须以每个员工的绩效为基础。事实告诉我们，个人的绩效取决于三方面：个人的积极性、个人的能力以及个人所处的工作环境。可以这样说，没有工作的积极性，纵然有能力和良好的工作环境，也不可能有好的工作效果，个人绩效的低下必然阻碍组织绩效的提高，使得难以完成企业既定目标。要激发个人的积极性，就需要激励。激励是和个人的动机联系在一起的，如果激励与动机不一致，或者说不能从动机上去激励员工，那么激励的效果就可想而知了。

 读书札记

　　一、激励是什么

　　激励是指创设满足职工各种需要的条件，激发职工的动机，使之产生实现组织目标的特定行为的过程。它含有满足需要、激发动机、引导行为的意义。人们的行为是由动机支配的，动机又是由人的需要引起的。需要产生动机，动机驱使人们去寻找目标。当人们产生了某种需要、一时又不能得到满足时，心理上会产生一种格外紧张状态，并成为一种内在的驱动力，促使个体采取某种行动。心理学上把这种内在的驱动力称为动机。人有了动机以后，就要寻找和选择满足需要的目标。找到目标后，就进行满足需要的活动。需要满足后，紧张和不安会消除，但接着又会产生新的需要，并引发新的动机和行为，如此不停地反复进行下去。激励所利用的正是这一过程。它在分析人们需要的基础上，不断激发、引导人们沿着组织所希望的方向去行动，以取得预期的效果。从这个意义上说，激励也就是对需求与动机的诱导。

　　激励就是在某种内部或外部刺激的影响下，使人始终处在一个兴奋状态之中。所以我们也说激励就是调动人的积极性的过程。

　　对于人的行为动机而言，需要和驱动力好像在"内部"推，目标和诱因仿佛在"前面"拉，推和拉形成合力，协同合作导致行为的发生和变化。因此激励就是对这一动机过程的管理过程。

　　二、为什么需要激励

　　激励所产生的积极效果毋庸置疑，但在管理实践中，激励并不总是具有积极意义的措施，激励有时也会起到相反的作用。而那些不包含激励的手段，如控制、威胁、惩罚等，有时却能使人们发挥才能。所以，对激励的研究具有重要意义。

　　其具体表现为以下几方面。

　　① 激励是以人为中心的管理思想的主要管理职能。现代企业管理正在从以物为中心转向以人为中心，越来越突出人的作用和力量。人是管理的主体，激励是管理的核心。

　　② 随着人们文化生活水平的不断提高，人们的需求方式更加多样化，因此，物质刺激虽然是必要的，但并非是万能的。比如，人们为了提高家庭生活质量，甚至会放弃一些工作升迁的机会，因此，需要采用新的激励理论来指导管理实践。

　　③ 企业的产品结构不断变化带来了组织结构调整和变革，企业员工的流动率普遍增加，裁员、自愿离职意向、工作保障感、工作与家庭冲突等新问题加大了企业管理的难度。特别

需要探索适应我国历史、文化背景的现代企业激励机制和管理制度。

④ 激励可以提高工作绩效。哈佛大学一项研究发现，按时计酬的职工一般只发挥了其能力的20% ~ 30%，如果受到充分激励，则职工的能力可以发挥到80% ~ 90%。就是说，通过激励可以把职工的能力发挥程度提高3 ~ 4倍。显然，激励与否的行为所产生的效果存在着明显的差别。

我们从以上激励为什么受到人们日益重视的原因中，不难发现它有以下作用。

① 有利于激发和调动职工的积极性。积极性是职工在工作时一种能动的自觉的心理和行为状态。这种状态可以促使职工的智力和体力的能量充分地释放出来，并导致一系列积极的行为，如提高劳动效率、超额完成任务、优质的服务态度等。

② 有助于将职工的个人目标与组织目标统一起来。个人目标及个人利益是职工行为的基本动力。它们与组织的目标有时是一致的，有时是不一致的。当两者发生背离时，个人目标往往会干扰组织目标的实现。激励的功能就以个人利益和需要的满足为前提，诱导职工把个人目标统一于组织的整体目标，激发和推动职工为完成工作任务做出贡献，从而促使个人目标与组织整体目标的共同实现。

③ 有助于增强组织的凝聚力，促进内部各组成部分的协调统一。任何组合都是由各个个体、工作群体及各种非正式群体组成的有机结构。为保证组织整体能够有效、协调地运转，除用良好的组织结构和严格的规章制度外，还需运用激励的方法，根据职工的不同需要，分别满足他们的物质需要、精神需要、尊重需要、社交需要等多方面的要求，以鼓舞员工士气、协调人际关系，进而增强组织的凝聚力和向心力，促进各部门、各单位之间的密切协作。

总的来说，激励的目的是，使被激励者力有所用，才有所展，劳有所获，功有所奖，拼有所得，搏有所成。

三、激励的基本理论

1. 激励的类型

激励可按不同的方法分为以下几类。

① 按激励的内容分为物质激励与精神激励。物质激励作用于人的生理方面，着眼于满足人们的物质需要。精神激励作用于人的心理方面，着眼于满足人们的精神需要。物质激励的形式主要是颁发奖金和实物，精神激励则有授予称号、颁发奖状、奖章、记功、开会表扬、宣传事迹等多种具体形式。

② 按激励的性质划分为正激励与负激励。所谓正激励，就是当一个人的行为表现符合社会需要和组织目标时，通过表彰和奖励来保持和巩固这种行为，更加充分地调动成员的积极性。所谓负激励，就是当一个人的行为不符合社会需要或组织目标时通过批评和惩罚来抑制这种行为并使其不再发生，同时引导组织成员的积极性向正确的方向转移。正激励和负激励都是对人的行为进行强化，所不同的是取向相反。正激励起正强化的作用，是对行为的肯定；负激励起负强化的作用，是对行为的否定。

③ 按照激励的方式可分为内激励与外激励。内激励是通过启发诱导的方式，激发人的主动精神，使他们的工作热情建立在高度自觉的基础上，充分发挥内在的潜力。外激励则是运用环境条件来制约人们的动机，以此来强化或削弱有关行为，提高成员工作意愿。内激励着眼于调动人的内因，带有自觉性的特征；外激励则倚重外因，具有一定程度的强迫性。

2. 激励基本理论简介

（1）需求层次理论 美国心理学家马斯洛把人类的需求分为生存需要、安全需要、社交

需要、尊重需要、自我实现的需要五个层次，认为五种需要是一种递进关系，只有当低层次的需要获得相对的满足后，下一个较高层次的需要才能占据地位，成为驱动行为的主要动力。任何一个人在某个时候不一定都有这五种需要，已有的需要也不是等量齐观的，但总有一个决定他们行动方向的主导需要，不同的人以及同一个人在不同情况下的需要结构是不同的。

（2）双因素理论　双因素理论是美国心理学家赫茨伯格20世纪50年代提出来的，他认为，传统的把"不满意"作为"满意"的对立面的看法是不正确的，"满意"的对立面应当是"没有满意"，"不满意"的对立面应当是"没有不满意"。他通过调查发现让职工感到满意的因素都是属于工作本身或工作内容方面的（如成就、认可、责任、晋升等因素）；使职工感到不满意的因素都是属于工作环境或工作关系方面的（如工资、福利、政策、人际关系、安全保障等）。他把前者叫作激励因素，后者叫作保健因素或维持因素。保健因素不能直接起激励职工的作用，但能防止职工产生不满情绪。它就像卫生保健一样，只能预防疾病，而不能提高健康水平。只有激励因素才能产生使职工满意的积极效果，才能激励职工的工作热情。赫茨伯格同时也注意到，激励因素与保健因素也有若干重叠现象。例如赏识属于激励因素，基本上起积极作用，但当没有受到赏识时，又可起消极作用，也会引起不满意。又如工资是保健因素，但有时也能产生使职工满意的结果。双因素理论为我们认识不同因素对人的作用提供了一个新的视角，提醒我们要注意运用激励因素。

（3）期望值理论　1964年，美国行为科学家弗隆姆首先提出了期望值理论。期望值理论的基础是，人之所以愿意从事某项工作并达成组织目标，是因为这些工作和组织目标会帮助他们达成自己的目标、满足自己某方面的需要。该理论认为，某一活动对某人的激发力量取决于他所能得到的成果的全部预期价值与他认为达到该成果的期望概率。用公式表示就是：

$$M=V \times E$$

其中，M（Motive Force）为激发力量，指调动一个人的积极性、激发出人的内部潜力的强度，它表明了员工为组织给他设定的目标的努力程度；V（Value）为效价。指某项活动成果所能满足个人需要的价值的大小，或者说是某项活动成果的吸引力的大小；E（Expectancy）为期望值，指一个人根据经验所判断的某项活动导致某一成果的可能性的大小，以概率表示。用通俗的语言说，M指激励的效果，V指看得到的吸引力，E指做得到的可能性。

管理者采用期望值理论实施激励时应采取以下几点。

① 管理者不要泛泛地抓各种激励措施，而应当抓多数组织成员认为效价最大的激励措施。

② 设置激励目标时应尽可能加大其效价的综合值。

③ 适当控制实际概率与期望概率。期望概率既不是越大越好，也不是越小越好，而是要适当。期望概率过高，容易产生挫折；期望概率太低，又会减小激发力量。

（4）公平理论　公平理论又称社会比较理论，是美国亚当斯1956年提出的。该理论侧重于报酬对人们工作积极性的影响。其基本观点是，当一个人做出了成绩并取得报酬以后，他不仅关心所得报酬的绝对量，而且关心自己所得报酬的相对量。因此，他要进行种种比较来确定自己所获报酬是否合理，比较的结果将直接影响今后工作的积极性。公平理论指出，每个人都会自觉或不自觉地把自己付出的投入和所获报酬相比的收支比率，同其他人在这方面的收支比率作比较，又同自己过去在这方面的收支比率作历史比较。如果这种比较表明收支比率相等，他便会感到自己受到了公平的待遇，因而心情舒畅，努力工作。如果收支比率不

等，则可能出现：① 他会感到不公平，他可能要求增加自己的报酬或减少自己今后的努力程度或者要求组织减少比较对象的报酬、让其今后增大努力程度；或者另外找人作比较对象，以求得心理上的平衡；也可能发牢骚、讲怪话，消极怠工，制造矛盾甚至弃职他就。② 他可能要求减少自己的报酬或在开始时自动多做些工作，但久而久之，他会重新估计自己的技术和工作情况，终于觉得自己确实应当得到那么高的待遇，于是工作状态又会回到过去的水平了。

心理学认为，不公平会使人们的心理产生紧张和不安状态，因而影响人们的行为动机，导致工作积极性和工作效率的降低。因此，管理者应当在工作任务的分配、工资和奖金的评定以及工作成绩的评价中，力求公平合理，以保护和调动职工的积极性。不过，公平也是相对的、主观的，在客观上只能做到让多数人认为公平，每个人都感到公平是不可能的。

（5）强化理论　美国心理学家斯金纳提出的强化理论认为，人们为了达到某种目的，都会采取一定的行为，这种行为将作用于环境。当行为的结果对他有利时，这种行为就会重复出现；当行为的结果对他不利时，这种行为就会减弱或消失。这就是环境对行为强化的结果。

根据强化的性质和目的，可将强化分为正强化和负强化两种类型。在管理上，正强化就是奖励那些组织上需要的行为，从而加强这种行为；负强化就是惩罚那些与组织不相容的行为，从而削弱这种行为。正强化的具体形式包括对成绩的认可、表扬、改善工作条件、提升、安排担任挑战性工作、给予学习和成长的机会等，负强化的形式有批评、处分、降级等，甚至有时不给奖励或少给奖励也是一种负强化。强化理论的应用原则主要有以下三条。

① 要针对强化对象的不同需要采取不同的强化措施。

② 小步子前进，分阶段设立目标，及时给予强化。如果目标一次定得太高，就难以发挥强化的作用，也很难充分调动强化对象的积极性。

③ 及时反馈。即要通过一定形式和途径，及时将工作结果告诉行动者。结果无论好坏，对行为都具有强化的作用。对好的结果及时反馈，能够更有力地激励行动者继续努力；对不好的结果及时反馈，可以促使行动者分析原因，及时纠正。

以上的理论给我们的启示如下。

了解员工的需要是一切激励措施的前提。不同类型的员工，其主导性的需要是不同的。班组长在实践中应该根据不同层次的需要，采取相应的组织措施，以引导和控制人的行为，使之与企业的需要相一致。

重视员工的需要也体现了"以人为本"的管理思想，班组长应该把了解员工需要作为一项重要的思想工作来进行，并且采取一些科学的调查手段，不能仅仅限于谈心、观察等经验性手段。这方面，国外公司更重视也更相信科学，他们会把员工需要调查作为一项重要议题来进行。

给员工创造一个良好的工作环境，让员工满意，无疑会激发员工的工作热情，充分发挥其自身才能，从而给公司带来切身的效益。针对上述需求，有关专家认为可以通过加强员工规范化管理及人性管理来实现。具体建议有：明确岗位职责和岗位目标；做好设备和办公用品的管理；加强管理沟通，建立反馈机制；进行书面工作评议等。

总而言之，这些激励理论为我们提供了实际管理与员工激励实践中应该遵循的一些基本原则和指导。不过，它离实际的工作还有一段距离，在实际中必须根据现实情况综合运用这些理论。20世纪70年代以来的管理实践说明，工作设计与再设计、灵活的薪酬福利计划、员工参与与授权、员工持股制度、目标管理激励、经由职业生涯管理和培训开发的激励措施、

以团队为对象的集体激励方案以及以组织沟通、组织氛围和文化建设为手段的组织激励方法都是比较有效和经得起实践检验的激励方法，而这些恐怕更多的是企业高级管理者所要考虑的问题。企业的班组长应该加强学习，掌握激励理论与技能，根据班组特点，一方面要理解高级管理者的奖励制度，另一方面要执行好公司的管理制度，同时还要因时、因地、因人采取不同的激励方式。

四、走出激励的误区

1. 激励的核心内容

需要是激励的根源，是职工努力工作的源泉。作为现代企业的兵头将尾，班组长只有深刻把握职工的需要，才有可能踏上激励职工的正轨，才有可能激发出职工努力工作的热情。具体地说，当职工的需要被满足时，职工就能被激励，就会有工作积极性，而职工的需要不能得到满足时，他就不会被激励，也就没有工作积极性。所以在实践中必须坚持以人为中心，以人为导向的管理思想，可以概括为四个方面的内容。

第一个方面是依靠人。以人为中心，承认人在现代化生产中的决定性作用，首先必须依靠人。依靠人的基础是相信人，管理工作中始终要相信人，相信人的本质是好的。事实上，由于人的本质是勤奋的、向上的，加之随着国有企业改革的深入，职工绝大多数是以企业利益为重，以车间、班组荣誉为重，所以应该相信他们。

第二个方面是关心人。在管理中，保障职工的合法权益和正当利益不受到损害，是班组长带好队伍的一个重要工作内容。相信职工是带好职工的基础，而关心职工则是带好职工的保证。能去关心职工，关心他们的疾苦，关心他们的正当利益，关心他们的合法权益，本身就是对他们的理解和信任，其延伸必然是对他们的相信和依靠。当然对有些职工的不合理要求和非正当的利益追求，应该明辨是非，予以制止和引导。

第三个方面是教育人。教育人包含了丰富的内涵。人的本质尽管是勤奋向上的，但环境和条件无时不在影响着人的各种观念，从而左右着人的思维行动，所以班组长应该应用各种激励方法，去引导和教育职工，最终把他们的行为纳入到组织所需要的行为规范中来。

第四个方面是培养人。对职工只使用，而不培养，在某种程度上说这仅是利用型的短期行为。对职工理想、信念和技术、技能的培养，为班组成员提供学习、提高的机会，是班组长应尽的责任。

2. 激励的误区

（1）激励就是奖励　目前，很多管理者都简单地认为激励等同于奖励，因此在设计激励机制时，往往只片面地考虑正面的奖励措施，而忽视或根本就不考虑约束和惩罚措施。有些虽然也制定了一些约束惩罚措施，但碍于各种原因，没有坚决地执行而使这些措施流于形式，结果难以达到预期目的。其实从字面上看，激励有激发、鼓励、诱导、驱使之意，所以只要有助于激发、鼓励、诱导、驱使员工行为的措施都可以叫激励。可以用正面的奖励措施引发所希望的员工行为出现，也可以用负面的惩罚措施限制所不希望的员工行为出现，所以仅仅将激励狭义地从字面理解为正面的鼓励，只强调利益引导这一个方面是不准确的，用于指导实践则是有害的。

管理激励，从完整意义上说，应包括激发和约束两层含义。奖励和惩罚是两种最基本的激励措施，是对立统一的。组织的一项奖励措施可能会引发员工的各种行为方式，但其中的部分行为并不是企业所希望出现的，因此必须辅以约束和惩罚措施，将员工行为引导到特定的方向上。对希望出现的行为，要用奖励进行强化；对不希望出现的行为，要利用处罚措施进行约束。所以班组长在激励员工的时候应该把奖励和惩罚结合起来，这样才会使激励取得

预想的效果。

（2）把同样的激励手段用于所有的员工　在实施激励措施时，没有对员工的需求进行认真的分析，没有根据不同的员工采用不同的激励手段，而是"一刀切"地对所有员工采用同样的激励手段，结果适得其反。班组长应懂得，员工绝不仅是一种工具，其主动性、积极性和创造性将对企业生存发展产生巨大的作用。

要取得员工的支持，就必须对员工进行激励；要想激励员工，又必须了解其动机或需求。每个管理者首先要明确两个基本问题：第一，没有相同的员工；第二，不同的阶段中，员工有不同的需求。在管理实践中，班组长要实施有效的激励，必须从对人的认识开始，因为世界上没有两个同样的人，也没有适应于任何员工的激励手段。通过对不同类型人的分析，找到能够促进人们工作或调动人们工作积极性的激励因素，有针对性地进行激励，这样的激励措施才有效。在不同的组织结构中，在不同的文化背景下，甚至在每个人的不同发展阶段，激励因素也会有所不同，对激励因素的分析，将有助于设计有效的激励机制。管理者不但要掌握激励理论，更应该根据自身所处的位置因地制宜地对激励理论作相应的变更，针对不同的情况采取不同的激励手段，有效地激励员工为组织的目标而努力工作。

（3）希望"照顾到每个员工的平均主义"　在激励实施的过程中，一定要注意实现公平原则，让每个人都感到自己受到了公平对待，这种公平不是搞平均主义，而是指应该公平、公正、公开地评价每一个人的工作业绩，使每个员工的付出与回报相适应，使他们感到受到公平对待。班组长要严格按照车间的考核标准对班组成员进行考核、评估。评估过程要公开，评估结果要公布，同时严格与奖惩、培训等制度挂钩。激励的公平合理对于员工也构成一个强有力的激励因素。

（4）只要能满足员工的需要就能有效地激励员工　在实际的管理活动中，有的管理者认为，只要能满足员工的需求，就能够产生激励作用。员工需要更多奖金和福利，企业就不断增加员工的奖金和福利。但是奖金拿了，福利享受了，工作就必然更有效果了吗？未必！有的时候会在组织内出现嫉妒不断，摩擦丛生的局面。因为事实上，人的行为（我们要的是有效的工作这种行为）会不会再生、重复出现，并不直接决定于他的需求是否得到满足。

人们由需要而产生动机，由动机而产生行为，由行为而产生效果。有效果不一定产生激励。要分析职工需求的合理性，引导职工的需求与组织的目标相一致，在确保组织目标实现的同时，使每一个员工的积极性都能得到发挥，每个员工都能得到激励。

（5）激励必须绝对公平　激励必须绝对公平，这是阻碍激励的一个重要问题。解决的最好办法，便是根本改变公平的观念。管理者坦诚说明"我只能够公正，却很难保证公平"，因为管理者自己强调公平，员工就会用不公平来批评他。得到奖赏不感激，未得奖赏不服气，完全是管理者认为自己公平所招致的恶果。公正未必公平，是解开两难的观念突破。在认识上，大家通常把公平视为常态，认为激励应该公平，甚至于必须公平。实际上，不公平才是常态，公平反而是一种特殊的心态。一种激励措施，居然被大家视为公平，不是这个组织太专制了，大家敢怒不敢言，不敢明白地表现出来；便是这种措施太宽松了，大家毫不费力，就能够获得激励，而且所得甚丰，远远超过大家的预期，一时间觉得十分公平，当然没有什么怨言。这两种情况，其实都不合乎激励的原则。

激励经常会产生两难。不做不行，做也不行。从两难开始，才能够兼顾激励与不激励。换句话说，应该激励的人，才给予激励；不应该激励的人，不必给予激励。同样地，应该激励的时候，才能实施激励；不应该激励的时候，就不能实施激励。用合理的不公平来取代绝对公平，应该是可行而且有效的方式。

（6）只注重物质奖励 人的需要是多种多样的，因而激励需要的方式也是多种多样的，物质激励只是其中之一。一般来说，人们都很重视物质激励，但真正长久而深入人心的，是情感和实现自我价值的激励。

五、激励技巧历练

1. 正确定位自己

班组管理是企业管理的落脚点，它是企业最基层的正式群体组织。由于生产工艺的连续性特点，作为车间兵头将尾的班组长的作用非常大。从管理特性分析，大体上可以把班组长分为管理型、业务型和头目型三大类。

管理型班组长既懂生产业务，又能带好一班人，在管理上有一定的方法，能较好地把握、理解和执行车间管理目标和意图。

业务型班组长对生产业务非常熟练，在生产维护和事故处理方面完全能完成车间指令，但在管理上方法简单。他们对目标的追求并不十分强烈，只是对生产业务有很大的兴趣。

头目型班组长最大的特点是有个性，讲义气，较灵活，在其周围一般有非正式的小群体，在工作中能基本完成任务，但受个人情绪影响波动较大。驱动工作动机除自身成长需要外，为朋友"面子"也不容易剔除。

班组长要正确分析自己的类型，属于管理型的班长要加强政治素质、业务素质学习与提高；属于业务型班长要加强管理知识的学习与提高；属于头目型班长必须融入车间集体中，正确处理好正式群体与非正式群体的关系，同时向其他两种类型的班长学习；自己定位好自己，自己激励自己，保持工作的长久积极性。

2. 努力了解下属

班组工人是班组长的主要管理对象，也是激励的主要对象。车间能否实现安全稳定生产，做到人心齐、热情高、干劲大，能否成为有凝聚力的集体，则取决于是否有一支过硬的工人队伍。随着改革的深入，职工的思想和观念发生了很大的变化，管理难度随着企业的需求提高而增大。从需要与动机的角度分析，大致可把工人分成以下所示的5种类型（分类主要侧重管理个性的差别）。

事业型工人追求自我实现和成长需要，他们不满足于现状，有所追求，同时工作中目标明确，希望通过自己的努力，得到深造机会或提升机会，或者有机会摆脱倒班工作岗位。他们是班组管理的积极因素，当他们意识到期望值概率很小或者不理想时，其后行为完全取决于自身素质。

积极型工人驱动努力工作的动机则是对所从事的工作有兴趣，对班组这一集体有信心，对周围人际关系较满意。他们一般受过规范教育，有较高思想素质。部分人有较好的家庭教育，部分人来自比较艰苦的家庭，他们是班组工作的重要力量。

自尊型工人的自尊心极强，很要面子。驱动他们努力干好工作的动机多半是自尊心和面子，因而工作上表现为积极性波动大，争强好胜，受环境影响比较大。

本职型工人占比例较大，尽管他们对自己和车间的现状未必满意，但他们也意识到这很

难改变，所以表现为安于现状，遵章守纪，只求稳妥无过，干好本职工作，普遍有从众特点。

落后型工人则是极少数，常常对班组工作有负面影响，往往因各种原因（个人、家庭、环境）对车间有抵触情绪，对严格管理流露出不满，常常牢骚满腹，怨气十足，说长道短，对他们则要更多帮助，运用强迫激励较为有效。

3. 灵活掌握方法

（1）采取奖励与惩罚相结合　在西方流行的"胡萝卜加大棒"政策正是极好的运用典范。俗话说，论功行赏，人们总是期望在通过努力达到预期的结果之后能得到适当的奖励。这种奖励既能使受奖职工看到自己的努力与成绩受到上级或社会的肯定，从而进一步促使他努力做好工作。同时又能使受奖职工周围的人得到鞭策和鼓动，使他们学有榜样，赶有目标，形成比、学、赶、超的良好气氛，同样，对不良行为，则要酌情给予惩处。惩罚的作用在于使职工从中吸取教训，教育周围的人，引以为戒，切不可惯用压力的管理方式去管理。

（2）运用好"奖励"措施，以奖为主，以罚为辅　对做出贡献的职工，如果没有行之有效的物质或精神奖励措施进行强化，时间稍长，被激发的内部力量则会逐渐消退。此外惩罚有时会造成新的不良行为，过度的惩罚还会使人产生挫折感，甚至还会损伤人的自尊心和自信心，因此在工作中我们对惩罚做到只对事不对人，惩罚及时适当，惩罚之后给当事人改正的途径，把提出改进建议作为惩罚的最后一环。

（3）奖人所需，形式多变　奖励要因人而异，每个人都有特点和个性，其需要也不尽相同，有的可能注重物质需要，对自尊心强和追求事业型职工则更应以表扬等精神奖励为主。因此奖励不搞一刀切，形成多样化，但同时应注意奖励不宜过于频繁，防止出现厌倦心理和成为"保健因素"，试想如果对技术组每名技术人员进行同额奖励，那效果将极差不说，相反有时还会造成许多人为的矛盾和不满，无法令人信服。

（4）坚持激励原则　激励的一个基本特点就是经济性，在现实组织中，可供管理者使用的激励因素的资源是有限的。激励因素的使用必须考虑诱因与贡献之间的平衡，运用有限的资源，达到理想的激励效果。激励因素的另一特点是排他性，一个位置在给予某一个人的同时也就排除了其他人占据该位置的可能。地位、荣誉等因素都有类似的特点。在运用激励因素时，必须考虑这些特点。坚持以下激励原则，将对您的奖励会有所帮助。

① 把握住激励的时机。农民种地有农时，指挥打仗有战机，只有把握适当的激励时机，才能做到事半功倍，否则只能事倍功半。实践中，班组长要善于抓住员工需求愿望强烈时机，趁热打铁；善于抓住员工愿望实现时机，因势利导；善于抓住员工需要排忧解难时机，雪中送炭。

② 解释给予奖励的原因。要把接受奖励的原因讲得一清二楚。怎样才算是成绩出色，这些问题必须达成共识，要求和标准应该很明确。

③ 提供充足的反馈。如果不能经常地将反馈信息提供给个人或集体，他们就无法得到鼓励。您应当尝试您所学的每一项有关向下属提供反馈的技巧。

④ 奖励要有所区别。不能给每一个人同一级别的奖励。如果平淡的工作表现都能得到奖励，那就意味着在鼓励吃大锅饭。贡献突出的人和贡献一般的人受到的奖励应该有所区别。

⑤ 奖励只能偶尔为之。奖励不能每次成绩都有，周期性的奖励会使员工的出色表现维持较长的时间。如果每次工作表现都有奖励，就会使员工为了奖励而工作，奖励一旦到手，积极性就消失了。

⑥ 奖励应及时。为了取得最大成效，在人们表现出色时应立即予以奖励。卓越的领导总

是在员工做出突出贡献时马上对他们的成功表示祝贺。

⑦ 要不断变换奖励形式。同样的奖励形式不会永久有效。班组长的一个很重要的技巧就是设计一套切实可行的奖励形式，然后不断变换使用。

4. 班组长可以使用的激励方法

激励员工是一项具体的工作，下面将一些常用的方法串起来，把激励员工放到一个实际的管理环境中。

激励靠的是动机，动机可以激发人，使其内心渴求成功，从而产生不断推动朝着期望目标不断努力的内在动力。在实施激励以前，作为班组长应该清楚，激励员工想达到什么目标。目标明确以后，班组长就可以进行以下几方面的工作。

（1）为员工提供一份内容丰富的工作 单调乏味的工作最能消磨斗志，想要使员工有振奋表现，必须使工作富于变化与创新。例如鼓励员工精一岗、会两岗、学三岗以丰富其工作内容等。

（2）确保员工得到相应的工具，以便把工作做到最好 拥有本行业最先进的工具，员工便会自豪地夸耀自己的工作，这夸耀中就蕴藏着巨大的激励作用。班组长要了解班组成员所使用工具的状况，及时更换、更新工具，确保其先进性。

（3）为员工出色完成工作提供信息 在项目、任务实施的整个过程中，班组长应当为员工出色完成工作提供信息。这些信息包括公司的整体目标及任务，完成工作所需要的指导部门与协作部门，及员工个人必须解决的具体问题。

（4）听取员工的意见，邀请他们参与制定与其工作相关的措施，并与之坦诚交流 如果把这种坦诚交流和双方信息共享变成工作过程中不可缺少的一部分，激励作用就更明显了。

（5）建立便于班组各方面交流、诉说关心的事，或者获得问题答复的稳定机制 定期召开民主生活会（班务会）等，营造畅所欲言的氛围，多听取职工对班组工作的意见。

（6）员工完成工作时，当面表示祝贺 研究表明，这是最有效的因素。这种祝贺要来得及时，也要说得具体。如果不能亲自表示祝贺，班组长应该写张便条，赞扬员工的良好表现，书面形式的祝贺能使员工看得见管理者的赏识，那份"美滋滋的感觉"更会持久一些。

（7）当众表扬员工 公开的表彰能加速激发员工渴求成功的欲望。当众表扬员工，这就等于告诉他，他的业绩值得所有人关注和赞许。如今，许多班组视团队协作为生命，因此，表彰时别忘了班组其他成员。

（8）开会庆祝，鼓舞士气 庆祝会不必太隆重，只要及时让团队知道他们的工作相当出色就行了。

（9）经常与下属员工保持联系 跟员工闲聊，投入的是最宝贵的资产——时间，这表明班组长对班组成员很关心。

（10）了解员工的实际困难与个人需求，并设法满足他们 这会大大调动员工的积极性，最大限度地激发他们的工作热情。

（11）营建和谐向上的气氛 背后捅刀子、窝里斗、士气低落会使最有成功欲的人也变得死气沉沉。

（12）最后，金钱的作用也不可低估 当今许多人贬低金钱的意义，但金钱的激励作用毫无疑问是不可忽视的。要想使金钱发挥最大作用，就应按照员工的实际贡献来公平和公正地实施奖惩制度，这样才能形成良性的竞争氛围。

以上这些方法或许没有什么新意与创新，但的确在员工激励的实践当中起着关键的作用。应该强调，激励员工不是纸上谈兵，也不是严格地按照哪个理论来制定激励计划，而是

根据实际情况，诸如组织环境、行业特点、工作要求、激励对象的自身特点和具体情况来灵活地实施激励手段。

构建高效团队

案例2

情景1

与阿姆斯特朗同时登上月球的奥德伦被记者提问："由您的伙伴先下飞船，成为登陆月球的第一人，您会不会觉得有点遗憾？"奥德伦幽默地回答说："各位，千万别忘了，回到地球时，我可是最先出太空舱的。所以我是由别的星球来到地球的第一个人。"

情景2

大雁在觅食和休息时，总是一起行动，共同分享一片芦苇，一旦有危险出现，发现者总是大声报警，提示同伴尽快脱离危险境地。

飞在队伍中的每一只大雁都会发出"呱呱"的叫声，鼓励前导的雁勇往直前。它们是以"V"字飞行、以胜利为信念的团队。

情景3

几只在大海中觅食的海豚遇到了一大群鱼，它们没有因为饥饿而冲向鱼群，而是向远方的同伴发出了信号，当一百多只海豚聚集到一起的时候，它们围成了一个圈，把鱼群围拢在中间。它们分成小组有秩序地冲进中央，分吃鱼。中间的海豚吃饱后，就游出来，替换外面的伙伴，如此循环往复，直到最后一只海豚吃饱为止。

问题导向

- 什么是团队？
- 什么是团队精神？
- 班组长该如何培育自己的班组团队？

案例分析

班组是现代企业生产的基本单位，新的生产线的建立与运行，新工艺、新技术的开发与运用，新产品的生产都离不开班组。

可班组长经常会有这样的烦恼：① 有的班组长总是抱怨自己的班组成员责任心不强，办事不积极，坐等布置工作，而班组长自己则由于要不断地布置工作、指挥大家做事，同时还要亲自上阵参与工作而忙得团团转，而班组中却总有一些应该做的事情没有人干。② 某些已

经明确作出指示的事情总是不能按时而且保质保量地完成；而班组成员们则总是抱怨说班组里的分工太不明确，职责界限也不清楚。③ 有时自己干多了不仅不讨好，反而有可能让自己的上司或本班组成员不高兴，这让班组成员觉得委屈。

工作团队是为了实现某一目标而由相互协作的个体组成的正式群体。班组是一个工作团队。"一个篱笆三个桩，一个好汉三个帮"，建设一个高效、团结、协作的班组对提高企业绩效、员工满意度等方面有重要作用，它是企业在竞争中取得胜利的重要保证，是企业的生力军。

一、聚焦团队

一个组织要具有较强的竞争力，要在激烈的竞争中生存、发展、壮大，一定要使这个组织成为一个和谐、完善的统一体，在这个组织成员之间达成共识和默契，这就是我们所说的组建一个团队。

1. 什么是团队

团队是指为了实现某一共同目标由相互协作的个体所组成的正式群体。团队的所有成员都希望并且要求相互之间提供帮助和支持。

2. 团队不同于个人

团队和个人相比，最大的区别在于团队具有共同性和交互性，即团队成员有共同的愿景，个人完全服从于团队，成员之间相互信任、承担义务。以团队的方式展开工作，其一促进了成员之间的合作并提高员工的士气，有利于创造满意的工作氛围；其二使班组长有时间进行班组建设方面的系统思考，而不是成为"救火队长"；其三提高决策速度，把一些决策权下放给团队，可以使组织在作出决策方面具有更大的灵活性，通常团队所作出的决策，要比单个个体的决策更有创意；其四，提高工作绩效。

3. 团队的特征

无论哪种类型的团队，要想协调好内外关系、顺利地开展工作，使团队成员之间相互信任、相互帮助、相互影响、相互理解，优化工作环境、提高工作效率，都必须具备以下的特征，这就是一个高效团队的特征。

（1）清晰的团队目标　高效的团队对要达到的目标有清楚的认识，理解这一目标所包含的重大意义以及对于团队和个人的价值。激励团队成员将个人目标与团队目标紧密地结合，并将个人目标升华到团体目标。成员愿意为团队目标作出承诺，清楚地知道希望他们做什么工作，以及他们怎样共同工作并实现目标。高效团队的成员会对团队表现出高度的忠诚，抱有坚定的信念，为使群体获得成功，他们愿意尽最大努力完成工作，愿意调动和发挥自己的最大力量。对团队目标的强烈认同感和共同的信念、一致的承诺使团队具有极强的凝聚力和协作力，能够调动和发挥团队成员的最大潜能。

（2）成员之间相互信任　这是有效团队的必要条件和显著特征，团队中每个成员对其他人的品行和能力都确信不疑，团队协同发挥作用。成员之间的相互信任需要花费大量时间去培养，否则团队的能量将难以发挥。

（3）良好的沟通　一方面通过交流信息、看法、经验，能够促进成员的共同进步，指导团队成员的行动，另一方面团队成员能迅速、准确地了解彼此的想法和意见，消除误解。这

是一个高效团队必不可少的特点之一。

（4）必要的相关技能　一个优秀的团队必然是高素质的团队，他是由一群有能力的成员组成。他们具备实现团队目标所必需的技能和素质，相互之间能够很好地合作，从而出色地完成任务。这包括业务素质和调整能力，团队中的成员必须具备完成团队要求的工作能力和处理群体内部关系的高超技巧，同时，团队中的成员还应具备调整技能，随着团队环境的变化而不断进行自我调整，以适应团队工作的需要。

（5）出色的领导能力　在一个高效团队中，领导者的作用至关重要。有效的领导者能够为团队指明发展方向，带领团队成员共同度过最艰难的时期，向成员阐明变革的可能性，鼓舞团队成员的自信心，帮助他们更充分地发挥自己的潜力。

（6）良好的团队环境　从内部条件看，团队应拥有一个合理的基础结构，应能支持并强化成员行为，以取得高绩效的成果。从外部条件看，企业应当给团队提供完成工作所必需的各种资源，倡导优秀的文化氛围，积极上进的，崇尚开放、包容、团结协作的作风，并培养员工的参与意识和自主性。

二、组织合理

1. 构建合理组织

今天的团队组织，既要管人，又要管理他们工作和任务，这就越需要有两条标轴，一条是"职能的标轴"，管理知识工作者的"人"与其知识；一条是"团队的标轴"，管理他们的工作及任务。

（1）澄清组织目标，明确自己责任　团队的共同目标是团队成员的共同愿望，在工作前澄清"我们要做什么"，使团队里每一个人都能知道整个团队的工作，确认所有的伙伴都在同一目标上，有助于团队成员明确任务，明确责任，明确发展方向，也能对整体负责。目标明确，在完成任务的过程中团队成员会自然而然地投入，形成一体的意向，激发个人不断进取的力量，产生创造力。共同而明确的目标能培养出人们勇于承担风险与不断尝试的精神。

（2）用制度约束，高度自律　团队常因其成员疏于自律和疏于负责而失败，制度则可以规范人的行为。严格而科学的制度有利于团队成员培养出良好的工作习惯，使人们自觉遵守纪律、自动自发地工作，从团队的利益出发，自动自觉地维护团队的声誉。

（3）用感情交融，积极沟通　团队工作有赖持续性的科学管理，有赖其成员之间的和谐人际关系。团队成员之间良好的沟通可以建立起家庭式的工作关系，一方面个人可以放松心情，开拓思维，全身心投入工作；另一方面团队成员之间可以屏弃隔阂、坦诚相对，有利于积极解决工作中的疑难杂症，提高工作成效。同时，团队易于接受新观念和新的工作方式，充分地交流可以互换想法与思路，使团队具有极大的适应性。

（4）任人唯贤，发挥特长　团队成员的特点各有所长，例如有技能型、关系型、独立型、生活型等，应注意其各人职务的分配与工作筹划相一致，在实现团队目标的前提下，发挥个人特长为团队服务、为他人服务，注重集中团队的能力，扬长避短，可以帮助团队尽早实现目标，较好地完成任务。

（5）适当分权　在团队中并无主管与部属之分，个人能力是有局限性的，必须依靠集体的力量。权力的适当下分，有助于提升个人的责任感，团队成员可能既是某个项目的负责人，又是其他工作的参与者，既需要他人的帮助，又需要帮助他人，这样工作之间相互配合，权限之间相互制约，充分调动班组成员的积极性，工作自然可顺利开展。

（6）团队最大的问题，在于团队组织的规模上的限制　团队的人数少时，团队最能成

功。团队的人数多了，其各项优点，如灵活性与成员的责任感等，将被冲淡。

2. 构建团队时还应注意以下几点

（1）只注重自己小团队的利益 班组长不仅要将眼光放在自己班组这个小团队身上，同时还要时刻牢记，班组也是企业这个大团队的必要组成部分。班组的一切活动必须要建立在为企业服务、创效益的基础上。因此，必须注意与企业的发展步伐相一致，与其他班组互相配合，只有这样才能在竞争中求和谐、在和谐中求发展。

（2）团队内部皆兄弟 有的班组长为了创造看似和谐的班组氛围，不讲原则、不讲激励、不讲竞争，班组氛围又回到了大锅饭的时代，一味追求平均而不是平等，其实这样大大损伤了团队的战斗力，挫伤了那些不计较个人得失、追求知识技术进步的班组员工的积极性，反而不利于工作的开展。必须在班组中引进合理的竞争机制，通过挑战性的工作和有效的激励手段，来带动整个班组工作能力的提高。

（3）过于强调"牺牲小我，赢得大我" 团队的优势就在于它能充分展现个人的魅力和风采。只有班组中的成员都最大限度地发挥了自己的特长，整个班组才是最具生命力、最具发展潜能的。因此，不要过于强调"牺牲小我，赢得大我"，这样会压制班组成员的个人能力，打击他们的工作积极性。可以在班组总体目标的指导下，充分调动和发挥班组成员的个性，使他们人尽其才。

三、团队观念

培育良好的班组团队精神、构建高效的班组，班组长在日常工作中，可以尝试以下方式。

（1）严于律己，宽以待人 班组长在企业生产中具有实实在在的当家人的作用，因此，无论是在思想上、工作上，还是纪律上、生活上，班组长都应严格要求自己，在班组成员中起到表率作用。而对待班组成员要向对待自己的家人一样，关心他们、关注他们，才能将班组成员的心拧在一起。

（2）效忠团队，忠于目标 班组长要首先对班组的工作任务抱有坚定执着的信念，坚信一定能保质、保量地完成，才能对班组成员产生感染力。班组长对工作不轻言放弃，怀有积极的态度，其实也是对班组成员一种思想上和行为上的约束，他们自然也不会懈怠工作。

（3）爱，从信任开始 要使班组成为一个高效团队，爱和信任的力量是巨大的。班组长要相信班组成员的能力、相信班组成员的品行，善待他们、宽容他们，多在情感上"投资"，在班组中营造出互助、友爱、合作的氛围，方能增进团队的凝聚力和向心力。

（4）放弃小我，实现共赢 必要时，能放弃自我的利益和荣誉是一种牺牲的态度，是心甘情愿的付出和给予，这需要勇气、魄力和胸怀。

（5）分享与协作 更多地关注班组自身的资源和优势，在工作中多创造班组成员合作的机会，强调合作、推崇合作，在合作中每个班组成员都会有收获，使他们可以齐头并进、前后呼应、相互关照，这样才能使班组形成一个和谐统一的整体。

（6）做正确的事，正确地做事 做正确的事强调的是工作的效果；正确地做事强调的是效率。班组长必须明确当前什么工作是对班组最有价值的事，如何做才能提高工作效率。只有两者之间达到平衡和统一，才能使班组获得最大的效益。

（7）栽培与授权 班组长如果对班组工作事必躬亲，则班组管理不会有好的成效，班组长必须学会将合适的班组成员配备在合适的岗位上，让他们尽其所能地完成班组的共同目标。这就要求班组长一方面要不断培养班组成员各种工作能力，栽培、扶植班组骨干力量，另一方面要学会适当放权。

（8）合理运用班组会，充分挖掘集体的智慧　好的决策来自于班组成员的高度参与。认识自己，也认识班组成员。了解班组员工的特长，欣赏他们的优点和长处，将班组利益与班组成员利益挂钩，鼓励他们在会议场合袒露自己的想法和行动措施，鼓励他们积极为班组管理出谋划策，并要求他们提出一系列建设性的解决方案。

（9）激励、赞美与肯定　对班组成员的工作和学习多给予肯定和认可，对他们的行为多一些赞美和鼓励，会让他们感觉到被尊重、被认可，会增强他们的自信心和对成功和荣誉的渴求，从而激活班组员工的潜能和斗志，他们会充满激情地全身心投入到工作中去。

团队没有默契，不能发挥团队绩效，而团队没有交流沟通，也不可能达成共识。要能善用任何沟通的机会，甚至创造出更多的沟通途径，与成员充分交流。从自身做起，秉持对话的精神，有方法、有层次地激发员工发表意见与讨论，汇集经验与知识，才能凝聚团队共识。团队有共识，才能激发成员的力量，让成员心甘情愿倾力打造企业通天塔。

团队精神就是为了一个共同的目标，上下同心同德，尽职尽责，舍小我而顾大局。班组必须像海獭、像大雁一样建立一支自动自发的团队，培育团队凝聚力，使团队成员感受到集体的存在，在整个工作中保持一致、协调，每一个人都能处理好出现的问题，每一个人所做的事情都对班组的目标有意义、有价值，依靠团队的合力在竞争中保持优势，班组的效绩又怎能不突出呢！

四、充满快乐

作为班组长，应尽力为班组成员创造一个温馨、和谐、充满快乐的工作环境，如此才能使班组成员的积极性和创造力得到充分发挥，把班组当成自己的家、把班组工作当成自己的事儿，那么班组工作自然能顺利开展。使班组环境轻松、愉快，可从以下方面着手。

（1）建立长久的互助关系　把团队当成家庭，把同事当成家人，建立起一种长期交往、长期互助的关系，对个人是有益的。朋友多了，交往也就多了；交往多了，见识也就多了；见识多了，能力也就提高了；能力提高了，生活也就更有意义了。

（2）分享成功　团队的发展，离不开团队每一名成员的努力与奉献，团队的成功，也就是团队中的每个人的成功。

（3）相互鼓励　您有快乐吗？团队的好处在于您有了炫耀的地方，有人与您一起分享幸福，幸福加倍；您有沮丧吗？团队的好处还在于您有了发泄的地方，有人与您一起分担忧愁，忧愁减少。

当我们工作时，感觉到像在家里一样，轻松、自在、愉快，也就知道营造一个充满快乐的工作团队的重要了。

五、"人心齐、泰山移"

我们常常看到，有的团队中意见分歧，关系紧张，矛盾较多，不能很好地完成任务。有些团队意见比较一致，关系融洽，相互合作，任务完成得好；还有一些团队，成员之间互相关爱，各成员以作为团队的一员而自豪，对团队工作有强烈的责任感和义务感，这就是高效团队的典范。

日本松下公司的行动纲领是履行企业员工应尽的职责，谋求改善和提高社会生活水平，为世界文化的发展做出贡献。公司的行动信条是企业发展离不开全体员工的友好协作，全体成员应全力以赴。

团队也会有矛盾和冲突，处理时应注意以下四点：

① 当面沟通，及时进行信息交流；

② 焦点放在自己身上，减少个人攻击；

③ 最终认同解决方案，为结果负责；

④ 强调团队荣誉而非个人。

一个人的能力再强，单独操控、运作的事情都有限，个人有局限、有缺点，但团队可以无限，做到完美。同样，一个人的恐惧和无助将在团队中消失，一个人的潜能会在团队中极大地发挥出来，个人得益，团队得益，其他成员同样得益。

一个小的团队往往能战胜大的困难。在优秀团队里，大多数人的收益超过个人单干的收益；在优秀团队里个人优点得到充分发挥，个人的弱点得到极大弥补。

各位班组长应记住：生命的奖赏是在终点，而非起点。只要团队相互鼓励、坚定信念、坚忍不拔、勇往直前、迎接挑战，终究能获得成功。

优秀团队不是天生的，在共同目标下按照一定规则和技巧进行决策、行动、分享才可能打造出有战斗力的团队。

开展工作的有效方法

 **案例3**

近几天继电保护班班长小陈满脸愁容。眼看5#机组即将大修，可班组里有4名职工被厂里抽走去完成另一检修任务，另有2名职工因身体原因不便参与检修。雪上加霜的是本次大修除了常规的标准性项目外，还增加了励磁调节器改造和引风机控制回路的改进工作。此时，小陈真正感受到什么是"巧妇难为无米之炊"。

从其他班组抽调人员弥补不具备可操作性，从外单位聘请费用又不少，只能从现有人员入手了。

小陈将本次大修的工作量进行了认真、细致的测算，确定出每天必须完成的工作量。在人员组合上，他考虑了两个方案：一是按现有的三个组不变，各干各的；二是重新进行人员组合和设备分工，重点放在发电机保护大修及技改项目上。

小陈将方案提交给大家讨论，充分论证后，决定采用第二方案。小陈按照技术能力的大小，通过合理搭配重新组合成三个工作小组，并明确了大修期间的工作任务和检修目标，同时对工作计划、工作要求等进行了严格规定，并制定了合理的奖金分配制度。

一个大修周期下来，全班工作目标得到圆满完成，全班无不引以为荣。

问题导向 ▶▶▶

● 班组管理中如何有效地开展各项工作？

● 班组管理中如何提高工作效率？

 **案例分析**

班组长的工作方法就是管人理事，好的工作方法可以使管理工作事半功倍，从而提高工

作效率。下面介绍的是在班组工作中常用的管理工作方法，如果能在工作中熟练运用，会对班组工作的开展带来有益的帮助。

一、树立自己的威信

权威的力量是不言自明的。有的班组长认为，自己不过是个基层工人，谈不上是什么领导，总认为靠哥们义气进行管理就可以了，因此就不注意树立威信。这是不对的，首先班组长也是一级领导。如果一个领导不被人敬服，那么他的管理必将是低效的。要想成为一个高明的领导者，就必须克服自己的缺点，扬长补短，树立威信。

1. 以品德、形象树威

树立自己的威信首要的一条在于拥有个人魅力。不要把魅力误解为个性的产物，其实魅力主要与个人的品德、能力相关。

具有感召力的个人魅力包括具有鲜明个性、勇于战胜困难的勇气、积极向上的心态以及优良的品德。

独特的个人魅力最能吸引其他班组成员的的注意力，凝聚班组成员的战斗力，使班组成员忠心耿耿地为班组以至于企业的目标而努力工作。

加强个人修养，以德树威，用鲜明的个性特征和高尚的道德品质，建立起个人的魅力，那么他的威信肯定高，影响力肯定强。

2. 以技术能力树威

在知识不断更新的当今社会，在专业化程度更高、更深的企业中，精通本职业的专业知识与技能是至关重要的。

如果您对本职业的具体业务工作不了解，不能够对班组成员的工作进行指导，时间一长下属就会认为您不学无术，您的形象也会在他们心目中大打折扣，威信自然无从谈起，肯定会对班组管理不利。

一个优秀的班组长一定在技术上要过硬，业务能力要强，在关键时刻要能够挺身而出解决难题，这样才能赢得班组成员的信服，也才能成为一个优秀团队的引路人。

3. 以业务才干树威

以业务才干树威比以技术、经验树威更重要。以能力树威使人信服，以才干树威使人佩服。

这里的业务才干主要指班组长的领导才能，当然也包括专业、技术方面的才能。一个优秀的班组长，应具备很强的组织、协调能力；对解决问题有着强烈的愿望；敢于冒风险并愿意承担责任；他了解每个班组成员的能力；知人善任、善于沟通；做事有主见而不固执，他还应掌握作出正确决策的方法艺术。

具备以上的才能，员工会认为您像个领导者，跟着您干没错，于是您就有了号召力，有了威信。

4. 以权力树威

在生活中，您可以和您的班组成员以兄弟相处。但在工作中，要认识到自己是一级领导，要负起管理的责任，行使管理的权力；不要把私人感情在工作中滥用，要时刻向班组成员表明您清楚自己在做什么，并且知道为什么要这样做。

作为一名领导者，您必须善用自己的权力。

二、调动班组成员的积极性

主动工作，还是被动工作，直接影响到工作的质量与效果。如何使班组成员积极主动地工作是班组长很重要的工作艺术。如果班组成员觉得您是有人情味的班长，而且管理得法，措施得当，在您这里工作，既能锻炼自己的能力，又能最大限度地为单位创造效益，那么，他就会积极主动地工作，您这个班组长做得就很成功。那么，如何调动班组成员的积极性呢？

1. 信任

也许有人不太相信，信任带给人的积极主动性是难以想象的。有些班组长虽然自己干劲十足、精力充沛、处事利落，但事无巨细，总是把什么事都抓在手中，不想也不会把工作分给班组其他成员去干。这样处理说明班组长对自己的下属不够信任，不给他们提供独立干事的舞台。这种处事方式不仅窒息了下属的活力，自己也孤掌难鸣，事倍功半，最终不会做出好的成绩。

信任要建立在对班组成员全面了解的基础上，信任表现在您对班组成员的工作能力的肯定，信任体现在对班组成员价值的认可。

有成绩时要信任下属。不嫉贤妒能，是作为领导的基本素质，当下属做出较好的成绩时，不要疑心大起。对人说话不要阴阳怪气，话中带刺，而应该是真诚地鼓励和赞许，并交给下属更为重要的任务，这样下属才会做出更大的成绩。

出错时更应信任下属。允许别人犯错误，不因别人一时的过失而彻底对其否认，这样会使他失去工作热情，做事缩手缩脚。其实只要您能真心实意地帮他改正失误，下属就会感激您并更加积极地投入工作。

信任您的下属，万万不能仅仅把这句话放在口头上，而要把它牢记于心，付之于实，这才是英明之举。

2. 勇于承担责任

关键的时刻，优秀的领导者常常表现出勇于承担责任的精神，他们有极强的责任感、敢于获取，也敢于承担。绝不会因处境的不利而推诿退缩，怨及旁人。勇于承担责任，可以免去班组成员的后顾之忧，使他们把全部的精力积极地投入到工作中去，而不会因顾忌承担责任而消极应付。

3. 给班组成员面子

让您的员工保住面子，这点非常重要。在实际工作中，一些班组长往往由于不冷静的处理方法，无情地剥掉了班组成员的面子，伤害了班组成员的自尊和自信，抹杀了班组成员的感情，却又自以为是。这样只会让受伤害的成员颜面扫地，从而失去工作热情，更无从谈起积极工作了。

请记住，平静宽容地待人，给班组成员面子，他们会在工作中把头抬得更高。

4. 有事多找大家商量

要灌输这样一个理念：班组的事就是大家的事。

让大家都参与进来解决问题，特别是在与每一名成员的利益有所关联的事情上与他们商量，让他们产生一种积极的归属感和主人翁式的责任心。责任感的形成，会对大家自信心的激发起到推波助澜的作用，也使他们更加明确自己在班组中所处的位置，更加珍惜自己辛勤的劳动成果。

5. 善于激励员工

人是需要激励的，所以要采用各种激励手段来调动职工的积极性和创造性。这是班组建设能否取得成效的根本措施。班组长的任务之一就是找出激励大家的各种因素。

激励职工的方法很多，真正有效的激励比多发一点奖金更有效。人们都希望被人注意，被人肯定。尽可能多地给部下恰如其分的赞美；尽可能多地给部下表现自我能力的机会；要多让班组成员多抛头露面，如开会时让每人讲几句话。自己讲话时，多引用部下的意见、观点等，这样能起到意想不到的激励效果。

这里说的"赞美之词"，不是那种不切实际的夸大，也不是没有原则的阿谀奉承。而是真诚地发现他人的优点，并及时溢于言表。在某种程度上，恰当地赞美员工也是让班组成员重新重视自己、提高自信的激励方式。

三、分配工作的技巧

班组长的一个很重要的日常工作就是给班组成员分配工作。方法得当就很容易把工作安排得井井有条，班组成员也就能够很愉快地接受并完成。分配工作时应注意以下几点。

人尽其才、用人所长。要保证此人既能充分发挥现有的一切才能，又能使其工作得到进一步提高的机会。对那种富有独创精神的人，要分配高难度的工作，不要把那些单调、重复和琐碎的工作分配给他。最关键的工作要让能力最强的人来担任。

① 公平公正、合情合理。工作量要适当不过量。也不要忙人忙死，闲人闲死。

② 统筹安排，计划有序。既要考虑紧凑，也要切合实际，留有余地才能奏效。

③ 分配工作的时候，要有明确的职责范围，尽量避免中途变更。根据分配的工作性质，要提供相应的劳动保护。

④ 有计划地对班组人员的工作进行定期交换或扩大工作范围，帮助他们提高工作能力。

⑤ 分配工作的时候，应该让员工在完成工作后，产生一种自己对班组做出贡献的感觉，从而使其在心理上得到慰藉和满足。

总之，分配工作既要统筹安排又要突出重点；分清主次，抓住重点，带动一般。以达到平衡协调、提高工作效率的目的。

四、用好非正式群体

"非正式群体"是指在班组中由于爱好相同或是私交甚密的一小群人，他们义气办事、荣辱与共。处理不好同"非正式群体"的关系，会对班组建设和班组工作带来极大困扰，但处理好同"非正式群体"的关系，也会使班组长的工作得到极大的支持和帮助。

（1）渗透感情 一个外人很难融进一个相对稳定的群体，作为班组长要想使"非正式群体"成为自己的好帮手，就应该首先靠近他们，了解他们的爱好，关心他们的生活，解决他们的困难，做他们的朋友，用自己的真心和感情换取他们的信任和理解。

（2）正面引导 不仅要成为他们的朋友，换取他们的理解，还要正面引导他们正确地对待工作和任务，在班组工作中重用他们的长处，让他们在工作中看到自己的优势和对班组带来的正面影响。

（3）适当控制 对于那些可能对工作产生负面影响的人或事，要及时加以纠正，并控制他们在上班时间可能做出的其他过激或违规行为。

（4）必要时拆散 有时"非正式群体"由于缺乏自制能力，不好控制时，可以借助上级的力量，将他们拆散，分在不同班组工作或分在不同的岗位，以控制其在上班时间聚众活动，造成不良影响。

用好"非正式群体"，是一个很重要的工作技巧，使用得当，可以使班组管理工作事半

功倍；使用不当，也可能导致班组管理的失控。

五、采取强硬手段解决问题

一般来说，班组长多以温和的和富有人情味的方法管理部下，也就是说以鼓励、说服或以身作则等方法带动他们前进。但在必要的时候，为了加强管理，应对危机，班组长必须采取强硬手段。

采用强硬手段管理应注意以下三个要点。

（1）要稳 采用强硬手段惩罚一个人，也是要冒风险的。因为这个人可能有良好的人际关系，可能掌握着关键技术信息，惩罚不当会带来不良后果。因此要考虑周全，最好得到上级领导的认可或多数同志的认同，要拿出应付一切后果的可行办法。

（2）要准 批评、惩罚都要直接干脆，直指其弱点，争取一针见血。有时某人总是犯一种同样的错误，或者代表一类人的错误，这时的惩罚一定要选准时机，在其犯错最典型、最明白、最有危害性时，及时采取措施。这时切忌无事生非，不明事实；也切忌小题大做。这样才会做到让受罚人口服心服，也才会真正让众人引以为戒。

（3）要狠 一旦认准时机，采取强硬手段要坚决果断、毫不留情。切忌犹豫不定、反复无常、拖沓累赘。

除非原则问题，一般来讲应避免过于频繁采用强硬手段解决问题，不然的话，会给人一种管理方法单调、生硬的感觉。频繁使用还会对班组凝聚力带来伤害。

六、冷处理

冷处理是在事情处理时机不成熟，或不宜作主动处理的情况下，采用的一种"冷却"处理手段。通过该手段的实施达到不处理而处理的实际效果。特别要注意，冷处理并不是不处理，而是另一种处理方式。

1. 冷处理的时机与要领

遇到当事人情绪失控，难以解释时，可以一言不发，借助神情、目光、态势等方式予以辅助，形成一种综合性的暗示语言，来表达自己的思想和倾向。为了收到预期效果，更多的时候则需要调动多种因素，综合运用冷处理。

对下级所提问题和要求，不便答复或不愿答应时，可伴以冷漠神情，或者"环顾左右而言他"，以转移话题，暗示下属自己不同意或不好表态。

若对下级所提问题和要求认为有些道理，但不便明确支持，或担心尚有风险时，可以在冷处理中辅以赞许目光，也可以在详细询问之后予以冷处理，可顺便说上一句："先试一下看看吧。"

2. 运用冷处理，要掌握好一个"度"

① 适时使用。人与人之间，有时需要"只可意会，不可言传"的冷处理，但更多的是"当面锣、对面鼓"，晓之以理、动之以情，相互表达清楚，取得理解和信任。这就是说，有时需要，但不是什么时候都需要，只能视需要采用。

② 适度使用。不宜长时间地冷处理，长时间的冷处理会让人不知所措，无法工作。长时间的冷处理，容易使下级误认为您是无能的。

③ 不要把冷处理变成"滑头艺术"。"滑头艺术"的突出表现是："难得糊涂"，甘当"好好先生"，遇事"后张嘴、慢开口"，"碰见矛盾绕着走"，这是想"旱涝保收"，这不是什么冷处理。

总而言之，我们提倡运用冷处理的方法，推动工作，驾驭全局，建立友善的上下级关系，但坚决反对把它曲解或变成"滑头艺术"。

七、把握批评的分寸

每个人都明白，表扬的激励作用要远远大于批评，但表扬并不是万能的。为有效地开展工作，适时地批评是必不可少的。批评也是一门艺术，许多班组长之所以没有树立真正的威信，并非他本人没有能力，而是不善于运用批评这种技巧。批评的最终目的不是要把对方压垮，不是整人，而是为了帮助他成长；不是去伤害他的感情，而是帮他把工作做得更好。

如何使批评达到预期的目的呢？简单粗暴当然不行；委婉曲折，难达其意，当然也不行；这就需要把握一个度。

1. 批评从表扬开始

作为班组领导者，要让大家体会到成功的喜悦，需要多表扬，少批评。即便是小事，只要他基本上做得不错，就应该先肯定他的成绩，在此基础上指出工作中的不足。

比如："小张，你的工作干得不错，你肯定下了不少工夫。不过，还有一个重要的问题你也许没有注意到……"。

这样的气氛有助于使对方认识到您不是在攻击他，不是批评他这个人，而是批评某项工作或某件事情。把批评指向他的活动，就无损于他的形象，这样就使批评建立在友好的气氛中，使对方感到无拘无束，欣然接受批评。

总之，从赞扬开始批评，以忠告结束批评，问题就迎刃而解了，这是一种比较有效的方法。

2. 换个角度批评

批评虽然都是由下属的过错或缺点引起的，但责备的轻重和形式要因人而异，有时可以换个角度来进行。

例如，您的下属喜欢下棋，您可以将工作和下棋进行比喻，借以激发职工对工作的兴趣，调动起他的积极性。因为他懂得下棋时，一棋不慎，就会全盘皆输，因而他也就会认真对待他的每一次工作，这样，他的责任心也就被调动起来了。

调动班组成员的主动性和积极性的最好办法，就是把指责隐含于鼓励之中。

3. 用事实说话

在有些班组里常常可能发生有人因为赶进度，而不顾质量，对工作敷衍了事的情况。面对这样的情形，作为领导，该对他怎么样？大加斥责吗？当然不行。此时若以事实说话，则比较有说服力。

4. 过火时要会灭火

有的班组长脾气较大，容易冲动。特别是看到别人犯了较为严重的错误，以致影响到班组声誉的时候，便按捺不住心中的怒火，不顾当时有多少人在场，就给犯错者劈头盖脸一顿痛骂，但事后就会感到后悔。当您在"气头"上责骂了您的下属，过后一定要及时采取补救的措施，或是及时为自己的过激态度道歉，这样不但可消除被骂者的怨气与委屈，还可赢得下属对您的尊敬与忠诚。

5. 善待犯错误的员工

人非圣贤，孰能无过，知过能改，善莫大焉。

人们免不了会犯形形色色的错误，因此作为班长，对他们提出批评是常有的事。但是，如果总是和粗暴、训斥、虎脸、损人联系起来，就会使班组成员工作起来总是谨小慎微，不敢承担责任，丧失积极主动的创造精神。这样的批评无助于改进工作，反而会适得其反。

当您的下级犯错误时，要慎重考虑。不少人对此的反应常常是凶狠地训斥甚至责骂犯错误的下属，使他离开您时很不高兴，甚至心存报复之意。这样并无助于问题的解决。既然错

误已经犯了，就只能在如何减少错误的损害程度和避免重犯上下工夫，使错误成为通向成功之路的铺路石。

领导者应以满腔热情来挽救失误的人，鼓励他用积极的观点去看待错误。经常采用谅解下级的过失或错误、维护下属自尊心的做法，激励他们的进取行为，使其不致因失误和错误而暗淡无光、垂头叹气、止步不前，从而将错误转化为一种强烈的动力，最大限度地发挥出自己的聪明才智。

八、消除下属的不安情绪

如何让下属忘掉不安或不快，是班组长的一个日常课题，必须做好。下属的不安可大可小，小的可能并不碍事，大的却会让他做不好工作，感到苦闷，甚至做出过激的举动。班组长有责任在下属出现轻微情绪不安时，就把它消除、化解。

1. **下属不安的原因分析**

工作不顺利时，因工作失误、工作无法照计划进行或沟通配合出现矛盾时，会出现情绪低潮和不安。

人事变动时，因人事变动而离开原岗位的人，通常都会交织着期待与不安的心情。

下属生病，身体不适时，心灵总是较为脆弱。

下属家中有人生病，或是为小孩的教育等烦恼时，通常比较焦虑和烦躁。

2. **消除下属的不安情绪**

（1）班组长应有一定的肚量 班组长应体谅下属的不安情绪，做出有限度的容忍，但必须视情况而定。例如某一下属近日神不守舍，在工作上出现错误，但每天仍然准时上班下班、又没有时常称病告假，作为他的领导，应有一定的肚量。不过，如果遇上经常发脾气，又称病不上班，或时常迟到，无心工作的下属，就必须加以引导，跟他谈心，有助于了解他心中的不快，然后将话题转到责任问题，让他的情绪容易适应。

（2）体谅下属 班组长在适当时候为下属解决问题，不单只是公事，也包含私人的情绪。下属遇到挫折时，情绪低落，效率和素质会受到影响；如得不到上司的体谅，情况可能会更糟。

（3）安慰要有技巧 工作中班组成员内心有些不安，是难以一下子消除的，但班组长可以想方设法令他忘掉不安，例如给一些有挑战性的或有乐趣的工作让他去完成等。

用朋友的身份询问下属发生什么事，细心聆听、慎重提出意见，最重要的是绝对保密，不将下属的私事转告任何人，才能得到对方的信任，得以安心投入工作。

下属的情绪低落，就是抓住下属心的最佳时机。因为人在彷徨无助时，希望别人来安慰或鼓舞的心比平常更加强烈。所以适时的慰藉、忠告、援助等，会比平常更容易抓住下属的心。

九、提高工作效率的技巧

1. **不要在次要工作上追求完美**

工作不分主次，平均使用力量，在时间上是一种浪费。有许多成绩卓越者，办事效率极高，是因为他们能够认真分析工作性质，准确把握轻重缓急，把主要精力用在最重要的工作上，利用有限的时间，高效率地完成至关重要的工作。

2. **只做自己该做的事**

一个人的精力是有限的，所以做事首先要考虑自己份内的事，该做的事要努力去做，不该做的事就不要去多管。

3. **激励自我**

为了达到工作目标，可以事先给自己制定一个奖惩措施。

只有这些措施切实执行了，才能真正地使自己振作起来，并全力以赴地去完成工作。

4. 全力以赴

做事情时全心全力，任何困难都可以迎刃而解。所以，善用时间者在任何时候都在向时间的终点全力冲刺。

5. 不受干扰

应该以委婉的方式避免突如其来的干扰浪费时间。比起"让门永远敞开"，也许更应提倡"让门半掩着"。这意义很清楚：不让无关人员打扰自己。应告诉对方您事务繁杂，向他道歉，然后请他在您不忙的时候再来。

6. 设定期限

强制自己按时完工是让时间增值的有效的方法。有些意志不坚强的人，也许会不自觉地宽容自己，少做一天也无所谓，推迟一天也不要紧。要知道任何事都有个期限，有时候往往是由于设定期限的观念不强，而完不成任务。

7. 工作有计划、有条理

工作有计划、有条理，才能有条不紊地进行；一盘散沙，将分不清轻重，不知何时才能完成。

写下具体的工作任务；

制定一个工作顺序表；

按事情的轻重缓急去做；

抓住工作的重点。

在工作中要达成您的主要目标，就要学会分清轻重，把力气使在关键处，从而产生好钢用在刀刃上的效果，摆脱困难的束缚。

十、用制度管人、用感情暖人

1. 用感情与职工交流

情感管理就是要以感情暖人。感情是人际关系中不可缺少的纽带，是建立良好关系的润滑剂。在班组中，要让班组成员理解、尊重自己，就首先要关心爱护他们。这种关爱绝不是需要别人帮助时的临时抱佛脚，也不是一种施舍，而是一种发自内心的真情的流露。

与班组成员以心换心、以情动情之所以必要，是因为人人都有这种需求。马斯洛的"需求层次说"认为，每个人都希望得到别人的尊重和肯定，希望得到别人的关注、关心、关爱。

这种需要，是属于心理上和精神上的，是比生理上和物质上更高级的需要。物质只能给人以饱暖，精神才能给人以力量。如果班组长对待下属懂得以心换心、以情动情这个道理，对下属能够平等相待，以诚相见，从思想上理解他们，从生活上关心和爱护他们，在工作上信任、支持他们，使他们的精神得到满足，这些下属就会焕发出高昂的热情，奉献出无私的力量，就会把工作做得更好。

这样，班组里就会出现亲切、和谐、融洽的气氛，内耗就会减少，凝聚力和向心力就会大大增强。下属潜能的发挥需要靠班组长发自内心地开发，不要轻易错过与下属联络感情的机会。

2. 用制度约束

用感情与员工交流时，别忘了应有的分寸。可以与员工保持良好的私人关系，但在工作中必须保持正常的上下级关系。无论在任何组织里，为了使工作顺利高效地开展，规章制度是必不可少的。随着企业的发展，随着员工人数和工作场所的增加，规章制度也会相应增

加。在许多情况下，规章制度是必需的，管理的作用之一就是规定限制，让员工知道他们到底能做什么、不能做什么以及怎么做。

在实际工作中，有些员工有时在有意无意间违反规章制度。有些班组长对如何处理违章违规行为，不能把握好处理的度。

比如有些班组成员由于自制力差而经常违规，而有的则是因为客观原因造成无意违规，还有些有进取心的员工也会过于热情或超越了理智的限度，导致不适当的行为，给班组和单位造成麻烦。

有些班组长碍于情面，就不了了之了，殊不知有时过分的纵容和包庇，不但会给企业和班组带来不良影响，对违规职工本人也是极端不负责任的。其实企业里规章制度，无非就是安全规定、纪律规定以及规范的工作程序，企业制定这些制度，本身就是为了保护职工的切身利益、维护企业安全生产、提高企业办事效率而制定的。建立合理的规范，可以使员工知道什么事必须做，什么事一定不能做。严格执行制度，员工就会在其规定的范围内行事，严格按制度办事体现了一个优秀员工的职业素质。

制度是无情的，冰冷的，但使用制度的人应该是有情的，真诚的。在制度下管理是管理得法，有章可查，而真情换来的人心却可以使您的管理插上高效的翅膀。

用制度管人、用感情暖人是班组管理必不可少的手段。

参考案例

某厂2001年产值和利润较十年分别增长10倍和15倍，年盈利达千万元。此时，厂长手里有了钱就越加注重金钱的作用，月平均奖不断加码，文体活动发钱，开会发钱，什么事情都和钱联系起来，以致酒桌上定全年的生产任务，最后到了谁也不敢讲奉献、讲理想的程度，似乎金钱决定一切。结果几个青工嫌奖金少，故意把合格产品搞成废品。一个女工闹情绪，下班时打开水龙头，淹了上万元的产品。一些职工嫌奖金少便偷，偷厂里东西的竟达员工总数的10%。赌博风也起来了，有30%的员工参加，上班时间车间、办公室随处是赌场，厂领导也在赌场上和员工打成一片。很快该厂由盈变亏，亏损达30多万元，直到警车开进了赌场。

这个案例说明，过分强调使用经济手段会葬送组织的事业。具体来说，片面满足员工经济利益的物质刺激会产生以下弊端。

① 物质激励难以持久。物质激励能使人产生一种愉快的心境，但在许多情况下，人们都有一种维持现状或想再增加收入的欲望。一旦奖励消失，就会使人产生挫折感，而不易使人产生内在的力量。

② 物质激励产生"诱惑物"效应。物质激励会使人产生一种交换观念。完成任务就得给钱，干多少就拿多少。金钱成了付出的等价物。这样，物质激励的满足就不是一次、几次性的，必须有大量的长时间的"诱惑物"，才能起到不断激励员工努力工作的作用。

③ 物质激励会削弱对工作意义和兴趣的追求。管理心理学家弗鲁姆指出，用物质刺激的方法去控制、诱导员工做出成绩，可能会削弱他们对工作意义和兴趣的追求、发掘。这正如用分数刺激学生的学习积极性，可能会削弱他们对知识的追求和探索自然及社会奥秘的兴趣一样。

④ 物质激励可能会造成人的精神动力的萎缩。物质刺激一旦成为人们注意的中心，就会淡化对精神动力的关注，可能会损害人的基本道德，正如前面举过的事例一样。

⑤ 如果只重视物质激励，其他激励工作薄弱，那么领导与员工之间，就形成了浓厚的金钱关系，不利于领导的非权力性影响力的发挥。团队利益的一致，观念的融汇，人际情感的温暖，都退居后位，甚至淡泊消失。这是非常不利的。

参考案例

假设您是某厂的厂长，上个月您给车工小李发了甲等奖金。他的反应十分积极，真是卷起袖子，甩开膀子大干，出的活又多又好。那奖金真灵，立见功效。您不无感慨地说："唉，工人嘛，无非就是为了挣钱。多给一点，他就会多努力点。这就跟那汽车发动机一样，油门一踩，注油量就增加，劲就来了，前面那个坡，哧溜一声就爬上去了。"可是，且慢，您看这个月。您给小李再发甲等奖，也许还给他一笔额外奖金，可是他这次不领情了，干起活来没精打彩，走起路来垂头丧气，不但产量大幅度下跌，还出了废品，产品质量有了问题。这时您会想，奖金怎么失灵了？下去一摸底，原来是他的母亲病了；未婚妻小王的妈妈捎口信来了："新三大件不全，不外搭上一只金手镯，想娶咱家丫头，没门！"上哪筹这一大笔钱去？

人的行为是复杂的，多因性的。对这个案例专家们曾作过如下分析。

第一，人的行为的起因（动机）是看不见摸不着的。人的动机虽然可以通过当事者自身的内省去探索，但那就免不了掺有主观倾向性的成分；而旁观者则只能靠观察那人的外显行为，推断他的动机了。

第二，一件单一的行为可能表达多项动机，或者，多种不同的动机可以通过类似的或完全一样的行为来表达。小李努力干活，可能是为了赚得较多奖金；也可能同时是为了吸引他所追求的女同事小王的注意，想引起她的爱慕；还可能是由于前天团支部大会上，讨论青年应怎样为增强祖国的综合实力、赶超发达国家做贡献，激起了他建设祖国的热情。这种情况，也是常见的。鸿门宴上，项庄舞剑，意在沛公。但项伯也同时拔剑起舞，其实也是"意在沛公"。不过项庄之意在加害，项伯之意在保护。两人同时舞剑，而动机则截然相反。

第三，相似的动机却可以用不同的行为来表达，甚至以矫饰或伪装的形式来表现。同是为了博得女同事小王的欢心，小李的表现是积极踏实地工作，以显示自己的勤奋与才能；小张的表现则是殷勤地呈献贵重的礼物，以显示自己的阔绰和大方。以假象来掩盖真实的动机，更有不胜枚举的例子。不仅如此，同一个人的同一动机，在不同的时间和场合，还会以不同的行为来表现。

员工激励是一个系统性、综合性的活动过程，回顾管理学界所有的激励理论及其演变，它们都在传递着一个重要的信息：管理中没有激励是万万不可的，但同样不存在万能的激励措施。不要企图通过某个激励措施来实现对员工的激励，也不要企图去寻找某个最有效的办法。我们必须学会从整体上去把握企业组织的现状和组织想要达到的目的，从宏观上去设计出合理、公正的组织人员制度，从微观上去把握不同的团队及员工个体的特点和真实情况，灵活而综合地运用激励手段，才能比较成功地实现对企业员工的激励，使组织处于良性的循环当中，在人才、产品、市场及声誉上赢得竞争优势。

参考案例

夏季里，雨水充足的小河，湍流的河水会冲垮小海獭们建筑的小水坝，那可是他们家园

的保护屏障。每当小水坝出现危机时，每一只海獭都会马上行动，重新修复，努力维护自己的家园。它们是非常勤奋的工作者，主动、自觉，配合默契、有序。

工作中的海獭是积极主动的，它们明白自己的价值、目标。每一只海獭都知道自己做什么、如何做，它们清楚地知道达成目标的全过程。

在海獭的行动中，您能体会到什么？

个体对团队有强烈的归属感，成员对团队的忠诚度非常高。

个体服从团队，私利服从公利。

成员认同团队的价值取向，为团队的目标全身心地投入。

只有先付出，才会有所回报。

帮别人成功，自己也成功。

这就是海獭的团队观念，这就是团队精神。

空气动力学家研究发现：大雁群在"V"字飞行时，比孤雁单飞提升71%的飞行力量。当每只雁振翅高飞时，也为后面的队友提供了"向上之风"。这种省力的飞行模式，让每只大雁都最大地节省能量，即使巨大的暴风雨也不能破坏它们的阵形。

当前导的大雁疲倦时，它会退到队伍的后方，另一只强壮的大雁飞到它的位置来补充。

大雁的表现您能感受到什么？

每个人都需要帮助。

为了团队的利益，有时需要牺牲个人利益。

坚信团队是最好的。

相互依赖，相互信任，相互支持，相信自己的伙伴有完成工作的能力。

这就是大雁的团队观念，这就是团队精神。

参考案例

一位班长发现模具的烤硬度不够，质量不合格。他当时心想："如果用的是合格的原材料，应该不会发生这种问题。"

在做过调查之后，发现是车工小李那儿出差错了。小李在事实面前连忙向班长一再解释说："因为上面催得急，所以我也没考虑那么多，就随便抓了一种材料加工。"班长听后，考虑到这名车工平时技术不错，就没有正面责备他，只是向他讲述了自己年轻时的一段经历：

"这是20年前的事了，当时我在H公司当车工。有一天，正在旋切某一机器的操作杆时，由于一不小心，将操作杆多削下半厘米，无奈，我只好又将之焊接上去，我自认为是天衣无缝，当时还不禁为自己的聪明而沾沾自喜。但是，过了几天后，班长怒气冲冲地跑来，见了我，劈头便骂：'你自作聪明，竟然用这么笨拙的手法来试图掩饰自己的过失。'开始我还没有反应过来，直到看到了班长手中拿的操作杆，我才恍然大悟。知道事情不妙，便赶快道歉。班长先问我其他的操作杆有没有这种问题，等我向他说只有这一根有毛病之后，他接着说：'有时一点点小差错便会酿成不可收拾的大错。而且，如果因为这点疏忽，使得单位的名誉受损，你用什么来弥补？'听了班长的这番话后，我不禁捏了一把冷汗，幸好没有酿出什么大灾祸来。从此以后，我再也不敢掉以轻心，只要犯了一点小错，便马上报告上去，久而久之，不但得到上司的信赖，自己的工作能力也不知不觉地增强了。"

从这段话中，车工小李真正认识到了自己错误，也能正确地对待这样的批评，并从中得

到教育。

这就是一种比较好的处理办法。因为事情如果不了了之，那个车工就还会有再次犯错的可能，但如果班长对他大加斥责，虽也能起作用，但效果显然不如上面所讲的方式好，因为您讲出了自己以往的失败教训，能使犯了类似错误的员工产生同感，进而承认自己错误的严重性，从而加以改进。

时间管理

案例4

情景1

燕子去了，有再来的时候；杨柳枯了，有再青的时候；桃花谢了，有再开的时候。但是，聪明的，你告诉我，我们的日子为什么一去不复返呢？——是有人偷了他们吧：那是谁？又藏在何处呢？是他们自己逃走了罢：现在又到了哪里呢？

朱自清的这篇《匆匆》，我们耳熟能详。古往今来，人同此心，为什么我们的时光如此匆匆流逝？

情景2

李师傅，40岁，工人。"小时候贪玩儿，没好好学习，现在工作、家庭压力又大，没精力再学点啥了，我现在就想着教育好孩子就行了，别让他像我一样。"

马师傅，40岁，工人。"以前没条件，当然自己也没用心，上了技校就工作了。现在有机会上个学也挺好，一方面总算圆了自己一个念头，另外和孩子一起做作业，孩子也说：'妈，咱俩一块儿学！'相互还促进一下，也挺有趣。时间嘛，当然紧，倒班、上课、带孩子、照顾老人，不过挤一挤、挺过去就好了，学了不白学。"

问题导向

- 什么是时间？
- 我们的时间浪费在哪儿？
- 我们应如何合理安排时间？

案例分析

不同年龄阶段的人们在读到朱自清先生的这篇散文时，感受都不尽相同；面临选择时，做法也不同。您的感受又如何呢？"时间就是效率"、"时间就是金钱"、"时间就是生命"、"一寸光阴一寸金，寸金难买寸光阴"，诸如此类的描述我们每个人都可以脱口而出，但是我们做得究竟怎样呢？

我们常常听到诸如此类的话："我要是在年轻时多学点东西就好啦"、"我应该少看些电视，好好地约束自己，多读点书"、"时间根本不够用，生产任务年年翻新，领导和班组员工像一群蜜蜂一样叮得我满头包；老加班，就连家人总也见不到我！"……

有时候我们总觉得自己没有时间，把希望都寄托在别人身上，殊不知别人也有不能自控的时候。倒不如从点滴开始做起，哪怕只是一个方面的改变，比如锻炼身体，坚持下去，也会发现精神头更足了，思考问题更清醒了，工作起来效率更高了，当然，时间也就相对充裕了。

世界几乎全面地在进步，但我们一天还是只有24小时。最成功和最不成功的人一样，一天都只有24小时，区别就在于他们如何利用这所拥有的24小时。我们该怎么办呢？

成功就是每天进步1%。当我们每天学习一点，行动一些，把计划做得越来越详细，不断地作总结、检讨，我们就会每天进步一点，慢慢步入成功。

读书札记

一、什么是时间

① 说法1："时间是物质运动的顺序性和持续性，其特点是一维性，是一种特殊的资源。"

② 说法2：环形运动，周而复始地循环，取之不尽，用之不竭。

③ 说法3：从过去，通过现在，到将来，连续发生的，各种事件的过程……

二、时间的特性

① 供给毫无弹性。时间的供给量是固定不变的，在任何情况下不会增加、也不会减少，每天都是24小时。

② 无法蓄积。不论愿不愿意，我们做任何事情都必须消费时间。

③ 无法取代。任何一项活动都有赖于时间的堆砌。

④ 无法失而复得。一旦丧失，就永远丧失。挥霍了时间，任何人都无力挽回。

三、时间杀手

我们的时间到底浪费在哪儿了？

① 无形的时间浪费。欠缺周详的计划；不懂分辨缓急先后；过分注重细节；犹疑不决；不懂得说不；拖延；善忘；不懂授权；欠缺组织；健康欠佳等。

② 有形的时间浪费。接打电话；不必要的会议；无计划的打扰；沟通不足；资源不足；查询、阅读文件及邮件；交通堵塞等。

四、时间管理

1. 时间管理

"时间管理"所探索的是如何减少时间浪费，以便有效地完成既定目标。是指面对时间而进行的"自管理者的管理"，就是我们自己。

时间管理就是谈"事件的选择"——规划；谈"掌握"——一套方法，保障事件的落实性——科学的选择、艺术的平衡。

2. 注意：

① 所谓"时间的浪费"，是指对目标毫无贡献的时间消耗。

② 所谓"自管理者的管理"，是指我们必须抛弃陋习，引进新的工作方式和生活习惯，包括要订立目标、妥善计划、分配时间、权衡轻重和权力下放，加上自我约束、持之以恒才

可提高效率，事半功倍。

3. 时间管理的误区

所谓时间管理的误区，是指导致时间浪费的各种因素。

① 工作缺乏计划。会导致目标不明确、没有进行工作归类的习惯、缺乏做事轻重缓急的顺序、没有时间分配的原则等弊端。

② 组织工作不当。主要体现在职责权限不清，工作内容重复；事必躬亲，亲力而为；沟通不良；工作时断时续等方面。

③ 时间控制不够。比如习惯拖延时间等。

④ 整理整顿不足。工作没有条理性，不能统筹兼顾。

⑤ 进取意识不强。缺乏对工作和生活的责任感和认真态度。

五、班组长的时间管理技巧

① 每天抽出一定的时间思考、总结当天工作，列出第二天的工作计划。每天抽出10～15分钟的时间简要归纳当天工作的得失，同时也简单思考一下第二天的事情，按照重要程度列出第二天要完成的几项工作计划。

② 工作中注重与他人的协作。提前商议与他人协作的工作时间和工作事项；注重团队协作能力的发挥；主动帮助他人，同时也要学会接受他人的帮助与支持，借助他人的能力和特长、集体的力量完成相应的工作。

③ 学会授权。按照班组成员的特长合理分担部分班组管理工作，充分发挥班组成员的能力。比如某些专业技术型工作、数据收集、可以代表其身份出席的会议等都可以授权他人；但是布置重要工作、班组人员调配、发展及培养班员、维护纪律和制度等工作不能授权。这里特别提出的是作为班组长，即使是授权，仍然要承担责任。

④ 及时回答班组员工提出的问题，给予必要的工作指导，培养班组员工独立工作的技能和处理问题的能力。对于班组成员提出的问题或遇到的难题要及时予以回答、指导；在日常工作中注重班组培训，提高班组成员的工作能力。

⑤ 掌握与工作相关的必要技能。除了要具有岗位要求的相应专业技能外，还要掌握一些沟通、统筹工作、士气调动、基础写作等工作必要的技能。

⑥ 注意平时积累与工作相关的素材。将突出的工作、有意义的活动、奖惩的决定等随手记录下来，既方便日后进行工作查询或总结，同时也是对工作的梳理过程。

⑦ 守纪律、守规则。"没有规矩、不成方圆"。在进行工作的时候，一定要念念不忘这个工作应于何时截止；即使外部没有规定截止的日期，自己也要树立一个何时完成的目标；由于不得已原因而不能按期完成时，一定要提前和相关部门取得联系，将影响缩小在最小范围内。

⑧ 自己的责任自己承担，不找借口。别把没有时间都归结于工作忙、家庭负担重、年龄大、体力下降等原因，也别把希望都寄托在孩子、爱人、企业上，学习和能力的提高就是自己的事儿，谁也代替不了。

⑨ 坚持，养成习惯。请记住：时间管理并没有什么高超的技巧，关键就在于持之以恒，坚持才会有成效。

六、特别提醒

① 期望不要太多。各项工作都要明确主要责任，完成主要目标即可。

② 平衡每日的活动。每日中一定要留出适当的放松时间，缓解疲劳。

③ 每天留出至少一个小时计划外的时间。不要把计划安排得太满。

④ 有效利用意料之外的空闲时间。5分钟可以安排一个约会、写张便条、更新计划；10分钟可以打一个简短的电话、交流工作进展；30分钟组织工作研讨、写一份工作总结提纲。

总之，忙要忙得有意义。

您是否"知道"在哪一方面如果持续有优异的表现，对个人生活或工作会有积极的意义？这个问题问过数千人，发现绝大多数答案可归类如下：改善人际关系；持续的工作热情；更周详的规划与组织；善待自己，保持健康；充实自我，增进能力；抓住机会；家庭幸福。

那还等什么？就这么做吧！

 参考案例

时间管理的十一条金律

金律一：要和自己价值观相吻合。一定要确立个人的价值观，假如价值观不明确，就很难知道什么最重要，当价值观不明确时，时间一定分配不好。时间管理的重点不在于管理时间，而在于如何分配时间。永远没有时间做每件事，但永远有时间做对您来说最重要的事。

金律二：设立明确的目标。成功等于目标，时间管理的目的是在最短时间内实现更多想要实现的目标；必须把今年度4～10个目标写出来，找出一个核心目标，并依次排列重要性，然后依照目标设定一些详细的计划，关键就是依照计划进行。

金律三：改变想法。美国心理学之父威廉·詹姆士对时间行为学的研究发现这样两种对待时间的态度："这件工作必须完成它实在讨厌，所以我能拖便尽量拖"和"这不是件令人愉快的工作，但它必须完成，所以我得马上动手，好让自己能早些摆脱它"。当您有了动机，迅速踏出第一步是很重要的。不要想立刻推翻自己的整个习惯，只需强迫自己现在就去做您所拖延的某件事。然后，从明早开始，每天都从您的清单中选出最不想做的事情先做。

金律四：遵循20比80定律。生活中肯定会有一些突发和迫不及待要解决的问题，如果您发现自己天天都在处理这些事情，那表示您的时间管理并不理想。成功者花最多时间在做最重要的事，而不是最紧急的事情上，然而一般人都是做紧急但不重要的事。

金律五：安排"不被干扰"时间。每天至少要有半小时到一小时的"不被干扰"时间。假如您能有一个小时完全不受任何人干扰，把自己关在自己的空间里面思考或者工作，这一个小时可以抵过您一天的工作效率，甚至有时候这一小时比您三天的工作效率还要高。

金律六：严格规定完成期限。您有多少时间完成工作，工作就会自动变成需要那么多时间。如果您有一整天的时间可以做某项工作，您就会花一天的时间去做它。而如果您只有一小时的时间可以做这项工作，您就会更迅速有效地在一小时内做完它。

金律七：做好时间日志。您花了多少时间在做哪些事情，把它详细地记录下来，早上出门（包括洗漱、换衣、早餐等）花了多少时间，搭车花了多少时间，出去拜访客户花了多少时间……把每天花的时间一一记录下来，您会清晰地发现浪费了哪些时间。这和记账是一个道理。当找到浪费时间的根源，才有办法改变。

金律八：理解时间大于金钱。用金钱去换取别人的成功经验，一定要抓住一切机会向顶

尖人士学习。仔细选择接触的对象，因为这会节省很多时间。

金律九：学会列清单。把自己要做的每一件事情都写下来，这样做首先能随时都明确自己手头上的任务。不要轻信自己可以用脑子把每件事情都记住，而看到自己长长的清单时，也会产生紧迫感。

金律十：同一类的事情最好一次把它做完。假如您在做纸上作业，那段时间都做纸上作业；假如您是在思考，用一段时间只作思考；打电话的话，最好把电话累积到某一时间一次把它打完。当重复做一件事情时，因为熟能生巧，效率一定会提高。

金律十一：每分钟每秒做最有效率的事情。必须思考一下要做好一份工作，到底哪几件事情是最有效率的，列下来，分配时间把它做好。

参考案例

1930年，胡适先生在一次毕业典礼上，发表了一篇演讲，内容如下。

诸位毕业同学：你们现在要离开母校了，我没有什么礼物送给你们，只好送你们一句话。

这一句话是：珍惜时间，不要抛弃学问。

以前的功课也许有一大部分是为了这张文凭，不得已而做的。从今以后，你们可以依自己的心愿去自由研究了。趁现在年富力强的时候，努力做一种专门学问。少年是一去不复返的，等到精力衰竭的时候，要做学问也来不及了。

有人说，出去做事之后，生活问题急需解决，哪有工夫去读书？即使要做学问，既没有图书馆，又没有实验室，哪能做学问？

我要对您们说：凡是要等到有了图书馆才读书的，有了图书馆也不肯读书；凡是要等到有了实验室方才做研究的，有了实验室也不肯做研究。你有了决心要研究一个问题，自然会节衣缩食去买书，自然会想出法子来设置仪器。

至于时间，更不成问题。达尔文一生多病，不能多做工，每天只能做1点钟的工作。你们看他的成绩！每天花1点钟看10页有用的书，每年可看3600多页书；30年读11万页书。

诸位，11万页书可以使你成为一个学者了。可是每天看3种小报也得费你1点钟的功夫；四圈麻将也得费你1点半钟的光阴。看小报呢，还是打麻将呢？还是努力做一个学者呢？全靠你们自己选择！

易卜生说：你的最大责任就是把你这块材料铸造成器。

学问就是铸器的工具。抛弃了学问便是毁了你自己。

再会了，你们的母校眼睁睁地要看你们10年之后成什么器。

参考案例

查尔斯·史瓦在半世纪前担任伯利恒钢铁公司总裁期间，曾经向管理顾问李爱菲提出这样一个不寻常的挑战："请告诉我如何能在办公时间内做妥更多的事，我将支付给您任意的顾问费。"李爱菲于是递了一张纸给他，并向他说"写下您明天必须做的最重要的各项工作，先从最重要的那一项工作做起，并持续地做下去，直到完成该项工作为止。重新检查您的办事次序，然后着手进行第二项重要的工作。倘若任何一项着手进行的工作花掉您整天的时

间，也不用担心。只要手中的工作是最重要的，则坚持做下去。假如按这种方法您无法完成全部的重要工作，那么即使运用任何其他方法，您也同样无法完成它们，而且倘若不借助某一件事的优先次序，您可能甚至连哪一种工作最为重要都不清楚。将上述的一切变成您每一个工作日里的习惯。当这个建议对您生效时，把它提供给您的部属采用"。

数星期后，查尔斯寄了一张面额两万五千美元的支票给李爱菲，并附言她确实已为他上了十分珍贵的一课。伯利恒后来跃升为世界最大的独立钢铁制造者。

打造高效执行力

情景1

一家公司，同时招进两名大学毕业生张生和李生。过了半年，张生晋升了，而李生仍是原地踏步。李生认为公司对他不公平，决定向经理辞职。

经理面对这位怨气冲天的员工，和颜悦色地说："这样吧，如果你想证明你的能力，那你就去市场帮我看看有没有卖土豆的！"立刻，李生就出发了。半个小时后，他回来了，说："市场上有卖的。""那多少钱一斤呢？""呀，不清楚，没问。"他又飞奔而去。半小时后，又回来了："2块一斤。""都有哪些品种呢？""不知道。"他又返回市场。又过半小时后回来，"有大土豆，小土豆。""一共有多少土豆？"李生惶然，回答不上来……

经理说，看看张生是怎么做事的吧。于是把张生叫来，告诉他去市场看一下有没有卖土豆的。

半个小时后，张生回来了。他向经理汇报："市场上有两个品种的土豆——大土豆和小土豆，大土豆2块一斤，小土豆2块5一斤，价格比平时要便宜一些。一共有两个商贩在卖，大约有三十多公斤的数量。经理想买哪种土豆？要多少？"

这时，经理朝着李生望去，他已经惭愧地低下了头。

情景2

有四个人分别名叫每个人、某些人、任何人和没有人。有一项很重要的工作要完成：

·每个人都被要求去做这项工作；

每个人都相信某些人会去做，任何人都可能去做；

但是却没有人去做；

某些人对此感到生气，因为那是每个人的工作；

每个人都以为任何人都能做那个工作；

然而却没有人领悟到每个人都不会去做；

最后，当没有人做那件每个人都做的事时；

每个人都责怪某些人。

━━ 问题导向 ━━━━━━━━━━━━━━━━━━━━━━━━━━━━━━━ ▶▶▶

● 什么是执行力？
● 班组长该如何提高执行力？

 **案例分析**

有时候我们总认为执行力是管理者的事，总经理需要执行力，厂长需要执行力，但是班组长和班组员工每天的工作都那么繁忙与琐碎，不必过分强调执行力。

其实，执行力更应体现在一线员工的身上，一个企业的目标、一个部门的年度计划，一个班组的管理思路，到最后都体现在一线员工的执行上。目标、计划和思路再完美，若没有一线员工的坚决执行到位，只能成为一个不可能实现的梦想。

"三个和尚没水喝"的故事尽人皆知。和尚多了反而没水喝了，这不能单纯地理解为几个和尚懒惰，而应考虑到和尚们在运水时的分工与合作问题。在班组管理中也是如此，如果没有合理的分工、有效的合作，就容易造成相互推诿的现象，致使执行效率低下。

执行力并不只是简单的行动力，而是一个系统的问题。要使执行力得到有效落实，不但要制定切合实际的目标，形成创新求变的执行理念，还要做好团队的分工、协作等工作。

 **读书札记**

一、执行力

执行力，指的是贯彻战略意图，完成预定目标的操作能力。是把企业战略、规划转化成为效益、成果的关键。

执行力包含完成任务的意愿、完成任务的能力和完成任务的程度。

① 对个人而言执行力就是办事能力。

② 对团队而言执行力就是战斗力。

③ 对企业而言执行力就是经营能力。

衡量执行力的标准，对个人而言是指能否按时、按质、按量完成自己的工作任务；对于企业而言就是在预定的时间内能否完成企业的战略目标。

二、班组执行力不佳的原因

如果在各项管理上存在疏漏，措施落实不到位，其关键就在于执行力出现偏差。

① 工作缺乏持之以恒的跟踪管理，没有常抓不懈。

② 管理方法或措施的制定不严谨，缺少针对性、可行性，缺乏合理的机制和评价。

③ 执行的过程过于繁琐或简单，拘泥于条款，不能结合实际进行变通。

④ 缺少有效的工作方法，不能结合人力、物力、财力等实际情况将工作分解及汇总。

⑤ 缺少科学的监督考核机制，缺乏行之有效的监督方法，甚至没人监督。

⑥ 员工培训缺乏针对人的思想与心态的教育。

⑦ 缺乏班组员工普遍认同的班组文化，凝聚力欠佳。

三、班组长如何提高执行力

①了解自己的组织和下属。尤其是对班组成员，应做到知人善任，因人设事，针对班组成员的能力特点安排合适的工作。比如动手能力强的员工可从事操作性强的工作；思辨能力强的员工可从事创新型工作；感知能力强的员工可从事交流协调的工作；表达能力强的员工可从事宣传报道的工作。

②坚持实事求是。理应做到是非明辨、赏罚分明。在原则上的事情是不能放松的。

③树立明确的目标和实现目标的先后顺序，用科学、规范的程序保证执行。目标本身一定要清晰，可度量、可考核、可检查；要目标简化、量化，让每个人都能对该目标很好地理解、评估和执行，并最终使这些想法成为组织的共识；各项工作需按轻重缓急排列各项工作优先顺序，先做重要的；重要工作要有明确的时间进度和时间限制；布置工作时指令要简单明确，不能偏误；重要工作要求承担着检视执行条件，作出相应承诺。

④及时跟进。任务执行过程中，需不断关注、跟进、紧盯，必要时给予支持；建立反馈机制，监控重要环节；出现问题时，要追究原因。

⑤对有效执行者进行奖励。及时给予激励，鼓励并调动班组成员的积极性。

⑥不断提高下属的能力和素质。按照工作需要和个人实际情况开展培训，进行随时随地的教育培养。

⑦做班组文化的设计者和维护者。确定和传播班组的核心价值观和原则，让每个班组成员都知道，班组主张什么，维护什么，什么是班组鼓励的，什么是坚决反对的。用这些核心价值观和原则指导班组各项制度的制定；树立模范人物，树立班组成员效仿的行为规范，使班组文化"形象化"；确保适当的监督考核机制，对于可取的行为进行鼓励，对不良行为实行惩罚。

参考案例

如何提高员工执行力——从班组长入手

因为观念、经验、能力及系统性等方面的因素，一些基层管理者执行工作中存在这样一些问题：文件传达方法简单，基本上使用文件或口头简单传达，一些重要的安全案例未能及时结合班组情况举一反三挖掘隐患；有些工作一句带过，缺乏责任人、操作流程及操作标准；工作缺乏检查落实；讲评考核未能及时跟进。这些直接导致了工作落实效果不佳。要想提高员工执行力，基层管理者应更多地从自身管理入手。

第一，公司、部门出台新规定时，在此基础上班组的作业要求应一并出台。这样不但能提高员工的重视度，还能避免员工执行偏差。

第二，当工作出现不到位时，班组长应迅速作出反应，一方面，立即做出相应的具体改进措施，另一方面，审视作业指导书，涉及流程、标准制定不严密的应及时修订完善，先以班组规定公布，之后再列入作业指导书。作业指导书尽量做到事事有流程、事事有标准，避免一句话带过，虽然写的工作量大，但长远来看却是使自己轻松，不仅避免了因制度不完善的"救火"工作，同时指导员工规范操作，久而久之形成规范作业的氛围。这种方法最突出的效果在于，降低发生差错的频率，规避差错重复发生，避免按经验处理问题。

第三，贯彻执行新制度的同时抓工作落实，加强执行情况的追踪，如坚持每日检查及讲

评，好的执行情况要及时表扬推广，或推出人物示范。这样的话，一方面推进了制度有效执行并坚持，另一方面提高了员工的执行力，久而久之形成班组较强的执行力。

第四，工作区分轻重缓急，突出重点，保障一般。如非常态化的特别作业保障，提前制定保障措施并组织学习，指定专人负责并单独面授注意事项，班组长尽量到现场参与保障，不能到现场的应电话跟踪落实，这样做能提高风险防范，加强安全作业。

第五，一些公司、部门下发的安全案例，以及整顿项目，班组长应提高关注度并列为当前工作的重中之重，除了组织员工学习外，岗位责任人应再进行特别强调，抽查讲评。

第六，长期坚持不懈做检查。制定班组工作检查单，每日花费半小时至一小时时间进行检查，这样可以促进员工自觉规范作业，班组长亦可及时发现作业出现的新隐患，有效将隐患消除在萌芽状态，同时能够坦然接受各种检查。

参考案例

孙武练兵

孙子是春秋时期非常有名的军事指挥家，他来到吴国之后，吴王把他当作上宾款待。有一天，吴王对孙子说："孙子呀，都说你的军事理论很强，我想知道你能不能带兵打仗？"孙子回答道："你给我兵，我就能带。你给我一支军队，我一定能把它训练成非常优秀的军队。""无论什么人，你都能把他们训练成一支军队吗？"吴王又问，孙子说："没问题。"于是，吴王指着自己的宫女说："你能把我这群宫女训练成军队吗？"孙子说："你只要给我权力，我就能把这些宫女全部训练成军人。""好，我给你权力，限时三个时辰。"吴王说。

于是，孙子和吴王的宫女们都站在了训练场上。这些宫女从来没受过军事训练，只是觉得这件事很有趣，大家你推我搡闹作一团。吴王看着这情景，也觉得新鲜好玩，就把他最宠爱的两个妃子也叫了过来，并让她们担任两队宫女的队长。

孙子开始练兵，他大声说道："大家停止喧哗，马上列队站好，左边一队右边一队。"但是没人听他的话，宫女和妃子还是在原地嬉笑打闹。孙子也不着急，他大声说："这是我第一次说，大家没听明白，这是我的问题。现在我第二次要求你们列队。"这些"女兵"依然没什么反应，玩笑依旧。这时孙子又说话了："我第一次讲话大家没听明白，那是我的错；第二次没听明白，可能还是我的错。下面我开始说第三遍——大家列队，左队站左边，右队站右边。"

第三次说话结束了，还是没人按照口令行事。孙子沉下脸来严肃地说："第一次大家没听明白，是我的错误；第二次大家也没听明白，还是我的错；但是，第三次没听明白就是你们的问题。来人，把那两个队长带到一边去，立刻斩首。"马上有士兵上来把那两个妃子抓了起来。这时，吴王赶紧对孙子说："不能这样！我只是说着玩的，千万别动真的。"孙子说："你是不是给我权力了？现在军权在我手中，立刻斩首。"士兵"咔咔"两刀把两个妃子砍了。见到这种阵势，众宫女马上肃然而立，所以，没用三个时辰，两个队列就成形了。

于是，孙子对吴王说："大王你看，你现在可以让她们做任何事情。"吴王无精打采地说："我两个妃子都死了，我已经没有心思打仗了。"孙子说："我明白了，大王你不是要看我的指挥艺术。但是，大王你要记住，如果没有勇气，是无法建立一个组织的。"

请您思考

- 班组管理中您常使用的方法有哪些?
- 班组长如何把自己的班组打造成一个高效的团队?
- 如何看待班组成员的优点和缺点?
- 试举例说明您在班组管理中卓有成效的几件事。
- 您如何看待时间管理?
- 时间管理的误区有哪些?
- 您认为什么是最好的时间管理工具?
- 时间管理管得到底是什么?
- 我们如何在现有的条件下合理安排时间?
- 请试着做个日计划,并努力坚持下去。
- 您如何看待执行力?
- 如何提升自己和组织的行动能力?
- 如何在执行过程中随机应变?
- 班组长如何提高下属的执行力?

 我的心得

模块五

班组沟通

每天，我们以各种各样的方式进行着沟通。我们与同伴探讨问题，我们向朋友倾诉心声，我们与班友交互工作等，我们所做的每一件事情都是在沟通，沟通占据了我们整个的生活。

班组沟通——雾里看花

 案例1

情景1

"沟通是大家现在常提到的词儿，我当然也知道沟通很重要，但我本身是个很内向的人，嘴也不像有的人那么会说。领导吧，太年轻，和他们没什么可说的，让咱干嘛就干嘛呗；班员嘛，大家在一起那么长时间了，用不着来那些虚的。所以我觉得，有没有沟通都无所谓，没有沟通也照样干活！"朱班长信心满满地说。

情景2

"我每天开车上下班，进出门口时，看门的经警都会及时升起门杆。为了表示感谢，每次我都会轻按喇叭示意一下，因而发现了一个有趣的现象：有的经警对我的喇叭声回报微笑；有的则会皱一下眉毛，用疑问的眼神目送我离开，好像是对我说：'不是给你升起来了吗？'……"

问题导向

- 什么是沟通？沟通对班组管理有用吗？
- 工作交代得已经很清楚了，结果为什么却与我们的想法相去甚远？
- 常用的沟通方式有哪些？

 **案例分析**

　　上述两个情景在人们的日常生活中是比较具有典型性的案例。朱班长的想法代表着相当一部分班长的看法和做法，而情景2中所叙述的情况在日常工作和生活中也很普遍。班组长们一方面认为沟通很必要，同时又困惑于到底什么是沟通；一方面认为沟通很重要，同时又不知道该如何去沟通。当然，也有相当一部分班组长们潜意识中把沟通等同于溜须拍马、阿谀奉承、圆滑不实，这其实也是对沟通的一种误解。

 **读书札记**

　　一、沟通与工作沟通

　　沟通，简而言之就是人们通过一定的方式方法彼此进行某种信息交流。

　　工作沟通，是指为了达到组织设定的目标，把信息、思想和情感在个人或群体间传递的过程。

　　二、沟通的目的

　　交流和沟通是班组管理的基础，是增强班组凝聚力的重要手段。班组良好的沟通，是维系班组这个团队、融洽班组关系、组织作业的基本条件和要素，对于改善管理、促进班组建设有着重大的意义。

　　① 良好的沟通有利于工作的顺利开展。日常工作的布置、开展、考核、评价等都需要班组长与班组成员之间能很好地交流和沟通。通过有效的沟通确认工作目标、认可工作目标，达成一致，并为之共同努力。

　　② 良好的沟通有利于创建一个愉快的工作氛围。人们每天至少有1/3的时间在工作中度过，轻松愉快的工作环境可以使人减轻工作压力，提高工作质量，通过沟通联络班组成员感情，通过沟通获得相互有利的信息，通过沟通学习先进的技术和经验，通过沟通提高班组凝聚力。

　　③ 良好的沟通有利于增进部门之间的联系。现代企业，工作过程的科学性、严密性和流畅性，使得部门之间的合作越来越密切，联系越来越广泛，这就对沟通提出了更高的要求。良好的沟通有助于班组进一步了解企业内外环境，正确认清班组在企业中的位置和作用，从而明确自身的发展目标。同时上下级间的感情联络与相关部门的协调配合，也都离不开有效的沟通。

　　④ 良好的沟通有利于激发员工的工作热情。通过沟通，班组长可以很好地了解班组成员的个性、特长和心理需求，在班组工作中用人所长、避其所短，适当运用激励机制，可以有效地激发班组成员的工作积极性，振奋精神，提高工作效率。

　　⑤ 良好的沟通有利于开发员工的创新能力。沟通渠道畅通，有助于建立良好讨论氛围，班组成员通过相互讨论、相互启发、共同思考，能够很好地激发想象力和创造力，共同解决工作或生活中的困难。

　　三、沟通的过程

　　现代的沟通讲究的是闭环沟通，也就是说从沟通的主体出发，到被沟通者（接受者），再到主体，要形成闭环系统。沟通过程如下图所示。

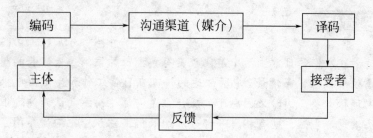

其中，有4个环节特别重要。

（1）主体　作为主动沟通者讲究的是"一言既出驷马难追"。也就是说要时刻警醒自身的位置、立场，在什么场合、以何种身份出现、说什么话。宣贯政策时立场鲜明、有效引导；布置工作时目标明确、责任到人；日常与班组员工交流时和蔼可亲、换位思考，为职工解决实际问题。要牢记：说出去的话如泼出去的水，既可感人，又可伤人。

（2）编码　如何准确地传递信息，不让对方产生疑义，就要"字斟句酌滴水不漏"。基本原则是简单、明了，应用对方听得懂、理解得了、能接受的形式，适度沟通。编码过程中需要注意语音、语调、态度等要素，比如过于殷勤地夸奖对方会让对方感到虚伪，有时也会产生是否在贬损自己的想法；再比如，过于赞美他人的小饰物，容易让对方产生赠与的感觉，造成不必要的误解或尴尬。

（3）沟通渠道　讲究"欲善其事必先利器"。沟通渠道越多，可以选择的沟通方式也就越灵活，有效沟通的概率也就越高。如果只会用嘴说，那么遇到"此时无声胜有声"的情况该怎么办呢？随着现代科技手段的不断翻新，沟通渠道越来越多样了，email、视频、短信、彩信、手机电话、便条等都成为可以借助的工具，如果用好了，会产生意想不到的效果。

（4）接受者　讲究"听话听声锣鼓听音"，也就是要能够正确理解对方的意思。一方面他取决于接受者自身的素养，比如成长环境、教育背景、理解能力等，更重要的是取决于接受者的心态。开放的、学习的、积极的心态更有助于我们接纳他人的观点或建议。

"哥们，开过奔驰吗？"马路上一辆奔驰开过奥拓车时司机问。"有什么了不起？哼！不就开个破奔驰吗？牛什么牛！"奥拓司机心里气着，没吭声，脚上一给油开到了前边。"哥们，开过奔驰吗？"奔驰车司机又追上来问。"欠扁！"奥拓司机心里恨着，脚上一给油又开到了前边。这时，就听一声轰响，奔驰车撞到了树上。奥拓司机幸灾乐祸地开到一旁看热闹。"哥们，"奔驰司机沮丧地开口道，"我想问你知不知道奔驰车刹车在哪儿。"

虽然是个笑话，但日常工作和生活中，没表达清楚或者会错意的事情却时有发生。

四、沟通的种类

（1）语言沟通　包括口头语言表达和书面语言表达。通过说、写、视频、影像、照片等形式进行的交流都属于这种形式。

（2）非语言沟通　包括身体语言沟通、副语言沟通和物体沟通。身体语言沟通是日常人们沟通常用的形式之一，比如人的一些身体姿态、面目表情、服饰仪态、空间距离等，都能传达信息。副语言沟通主要指应用一些叹词，如"嗯"、"啊"、"噢"、"唉"、"是吗"等表达对沟通信息的关注。物体沟通是被人们广泛接受的沟通方式，以形媚道、寄物明志，通过物品表达关怀、爱慕、慰问、敬意，有时比语言来得更真切。

沟通障碍——披荆斩棘

案例2

情景1

老班长牛师傅不能理解。"你说现在的年轻人，怎么说他们好啊！这天气多好，周围的景色又那么美，10元钱1小时在湖上划筏子，既放松了心情，又晒了太阳，还看了美景。他们偏不，躲到大树下打牌，你说哪个值呀！唉！"

情景2

圣经上有这么个故事叫"巴别塔"。早先世界上的人类都使用同一种语言，相互交流很方便。有一天人们想起一个主意，打算造一座通天塔，这样人们想见上帝的时候可以随时去，很方便。于是人们开始热火朝天地干了起来。上帝知道了，不高兴，所以就把人们的语言分化成许多种。人们由于语言不通了，因此逐渐产生了不解、猜忌、隔阂，甚至仇恨，这座通天塔也因此半途而废。

问题导向

● 沟通的原则有哪些？
● 常见的沟通障碍有哪些？

案例分析

人与人之间的沟通，存在很多的矛盾点。由于语言、文化背景、民风习俗、成长环境、工作职位、个人秉性等情况的不同，造成沟通的不畅。上述情景1中存在于不同人之间的价值观念的差异导致了人们认识上的不统一；而情景2中所描述的由于语言的不同造成的沟通中的一些笑话、尴尬、甚至误会，也是随处可见的。人们需要认识、了解这些导致沟通不畅的因素所在，才能有意识地应用一些技巧，避免误解，增进交流。

读书札记

一、沟通原则
① 尊重原则。人格上的尊重是前提，也是保障，沟通的方式不能让对方感到被轻视，甚至受侮辱；多站在对方的立场上想一想。
② 平等原则：平等待人，是沟通和人际关系的基础，平等的交流才能获得更准确的信息和融洽的情感。
③ 信用原则：既是沟通的原则也是做人的根基，讲求信用才能有长久的交往。

④ 互利原则：物质上和精神上互利。

二、沟通障碍

（1）认知障碍　俗称"第一印象"。心理学上有一个名词叫"首因效应"，意思是说人们很容易根据第一印象来决定日后对某个人的判断。第一印象常常影响着人与人之间以后的判断和评价，也直接影响到交往的继续进行。初次见面给别人留下一个好的印象很重要，但也要注意，不要仅仅凭借对别人的第一印象来给对方定性。"路遥知马力，日久见人心"，与对方的每一次交往都能给我们一些相关的信息，我们要根据这些信息随时调整对他（她）的印象和看法。

（2）定式效应　指人们在头脑中存在的关于某一类人的固定形象。人们在一定的环境中工作和生活，久而久之就会形成一种固定的思维模式，使人们习惯于从固定的角度来观察、思考事物，以固定的方式来接受事物。"老张他们那伙儿人"、"某某单位的人"、"某某部门的人"等，都是我们常挂在口头上用语，这样的方式一竿子打翻一船人，不利于组织与组织间的沟通。

（3）文化背景　每个地方因为它的地理情况以及种族，会衍生出许多不同的文化，这些文化在本土经过长年的积累和改进慢慢形成了各地不同的文化。不同地域的人们对彼此的文化认同上有差异，甚至冲突。此外，受教育的程度也会造成相互间的障碍，比如新入厂的大学生和厂里的老师傅们之间交往有时也需要不断地调整。不同的文化背景之间更要求人们要相互信任，多理解、多包容、多克制。

（4）价值观念　价值观是一种处理事情判断对错、作选择时取舍的标准。价值观念在符合社会道德的基础上无所谓对或错，比如同样是1万元钱，有人选择银行储蓄，有人选择基金理财，有人选择外出旅行，有人选择购买物品，但无论哪种，只要没有妨害社会和他人的利益，也都无可厚非。价值观念跨文化、跨年龄、跨地域，常说的"代沟"其实相当一部分是价值观念的冲突，因此，沟通的过程更需要换位思考。

（5）社会角色　每个人作为社会一份子都扮演者自己的角色，都得按照谁会对自身角色的期待和要求，服从岗位需要、服从社会行为规范。岗位不同的人通常具有不同的意识、价值观念和道德标准。同样一件工作，基层工人考虑的是工作本身的完成情况，中级管理者考虑的是与其他工作的协调配合，而高层管理者可能更关注其对企业发展的作用。

（6）关注焦点　盲人摸象，因为摸到大象不同的位置而把大象定义成不同的模样。人们对事物的看法一般都是根据自身的经验和观念来进行判别和定义，比如一场车祸，有人关注的是有没有伤到人，有人关注的是损伤的车型，有人关注事故发生的路段，有人关注事故发生的原因，不同人关注不同侧面时，需要把信息进行汇总整理，才能还原事情本相。

（7）性别差异　通常在这个世界上，因为男人与女人存在巨大差异，才碰撞出了精彩的火花；当然，也有不可避免的战争。

除了上述一些因素外，性格的不同、语言符号的不符、利益关系的冲突、情感失控等也都会造成不同程度的沟通障碍。

三、沟通中的角色错位

① 将家中、朋友中的角色带到单位中，搞家长式作风，或拉帮结伙。

② 将单位中的角色带到家中、朋友中，要领导威风，打官腔，摆架子。

这样的方式都不可取。

沟通技巧——未雨绸缪

情景1

"我这人脾气急，最讨厌婆婆妈妈的人了，有时班员和我说点儿事儿，我没那耐心听完，我知道这点儿是我不对。可我平时待他们可不薄啊，谁要干得不错，虽然我口头上不说，可考核时真给加分呀！谁要出个差错也从不留情扣罚。可他们还说我工作简单、态度粗暴。我冤不冤啊！"年终测评后王班长委屈地抱怨。

情景2

一个访谈节目，主持人问被访者——一个小男孩，"如果你驾驶的飞机在几万米的高空突然没油了，你怎么办呢？"男孩回答说："我会让大家系好安全带，然后我带着降落伞跳出去……"主持人和现场的观众都笑了。在大家的笑声中，男孩涨红了脸，含着眼泪说："我不是要走，我是去拿汽油，我还会回来的，还会回来的！"

问题导向

- 沟通技巧有哪些？
- 不同的沟通方式中需要注意些什么？

案例分析

有时候说到沟通，我们会很自然想起用说话的方式。有矛盾了，坐在一起说一说；不愉快了，聚在一起聊一聊；没说明白，再谈谈……语言成了我们最常用的沟通方法。可是我们也经常会听到这样的抱怨，"他那是什么态度？""就冲她那态度，我也……"等等，这说明人们有时更多地会关注说话的语气、语调、语速，他们会因为外在的形式否定掉内容，这是人们在沟通中的真实情感反应。还有时候，我们可能一句话都没说，只是静静地倾听，却得到倾诉者的信赖和依靠。

王班长忽略了倾听的重要性，同时在工作中又没能注意及时表扬和有策略性地批评，使得班员的情感在班长处得不到适当回应，因此影响班组氛围。情景2是典型的主观臆断，大人将自己的想法直观地加在孩子的身上，以自己的经验评判对方，却不知道反而挫伤了对方的兴致或感情。

读书札记

一、语言沟通
1. 说话的技巧
"一句话说得人笑，一句话说得人跳"。会说话的人，懂得从听话者的角度出发，既表达

清楚，又让别人乐于接受；不会说话的人，轻则不明白，重则惹祸上身。

① 平时忌谈的话题。非议党和政府；涉及国家秘密与行业秘密；非议交往对象的内部事物；背后议论上司、同事与同行；涉及格调不高雅的事；涉及个人隐私的事。

② 平时不适宜询问的事情。收入多少；年龄多大；婚姻状况；孩子情况；健康状况；个人经历。

③ 可以交谈的话题。之前商定的话题；格调高雅的话题；轻松愉快的话题；时尚流行的话题；对方擅长的话题。

2. 倾听的技巧

英国管理学家威尔德说过，"人际沟通始于聆听，终于回答"。没有积极的倾听，就没有有效的沟通。

① 倾听就是接收其他人所讲的一切，并尽量理解他人的想法。"接收"并不等于"接受"，我们可以不赞同对方的观点，但一定要让对方把他的想法表达完整。

② 倾听的关键点。首先是忘掉自己的立场和见解，不以自己的喜恶判定对方；第二是倾听的过程中尽量保持沉默，适当予以回应，让对方把话说完整；第三是注意对方的非语言因素，尤其是情绪、肢体动作等；第四是收集并记住对方的观点，加以归纳整理；最后，也是最重要的是不演绎、虚构、夸大对方的意思。

③ 倾听中的禁忌事项。经常性地插话打断对方的倾诉；用带有个人想象的提问误导对方；还未倾听完整就过早得出评论；倾听中途粗暴地打断对方；听而不闻、敷衍了事、心不在焉。

3. 赞扬的技巧

赞扬他人也是一种能力。比起那些不会赞同别人的人，人们更喜欢赞同自己的人。

① 真诚的赞美。从内心深处发现和赞同对方的长处，并明确地表达出来。

② 对赞美的事情要简单描述。越具体就越生动，场景的描述能让对方感觉到真诚，而不是敷衍。

③ 不作负面转折。人们总会认为表扬容易让人骄傲，因此很习惯性地使用"某某方面做得不错，但是……"这样的句型，其实"但是"后面的内容才是语句的重点，这样的表达不是赞扬，是批评。

④ 当众赞美。扬善抑恶，赞美他人的时候不妨在当众的场合，还能够起到宣传的作用。

⑤ 对不自信的人要多赞扬。如果对方是比较自卑、胆小的人，就更需真诚的赞美来增强他的自信心。

4. 批评的技巧

有技巧的批评能够起到警醒、成长的作用。

① 批评场合要慎重；批评时，对事不对人。批评时要根据情况选择场合，有时需要私下批评，有时需要小范围警醒，有时需要大场合惩戒，这些都需要结合实际情况而定。再有，批评时对事不对人，"换了别人不这样"类似的话容易让人反感。

② 批评前可以略微地给予赞扬。既肯定长处，又指出不足，比较客观。

③ 批评时不要涉及人的基本素质。不以点盖面，放大缺点。

④ 一次犯错，一次批评。陈芝麻烂谷子，重点不突出，而且招人烦。

⑤ 尽量以友好的方式结束批评。批评的目的在于更好地合作，没必要因此结下仇恨。批评后转换一些其他的话题聊聊，可以缓解气氛。

5. 说服的技巧

进行说服工作前，需要做大量的调查、信息收集等工作，说服者要比对方掌握的资源更丰富。同时，说服的工作做在平时，关键或紧急情况下需要严格按照制度和岗位要求执行。

① "你要说的，我已听进去了"。重复或归纳总结对方的观点，让对方知道我们认真的听了，表达尊重。

② "我也想"。换了我们也有可能这样，表达同理心。

③ "能不能听一下我对这个问题的看法"。摆事实、讲道理、提供选择性方案，表达事情是可以妥善解决的态度。

二、非语言沟通

（1）常用的非语言　有时候肢体动作透露出的真相，跟言词内容一样丰富。人们会通过面部表情、手势、身体移动、身体距离、接触、姿势，甚至包括服装来揭秘人们的思想、意图和真诚度。要么产生亲近感，要么产生厌恶感。

（2）积极的肢体语言　思考的点头；正面朝向对方；理解的附和声；关注的眼神；微笑的表情等。

（3）消极的肢体语言　远离对方；捂着鼻子；游离的目光接触；握紧拳头；急促呼吸；身体后倾等。

（4）解读肢体语言　沟通中一半以上的信息是靠肢体语言来传递的。因此，捕捉这些肢体语言，便成了沟通中的重要一环。

① 察言观色　眼睛是心灵的窗户。眼睛所做出的视线行为和眼球运动方式，都可能反映出内心的真实活动。

看天，表示无奈；垂目，表示疲惫；看左右，表示不耐烦；注视你，表示继续。在谈话中，注意观察对方的眼睛和脸部表情，可以避免很多尴尬。

② 举手投足有暗示　对方的坐姿、动作等都包含了特定的信息。在沟通的过程中，自己需要对此加以注意。

关注：双臂抱胸面带微笑、非常关注地前倾点头。

无耐：懒洋洋地靠着；一边和自己说话，一边快步向前。

否定：跷着二郎腿，摇头、否定的手势。

结束：边说边转身把背部向着自己；听汇报时不停看手表。

只要留意观察，肢体语言会相当丰富地呈现在眼前。细心琢磨这些无声语言，就可以捕获相应信息，并指导着与对方的进一步沟通。

沟通实战——真枪实弹

情景1

"那会儿我刚工作，年纪小、不懂事，晚上玩儿得很晚，上班时总是打瞌睡，别说早饭，有时午饭都不吃，就往桌上一趴。后来我发现有人给我打饭，一开始管他谁打的，吃了再

说。时间久了自己也觉得好奇，一打听才知道班长天天给我打饭，我有点儿不好意思了。向班长道谢，班长说年轻人，身体要紧，哪能总不吃饭呢！再说，晚上玩儿得太晚不仅伤身体，也影响工作，对自己、对大家都不好。我听了，慢慢改变了习惯。现在我也当班长了，更明白了班组管理需要用制度管人，更要用感情暖人的道理。"

情景2

"这几年，我们班新来了一些80后的年轻人，为了让他们和班里的老师傅们融洽相处，我也想了不少的办法。首先就是要求班里的老师傅们不能戴着有色眼镜看人，不能用年代划线，心理上别总暗示他们是80后、90后的，心平气和站在一个层面上交流，其实我们每个人不都是从年轻时走过来的吗；其次就是要摆正自己的位置，既要看到他们的优点，比如脑筋快、够时尚、新鲜事物接受快等，也要认识到自我的不足，比如老师傅容易唠叨，有时为一件事儿能说上半个小时，招人烦；第三就是得有自己的威信，同时适当地拨年轻人，老师傅就要有老师傅的样子，关键时候得表现出来，年轻人才能从敬佩到接受；第四就是现在的孩子敏感，有时候有些事儿并不一定需要直接面对面说，可以当着他们的面让其他师傅们有意识地聊天，说给他们听，也能起到效果；第五就是面对焦点问题不回避，比如工资、奖金、调级，直接讲清楚政策，摆清楚现实，指明了方向，他们一般也能理解。"朱班长在班组工作沟通中很有一套自己的心得。

情景3

"我们拥有一对眉毛和一双眼睛，它们是平行的，所以让我们必须对人对事一视同仁；我们拥有一双耳朵，一只在左，一只在右，所以让我们必须多听取众人意见，不能只听他人一面之词；我们拥有一个鼻子，但它有两个鼻孔，所以要求我们对人对事，要有自己的独到见解，而不必一味和别人一个鼻孔出气；我们拥有一张嘴、一根舌头，所以我们要求不能说两面话；我们拥有一颗心脏，但它分左右心房，所以我们做事时，不但为自己着想，也应该多为我们周围的人着想。"

问题导向

- 与自己的上级、下级如何沟通？
- 与周围的同事如何沟通？

两只困倦的刺猬，由于寒冷而拥在一起，因为距离太近彼此被对方刺痛，便离开对方一段距离；距离太远又冷得受不了，于是又凑到一起。几经折腾，两只刺猬终于找到合适距离：既能获得对方的温暖又不至于被扎。这就是人际交往中的"心理距离效应"。

有时我们还会听到有些班组长这样或那样的抱怨：某某人难以相处；某某人不好沟通；甚至于某某人难以理喻等，是什么原因造成了今天的局面？从自身反思一下，是不是我们自己在沟通的某个环节上存在着缺陷或不足？

班组长既要与上级、班组成员保持密切的关系，又要保留一定心理距离，既不能过分依

赖，也不能过分特立独行。

读书札记

　　如何理解有效沟通呢？四个层面：沟通是一种感知；沟通是一种期望；沟通产生要求；沟通需要反馈。真正的沟通是信息被接受，真正的沟通是有正确的反馈；真正的沟通既要收集信息，又要给予信息。

　　一、与上级沟通的技巧

　　1. 给上级留一个好印象

　　① 做一个讲究效率的人。工作效率表现了一个人的工作能力。上级委派的工作，能够保质、保量、安全、及时完成，相信上级一定会很看重你的。

　　② 不逃避困难，勇挑重担。承担重任，某种程度上等于直面失败。遇到困难不是选择逃避，而是想方设法地克服它、解决它，在困难中表现勇气、在困难中表现智慧，你的上级会注意到你的能力。

　　③ 主动汇报、主动请示，主动给上级提建议。遇事多向上级请示，及时汇报工作进展或工作中出现的问题，主动给车间主任提出意见、建议，是一个班组长应尽的责任。即使自己对的建议没有被采纳，仍然保持良好的心情，不去斤斤计较、耿耿于怀，这无疑是打动上级的有力方式。

　　④ 信守承诺或约定。对于承诺过的事情，一定要认真履行。如果在接受上级交付的任务时信誓旦旦，到头来却迟迟不付诸行动，或者拖拖拉拉不见成效，那么，上级肯定会产生不信赖的感觉。

　　2. 把握好谈话的时机

　　说话要适时，把握好谈话的时机。可以从以下几个步骤做起。

　　① 选择恰当的时间。最佳的谈话时机是上级心情舒畅、精神饱满的时候。

　　② 注意说话的场合，把握好说话的分寸。工作时尽量只说与工作有关的话题。

　　③ 掌握切入正题的时机。尽快地将自己的主题告之上级，若时间充裕，可再展开说明。

　　④ 利用但不滥用说话机会。很多时候上级会给机会发言，如调度会，领导调查等，此时自己必须充分利用它。提出新的见解，引起大家的兴趣；但如果没有做好准备说什么，还不如慎言少说，相信上级会给出更多的谈话时间。

　　3. 与上级建立良好的人际关系

　　① 主动维护上级形象。真诚地尊重上级。给上级的报告要简洁、准确、有力，切莫让浅显琐碎的问题烦扰他。重要的事必须请示，多和他商量。

　　② 尽己所能，分担重任。当上级遇到难题，无法顺利开展工作时，通常会寻找能让他放心的下属来协助工作，以摆脱困境。此时你应该积极地去接触上级，了解他的困难，并试图分担任务。即使不能解决实质性的问题，上级也会表示感激。

　　除此之外，班组长在与上级沟通时还要注意几点：变通上级决策时要谨慎；多看上级的长处；与上级相处切忌"傲"、"显"、"奸"、"粗"、"误"。

　　二、与其他班组沟通的技巧

　　与其他班组的沟通最重要的一点是要把理解、体谅、换位思考放在首位。时刻提醒自己：他们是自己的合作伙伴，与他们合作是一件愉快的事情。

1. 建立良好的人际关系

沟通合作是双向的事情，自己若对某人有好感或某人对自己有好感，双方都比较有合作的意愿，因此，好的印象应该是赢得合作的一个开端。

赢得同事的合作，建立良好的人际关系，必须做到以下几点。

① 控制好自己的情绪。不要将自己的烦恼带给他人。例如不守企业规定、不尽责完成工作、只考虑本班组利益而不顾及周围的人、不信守诺言。

② 换位思考。换位思考是一个有效达成共识的方法。多站在别人的立场考虑事情，会让人觉得你通情达理，从而乐于接受你。

③ 主动关怀别人、帮助别人。必定能得到想要的友谊，也能得到别人的关心。

④ 真心祝贺同事的成就。当同事得到升迁、受奖，获得资格认证时，要能由衷地为他高兴。能够肯定他人的人，才能自我肯定。以正面关系建立的友谊，双方都能获益成长。

⑤ 让别人知道你尊重他。知道他是被重视的、被需要的，他将会提供更多的回应，你也就能让自己打开更多人的心扉，赢得更多的友谊。

2. 与"特殊"的同事相处

在工作中，由于种种原因，常常不得不与一些不喜欢的同事在一起共同完成某一项任务时，请你注意不要以自己的好恶影响工作。

① 要注意尽量公平地与对方相处。多从客观的角度考虑对方。

② 不要把自己的情感表现得太强烈，不要过分强调彼此不合这一事实。

③ 不要在背后说对方的坏话。这样会破坏自己的形象，使支持自己的人转而去支持别人。

④ 不要无视对方的存在。这样会使矛盾更加激化，关系更加紧张、难处。

⑤ 不要假装喜欢对方。这会让同事觉得你虚伪阴险。

3. 与同事相处或交往要讲究分寸

① 对雄才大略的同事，要虚心学习。

② 对敬业乐群的同事，工作要卖力。

③ 对事事同意的同事，不要期望过高。

④ 对尖酸刻薄的同事，要保持一定的距离。

三、与班组职工沟通的技巧

1. 树立领导权威，赢得他们的信任

① 学会"爱"。真诚地关心和爱护你的班组成员。每一位班组成员都是班组建设中不可缺少的"人才"。真诚地关爱他们，尤其对那些家里有特殊困难的员工，不期待对方的回报，只需付出更多的感情。一个能具体表现出爱心的领导，对下属来说，是最值得尊敬和追随的领导。

② 让英雄找到用武之地，发挥知遇之恩的效应。"士为知己者死，女为悦己者容"。沟通只在有接受者时才会发生。与他人说话时必须依据对方的经验。班组长要"知"班员，了解他们的爱好，理解他们的志趣，尊重他们的感情，掌握他们的能力，并设法使之得到实现、满足和发挥。这样他们就会认为，自己遇到了理解、肯定自己的人，因而愿意效力，努力工作。

2. 让他听得进你的话

说服是沟通的关键。懂得如何说服下属，可以使大家互相了解、亲近，打消彼此隔膜，加强彼此合作、互助。不但可以建立起班组长在班组中的威信，也可以起到凝聚班组成员，

建立良好团队伙伴关系。

说服别人不只是靠纯熟的表达技巧，还要加上一套健全的说服"策略"。当你准备进行说服之前，不妨从大处着眼，根据情况，先制定适合的"策略"，方为上策。

① 投其所好。找好谈话的切入点，即对方的兴趣所在。用别人最感兴趣的事情或语言，引入自己的构想、建议，就比较容易达到目的。

② 用感情温暖他。感情要真诚、有耐心、有说服力、有体贴的心。

③ 要有实证。在进行说服别人之前，不妨先准备好各种适当的证据，在陈述解说过程里，让证据替自己说话，自然能够赢得别人的信服。他们也必定会照自己的建议、指示、计划采取行动。

3. 善用非语言进行沟通

有效的沟通取决于接受者如何去理解。例如班组长告诉他的班员："请尽快处理这件事，好吗？"班员会根据班组长的语气、表达方式和身体语言来判断，这究竟是命令还是请求。德鲁克说："人无法只靠一句话来沟通，总是得靠整个人来沟通。"因此要注意沟通时的语气、表情、肢体语言等信息。

4. 把握批评下属的分寸

多表扬，少批评。善待犯了错的员工，如果出现了过火行为，一定要及时补救。

5. 善用沟通做"宣传"

一个人一般不会做不必要的沟通。沟通永远都是一种"宣传"，都是为了达到某种目的，例如发号施令、指导、斥责或奖赏。沟通总是会产生要求，它总是要求接受者要成为某人、完成某事、相信某种理念。这使得每次沟通的动机都变得可疑。最后可能导致沟通的信息无法为人接受，这时沟通起到了适得其反的效果。

6. 良好沟通的必备前提

（1）认识和了解下属　要和每一名成员充分沟通，就必须认识和了解他们，能准确地知道他真正的兴趣所在，知道用什么方法鼓励他做好工作。不仅能够及时地发现什么事情在困扰着他，而且也要发现什么东西能够真正地转变他。

（2）得下属的信服　只要你能认真听取下属的说话，他们就会喜欢你。能够以同情加理解的表情倾听别人说话，就可以同你的成员建立永久性友谊。大家都会喜欢一个彬彬有礼倾听自己讲话的人，每一个人都喜欢一个能够注意听自己讲话的人。

（3）让下属更好地了解自己　要用真心对下属显示出真正的兴趣，对他说的话表示理解，对他要办的事表示关心，把他们吸引过来。这样，下属知道你对他感兴趣，他也会更加主动地了解你，你的工作开展起来就会更加顺利。

（4）发现下属的真正需要　如果拿出一定的时间去认真地听下属讲话，他们就会告诉你他们真正需要的东西是什么。即使是最不爱说话的人，如果能对他表现出自己的兴趣，他也会敞开心扉说话的。

7. 班组讨论的技巧

在班组进行讨论中，经常会出现议而不决、不欢而散的局面。如何把握班组讨论的局面，是班组长的一个很重要的技巧。在班组讨论的过程中要注意以下几个要点。

① 消除一个误区。不要企图所有的好主意都由自己出，要知道如何发挥全体成员的集体智慧。

② 会疏通僵局。如果在讨论中出现不愉快的场面，应当及时转换话题、放松情绪、活跃气氛，以打破僵局，使讨论在比较宽松的环境下进行。

③ 善于捕捉闪光点，创造性地利用不同意见。即使有的意见不被你采纳，但并不说明这个意见就没有一点可取之处，即使是反对自己的观点。

④ 善于归纳总结。在众多的意见或建议中能够很快地理出头绪，分出层次，找出重点，使班组讨论有结果。

时刻牢记，沟通是建立在"以人心换人心"的基础之上，真诚是最能打动人的。

试试看

如何管理"80后"班组员工

李班长从事班组管理十多年，多次被评为优秀班组长，随着班组"80后"员工的增多，她感到非常困惑。"80后的行为让人琢磨不透，不换工作服就上班；工作时间听MP4，边工作边跳街舞；到了下班时间手里没有完成的工作丢下就走……跟他们讲规则根本行不通，满口新名词，搞得你一头雾水，对说教、家访、甚至罚款都毫不在乎，依然我行我素。"

眼下，班组里"80后"员工越来越多，他们具有鲜明的群体特征，很多班组管理传统的方法与规则在他们身上失效，如何对"80后"班组员工进行管理？这给班组管理带来新的课题。

同龄人都存在着理解差异，更何况两代人，对"80后"班组员工进行管理的关键还是班组长如何和"80后"沟通。作为班组长，要根据"80后"班组员工的特征改变教育手段和沟通方式，为双方搭建一座交流的桥梁，现在大多数"80后"班组员工喜欢的沟通方式不是面对面的直接交流，他们喜欢上网、喜欢用手机短信联系、喜欢用QQ聊天、喜欢建立博客展示自己。因此，班组长也要转变思路和方法，如利于网络创建"班组论坛"、班组QQ群等，及时了解"80后"班组员工动态信息，如发现其在工作和生活中出现问题，可以利用手机短信随时对他们进行温馨提示教育。班组长也可以公开自己的电子邮箱，方便"80后"用电子邮件与你进行"零距离"交流，拉近心理沟通距离。目前，还有许多年龄大的班组长不会上网、不会使用QQ或博客来交流。因此，班组长要与时俱进，学习掌握电脑这门新知识、新技术，结合以往班组管理的经验，不断总结出管理好"80后"班组员工的新方法。

引而不发，海纳百川——上下级沟通秘诀

班组长在与班员的沟通中，可以采取"引而不发，海纳百川"的思维方式，即虽然自己有了完整且完善的方案，但不立即表态，而是问计于班员。认真听取班员陈述完解决问题的方案后，再根据班员方案与自己方案的差异程度采取不同的处理方法。

如若班员拿出的方案和自己的方案一致时，就以欣赏语气说："好！这主意好！就照你的意见办。"如此一来，在表扬班员的过程中"轻松"完成了自己的决策。而班员在得到欣

赏和肯定后，会全力以赴地、创造性地执行决策方案。

如若班员的方案和自己的方案大体一致，但其方案有一些不妥之处时，班组长要鼓励地说："你的意见很好，照此做就行了，但有一点需要注意……"于是把自己的意见以商讨的口气提出来，班员就会很容易理解，并按修改后的方案执行。

如若下属的方案和自己的方案有较大出入，也要说："好！你的方案中有一点很好，就是应该这样做。"然后针对方案中的不足之处与班员平等地展开研讨，最后双方在相互的研讨中取得一致意见。

如若下属方案和自己的方案完全不同。即使班员提出的方案毫无价值，也不妨以商量的口气说："你看这样行不行……"双方在平等友好的协商过程中，新的可行方案也就产生了。

如若班组长没有方案时，要主动礼贤下士，广泛收集意见，采取民主集中的原则，从而做出正确决策。

班组的各项管理工作既复杂，又有科学性，呈现多样化、多元化的特点，只要班组长潜心研究、细心琢磨、大胆尝试、勇于创新，班组工作势必出现新的局面和生机。

 **读书札记**

1. 当众讲话的技巧

班组长经常要组织和参与班组现场会、年终班组总结会或班组小聚餐等，这时作为班组长通常要作简要发言，总结过去，展望未来。遇到这种场合尤其是有领导在的情况，班组长经常不知所云。这里，班组长不妨试一试以下讲话万能公式：感谢（过去）——希望（现在）——祝愿（将来）。

2. 万能三句话公式

第一句话：感谢一年来大家对我工作的理解与配合（感谢某某领导的支持与帮助）。

第二句话：希望大家继续努力工作（希望领导继续给予我们以支持与照顾）。

第三句话：祝愿大家在新的一年里……（祝愿领导在新的一年里……）。

 **参考案例**

一位班长的烦恼

我新到这个班组不久，在观察了一段时间之后，我觉得有几个班员的能力、专业和经验不适合他们所在的岗位的要求。这些天一直让我困惑和思考的问题，就是该不该提出下属的缺点？如何提？

我时不时会指出他们在工作中的失误，都是非常具体的错误，而不是泛泛而谈的大道理。我自认为自己不是一个求全责备、过于严厉之人，我知道这个世上没有十全十美让人完全满意的班组成员，我也不会要求一个班组成员样样都达到我的希望。所以，请不要拿一些大道理来回复我，我现在需要的是技巧性建议。

可是，他们后来都烦我了。他们说我不是一个好班长，整天就知道抱怨。其实我是一个心态非常积极、从不怨天尤人的人，所以，他们背后说我坏话，我根本不在意，我只是对他们的不思进取感到担忧。

但有一件事，却让我难以把握了。在现在班组的员工中，我的副班长，可以说跟我关系很好，班里面的所有事情我几乎都会和他商量。他也能为我着想，一心扑在工作上，经常加班加点、任劳任怨。

但他有两个毛病是我不能接受的：一是私心，他会在报销的时候多报，或者在购物的时候，会为自己顺便买一些小东西；二是喜欢找借口，比如，会为迟到找借口，会假借手机没电说回不了电话……其中有相当一部分理由是不成立的。

为这些毛病，我犹豫和思考了好久，但我终于还是说出来了。因为我觉得，如果他不改正这些缺点，对班组以后的发展也是不利的。说的时候，我是借助一件事情而说的。那件事情是他没有做好，我在批评他的时候，他竟然又说是其他人不配合所致。这让我有点恼火了，我想多半是他自己交代不清所致。但我还是打电话给另外一位班组成员核实情况，果然是那位同事没有收到明确的任务布置。

于是我就趁机指出了他的缺点。我告诉他我为什么发这么大脾气的原因，不只是眼下这件事，而是他自身的缺点。此后，他的积极性大受影响，在工作上也不再那么主动了，对我也不像以前了，每天只是中规中矩地做事，也不再发表自己的意见。你吩咐了他就做，也不再主动提醒我了……

所以，我真的非常迷惑：下属有缺点，我该怎么办？作为一名班长，难道我连下属在工作中的失误和缺点都不能说吗？为什么一提到他们的缺点会出现那么大的反应呢？不是当场顶撞就是消极对抗。

那么接下来我该怎么办？对下属的缺点是不是就听之任之呢？还是应该换一种方式？该换什么方式呢？平时觉得对他们已经挺好了，大家如兄弟姐妹一样，我不喜欢摆架子，也很少用命令式的语气去分配任务。

案例分析

俗话说"玉不琢，不成器"。作为一名管理者，如果你想塑造一个训练有素的、团结的、有战斗力的员工队伍，如果您想让您的下属按照期望的方式和行为来完成任务，取得预期的成果，就必须要有效地掌握"批评"这个武器，来矫正、规范和塑造员工的行为、团队的文化、打造团队的整体战斗力。

批评既是一种重要的激励方式，又是一种有效的沟通信号，在管理实践中发挥着重要作用。但它又是许多管理者常常感到无法回避而又深为犹豫的管理手段。因为它并非只要满足某些既定的条件即可得到某种确定的结果，而更多地取决于一些微妙的，甚至难以言传的感应和领悟，特别注重对批评对象、时机、场合和方式的选择。所谓"运用之妙，存乎一心"。

批，是对下属在工作中的错误或缺点予以指出、纠正；评，是对所批的事情进行评论、评判。批是评的载体，评是批的实质，二者是因果关系，是辩证的统一。班组工作中的批评的目的在于通过批评达到纠正、帮助、指导的目的，使被批评者找到工作中的差距，明确事理，清楚方向，避免重犯。因此，班组长在实施工作批评时，不能简单地一批了事，把批评完全等同于否定，而应以批为切入点；以评为落脚点，不能重批轻评，而要重评轻批。

1. 批评的两大障碍：自以为是和缺乏反思与自省

从这位班长的表述中可以看到，他现在遇到困境的一个最根本性的问题就在于自以为"是"。即总觉得自己是正确的，别人应该理解和服从，应该按照自己的要求去做，甚至应该

按照自己的想象中的要求去做，或者别人天经地义地就应该和自己想的一样，而一旦别人的行为和自己想象的不一样时，就觉得是难以理喻和不可救药的。另一个根本性的原因则是缺乏反思和自省。他觉得问题不在自己，只在他人。另外，由于"自以为是"和"缺乏自省"这两大障碍作祟，这位班长在寻求解决方案的时候又犯了"舍本逐末"的错误。他还没有充分意识到，他面临的批评不当的问题根源不是在于他没有掌握批评员工的"小技巧"，而是在于他根本没弄明白员工批评和激励的"大道理"。

2．批评的前提：尊重个人，纠正行为

事实上，批评能否取得预期效果，关键不在于你自己的动机或出发点有多么"高尚"或者"正确"，关键在于你批评的对象，他从你的批评中感知到的个人主观感受。如果他的感受是"消极的"、"负面的"、"被否定的"、"被贬低的"，那么，无论你自己觉得你的批评行为多么正确、多么高尚、多么富于技巧，都只会收获相反的结果——就是员工的敌对、反感，甚至反抗。

因此，作为管理者，要想使得对员工的批评富有成效，要让别人心悦诚服地接受您所指出的缺点，并心甘情愿地作出调整和改变，首先需要明白的一个道理就是"尊重"：您必须从真心帮助对方进步的角度出发，用不失对方自尊的、能够给对方带来积极情绪体验的方式（至少不能是消极的情绪体验）来给出批评、反馈。

3．有效批评的原则

事实上，批评员工，最根本的目的是纠正员工的不当行为，而避免攻击他的人格缺陷，避免否认他的个人价值。因此，有效批评的第一个原则就是"指责行为，尊重个人"。如果您纠正的是一个具体的行为，而并不伤害他们的个人情感，他们就不会感到需要为自己辩护。

然而，批评通常就像是在木板上钉钉子，即便把钉子拔了（批评过去了），钉眼还会留在那里。因此，要想使批评更有效，并把这种"钉眼效应"降到最低，甚至使之消于无形，就需要做到另外一点：赢得员工的"认同"。即让员工对您的批评心服口服。

那么，怎么做到在尊重的基础上让员工对批评心服口服呢？这就涉及到了员工批评的"技巧"。

4．批评的"小技巧"

①用标杆的方法和表扬的方法，把"批评"变成"自我批评"。积极引导比消极否定更能让员工做出改变。

②不要总是亲自"批评"，要学会塑造团队氛围，让团队文化来矫正错误行为。

③批评要懂得"抓大放小"。什么是"大"？原则是大、价值观是大、绩效目标是大。但同时也一定要懂得放小。不要把一些小节（特别是和自己的习惯、想法、思路不一样的小节）看得太重。

④做一个温和而严厉的管理者。作为管理者，衡量优秀与否的一个重要标准就是您带领团队取得的成效。没有规矩不成方圆。必要的行为约束、行为纠正、员工批评是不可避免，甚至是必须的。但是，严格的要求与员工的尊重和服从并不矛盾，关键看怎么做。我们知道，行为从目标开始，结果靠行为来实现。如果一开始在目标上严格要求，行为上密切关注，并及时为员工的工作行为提供支持、帮助和反馈，帮助他们完成目标，取得业绩和成就。那么他们就会在您的严格要求和必要的批评背后看到您的很多的关心和尊重之情。而有效批评的威力恰恰来自于您发自内心的对他们的关心和帮助。

⑤学习如何"有效地、建设性地进行批评"。在指出存在问题的同时，提出建设性的意

见、建议。事实上，会不会"有效地、建设性地"批评下属，和职位高低无关，而是和您的"领导力"、"修养"有关。

5. 关键要点

① 批评前要三思

一思为何批评？不能只批不评，要重评轻批，也不要偏离主题。

二思哪里批评？注意场合与效果的关系。选择哪种场合，要视批评对象、所犯错误的性质和程度而定。

三思如何批评？注意不同情况的不同处理。一是注意批评对象不同的层次。二是注意班组成员中不同的性格。三是注意不同的环境（当事人在与不在）。

② 批评时要三忌

一忌事实不明。班组长对班组出现问题的前因后果，当事者的是非曲直，要做到心中有数，了如指掌。批评时必须实事求是，有一说一，有二说二，不要任意夸大。

二忌简单粗暴。班组长遇到一些棘手问题，或受到上级的批评、过问，不到场研究，不讲究方式方法，对下属劈头就批，下属产生自卑情绪，破罐子破摔，振作不起精神。

三忌尺度不一。有的班长对同自己比较亲近的组员或班中骨干，不愿批评，就是批评也总轻描淡写。而对待一般同志，特别是后进同志，则不能一碗水端平。有了缺点、错误都应受到批评。如果该批的不批，不该批的狠批，那就会使班组成员产生反感，降低班长的威信，造成班组的不团结。

③ 批评后要三防

一要防止情绪低落。因各种原因不能理解自己被批评，感到委屈、失望，导致情绪低落。对这样的班组成员，很有必要用好辩证法，适时追加肯定分量，重在鼓励，帮助其正确认识自我，使其看到自己在缺点和错误的伴随中仍然有不少长处、优点，树立起信心，鼓起全身心投入工作的勇气。

二要防止偏激。对日常就存在认识上较片面、情绪上易冲动、行为上常莽撞的班组成员，除批评前要三思外，在批评后还要特别加以关注，防止出现过激的行为。班组长应帮助这类成员学会辩证地看待问题，了解事物的全部，作出正确的判断，尽快成熟起来。

三要防止产生鸿沟。往往会因为这样那样的原因在被批评者心中形成逆反心理，拉大班组长与成员之间的距离。因而，班组长在批评时，不但要适时进行思想疏导，而且还要身体力行，摒弃唯我是从、唯我独尊的心理，用实际行动在工作、生活、学习上关心、体贴下属，使他们感到班组长既可亲、又可敬，从而防止产生鸿沟。

请您思考

● 工作沟通的作用有哪些？

● 本班组中面临的沟通障碍有哪些？

● 我们在日常班组管理中应用到哪些沟通方法？

● 试分析上级领导工作风格，如何与其沟通？

● 试分析班组现状，如何与班组成员沟通？

● 想要在日常工作中进行有效沟通，需要学习哪些方法？提高哪些技能？

模块六

班组培训

收入靠各位，岗位靠竞争，竞争靠素质，素质靠培训。班组培训是企业培训的基础单元，做好班组培训可以使企业培训得到真正落实，从而达到培训目标。加强员工岗位技能培训，提高班组成员素质是企业、更是班组培训的重要的战略任务。

班组培训与企业培训

 案例1

"以前，我总是认为，老师傅干活年轻人跟着干就是最好的培训，至于技术怎么样都靠自己的努力。不会的，自己多琢磨琢磨，再不就问问。只要自己有心，什么学不会！我们还不都是这么干过来的吗？员工培训那是企业的事儿，班组干好活是根本，平时那么忙，哪儿还有工夫考虑这个？班组培训嘛，就是走走形式，上面怎么要求，咱就怎么做，学习记录写齐全了，检查时别扣分就得，其他的用不着太费心。现在看起来还真不是那么回事！"李班长参加了公司的班组长培训班后感慨地说。

问题导向

- 什么是班组培训？
- 班组培训有必要吗？
- 班组培训与企业培训有什么关系？

 案例分析

有相当一部分班组长与李班长的想法一样，他们对班组培训的认识比较模糊，认为学习主要是班员个人的事，只要平时多向老师傅学习、自己加强点儿主动性也就行了。同时，认为班组没有必要组织培训，费力不讨好不说，也没有时间组织，更不知道如何组织开展班组培训。长此以往，班员工作出色的都是自己努力的结果，工作中出错的不是简单、粗暴地批评，就归结为"烂泥扶不上墙"，从而影响班组整体工作的绩效。不少班组长也因此陷入忙

乱的生产工作中，一方面抱怨工作多、人手少，一方面抱怨班员不中用，造成身心的双重疲惫。

一、班组培训

班组培训是班组根据不同岗位的规范标准要求，以提高基层员工技术业务能力和综合能力为目的的培训。也是企业培训高技能人才的主要途径之一。

二、班组培训的意义

（1）满足企业发展需要　现代化企业的生产经营、民主管理、技术进步等均要在班组里落实，班组人员的素质高低直接关系到企业生产、经营的成败。也可以说，每一个班组的精神风貌折射出企业的整体形象，班组培训工作是促进企业培训工作健康发展的前提和基础。

（2）满足班组建设需要　班组建设，主要是班组能力和班组成员整体素质建设。通过班组培训提高班组成员的劳动技能、优化班组的生产力配置，充分调动班组成员的积极性和创造性，科学、合理地组织生产，维护安全、洁净的生产环境，保质、保量地完成各项生产任务。

（3）满足个人素质提升需要　通过班组培训，不断提高班组成员的技术水平、安全意识、沟通协调能力、应变能力和创新能力，适应现代化企业发展的需要。

三、班组培训的作用

1. 班组培训是企业建立终身职业学习平台的基础

创建学习型企业，开展终身学习和终身职业培训，是企业发展，也是个人发展的必然要求。

2. 班组培训是岗位成才和开展岗位培训的重要载体

岗位培训的主要途径是在班组中进行的。企业员工能力提高和岗位素质养成，必须立足于员工的工作岗位，在实际工作中不断进行培训、提高和成长。

3. 班组培训有利于降低培训成本，提高培训效果

班组培训的最大特点是针对性强。就地培训，结合岗位解决实际问题，能够有效地提高培训效果，节约培训成本。

四、班组培训与企业培训的关系

1. 总体与局部的关系

企业培训工作是一项面向全体工作人员的制度化的人力资源开发活动，这里的全体工作人员概括地说包括经营管理人员、专业技术人员，同时也包括了技能操作人员。班组培训是企业培训的重要组成部分，它分担着绝大多数的技能操作人员的岗位培训工作，是提高班组成员技术能力和操作技能的主要方法，需要结合班组工作的特点，因地制宜、按需施训。

2. 作用与反作用的关系

企业培训工作为企业的生产经营目标服务，指导班组培训的方向；班组培训是企业培训的落地，对企业培训的组织实施起着促进的作用。

现代企业规模不断扩大，标准不断提高，技术更新换代加快，要求员工就要不断地更新理念、更新知识和掌握新的技能。有计划地开展班组培训已经成为企业获取竞争能力的重要手段之一。

班组长与班组培训

案例2

王班长近来很烦恼。"三年前，公司组织岗位培训，需要脱产学习一个月。领导想让我去，我觉着学来学去不还就是干这点活，再说工作也确实很忙，就让一个班员去了。后来公司组织鉴定考试，我理论考核就差了2分没能通过，技师也没进上。我这后悔，早知道去系统学习一下，垫垫基础，也不至于此呀！现在想想，真后悔！我们这工作，岗位多、人员少，每天都很忙，平时有的班员要参加培训，我的原则是能少去就少去；也有班员建议说班组也要加强培训，让我给他们讲讲技术，我是'茶壶里煮饺子'心里有数、嘴上说不出来。时间长了，班员们背地里抱怨我不关心他们的成长和发展，这是为什么呢？"

问题导向 ▶▶▶

- 班组长在培训中的角色定位是什么？
- 在班组培训中班组长应具备什么能力？
- 班组长如何提升自身的培训能力？

案例分析

班组是企业的最基本单位，班组长被称为兵头将尾，是最基本单位的"掌门人"。他既是企业经营管理的执行者，也是企业班组实施培训工作的主要组织者和领导者。班组长不但要理解领会企业培训的方向，也要把握好班组培训的方向和目标，既是班组专业技术带头人，也是班组培训的兼职培训教师。可以说班组长在培训中的组织能力和培训水平是至关重要的。认不清自己在培训中的角色定位、理不明自身在班组培训中应承担的职责，即是一个不称职的班组长。

读书札记

一、班组长在班组培训中的角色定位

（1）培训计划的制定者　能够结合企业、岗位和班组成员个人需求，结合生产和技术实际情况，有目标地制定培训计划。

（2）培训的组织实施者。按照培训计划设计培训方案，并组织实施培训，过程中适时监控、调整、完善培训方案。

（3）班组培训的兼职教师　班组长作为本班组的技术业务骨干和技能带头人，肩负着带领全班成员共同提高技术业务素质的重任。同时，班组长对本班组的生产工作情况、人员状况了解得最清楚，能够最方便、最迅速、最有效地指导班组成员提高技术水平。

（4）培训效果的反馈者　随时收集培训建议、定期对培训效果进行考核，及时在班组中

组织培训反馈。

二、班组培训中班组长应具备的能力

班组培训是否能起到实质性的作用，很大程度上取决于班组长是否具有相应的培训能力。

（1）主动学习能力 主动学习岗位新知识、新技能，同时也要主动学习与培训相关的知识和技能。

（2）语言表达能力 在知识和技能的讲解和指导中，能清晰、明确、准确地表达自己的观点、知识的要点。

（3）激励能力 班组长要能够意识到班组成员的发展需要，并激励他们认同自己的情感和价值观，为获得和实现他们的最高目标而努力。好的班组长在培训中能激发班组成员内在的学习动力和兴趣，培养班组成员积极思考的习惯。

三、班组长培训能力的提升

现代企业培训对班组长提出了更高的要求，企业不仅重视班组长技术能力上的培养，更重视加强对班组长综合素质的培训。其中包括创新能力、沟通协调能力、组织生产统筹及培训能力的培训。这就要求班组长要不断提高自己的培训水平，不断提升自己的培训能力。

（1）外在提升 借助企业力量加强对班组长的培养，采用适当的方式，让班组长了解现代培训理念，掌握培训方法，包括课程设计、教材选择、时间选择、培训方式以及现代化培训手段等，努力提升班组长的培训能力。

（2）自我提升 班组长充分认识到自己在班组培训中的作用，加强自我学习、提高综合素质，以适应班组培训开展的需求。主动了解作为现代企业培训师所应具备的职业道德和职业能力，主动钻研业务知识，学习作为培训师应掌握的基本技能，不断发现班组生产（工作）中存在的问题并思考如何通过培训解决问题，积极探索、实践、完善适合本班组实际的新型培训方法，逐步积累经验以形成适合本班组培训个性化发展的有效方法。

班组培训的内容和方法

 案例3

班长大韩所带领的班组是一支年轻的队伍。随着公司专业化重组，班组的工作范围、工作性质、所管辖的设备状况都有了相应的变化。新形势下要求员工除了要具备认真仔细、严谨冷静的工作作风外，还必须具备过硬的业务技术水平。面临新形势、新任务、新机制的挑战，大韩清楚地认识到，只有加强技术培训，不断获取新知识、新技能，提高班组成员自身的综合素质、拓宽专业面，才能满足岗位工作和技术发展的要求。

大韩带领班组成员共同分析现状、查找不足，结合自身实际情况，认真制定了岗位技术学习和全面培训工作目标，将常规培训和特色培训相结合，采取多种形式的培训方法，取得了良好的效果。

1. 坚持常规培训

（1）每月定期开展两次技术讲课 班长结合员工技能分析情况，员工工作需求与生产技术部门取得联系，由相关技术人员每月定期进行有针对性的技术讲课。

（2）每月进行一次小型技术问答 技术问答针对现场工作中遇到的实际问题和解决方法，由班组成员个人先行讲解，大家讨论补充，专业技术人员统一讲评。

（3）在班组建立模拟操作室 班长带领技术骨干自制了一套操作模拟盘，把生产现场搬到班里来，鼓励成员利用空闲时间，对照图纸、说明书等相关资料，研究生产流程，模拟现场可能出现的故障，查找并分析原因，并进行相关工艺的技能操作训练等。

（4）积极参加练兵比武 鼓励班组成员积极参与作业部组织的岗位练兵和技术比武活动及作业部组织的综合考试，不断强化技能训练。

2．开展特色培训

（1）加强员工技能分析 班组定期对每位员工的技能情况进行分析，实施多级、多层次培训。高级工以上员工偏重于多岗及理论知识讲授，中级工以下员工偏重于岗位知识及现场操作培训。此外，结合常规培训，有计划地推荐班组成员参与公司组织的技能培训班，进行专业化的学习和训练。

（2）注重综合素质提高 为了进一步夯实理论基础，调动工作积极性，班长还积极鼓励大家参加本专业的学历教育和素质培训班，全面提升班组员工的综合素质。

（3）加强对年轻同志的培养，尤其是新员工的培训 对经验相对欠缺的年轻成员，尤其是新员工，除进行必要的制度教育外，班组还指派经验丰富的同志进行师带徒，对其实施"一帮一"重点帮教，签订带徒协议。班组长提出培训要求、内容、考核标准，并经常检查帮教实施情况及效果，使年轻的员工能尽快适应本职岗位工作。

（4）编制岗位知识题库和事故资料汇编，加强题库和资料汇编建设过程中的培训 班组本着全员参与的原则，将日常工作所需应知应会知识编写成不同类型的题目，将所掌握的、经历过的事故进行整理，形成事故资料汇编。定期组织班组职工学习和考核，向实践学习、向失败学习，这样使员工得到了强化培训，进而提高了技能水平。

通过灵活多样的培训，班组工作得到了明显的改善。员工的学习兴趣提高了，自信心增强了，明确了学习目的，激发了学习动力，推动了班组的学习氛围，在近两年的企业各类竞赛中，班组选派的员工都获得了较好的成绩；更为可喜的是班组的各项技术指标也在加强培训中不断提升。

问题导向

- 班组培训包括哪些内容？
- 班组培训的基本方法有哪些？
- 您的班组在培训中使用了哪些方法？

 案例分析

一流企业需要一流的员工。一线职工不再是简单的操作工，要达到普通岗位人人可以顶岗、关键岗位有人能够顶岗，各类培训和基本功训练就显得尤为重要。班组承担着员工培养的重要职责，班组长和班组成员要用现代的理念与方式，与时俱进地做好班组培训工作。要做到突出"三个贴近两个提高一个落实"，即贴近实际、贴近生产、贴近一线，提高解决生产服务实际问题的能力、提高职工综合素质，落实培训责任制。班组培训要不断创新形式，

通过岗位练兵、师带徒、研修交流、技术技能竞赛、仿真培训、模拟演练等与工作实际紧密结合的方式开展培训，提升职工的整体素质。

本案例中包含的培训方式主要有课堂培训、专题学习、讨论会、导师带徒、自学、模拟操练、企业竞赛、专业学习等。选用多种培训方式，可以结合不同员工的不同需求对症下药，避免了班组培训即是"满堂灌"的教学方式，增加员工的参与度，鼓励相互交流、激发创造灵感。形式更灵活、更多样，可以使得培训变得生动、鲜活，学习效率和效果都会有所提升。

班组培训具有针对性、及时性、实用性和灵活性的特点，班组积极采用多种培训形式，使班组成员迅速提高业务能力，掌握新知识、新方法、新技能，为班组成员不断满足企业生产要求、提高一线生产能力提供可靠保证。

一、班组培训的内容

班组培训的内容，要适应企业要求、岗位特点和职工现状，本着"干什么、学什么，缺什么、补什么"的原则，加强实际操作能力的培养，以提高职工本岗位实际工作能力为重点。同时加强分析问题和解决问题的能力、创新能力以及其他综合能力的培养。具体地讲主要有以下几个方面。

（1）生产技能培训 按照岗位标准要求，结合岗位工作需要，对班组全体人员进行专业知识和技能、技巧的培训和训练。培训的主要内容包括岗位操作应知应会、实际操作技能和技术、三新知识（新技术、新工艺、新设备）培训等。

（2）规章制度培训 企业制定相应的规章制度，其目的是让职工知道他们到底能做什么、不能做什么、避免做什么以及如何做。班组要按照企业要求安排职工进行规章制度培训，规范员工行为、提高员工素质，保证操作科学、生产顺利。

（3）安全培训 在企业生产经营中，安全工作至关重要。班组培训要把安全教育培训放在所有工作的首位，确保生产过程安、稳、长、满、优。班组安全知识的培训主要有组织职工学习、贯彻执行各项安全生产规章制度和安全技术操作规程，培养职工遵章守法、安全无小事、安全就是生命的意识。

（4）应急处理能力培训 在班组生产过程中，经常会遇到必须即时处理的问题，班组培训时应有意识地加强应急管理培训，提高职工及时发现、正确解决突发问题的能力，并使其掌握处理类似问题的基本方法或思路。

（5）创新能力培训 班组创新主要体现在工作过程中，如技改技措、合理化建议、QC研究等。培育职工用创新思维的方式去对待日常的工作，用创新的方法去开展工作和解决实际问题，以达到培养职工创新工作能力的目的。

二、班组培训的基本方法

班组培训具有针对性、及时性、实用性和灵活性的特点，能够结合班组生产的实践，因地制宜、按需施教，是提高班组成员技术能力和操作技能的主要方法。

（1）讲授法 组织班组成员参加科技讲座和有关技术讲座，普及科学技术知识，促进班组成员技术素质的提高。比如结合班组生产上的关键问题和技术薄弱环节，不定期举行技术讲座；基层班组专业技术带头人（兼职培训教师）在本班组或跨班组开展技术讲座等。

（2）示范法　组织先进技术演练，请本班组或外单位同工种技术能手现场表演先进操作技术。比如组织技术表演赛，鼓励班组职工积极参与，优胜者予以奖励，或在相关班组进行示范等。

（3）师带徒　干中学、学中干，做好导师带徒工作，让先进带动落后、前辈带好新人，新工人在工作实践中学到的知识，比从书本中获得的要丰富，适用得多。帮助新人选好师傅，经常检查培训情况，总结培训经验，提高培训质量。比如建立基层班组专业技术带头人（兼职培训教师）机制，实现传、帮、带。基层班组专业技术带头人（兼职培训教师）任期内至少带好一个"徒弟"，并通过组织的业务技能综合考试、考核等。

（4）实战模拟　实战模拟就是假定一种特定的工作环境，由一个或若干个受训组织或班组，针对特定的条件、环境及工作任务进行分析、决策和运作。这种模拟培训旨在让受训者身临其境，以提高自身的适应能力和实际工作能力。例如生产现场应急演练、生产装置仿真操作、安全仿真演练等。

（5）岗位技能比赛及岗位练兵　岗位技能比赛可以检验班组成员操作技能水平，促进班组竞、比、学、赶、帮、超活动的开展，提高班组成员学习岗位技能的积极性。岗位技能比赛建立在日常的班组岗位练兵的基础上，岗位练兵活动是促使班组成员在生产、工作岗位上迅速提高技术水平的有效手段。通过基本理论的测试和实际技能的演练，达到提高基本功的目的。通常做法是，由车间、专业技术人员和其他管理人员，结合生产装置或现场实际，给班组操作人员出数十或几百道关于安全生产、工艺操作、设备维护以及厂规厂纪等方面的题卡放在班组的"练兵题库"内，班组人员可以随时学习交流，达到岗位练兵的目的。

（6）专题培训　班组可以结合生产实际，组织"一事一题"的专题培训。可以每次选择一两个生产中遇到的问题，召开技术研讨会，大家共同讨论、消化、提高。也可以请行业内的专家就某一个问题来班组讲课，每次力求解决一个问题。

班组学习的取向应该是多元化的，在实践工作中有很多班组都采用别具特色的培训方式，比如某炼油化工企业乙烯装置的"仿真培训"和"职业防护技能竞赛"、苯乙烯装置"安全预案点对点"和"装置现场闯五关"、班组的"反事故演习"、制苯装置的建设"应知应会题库"等，对于有针对性开展技术培训，提高员工业务技术素质，提高技能操作人员对生产过程和辅助生产过程的理解，锻炼和培养他们独立分析问题、解决问题的能力，都是极好的举措和创新。

班组培训组织与实施

案例4

"我知道班组培训的重要性，而且我觉得班组培训非常有利于班组各项工作的开展，如果班组职工的技术、能力、思想觉悟都能有不同程度的提高，我们做班长的就能腾出更多的时间和精力做好班组管理工作。但是没参加这个培训之前，真的不知道该从何入手，怎么组织大家、怎么准备内容、甚至怎么讲好要培训的课程等，都不是很清楚。这回通过学习我是明白了一些，我想这次回到班组，我得照着老师说的方法试一试。"孙班长在参加过公司组织的兼职教师培训班后，对班组培训工作的组织与实施有了新的想法。

问题导向 ▶▶▶

● 如何组织班组培训？
● 如何讲好培训课程？

 **案例分析**

我们很多班组长都有这样的苦恼，面对培训计划和目标，怎样才能做到"不辱使命"？面对自己的专业知识，如何讲授一堂引人入胜的培训课程？面对培训实施过程中的突发情况，怎样做到应对自如？面对参加学习的班组职工，如何有效调动他们的积极性？

组织实施培训是培训工作的核心环节，组织实施有序、课程传授有方，不仅可以保证培训活动按计划进行，还可以及时纠正培训过程中的偏差，大大提高培训的效率和效果。

 **读书札记**

一、如何组织培训

（1）培训前先考虑好几个问题 第一，了解班组职工的现状和培训需求；第二，列出目前班组存在的问题清单；第三，思考如何通过培训解决这些问题；第四，制定初步的培训实施方案。

（2）找到合适的培训内容 第一，根据岗位知识与技能的要求和职工存在的差距定内容；第二，根据企业培训的要求定内容；第三，根据技术的发展定内容。

（3）寻找合适的培训教师 第一，本车间、本装置的相关技术人员；第二，班组长自身；第三，班组中的骨干职工或有一技之长的职工；第四，企业职能部室相关工作人员；第五，企业培训机构专职培训者。

（4）组织受训者 第一，组织培训前采用问卷、测试、竞赛等方法摸底调查，了解班组成员对培训的需求；第二，合理安排培训时间，比如利用上班期间的固定时间组织培训，倒班班组可以利用副班时间进行培训，白班班组可以利用下班后的业余时间等；第三，鼓励积极参与的员工，将培训与激励制度联系在一起；第四，随时关注被培训的职工，及时收集他们的建议和意见，不断改进和完善培训计划和培训方案。

（5）选好培训场地和培训工具 第一，选择班组工作室；第二，选择工作室外的空地上；第三，选择生产场地；第四，选择专用的培训场地。培训辅助工具可以根据内容和培训教师的需要选择电脑、便携式投影仪、实物投影仪、录像机等电子设施，也可以选择白板、挂图、印刷材料等传统用具。

（6）提供相应的保障措施 第一，事先准备好要使用的设施；第二，确认好相关设施的维护人员；第三，安排好日常其他相应的生产工作；第四，如果是在班组不熟悉的地点进行培训，则需要提前了解清楚周围的环境，做好相应的应急准备。

二、如何讲好培训课程

（1）做好课前准备 第一，设计内容时要考虑员工的需求、分析职工的差距，注重学习内容的实践性和可操作性；第二，把自己的培训内容写下来，尽可能多地收集与之相关的材

料，并针对所要讲授的内容设定讲解时间；第三，考虑选择的培训方法，理论知识偏多的可以选择讲授、讲座等，需要激发职工思考的可以选择讨论、演练等；第四，提前准备适当的培训工具，比如一些实物、资料、图纸等；第五，考虑好培训的场地；第六，练习，练习，再练习，设想自己站在职工面前，反复练习所需讲解的内容，也可以把自己讲的内容录制下来反复播放、观看、总结；第七，提前思考培训中可能出现的意外情况，比如自己讲错了怎么办，突然忘词了怎么办，职工提问回答不上来了怎么办，紧张的情绪总是放松不下来怎么办，学习资料播放不出来怎么办等。

（2）进行课堂控制　第一，提前5分钟进入角色，放松；第二，培训讲解20分钟左右时，需加入练习、讨论、实操等活动，以缓解学习疲劳；第三，培训进行过程中、结束时，要有计划地进行回顾和总结讲过的内容，指出重点和关键点，如果能总结成朗朗上口的语句更好，可以加深印象；第四，用好自己的声音和身体语言，声音大小、语调、语速适中，吐字要清楚，脸部、身体要尽量自如；第五，关注职工的学习表现，适当提出问题引领大家集中精力，及时对职工学习的表现予以反馈；第六，控制好培训的时间和培训的场面，热烈而不激烈、冷静而不冷清；第七，培训结束后及时进行整理和总结，找出优点和不足，制定相应的改进措施。

（3）全面提升素质　第一，加强心理训练，比如进行一些站姿的练习、随意与他人交谈的练习、观察力的练习等。第二，加强计算机知识学习，学会必要课件制作技能；加强网络技能学习，学会运用网络资源为培训所用。第三，加强身体语言练习，比如表情、眼神、肢体动作练习等。第四，加强语音练习，比如呼吸、发音、朗诵练习等。第五，加强相关知识的学习和学习能力的提高，比如学习一些时间管理技巧、先进技术的应用、工作以外领域的相关知识等，工作中保持积极乐观的态度、幽默风趣的人格魅力，都对培训效果有积极的促进作用。

班组培训应注意的问题

 案例5

"我们班组挺重视培训的，按照上面的要求、也结合自己班组的一些需要，定期、不定期地组织必要的培训，不过有时候觉得培训完了到关键时刻见不到效果。比如，我们单位有一台2米多高的氨压机，体积比较大，有一次，这台设备发生了轻微泄漏，我就派人查找泄漏点。他们运用了日常培训中提到的'靠耳听，用手试，拿肥皂液试'等方法，可是由于室内温度高、噪声大，好长时间过去了也没找到。结果又派了一位经验丰富的老职工，他找来一根拖布杆，在拖布杆一头用胶条贴上一张薄纸，就像探地雷一样，围着设备转了一圈又一圈。一个小时后，终于查到了泄漏位置。你说这到底是怎么回事儿呢？"赵班长为此烦恼了很久。

案例6

李班长所在的某变电管理所根据企业的总体培训要求，制定了班组培训计划如下。

1．变电运行人员技术学习的主要内容

电业安全工作规程、现场运行规程、事故处理规程、电网调度规程、岗位规程和安全生产法、变电运行管理制度等有关法律法规、规程制度；本局、本所发生过的事故、障碍、历年累计的设备异常情况资料汇编和反事故措施；反事故演习中暴露出的薄弱环节及反事故措施、对策；现有设备和新设备的构造、原理、参数、性能、系统布置和运行操作方法；安全经济运行方式和先进工作方法；设备检修或异动后运行方式及新技术的运用；季节变化对运行设备的影响及预防措施；运行专业理论或操作技能演示等。

2．变电运行人员的主要培训形式

"送出去"培训；"请进来"培训；所内班组交流；现场培训；集中面授培训；技术问答；事故预想与反事故演习；师带徒。

3．现场岗位培训量化与考核要求

① 技术讲座：结合全所生产上的关键问题和技术薄弱环节，不定期举行。基层班组专业技术带头人（兼职培训教师）任期年度内应在本班组或跨班组至少开展一次技术讲座。监控中心、维护操作队、220kV有人值班变电站每半年应举办一次；110kV及以下有人值班变电站一般每年应举办一次。

② 技术问答：每人每月不少于两题。

③ 考问讲解：班组每月不少于1次。

④ 反事故演习：班组每季度至少1次；全所每年1～2次。

⑤ 事故预想：每人每月不少于1次；班组每月不少于1次。

⑥ 技术比武：应围绕生产关键或针对变电运行人员的技术薄弱环节，有领导、有计划、有组织地进行，一般全所每1～2年举办1次。

⑦《电业安全工作规程》、《电网调度规程》、《电业生产事故调查规程》、《变电运行管理制度》等规程制度，全体变电运行人员应每年考试1次。

⑧《现场运行规程》（含《事故处理规程》），运行管辖220kV变电站设备的班组，其运行人员应每季度考试1次；运行管辖110kV及以下变电站设备的班组，其运行人员应每半年考试1次。

⑨ 基层班组专业技术带头人（兼职培训教师）任期年度内至少带好一个"徒弟"，并通过变电管理所组织的业务技能综合考试、考核。

与此同时，班组在得到所里领导的大力支持下，建立和完善了班组培训、考核一体化制度，将日常培训、技术问答情况、各项考核成绩等纳入绩效考核范围，并与奖金系数挂钩。对考核优秀的予以奖励，没有通过考核的员工，必须进行补考，直至通过。每次培训结束后，所里要对培训效果进行测评，考试结束后，让技术人员对所有员工的考试成绩进行深入的分析，综合评议。

目前，班组已初步具备了靠培训培养骨干、以考核带动全员的良性机制。

问题导向 ▶▶▶

- 班组培训需要注意些什么？
- 在班组培训中选用多种培训方式的技巧有哪些？
- 在班组培训中选用多种培训方式时需要注意哪些问题？

 案例分析

　　一些班组长常常把了解知识等同于应用知识。他们认为，两者之间彼此相通、一蹴而就，而事实并非如此。案例5中，泄漏气体能够产生吹浮力人人知道，可是，把了解的知识转变为解决问题的能力，却不是每个人可以恰如其分做到的，这需要一个用心思考、实践检验的过程。学习知识、了解知识的最终目的在于应用知识，学习的知识要在工作中解决实际问题。班组培训是通过外在的培训方式，帮助员工了解、明白岗位相关知识并在实践工作中能够加以应用，如果在培训工作中缺少这个环节，效果就会大打折扣。

　　案例6中描述的班组在制定培训计划时，考虑到培训内容、培训方法、培训指标量化、培训考核等方面的有机结合，方案比较完备。制定的培训内容能够结合岗位工作性质，突出岗位工作能力；培训方法也比较灵活、多样，能够与培训内容相匹配；培训组织有明确、量化的目标，可操作性强；尤其制定了与培训相配套的考核方案和反馈机制，使得班组培训形成计划、实施、检查、总结的闭环系统。这样的培训计划将会有利于培训目标的最终实现，也会有效地提高培训效果，真正实现培训向生产力的转化。

 读书札记

　　一、班组培训应注意什么

　　① 正确处理好培训与工作的关系，做到"三个结合"。结合工作任务的紧迫性、重要性适时安排培训；结合班组职工知识需求、技能需求、关注需求灵活安排培训；结合时间、地点、条件、环境选择培训。

　　② 班组培训切忌"一勺烩"，坚持培训形式为培训内容服务的原则，要在分析实际的前提下，针对不同情况采取不同的方式。

　　③ 班组培训要有计划、有目标地逐步实施，将长期、中期、近期的学习有效组合，像本案例中所做的那样，分季度、月、周落实，定时和不定时、集中培训和自学、理论和实操相结合，形成持续滚动式循环，这样不仅可以将培训量分散，也便于管理。同时，也应当注意有效的引导，加强激励，以调动成员的学习热情。

　　④ 培训的同时要建立考察、考核、考评机制，建立奖惩机制、检查和评估机制，进一步规范培训流程，增强培训实效，激发职工的学习欲望和学习热情，使职工从强制培训转变为自觉培训，从"要我学"变成"我要学"。

　　⑤ 培训应注重知识应用。应用知识、解决实践生产问题才是班组培训员工的最终目的。班组长要能区别学习知识与应用知识之间的差别，在培训的过程中注重知识向能力的转化过程，才能使班组培训做到有的放矢，也才能使班组成员的工作能力得到实质性的提升。

　　二、在班组培训中选用多种培训方式的技巧

　　① 目标明确。任何培训方式其目的都是利用有限的培训资源产生最佳的效果。因此要充分发挥现场小课堂、班组小讲堂、综合大课堂的作用，营造一个讲学习、会学习、懂学习、比学习的氛围。

　　② 方式适用。选用多种培训方式时，要注意多听取班组成员的意见和建议，及时进行调整和改进。

　　③ 适量组织。多种培训方式容易造成培训工作量加大，要处理好与本职工作之间的关

系，尽量不要在短时间内推出太多的培训，容易造成职工对知识消化困难，从而影响参与培训的热情。

三、班组长与班组的终身培训工作体系

在知识经济时代的今天，知识的老化周期缩短，更新换代加速，知识经济社会已经变成一个终身学习化的社会。随着职工的职业变更和岗位调整日益频繁，不断学习变成工作的一个有机组成部分，终身教育已成为必然趋势，职业培训必然贯穿于职工的职业生涯之中。

1. 班组长在班组终身培训体系建设中的作用

① 负责班组终身职业培训工作的具体落实。

② 指导班组成员制定职业生涯的规划。

2. 建立班组职工终身培训体系的方法与途经

（1）建立自主学习的班组终身职业培训模式 不依赖于外界因素影响的独立自主的学习。班组成员主动学习的精神，需要班组长经常地启发、点拨和引导，需要长期地、有计划地进行培养。培养班组成员的兴趣，增强其生产主体的意识，并为他们营造自主学习的环境。有了一定的自主学习的能力，班组成员就不再是被动接受知识的机器，而是能变成用科学的方法主动探求知识、敢于质疑问难的主人。

自主学习的基本操作过程：确定学习目标—制定学习计划—选择学习方法—监控学习过程—评价学习结果。

（2）建立合作学习的班组终身职业培训模式 工作中以学习小组为基本组织形式，以团体成绩为评价标准，共同达成培训目标的活动。根据学习型班组建设特点，开展每日一案例（事事是案例）；每日一课题（学习生活化）；每日一提问（以问题为师）；每日一反思（思维训练化）；每日一标杆（向新高学习）；每日一创新（超越型学习），营造人人有特长、人人有绝活、人人都比试、人人是教练的合作学习氛围。

合作学习的基本操作过程：教学目标呈现—课堂集体教学—小组合作活动—测验—评价和奖励。

（3）建立协作学习的班组终身职业培训模式 协作学习是一种为了促进学习、由部分班组成员协作完成学习目标的方法。在协作学习过程中，个人学习的成功与他人的成功密不可分，学习者之间以融洽的关系、相互合作的态度，共享信息和资源，共同担负学习责任。

协作学习的基本流程：分析协作学习目标—分析协作学习任务—确定小组的基本结构—协作环境的创设—协作学习活动的设计—协作学习效果的评价。

（4）建立情景学习的班组终身职业培训模式 设立培训与学习的模拟情景，在相应的仿真装置上进行培训，以提高班组成员的实际操作能力。

（5）建立研究性学习的班组终身职业培训模式 通过让班组成员合作解决真实性问题或工作中的攻关课题，来学习隐含于问题背后的知识，形成解决问题的技能，进而形成自主学习的能力。

班组要为职工构筑学习平台，吸引员工广泛参与。鼓励职工在搞好岗位培训的基础上，通过多种途径，如读书自学、技能培训、竞赛活动等多种形式获取知识，增长才干，在实践中完善充实自己。

班组培训要和单位的专业化、规范化、科学化管理结合起来，按照岗位"精一门、会两门、学三门"的要求开展多面手技能操作竞赛平台，搞好师徒金搭档等各项劳动竞赛，职工通过岗位练兵、技能比赛和创先争优活动的深入开展，激发、调动获取知识、提高技能的积极性、主动性，单位上下形成崇尚知识、重视人才、爱岗敬业的良好风气。

某石化企业非常重视提高班组消防意识，要求每个班组每季度要进行一次应急演练。具体做法是，由班组长会同班组成员制定演习方案，车间及安全部门批准并监督实施。演习后由班组长写出演习报告（仅供参考）。

演习总结

演习时间：2010 年 12 月 16 日 13 : 05-15 : 05

演习地点：八班活动室、装置现场

参加人员：主管工程师周工、安全工程师饶工、八班全体班员

演习过程：

××年××月××日 13 : 30，外操竺某巡检时发现 P1209C 密封突然泄漏且有扩大趋势（此时 P1209D 钳工检修未完），立即通过对讲机通知班长及岗位其他人员，此时 P1209C 密封面温度明显上升且已有冒烟现象，外操室其他同志相继赶到，竺某立即将 P1209C 的封油注入量调大并做好自我保护措施，以降低油浆泄漏温度；卢某迅速关闭 P1209C 出口阀，赵某做好现场油浆泵喷淋流程及消防栓消防水带连接准备；李某现场拉消防蒸汽掩护（备用）；应某现场监护 P1209A 运行工况及电流；与此同时，了解工况后班长立即指示蔡某将处理量降至 260t/h（反应操作上作相应调整），王某操作配合（特别注意烟机、风机 GHH 运行工况，3.5、1.0MPa 蒸汽管网压力等），周某立即将油浆循环量撤至 500t/h（姜某与电气保持即时联系），同时立即增大一中、顶循循环量及返塔温度（必要时开大冷回流及回炼油冷流返塔量）防止冲塔，并立即通知车间（汇报情况）、调度（准备降量、并指派消防车立即到场监护）、电气（密切留意 P1209A 运行电流，即时通知）、钳工（现场确认 P1209A 运行工况为主）；在内操调整操作时，班长指示张某检查反再情况（重点是大盲板、进料喷嘴及自保阀、B1501、B1502、B1101 等），龚某检查分馏情况（重点是 V1401AB、原料油系统、油浆系统流程、C1301 等）。

现场竺某看到 P1209C 泄漏量越来越大，靠封油已快压不住，立即汇报班长准备紧急停油浆泵，并指令应某停 P1209C（此时姜某要特别关照电气注意 P1209A 电流，如电流超及时通知周某继续撤循环量直至安全电流），李某和卢某迅速卡死出入口阀，赵某用消防蒸汽进行掩护，姜某负责联系打通重污油线路后迅速泄压，P1209C 泄压后竺某确认出入口阀无内漏，停电，吹扫，交付钳工抢修，以尽快恢复正常生产；此时各内操继续优化工况。

演习结果：

通过这次反事故演习，进一步提高了班员在事故状态下的判断能力、应变能力、处理能力，使各个岗位之间、内外操之间的协调性得到了极大的锻炼。

我们要以良好的心理素质、过硬的技术水平来保证在现实事故状态下会出现的诸多情况的正确处理，使我们的装置确保安全、平稳运行。

炼油一部八班
××年××月××日

构筑学习型班站文化

毋庸置疑，要想提高企业核心竞争力，推动企业持续稳定发展，一要靠科技，二是靠管

理，三要靠创新，但最终要靠人的素质的提高。

如何提高员工的综合素质和业务技能呢？辽河油田的做法是创建学习型组织。与一般的学习型组织不同的是，由于油田生产组织结构的特殊性，辽河油田的学习型组织有其自身的特色。

为了使建设"学习型"班站的工作真正落到实处，打造出辽河油田班站品牌和文化，辽河油田主要做法可以概括为"一个树立、四个强化、三项措施"。

1. 树立"一个观念"

创建"学习型"班站，就是树立统一的班站价值观："人企价值共融、人企价值同增、人企价值并展"。

2. 强化"四个理念"

在建设"学习型"班站的过程中，强调学以致用，将知识转化为实践和创新能力，加速职工知识潜能的不断发挥。因此，必须强化四种理念。

① 强化终身学习的理念，不断提升员工的综合素质。对个人来说，学习不再是阶段性行为，终身学习成为每个人奋斗成功的必要条件。

② 强化团队学习的理念，强调合作学习和群体智力的开发。学习既是个人的行为，也是组织的行为，只有把个人学习的行为转化为组织学习，才能有利于增强团队精神，有利于创造良好的组织业绩。

③ 强化工作学习化的理念，引导员工向实践学习。要不断把学习与工作的距离拉近，使员工学习的空间不再局限于培训中心，不再局限于讲台下的课桌，工作学习化的理念把员工的工作和学习交融起来，赋予员工的工作学习、创新的机会，极大地提高员工向实践学习的积极性。

④ 强化学习工作化的理念。引导员工培养良好的学习习惯。强化员工学习工作化理念，帮助员工树立正确的学习观。

3. 落实"三项措施"

建设"学习型"班站是一个渐进的、不断完善的过程，要遵循"继承、融合、创新"的方针，按照导入理念、建立机制、规范运作、持续改进的方式，建设"学习型"班站。

（1）坚持"5W工作法" 遵循"工作学习化"和"团队学习"的理念，要求员工在工作的全过程中进行学习，坚持"5W工作法"。

一是按照"5W工作法"的标准开好每日班前"明白会"，进行事前学习，即由班站长组织大家讨论，要求每名上岗员工清楚当日重点工作内容和目标是什么（what），每项工作为什么要做（why），由谁来做（who），如何做（how），何时按标准完成（when）。

二是对照"5W工作法"的标准认真进行岗位操作，进行事中学习，上好实际"操作课"。

三是按照"5W工作法"开好每日"总结会"，进行事后学习——即由班站长组织大家讨论，我们实际做了什么？是否达到了标准？为什么会有差异？

（2）坚持"四个一"培训制度 遵循"学习工作化"和"终身学习"的理念，把提高岗位工人的技术水平和操作技能作为班站工作的重要组成部分，按照"干什么、学什么；缺什么、补什么；用什么、会什么"的原则，重点坚持"四个一"岗位培训制度，即"每天一练、每周一课、每月一考、每季一查"。

—— "每天一练"由班站长负责。内容主要包括：生产岗位基本技能训练、岗位技术操作规程、巡回检查路线和内容、危险点源识别和控制方法以及生产所必需的其他知识常识。

"每天一练"可采用灵活多样的训练形式，既可以集中学习，也可以采用"以老带新、以师带徒"的形式，在生产过程中边干边学。

——"每周一课"，按要求参加中心站组织的技术课。内容主要包括：石油基础知识、采油技术基础理论、生产经营基础理论、生产技术操作规范、安全生产知识、消防常识等。

"每周一课"主要采用集中授课形式，也可以走出课堂，采用现场教学、实验教学、讨论教学等多种教学方式。

——"每月一考"，由各区或中心站组织。以核"每天一练、每周一课"内容为主，要求技能操作人员参加学习人数达80%以上，并记录考核结果，作为"每季一查"的依据。

——"每季一查"，由公司机关相应部室或各基层单位负责。各单位要把"每月一考"的结果同员工奖惩和上岗资格紧密挂钩，以激发技能操作人员学技术、练本领的自觉性。

（3）开展岗位互学活动 围绕"精一门，会两门"的目标，开展"人人当老师、个个做学生"的岗位互学活动，进一步提高一岗多能员工所占的比例。

班组培训是班组得以持续发展的动力，班组长在班组培训中既是培训师，又是培训的指导者和培训的学习者，班组长应充分认识到自身的责任和价值，提高培训能力，充分发挥班组培训的作用。

请您思考

- 班组培训的作用有哪些？
- 班组培训的主要内容和方法是什么？
- 为什么要开展班组岗位技能培训？
- 您所在的班组培训采用过哪些方法？是如何开展的？效果如何？
- 班组长在班组培训中的作用是什么？

我的心得

模块七

压力与应对

世界卫生组织（WHO）提出：健康，是一种身体上、精神上和社会功能上完全安宁的状态，不只是没有疾病。

生活中的失意随处可见，如果遭遇困境，不要灰心，也别沮丧！除去脆弱的外衣，以一种积极的心态去面对，以全部生命中的力量去抗争。您会发现，新的生活才刚刚开始。

压力与压力源

 **案例1**

情景1

"我已经连续不断地工作了8个小时，真想立刻就下班回家休息。但是，生产不正常，我还不能走。于是，我感到心烦、不满、压力重重……"

情景2

"我每天夜里睡不着觉，到早晨8点还睡不着，看着太阳冉冉升起，大家骑着自行车去上班，您还没有入睡，您在想很多事情，为什么别人能做，您就不能做，为什么要对自己这么苛刻……我病了！我得的是抑郁症，而且是很严重的抑郁症，重度。"—崔永元

> **问题导向**
>
> ● 什么是压力？
> ● 我们的生活中存在哪些压力？

 案例分析

在日常的工作和生活中，人们会碰到各种各样有压力的事情。令人压抑的有岗位调整、家庭破裂、经济困难、人际关系恶化等；令人兴奋的有升职加薪、职业技能比赛获得好名次

等；令人焦虑的有考试鉴定、竞聘求职等。所有这些事情，都会给职工个体带来紧张与不安，使之感到压力。

适度的压力对员工产生的刺激，可以使员工处于兴奋状态，增强进行某种活动的动机。在工作中，对员工保持适度的工作压力，可以使员工的工作更有效，并且员工本身也可以在工作中得到满足感、成就感等自我实现的感觉。当然，如果压力过大，员工经常无法完成自己的工作，员工的兴奋感会逐渐消失，随之而来的是挫折感和失败感。从而使工作效率低下，并对员工的心理产生消极的影响。

作为班组长，要保持积极的心态，正确应对压力，变适度的压力为内在动力，化解压力的消极影响。

读书札记

一、压力

压力的概念包括三个方面的内容。

① 指那些使人感到紧张的事件或者环境。如您是一个班组长，在您当班的时候，装置的生产出现了问题，急需作出决定并加以解决，否则会造成严重的后果。

② 指一种主观的反应。从这个意义上讲，压力是一种心态，是人体内部出现的解释性的、情感性的、防御性的反应过程。例如，由于前一天夜里思虑班组的一些事务而失眠，或在上班的途中在不该堵车的地方出现了意外的交通事故，从而导致上班迟到。此时您往往认为自己"非常不顺，怎么所有的人和事都和自己作对？！"

③ 是对需要的一种生理和行为上的反应。如渴望得到竞赛成绩的公布或听到领导对自己工作成绩的评价等的反应。这种反应是每个有压力的人都很容易体会到的。

二、压力的来源

班组长面临的压力是多方面的。根据班组长所处的环境个性特征不同可以把压力分为社会压力、工作压力、家庭压力、个体因素压力四大方面。

1. 社会压力

每个员工都是社会的一分子，社会的进步、科技的发展都对各成员产生深刻影响。

（1）环境变化压力 社会环境变化是人的压力反应的重要因素，社会环境因素对人有着特别重要的意义。医疗改革、房价升高、通货膨胀、就业困难等因素都可能对人的心理和生理活动产生影响。如果班组长对于变化着的社会环境和生活事件，特别是急剧的变化，不能够通过调整自身的心理活动形式和机体生理机能以进行恰当有效的适应性反应，那就不可避免地会出现种种心理上的矛盾和冲突，使自己处于紧张状态之中。

（2）社会性要求压力 社会性要求主要是指社会、理想、文化、追求、习俗等对个体产生新的期望与要求。当个体面对新的期望与要求，而不能适时适度地调整自己的角色、增加自己的技能去适应这种期待，就会造成心理上的紧张状态和情绪反应，进而导致压力的产生。

2. 工作压力

工作压力是指各种与工作者岗位工作有关的，工作者在其工作活动中必须经受的，对其身心活动造成一定作用，使之产生压力的因素。工作压力对人的工作心态与行为方式有着非常直接的影响作用，从而形成努力、兴奋、刻苦、焦虑、厌倦、逃避等不同的工作状态。

（1）职业活动的内在特征与要求　随着世界经济一体化进程的进一步加快，中国企业面临着更加剧烈的竞争。为了迎接这种挑战，企业的职业工作特征发生了明显变化，其主要表现在：①工作中需要快速准确地处理大量信息，并及时作出反应；②工作难度较大，需要复杂心智活动参与；③工作中要求较多地进行人际接触与相互信息沟通交流；④工作环境恶劣，条件较差；⑤工作活动变动频繁，难以形成工作范式与经验。许多有关职业压力的研究表明，职业工作特征的这些变化容易引发较高工作压力。

（2）角色失调　个体在组织中必然要扮演某种或某些角色。如果在组织中的角色功能失调，则会带来心理压力，并引发多重消极影响。角色失调主要表现在角色冲突与角色模糊两个方面。

角色冲突指的是当个体在工作中面临多种期待时，如果服从了一种角色的要求，就很难满足另一种角色的要求，这时便产生了角色冲突，引发工作压力。从班组长所处的位置看，他不仅仅是处于企业整体管理结构形成的倒三角形底部（下角处），还处在另一个正三角形的顶部，这就是班组内部管理时形成的正三角形顶部。因此，班组长是在双重压力下的管理者：一方面他要很好地贯彻上级领导的意图，完成生产和管理任务，做好组员的思想工作，使组员与上级在思想和行动上保持相对一致；另一方面他还要维护组员的利益和需要，维系与组员的良好关系，因而班组长的工作处于十分矛盾的境地——上压下顶。这对于班组长来说，由于位置的特殊性，导致相互矛盾的角色期待，会引起内心矛盾，产生心理压力。

角色模糊指的是某个人在工作中没有明确的任务事项、权力责任，以及工作的要求与标准，使之不知如何开展工作的状况。主要表现在职务工作目标不明确，如何执行职务工作过程不明确，职务工作绩效标准的不明确等方面。这种情况在现代组织中是十分常见的，据美国的一项调查，在不同行业中，大约有35%～60%的员工认为自己在工作中存在着某种程度的角色模糊现象。由于历史的原因，中国大多数的企业岗位规范不标准，岗位职责不明确，班组长的角色定位千差万别，所以角色模糊的工作状况会给他们构成较大的工作压力。

（3）职位工作负担不适当　班组长在车间中最主要的压力往往来自于职位工作负担的不适当。所谓职位工作负担不适当，主要表现就是人与事之间的不相匹配。个体长期处于不适当的职位，会因为这种不相匹配造成工作情绪的不稳定，这是造成个体压力的重要原因。职位工作负担的不适当主要表现是工作超载。当所任工作的难度要求超过了个人能力，或者在规定期限内必须完成的工作量过多，自身的时间和能力条件又使其很难顺利完成预期的工作任务时，便会产生工作超载，或称任务超载。工作超载的产生有时源于职位工作任务过分繁重，难以承担职责；有时是因为个人能力不足以胜任其职位；有时则是由于时间的过度紧迫造成个人所承担的工作任务难以按时完成；凡此都可能造成个体的压力。中国现代企业由于处于产业结构重要调整期，长期以来对班组长的能力提高培训重视不够，所以工作超载已经作为一种重要的压力源，成为威胁人们身心健康的重要危险因素。

（4）组织中的变化、变动与变革　随着现代社会的加速发展与环境条件的急剧变化，组织中的各类变化、变动与变革事件也大量增加。企业重组、流程再造、专业化重组、技术进步、管理模式调整等不断打破职工原有的稳定安逸局面，对职工的工作心理产生巨大的冲击与震动，由此造成了"人们在一个极短的时间里承受过多的变化之后感到压力重重，晕头转向，不知所措的现象"，所有这些变化、变动与变革都会在不同程度上给组织成员带来各种形式的压力。

（5）组织中的相互支持与帮助　人际关系是组织生活中的关键部分，群体对于组织内成员的行为具有巨大的影响，良好的人际关系有助于组织内部的和谐与团队精神的发挥。面对

各种压力，工作同伴之间的相互支持帮助是非常重要的，能够产生积极有效的正面影响。首先，这种支持帮助可以起到一种缓冲作用，降低由于压力所带来的精神紧张，消除压力的一些消极不利影响；其次，寻求同事之间的支持帮助，共同分担工作负担，提高工作效率，也是应付工作压力的一种有效策略。可是，工人班组长普遍缺乏沟通技能，他们在处理与上级主管、同事或下属的工作关系方面深感困扰，必然会带来相当大的压力以及其他令人不快的后果。而来自工作组织中其他人的帮助支持能够使个体更为有效地应付压力，对于工作压力较高的人员，这种帮助与支持具有相当大的意义和价值。

形形色色的压力源有着各种不同的表现形式与影响作用特征，有的刺激强度较大，有的发生频率较高。在不同工作层面，不同工作角色中也有不同的表现方式。以下列举的是工作场所中普通员工经常会感受到的一些具体的工作压力源：

① 由于各种原因而被迫失去工作职位，如被降级使用，工作岗位的频繁调整；

② 增加了工作职责与要求，无偿地超负荷工作；

③ 有损健康的，令人不适的工作条件，工作单调乏味，工作竞争十分激烈；

④ 工作活动中得不到同事的合作与帮助；工作作息时间与个人生物节律不合拍；

⑤ 对企业组织中的有关信息缺乏了解，没有知情权；

⑥ 工作中的违心举止与表态，含糊不清的工作职责；

⑦ 工作流程或工作方式不合理所形成的工作不协调；

⑧ 工作条件恶劣，工作形式单调重复与工作活动缺乏控制。

单调重复的工作看上去似乎是比较轻松的，但实际上这种单调活动所造成的无聊情绪会造成工人的极大压力。密歇根大学的罗伯特·卡普兰等人的一项研究发现，在23种常规职业活动中，在机械定速的装配线上进行流水作业的工人所承受的压力与紧张是最大的。因为他们的工作是高度单调重复，挑战性和低参与度，个人能力很难得到发挥，很难获得工作成就感。所以工作任务太简单，缺乏挑战性，会使之感到无所事事，单调乏味，由此也产生心理上的压力。

恶劣的工作条件是造成一线班组长工作压力的另一重要因素。许多班组长将不得不在高温、低温、噪声、污染和有危险的场所中进行工作。恶劣工作环境条件对个人身心健康的威胁会造成一定的精神恐慌与紧张无奈的心态。如有研究发现，在85～120分贝噪声下进行日常工作的工人，经常会发生心血管系统功能紊乱，血压升高，心电图不正常。总而言之，凡是有可能会在工作中使员工身心健康受损的各类自然或社会因素如连续作业活动中的"三班倒"轮换上班制度等，都有可能成为工作压力源。

害怕失去工作岗位也是班组长的极大压力。由于班组长技能单一，可替换性高，在公司遇到困难时，往往会被最先辞退。对自己的工作没有安全感，缺乏有效工作保障，是班组长及一线操作工人职业生涯中的一个极大隐患，也是许多底层一般员工内心的一个最大压力因素。

总之，现代组织中存在着各种各样造成工作压力的因素，正确处理这些引发压力的因素，改善组织内部的压力情景，是做好压力管理的工作基础。

3. 家庭压力

家庭研究学家霍尔认为，家庭危机来自于两个方面：家庭外危机和家庭内危机。家庭外危机如战争、自然灾害、经济不景气等；家庭内危机如遗弃、疾病、离婚等。

生活环境不断变化，个人与家庭必须学会适应。因为家庭必须面对各种需求，因此，家庭也成了个人压力的来源。

（1）家庭冲突危机　不和谐的婚姻、家庭成员的疾病或意外受伤、子女的抚养和教育、家庭搬迁、异地工作、家庭成员的离开、家庭暴力、单亲家庭等，都会产生压力。研究表明，如果丧失伴侣的压力程度是100%，则婚姻和抚育子女约为52%。

家庭冲突的形式和原因是五花八门的。家庭收入、支出，对子女的教育方式，对老人的抚养方式，都可能引起配偶之间的冲突。由于父母与子女之间存在观念的差异，也会引起家庭冲突。如有的家庭子女的离家出走，子女与父母处于敌对关系等。家庭冲突与工作中的压力交织在一起，考验着现代人的适应能力。

（2）夫妻间沟通不良造成的压力　婚姻关系可以说是人类关系中最复杂的一种。配偶之间的关系可能在很短的时间内就会发生转化，从挚爱热烈的海誓山盟到激烈的争吵往往是一线之隔。出现这样的结果甚至有时两个人都不能够指出真正的原因，面对外界的疑问，他们往往找一些自己也不信的理由，如"对方不理解我"、"我们互相太熟悉了"等理由来搪塞。有关的专家认为，夫妻的争吵有时可能是一些客观的原因，大部分的争吵可能来自一些沟通的障碍。

每个人的身上都存在"父母"、"成人"和"儿童"三种自我。父性自我代表了严厉、刻板和坚强；母性自我代表了宽容、忍耐和体贴；成人自我代表了理性、客观；儿童自我代表了淘气、退缩和任性。在我们日常的交流和沟通中，很多行为带有某些自我的特征，同时我们也期望别人以某种自我来对我们作出反应。如果别人的反应与我们的期望相悖，就会出现沟通上的障碍。

（3）离婚的压力　近年来，家庭结构急速变化、离婚率大幅度上升。离婚是所有生活事件改变中，压力仅次于配偶死亡的人生经历。离婚不仅会带来个人压力，也会给家人（如孩子、父母）带来压力。当一个人离婚时，可能同时也失去了自己的生活目标和动力。除此之外，离婚还会带来经济上的纠纷、情绪的恶化、生活规律失调等。

离婚后的压力主要体现在：对孩子抚养方式的敌对；离婚后，当事人之间的冲突；子女坚持前父母重修旧好的压力；互相报复行为，离婚的一方可能利用孩子与对方展开报复行为，向孩子描述对方的"不良"行为，以此宣泄自己心中的不满。这种情况往往会伤害到三方的利益，受伤最大的可能是孩子。

（4）双薪家庭　随着社会的高度工业化和都市化，双薪家庭已经是一个非常普遍的现象。在我国，女性一直与男性一样参加社会劳动。双薪成为维持家庭生活的必要条件。然而，双薪家庭也面临着一些难以解决的问题。如子女的教育问题、赡养父母、家庭事务的分工、双方工作压力、夫妻沟通等。使得很多双薪家庭面临着很大的压力和挑战，特别对于妇女来说，由于原来传统的家庭妇女的观念的影响还没有完全消失，所承受的压力会更大一些。

过度负荷是双薪家庭面临的一个首要问题。家庭中夫妻两个人都有自己的专职工作，还有很多的家务，因此过度的负荷是显而易见的。特别是，当夫妻双方工作不顺利的时候，顺畅沟通就会被打断，谁来主要承担家庭事务也就成了争论的焦点。其实，完成家务并不是最大的负担，更大的负担是对家庭事务的看法。

在双薪家庭，双方几乎都把工作当成自己份内的责任，而将家务当作是额外的加班工作。在这种情形之下，很容易造成身心疲惫。特别是，由于传统观念的影响，男性更加倾向认为女性应该承担更多的家务，这在男女收入差距较大的家庭也许是成立的。对于很多双薪家庭来说，男女对经济收入的贡献的差别不是非常明显。在这种情形下，往往会引起双方的争执或者内心的不满。这种争执和不满会更加重由于"额外加班"的思想带来的疲惫感。

造成双薪家庭过度压力的因素主要有：夫妻对家庭生活水平高低的向往程度；双方职业的种类及夫妻在工作时间上的安排；夫妻双方对工作的态度和抱负；丈夫对妻子成为职业女性的鼓励程度。

在双薪家庭，传统上妇女负责的家务必须重新作适当的安排，才能帮助个人与家庭减少压力。同样的，当妻子成为职业女性之后，应该注意的是，自己的经济独立能力、社会地位和个人抱负可能会给丈夫造成无形的压力，这可能会引起家庭和婚姻的冲突。

双薪家庭面临的一个首要问题是角色的重新定位的问题。传统的"男主外、女主内"的思想观念，使双薪家庭的成员感到了无形的压力。在双薪家庭，双方都扮演着"双性角色"，即女性一方面要扮演家庭经济的贡献者，同时还要扮演家庭主妇的角色；而男性一方面维持传统的男性角色，同时还要担当起"家庭丈夫"的角色。双薪家庭冲突的研究发现，职业角色和家庭角色的转换是影响家庭和睦的一个重要原因。这项研究认为，职业女性回到家中，要尽量卸下其职业的角色，设法专注于主妇的角色，否则将会造成过度的精神负荷和角色认同的双重压力。男性同样也面临着"家庭丈夫"的认同问题。

双薪家庭面临的另外一个问题是个人职业发展与家庭发展的协调发展。比如，双薪家庭的小孩子出生的时候，就会需要重新确定个人职业发展和家庭关系，如果不能妥善处理的话，必然会造成很大的压力。双薪家庭必须试着协调家庭发展与职业发展的关系，这样才能减少生活的压力。有的家庭会求助于其他的社会支持系统（如请双方父母，或者请保姆来照顾子女），有的职业女性会在家庭的经济条件和双方的心理都有了充分的准备之后才考虑生育的问题，然后在随后较长的一段时间里（如10年或者更长）将全部的精力用于家庭和教育子女。只有这些问题都基本解决之后才重新考虑参加社会工作。另外一种解决的方法就是组建"丁克家庭"，这一举措需要夫妻的互相协商和妥协，做这样的决定双方都要面临自己原有观念的与当前决定的冲突所造成的压力。在当今的社会，"丁克家庭"被当作是一种反传统的选择。因此，夫妻双方还要承受着社会各个层面给自己的无形压力（如长辈的指责）。

个人发展与家庭发展的矛盾问题还体现在一方的工作时间的剧增，而引起配偶双方在时间上无法配合，这可能是一个最普遍的造成家庭矛盾的重要原因。这种原因并不仅仅局限在双薪家庭，即使在单薪家庭，由于在外工作的一方醉心工作而忽视了家庭的发展（如很少与配偶和子女沟通；除了向家庭提供经济支持外，再也不参与其他事务等），结果也会造成家庭的压力。

4. 个体因素造成的压力

人们在其压力反应过程中，必然会有意或无意地对各类刺激作出带有主观意义的评价，并激起自己的特定情绪反应，个体因素在压力反应过程中显然有着极其重要影响。每个人在一定的社会生活环境中所形成的独特心理活动形式（包括认知过程、动机和情绪、意志行为和人格特征等），各种有意识和无意识的心理活动形式所构成的一整套影响着机体平衡的适应体系，形成了个体对于压力刺激控制的内在主观能力，它可以将一定的环境刺激演变成压力，相反也可化解各种压力事件的冲击。决定个体是否体验到压力的主体因素有很多：如对压力情景的认知与评价，生活目标、态度与经验，人际关系与相应的社会支持，个性与行为模式差异等。

压力的形成，很关键的一点在于人对事件的评估和理解，并不完全取决于所面对事件的纯客观性质。环境因素加上主观的因素，即压力事件被心理认定为有压力的，才会真正成为个人身上的压力，才会引起紧张反应，并引起一定的情绪反应，如害怕、无助、愤怒、失控、注意力不集中等，继而激起一定的生理反应，如血压及血糖升高、肌肉紧张、呼吸加

快、心跳加剧等。

由于个人的主体差异，同样一件事对不同的人会构成程度差异极大的压力状态，有些人可能会感到压力重重，另一些人则可能完全没有压力。例如调换一个新的工作单位，比较容易紧张的人，会忧心忡忡，担心自己能否适应新环境，能否应付新工作，与新同事能否合得来，对他来说，调换工作单位肯定是一种较大压力。比较乐观的人，会以"随遇而安"或"船到桥头自然直"的态度坦然处之。比较积极的人，则会通过主动学习适应新的环境和工作，使工作调换成为自己事业发展中的新开端。

大部分的环境因素是个体难以控制的，只有自身的因素个体才是可以有效掌控的。通过健康的生活方式、生活态度及个人应对调适措施的培养掌握，可以缓解压力对身体的负面影响，使每个人在沉重的压力下，能够保持健康的心理和强健的身体，愉快地享受生活。良好的生活态度与生活方式，以及对付压力的技巧和个体本身对压力的承受力，也综合体现了个人在纷繁的社会变化中的生存素质。

个性因素方面的种种不足，是产生压力的重要原因，如自卑、过分追求完美、缺乏冒险精神、过分关注自我形象及自我身份、自我贬低、期望过高、性格懦弱等，这是我们应该注意调整改进的。

（1）自卑　自卑者非常在意别人的看法，对别人的评论很敏感，常会因为别人的评价而觉得自己一无是处，因此不能正视自己，缺乏自我肯定，自我价值感较低。遇事总是怨天尤人，怨恨自己事事不如人，认为自己被伤害。常因害怕得不到肯定而患得患失，容易处于忧郁、焦虑不安之中，会自己给自己制造一些想象的烦恼与压力。

（2）追求完美　追求完美的人把每件事的标准都定得很高，原本短时间的工作，往往为求尽善尽美而多花几倍的时间去完成。追求完美者会觉得做事的时间不够用，为了完美意图的实现，只得被迫牺牲睡眠、与家人相处、运动、休闲的时间，使自己总是处于精神紧绷状态。

（3）害怕冒险　对于那些缺乏冒险精神、不敢追求进取的人，任何具有挑战性特点的任务对他们来说往往是难以承受的。他们几乎不能忍受各种挑战和冒险给自己心理所造成的沉重压力。

（4）过分关注自我形象及自我身份　过分关注自我形象及自我身份的人，经常会感到孤独，缺少安全感，对自己缺乏信心。他们拼命工作，以此来提高自己在别人眼里的地位。如果受到他人对其职业能力怀疑，或者这种职业自豪感受到挑战，他们就会变得极具进攻性或防范性，常常会因为毫无必要的敏感而受伤害。这种态度甚至还会引发别人的攻击与挑衅，如一些班组长，过分强调自己的尊严和地位，这样反而会在班组员工中降低威望，越是摆架子，大家越是不以为然。

（5）自责与推诿　当工作与生活过程中出现某个失误后，成熟的人能客观地说出谁该受责备。而有些人会为一些实际上超出了控制范围的事而坚持自我谴责，包揽一切错误，他们认为自己应该对紧急情况有先见；应该事先采取措施防患于未然，应该更多地承担义务，应该工作再勤奋一些，……自我谴责的理由是无穷无尽的，由此在无形中增加了自身的压力。与此相反的则是另一些人，他们往往总是指责环境或其他人，推诿自己的责任，不能勇于面对自己的失误，常常因不能承认自己的错误而导致更多、更大的压力。

（6）期望值过高　不切实际的过高自我期望是造成压力的主要原因之一。如果总是对自己期望值过高，就会过分驱使自己，对自己的表现永远不满意，就会永远对所得结果失望。永远不会从已经完成的工作中获得轻松之感。不理智、不准确的自我认知是产生不切实际的

自我期望的主要原因，由于认识不到自己的局限性，因而缺乏衡量自己的成功或努力的准确标准，最终会妨碍自己能力的应有发挥。

（7）情感脆弱的压力　情绪体验会在机体内部引起和伴随某些生理的变化，同时引起一定的认知和行为活动。个人的情感和生活状态不相适应所造成的压力，有时会比其他任何压力都大。

压力的危害

情景1

29岁的某厂老板在家中用水果刀割腕自杀。他在遗书中写道："现实太残酷，竞争和追逐永远没有尽头，我将到另一个世界寻找我的安宁和幸福……"

情景2

"活得真累"是一种非疾病性症状，就是第三状态——心身虚弱综合征。这种介于健康（第一状态）和疾病（第二状态）之间的心身受损的第三状态，是人生的危机与悲剧。据统计，处于第三状态的人目前已经占有相当的比例。

问题导向

- 压力的危害有哪些?
- 压力的正面影响有哪些?

案例分析

随着社会生活节奏的加快，刺激缺乏仿佛成了很遥远的事情。为了完成年年递增的工作指标，我们觉得自己像个陀螺一样越转越快；为了不让自己落后于时代的步伐，我们不断地给自己充电，每天通过各种途径接受大量的信息和知识，并要对这些信息进行认真而艰苦的分析、归类和判断；同时，我们还要小心谨慎地处理着同周围人（包括上级、同事甚至家人）的关系。从某种意义上说，过度的压力已经成了时代的一个特征。

一、压力的影响程度

生活中的压力有许许多多不同的样式，但是可以就对我们影响的程度分为以下三个层

次：轻度压力、中等及高度压力。

（1）轻度压力　在轻度压力下我们会觉得放松、平静。但是如果长时间如此，我们可能会变得懒散、没有斗志。

（2）高度压力　在高度压力之下，我们就不能发挥平常应有的功能，造成种种不正常的精神症状。

（3）中等压力　适当的压力会让我们觉得舒适。在适当的压力范围内人们能更有活力、积极地参与生活并且能整合感觉、思想与行为。

过度的压力对人们的危害是巨大的，但并不是说压力对人没有一点好处。"人无压力轻飘飘"，我们经常会体会到，假如外界的环境对我们没有一点挑战性，我们往往会觉得索然无味。一个人如果长期缺乏刺激就会很快地萎缩，会出现心理和生理问题，刺激缺乏所带来的危害可以说与压力所带来的危害不相上下。经常会有这样的经验，一个人在从工作岗位上退下来之后，如果没有调整好自己的生活节奏，往往会迅速衰老，最终会被空虚带来的不适"压垮"。压力是生活的一部分，在有些情况下，人们为了寻求压力还会无意识地创造一些压力。最常见的事情可能要算我们宁愿承担心理压力也要把事情拖到最后关头才去做。这不仅包括那些自己不愿意去做的事情，对自己想做的事情也往往如此。有些人似乎只有在经历某种必要的压力时工作才会完成得更加出色。

二、压力的危害

过度压力往往造成三个方面的危害：心理健康症状、生理健康症状和行为症状。心理失调与工作条件之间具有密切的关系。紧张、生气和焦虑是较为常见的。很多人觉得工作压力太大，人与人之间的距离也会变大并且会变得很压抑。下面列出了不同职业产生的工作压力的典型结果。

1. 压力的心理症状

焦虑/紧张/迷惑/急躁；

疲劳感/生气/厌恶工作；

情绪敏感/易激怒；

感情压抑；

交流效果降低；

退缩和忧郁；

孤独感和疏远感；

对工作具有过度不满情绪；

精神疲劳和低智能工作；

注意力分散；

缺乏自发性和创造性；

自信心降低。

2. 压力的生理症状

心率加快和血压升高；

肠胃失调，如溃疡；

身体疲劳；

心脏疾病；

呼吸问题；

汗流量增加；

头痛；

癌症；

睡眠不好；

肌肉紧张。

3. 压力的行为症状

拖延工作；

生产能力减低；

酗酒与过度游戏；

由于胆怯而导致吃得少；

冒险行为增多，如超速驾驶和赌博；

与家庭和朋友的关系恶化。

尽管过度的压力会出现以上有害身体健康的症状，但是，压力管理并不是完全不要压力，而是通过应对措施，把压力控制在一个良性的范围之内。

压力的应对

 案例3

赛尔玛陪丈夫驻扎在一个沙漠中的陆军基地里，丈夫经常外出演习，她一个人留在陆军的小铁皮房子里，奇热无比，又没有人和她聊天，周围都是不懂英语的墨西哥人和印第安人，她很难过地写信对父母说："一心想回家去……"她的父亲给她回了一封信，信中写道："两个人，从牢中的铁窗望去，一个看到泥土，一个却看到了星星。"

从此，赛尔玛决定在沙漠中找到自己的"星星"，她观看沙漠的日落，寻找到几万年前留下的海螺壳；她和当地人交朋友，互送礼物；她研究沙漠中的植物、动物，又学习有关土拨鼠的知识；她把原来认为最恶劣的环境，变成了一生中最有意义的冒险，并出版了一本书《快乐的城堡》，她从自己的"牢房"中望去，终于望到了自己的"星星"。

> ### 问题导向
> ● 我们该如何面对压力？
> ● 我们该如何主动应对压力？

 案例分析

在以往许多有关压力的描述中，往往单纯强调了压力对个体有危害的一面，过多地从防御的角度去引导人们对压力的应付。事实上，消极看待压力，害怕压力，畏惧压力，反而会带来更多压力的折磨。

压力不可避免地伴随于每个人的生活之中，正是种种压力造成了人们不断奋进的一种原

动力。虽然现代社会中人的生存压力已经大为缓解，但压力却更多地和人的社会成就、自我实现的愿望与竞争中出人头地相互联系在了一起。许多人也正是在巨大的压力之下，充分激发了自己的潜能，甚至造成了某些人只有在高压力下才能有超常发挥的现象。压力能使人产生不同寻常的力量，成为精神的兴奋剂，使人最快地成长成熟起来。试图在躲避压力、逃避压力的期望中混日子的人，他的一生必然是黯然失色的。

读书札记

不管给您带来压力的困难有多大，只要您能清醒地认识困难，树立起迎战困难的信心与勇气，掌握战胜困难的知识与技能，那么它就永远不会再对您产生威胁了。人的优秀之处就是在于他不像动物那样只能被动地依靠本能反应来应付压力，而是能够依靠自身的智慧和力量，通过对自身与环境的改造，主动地应对各类压力事件的挑战。因此，压力并不可怕，关键是您怕不怕压力。每个人都是在战胜了一个又一个人生压力中成长起来的。通过良好的个体心理发展与成长，将曾经制造了各种您所身受的压力的事件变为自己成长过程中的攀登阶梯，从心理能力的不断发展过程中战胜对压力的紧张与焦虑，应该是化解压力最为积极的应对策略。

一、如何应对社会压力

社会环境与社会要求所造成的压力是社会发展的结果，班组长作为社会的一个成员必须适应社会，并积极采取措施消除因环境造成的压力。

1. **增加物质资源**

通过增加资源可以减轻负担。这意味着装备或物质的增加，比如，增加一台电脑或者领取一套新工具也许会减少工作上手工劳动的一些压力，使工作效率提高。

2. **安排好自己以减轻压力等级**

重新安排家庭或工作环境将会减轻自己的压力等级。可以与家人商量重新分担家务，或接受商品配送服务，以减轻生活负担。也可以在自己的职权内重新安排与布置办公室，提高工作质量。

3. **避开某些压力源**

躲避压力源将是脱离令人不满意的工作、尴尬的人际关系及较差的生活条件所带来的无可忍受的压迫感的一种最好的方法。您可能需要在生活中避开某些令您感到压力的人，这会使您有所放松。与此同时，也可以试着改变自己的行为方式，诸如感觉到自己会冲动时做一分钟的深呼吸，以使自己冷静下来，如此等等。

当然，躲避压力源并不能够将它的影响完全消除，但它确实是一种暂时缓解压力的最有效、最方便的方法。避开压力源可以使您安然度过一段不太长的时间，但很少能成为一劳永逸的解决之道。这样一来，您可能将不得不应付压力带来的潜在影响。因此，试图找出根源对问题加以根本解决显得至关重要。例如，如果发现与上级沟通是一件令您感到有压力的事，您很可能会试图摆脱它。然而，从长期来说，仔细思考到底是什么使您在与上级沟通时感到焦虑不安，并试着解决这些潜在的因素，这将是更有意义、更值得去做的事情。

二、如何应对工作压力

随着竞争的白热化，工作压力日益成为班组长的主要压力之一。那么该如何处理工作中的压力呢？

1. 客观认识自身的角色和职责

不要认为没有自己别人就不行。请勿认为自己是希腊神话中的巨人，双肩永远扛着天空，否则迟早将因不堪负荷而累倒。最好的办法是尽量去除心中的紧张情绪，莫钻牛角尖，对于无法解决的问题不妨暂时搁置一旁。

放弃那些自以为是的想法。除了您有对策外，别人也会有办法。没有您，别人也许做得更好。

2. 喜欢自己的工作

如果从心底厌恶自己的工作，做起事来必将事倍功半，难以顺利成功。所以必须设法使自己热爱自身的工作，这样才能每天带来愉快的心情。

3. 端正工作态度

切忌急躁地进行超负荷工作。做事必须冷静，一步一步地完成。一旦想要在短时间内完成过重的工作，整个心理将无法安定下来，如此则不但乱了手脚，甚至可能导致错误百出，欲速而不达。

工作态度将会影响结果。正确的工作态度比较容易完成任务，如果一开始就抱着得过且过，或多一事不如少一事的工作态度，那么任何工作做起来都会寸步难行。

从容不迫地工作。放松心情，绝对不勉强自己在不积极的情绪下做事。

4. 学会相处

要学会真诚待人，与人和睦相处，包括上司、下级与同事，当然真诚并不等于无所保留，和盘托出。与人相处的最高境界是永远把别人当作好人，但却要永远记住不要苛求每个人当你是好人。

5. 合理安排工作计划

良好的计划是压力的克星，学会有效地安排工作计划是减轻工作压力的好办法。

6. 加强学习

积极参加各类培训班，有计划加强自学，不断更新知识、提高技能，满足岗位对个体的要求。

7. 减轻工作压力的方法

① 完成每天的工作计划；

② 先集中精力解决难题；

③ 把不喜欢的工作视为挑战；

④ 记录干扰工作的事情，努力排除干扰；

⑤ 不拖延时间。

工作压力对于任何员工来说都是存在的。不要害怕工作压力，关键是如何采取措施应对压力。

三、如何应对家庭压力

1. 双薪家庭压力应对策略

（1）改变自己的态度是解决的首要问题　将工作与家庭事务看作同等重要的部分，尽管自己大部分的精力可能用于了工作，然而这并不意味着家庭事务就是额外的工作。家庭事务和工作一起构成了自己的主要生活。

（2）摒除对职业习惯的一些非理性信念　由于工作的关系，人们或多或少地都会将一些职业习惯带入到家庭生活中。这些职业习惯在工作中发挥了积极的作用，很多人靠着自己的这些良好的习惯和思维方式（如刻苦、竞争、上进、果断、精确等）在事业上取得了巨大的

成功。此时他们就会产生一种错觉，这些习惯是"放之四海皆准的行为和思维方式"。事实上，用自己职业的行为和思维方式来处理家庭生活和家庭事务，最终的结果往往会碰得头破血流。不难理解，一个班组长可以对自己的员工用命令的方式来分配任务。在双薪家庭中，如果用这种方式来处理家庭事务往往会遭到妻子的抵制，稍长一些的子女也会对这种方式不买账，最终会出现一些不必要的冲突。

（3）制定和调整家庭目标　双薪家庭与一般家庭一样，为了达到生活的和谐，成员之间必须能够有效沟通、互相谅解、具有共同的目标。同时，个人的目标也要尽量为家人接受。研究发现，在双薪家庭中，夫妻经常会有意或者无意地定出"紧张界限"，如果一方超出了这个界限，另外一方就会出现难以忍受的感觉。如果在这个界限之内，则在多数情况下，夫妻之间为了家庭的幸福而协商和忍耐。如丈夫赞成和鼓励妻子就业，但如果妻子必须上夜班时，丈夫就会坚决反对。

（4）职业角色和家庭角色的相互配合　考虑与协商事情的轻重缓急是双薪家庭用来调试压力的方法，它不仅可以减去角色的直接冲突，还可以减少角色之间不同种类和程度的需求。例如，当夫妻工作过度忙碌时，可以降低家务的水准。房间原本每周要打扫两次，便可以改为每周打扫一次。需要说明的是，这些协调的大前提是双方都能够认可这种改变。

（5）寻求外界力量的支持与协调　双薪家庭需要外在的协助来减缓压力。一般的双薪家庭平均收入比单薪家庭高一些。为了减少工作的过度负荷，双薪家庭可以花钱请保姆或者小时工来协助缓解家务带来的压力。

2. 离婚压力应对策略

（1）要有"您不是第一个因为离婚而痛苦的人"的思想　有许多人也正在或者曾经面对同样的景况，这种痛苦很快就会过去，此后您会变得更加坚强和成熟。

（2）适当宣泄自己的感受　向自己的朋友和亲人诉说自己心中的不快可以缓解情绪上的压力。在向别人诉说的同时，您可以释放长期积郁在心中的能量，同时也会对自己的状态产生理性的方法。

（3）思考之后彻底忘掉它　一个关系的破裂，往往是双方都有责任。经过分析和思考，可以从过去的那段经历中学到很多人生的经验。然而，日子还是要继续下去的，过多的回味说明您的注意力仍然指向过去，跳出这个思维的怪圈才会有一个真正的开始。

（4）头脑要清醒　当人受到极端挫折和压力时，往往对事情的分析会出现偏颇。因此，此时不要作出重大的决定。

四、如何应对个人因素压力

1. 准确认识自我

准确认识自我不是一件简单容易、一蹴而就的事，它需要不断地自我内省和反思探询。当人们对自己有一个准确的认识评估，就能正确定位自己的奋斗目标，不失时机地把握人生机会，对所面临的问题作出正确的决断和恰当的选择。从应对压力的角度看，正确认识自我能够使自己更好地面对压力，避免压力问题的侵扰。对自身的充分了解，可使个体在挑战性的任务面前更加胸有成竹，知道怎样运用可利用的资源，怎样与他人合作，怎样更有效地计划决策以达到预期目的，怎样克服行为活动过程中出现的各种困难，怎样客观评价自己的努力和结果。同时，充分了解自我，有利于发现可能出现的压力适应问题，以便及时作出调整。

准确认识自我包括多方面的内容，如自我的社会性状况、物质性状况与精神心理状况。从工作角度看，准确的自我认识主要包括在职业工作中的兴趣、特长、水平、意志力、企图

心、创造力、勤奋等方面的评价。自我认识并不是一件容易的事，需要建立冷静、客观的自我认知态度，同时，也需要同事或朋友的评价和帮助。在必要时还可求助一定的心理测验，以获得比较科学、准确的自我认识与评价。

自我的认识与评价的途径有三个。其一是与他人的比较，通过与自己年龄、学历、职务相类似的人进行对比而认识自己，并对自己的基本状态作出评估；其二是根据组织或他人的评价，他人对自己的看法与评价犹如一面镜子，通过这面镜子，可以很好地认识了解自己；其三是通过深入的内省分析。一个人的内在深层心理品质往往是只有自己最清楚。一个人具有深入分析反省自我的能力与愿望，将会对自我有更为准确深入的认识。

准确认识自我的目的是为了更好地确定自己的行为选择与目标定向，避免无谓的压力侵扰。所以，在准确认识自我的基础上，还必须进一步努力进行以下两个方面的改进。

（1）自我认同　自我认识不是为了自我否定，所以不要让自己的一些缺点，特别是某些天生的、难以改变的不足成为您的心理负担与压力来源。盲目地因为自己的某些缺点而否定自己，将会产生极为严重的心理伤害。所谓自我认同，就是要相信自己，能够把自己的不足看作是自己完整身心体系中的一个部分而接受它，而不是将其作为一个不敢触及的伤疤，徒劳地不愿承认它。例如，某个人长得形象较差，这也许是一个不足，但又是无法改变的事实，如果不能做到自我认同，就有可能会整天怨天尤人，觉得自己如此倒霉，总是为长得差而发愁，甚至一有不顺心的事就怀疑是不是因为自己的形象问题造成的。但如果能够自我认同，就敢于坦荡地面对自己的不足，不至于因此而影响自己的心境。

（2）发掘优点，认识自我潜力　自我认知不是看自己的一些表面现象，而应该通过自我认知，发掘优点，认识自己的发展潜力，许多人往往对自己潜在的优良品质认识不清。所以，在自我评估认识的基础上，还应进一步明确自己应该侧重发掘培养的优点，认清自己的发展潜力与方向，使自己能够更好地应对未来的挑战与压力。

寻找自己的优点，明确自己具有的潜力，确定未来自己应该进一步培养的优良品质，所有这些都必须通过自己认真的检查分析与发掘。通过一张优点检查表的自我评点检查，将有助于您更好地认识自己已经具备的及应该进一步发展的优点品质。

2. 乐于接受变化

不断变化是现代社会的一个基本特征。无论我们是否喜欢变化，变化不可避免地伴随着每个人的一生。为了有效征服变化恐惧症，减少变化给人带来的心理压力，人们应该学会适应各种变化，主动选择接受各种变化，积极挑战工作生活中的各种变化。为此要：

（1）在观念上认可变化，而不是阻止变化　承认变化、认可变化并不是一件容易的事，因为人们往往习惯于按照已经固化的行为轨迹行事，遵循原有的经验作出反应。一旦遇到了超出常规的变化，往往会感到烦心，不愿意接受它。然而您应该想到，只有能够适应变化的人，才能生存下来，如果没有能力顺应变化，就将面临淘汰。变化是无法阻止的，惟一所能做的就是要顺应变化。

（2）冷静面对变化，平静接受变化　平静的心灵会让您很好地接受各种跌宕沉浮的变化，使您处变不惊，坦然处之。应该理解，大多数情况下我们无法改变生活中的无奈与变化，有许多的意外会发生。但如果我们在自己的内心能够作出良好的自我调控，平静坦然地接受事实，不是一味地以自己的主观意愿解释对待所发生的事，您对变化的感受就会发生变化，也更愿意实事求是地作出自己的反应。

（3）寻找发现变化的积极面　畏惧变化是心理惰性的产物，但如果用积极的心态去发掘寻找变化的好处之后，会感到变化并不可怕，反而会带来许多有利的个人成长。如果能够充

分运用好奇与学习的精神去看待变化，针对每一次变化为您带来的新的未知世界，认真地学习掌握新的知识与技能，为自己的进步而欣慰，无疑会使您减轻变化所造成的压力。

新的变化为每个人带来了大量机遇，努力地去寻找发现新的变化中对您有价值的一面，充分利用变化所造成的新的机会与可能。一旦您发现变化为您能够带来的机会，迎接新的挑战的心理将战胜原有的拒绝变化的心理。变化的压力作用由劣性转变为了良性，积极的心态与行为也将随之而生。

3. 适应竞争

在现代工作组织中，竞争是一种必然的常态现象，一个人若要想在工作中获得成功，就必须面对竞争，适应竞争，学会竞争，并在竞争中进步与成长。竞争已经成为每个人职业生活中不可缺少的一个内容，在工作活动中，完全逃避竞争几乎是不可能的，要想在组织中生存下去，就得在竞争环境中努力奋斗。

需要注意的是竞争中也要有正确的态度，即减少咄咄逼人的攻击性竞争，在竞争中应致力提高自己，而不是伤害他人；现代竞争更多提倡的是一种"双赢"的结果；不要为了竞争而牺牲自己的价值取向与做人做事的基本原则。

当您很好地学会了如何竞争，能够以正确的心态与观念参与竞争，运用理智驾驭竞争，竞争所产生的压力就会成为可控制与可承受的一种正常的激励动力。

4. 形成良好的工作品质

良好的工作品质主要包括高度的工作热情 勇于进取的创新精神和努力行动的强烈意愿。当工作者习得与具备了这些良好品质，就会发现那些以前感到畏惧害怕的工作压力会变得平常与正常，应对解决一些工作压力也不再感到困难。

（1）具有高度的，由内在工作动机激发的工作热情。高度的工作热情是化解工作心理负荷的最佳元素。自发启动的极高的工作热情与全身心的工作投入，往往是出自于对职业工作本身的热爱，而不仅仅是由通过这个工作可以获取的金钱等物质类因素所引发的外在动机所推动产生的。

（2）勇于进取，不畏风险的创新精神 风险是产生高压力的重要原因，害怕失败，不愿承担风险是常人的天性。而有良好工作品质的工作者则往往敢于向风险挑战。心理活力的源泉在于不满足现状，敢于向风险挑战，抓住时机使自己持续发展的精神。优秀班组长取得成就的方法手段虽各有不同，但他们都有一个共同的特点，那就是追求进取，开拓创新，不断追求事业发展的精神。

（3）积极行动，把意图变为实践 在工作活动中，一个实际行动要比一打想法更为重要。优秀的班组长除了要能提出好的想法外，还要能够进一步贯彻与实施。灿烂的思想之花必须结出丰硕的收益之果，将高超的思想实实在在地落实到具体的行动中并取得成功，这才是优秀班组长特别突出的表现。

5. 身体锻炼

身体锻炼经常地被专家推荐为应对压力的一种重要措施。身心放松修炼在缓解压力中所起到的作用是减少肾上腺素的分泌，而身体锻炼所起的作用是把肾上腺素消耗掉。锻炼的形式可以各种各样，因人而异，如走步、跑步、打球、游泳、健身操等。至于选择何种锻炼形式更为有效，主要取决于您对哪种锻炼形式更感兴趣，更符合您的身体素质特征，能够更为长久地坚持下来。

锻炼形式的选择应当切合您的生活实际状况；适合您的个性兴趣；有节奏和有规律的，但不应该是纯体力的，适当关注脑力的锻炼活动；有足够的强度；不要突然开始或

停止锻炼。

6. 构建个人在组织中的良好人际关系

良好人际关系犹如工作活动中的润滑剂与通行证，使人能够在工作中获得更多更好的支持与帮助，顺利完成各类任务，减少工作中的人为阻碍与刁难现象。在遇到工作困难时，基于良好人际关系的社会支持与帮助能够十分有效地化解由此形成的工作压力。

良好人际关系构建的基础在于个体自身在人际交往中的处事方式与品质，为了能够在工作组织中与他人形成良好的互动关系，应特别注意以下几个方面的心理品质与行为方式的培养。

（1）关心帮助他人　在人际交往过程中的一条重要基本原则是互惠互利，帮助了别人的同时也就意味着将能获得别人的帮助。因为当您帮助了别人之后，也就留给了他一份情谊；作为人的一种正常的回报心理，当您在遇到困难与麻烦时，别人也同样会施以援手。这种良性的互动必将使您最终拥有相互支持、相互帮助的良好人际关系。

（2）宽容待人，善意对人　宽容与善意是构建良好人际关系的一种美德。有了宽容与善意之心，不仅能使自己胸襟开阔，对人际交往中的一些小是小非不再放在眼里，斤斤计较，而且也能更好地获得他人的敬重，使人愿意与您沟通交往。

在人际交往中，宽容与善意是一种美德，也是一种智慧。有了宽容与善意，就不会为一些小事耿耿于怀，不会因小失大，不会过分计较。志存高远，使您能够在良好的人际关系氛围中，更好地获得工作的成功。

（3）善于合作　合作精神是完成集体性工作活动的重要保证，为了能够在组织的共同工作活动中形成自觉自愿的合作氛围，每个人都应着力培养形成一种善于合作的态度与方法，而在愉快的工作合作过程中，良好的人际关系也就自然形成了。

班组长的职业化心态

 案例4

情景1

"当班长真的太累了！压力大、事儿多，还受着那么多的约束。上级拿你当钢筋铁骨，猛往下压任务，他们不高兴你就得忍着；班员拿你当出气沙包，使劲儿提条件，他们不高兴你也得哄着；家里老婆孩子拿你当顶梁柱，凡事儿还得指着，他们不高兴你还得扛着，容易吗。还不能随便乱讲话、发牢骚。工作要求这么高，处处得精心，不能出点儿错，出错就扣分、扣钱。这不，我才出去培训半个月，班员工作出点儿问题，我跟着连带承担责任，真倒霉！钱没多挣还得倒找不说，平时工作一点儿都不能少干，图啥呀！"新上任不久的小刘班长委屈地说。

情景2

集控四班张班长自从上任班组长这个岗位，就始终要求自己要做个称职的"第一责任

者"。当好安全生产第一责任者，是班组长的神圣职责。十多年来，张班长始终把"安全"二字牢牢地嵌在自己的心中。"抓安全管理要及时制止违章现象，有时难免'得罪'人，特别是安全意识淡薄的员工。对方有时不理解，也难免说些难听的话，但是绝不能因此而放松安全管理，否则，事故就会接踵而至，造成的伤害或损失是无法弥补的。因此，宁可一时'得罪'违章者，也要紧抓安全不放松"。工作中，他通过树立对员工高度负责的精神、能力培养员工良好的安全意识、安全工作常抓不懈等举措，做出了扎实的基础工作。

问题导向

- 什么是职业心态？
- 班组长需要具有什么样的职业心态？
- 班组长如何培养班组成员的职业心态？

 案例分析

面对生活和工作中的各种经历，不同的人有不同的态度：对待困难，一种态度是"倒霉透顶"，一种态度是"机会难得"；对待挫折，一种态度是"垂头丧气"，一种态度是"继续前进"；对待不幸，一种态度是"号啕大哭"，一种态度是"乐观坚持"；对待退休，一种态度是"心理失衡"，一种态度是"别有洞天"。凡此种种，都是因为心态不同。

影响人的一生和工作绩效的绝不仅仅是外在的环境，内在心态更能直接影响个人的思想和行为。同时，心态也决定了一个人的视野、事业和成就。一位哲人曾说过："心态是真正的主人，心态决定谁是坐骑，谁是骑士。要么去驾驭命运；要么命运驾驭自己。"

班组长作为兵头将尾，担当着上传下达的信息员以及沟通桥梁的角色，同时，基层中的事无巨细的工作样样都需要去处理，加之班组中人员复杂，情况多变，随时随地都会碰到各种各样的困难、问题、困惑、压力、失落、焦虑、挫折甚至失败。惟有用积极的心态直面复杂、多变乃至残酷的现实，方能安然地度过一个个危机情况，迎来班组管理的春天。

工作中的不如意如何认知、如何对待、如何解决是我们应该认真思考的问题。相信每位班组长只要有强烈的事业心和责任感，认真履行自己的职责，就一定能够做个称职的"第一责任者"。

 **读书札记**

一、职业化与职业心态

① 职业化就是工作状态的标准化、规范化、制度化，即在合适的时间、合适的地点用合适的方式说合适的话、做合适的事，使知识、技能、观念、思维、态度、心理等符合职业规范和标准。说白了就是"老板用打工的心态决策，老板不做员工的事情。员工用老板的心态打工，员工不想老板的事情"。

② 职业心态。成为职业人应具备的心态，主要有：积极的心态、主动的心态、双赢的心态、学习的心态、奉献的心态、服从的心态、竞争的心态、专注的心态、感恩的心态……

二、班组长应具备的职业心态

（1）主人心态　是给别人打工，还是给自己打工？是主动管理，还是被动工作？这个问题首先得想明白。做自己和企业的主人，努力成为企业发展、班组成长的资本，而不是成本，因为资本可以升值，而成本是需要控制的。

（2）敬业心态　尊重自己的工作。任何组织都需要脚踏实地、兢兢业业、埋头苦干的员工，而班组更需要着眼于班组发展、致力于员工成长的班组长。当然敬业的同时也要会巧干，要善于动脑筋、想办法、注意工作方法、提高工作效率，把平凡的工作做到不简单，这才是真正的敬业。

（3）专注心态　具有做好本职工作的意愿和决心，身为班组长技能上努力成为技术骨干，管理上努力成为行家里手，有意愿、有能力解决工作中的难题，聚精会神、一心一意做好自己的工作。

（4）责任心态　班组长岗位就是我们的职责所在，班组各项管理工作就是我们应尽的责任，对上合作、对下服务，把每一项工作按照标准做到位，自我负责，不为责任找借口。在一个岗位上，无论喜欢不喜欢，首先要对得起自己的良知和责任心，对工作负责，也对自己负责。

（5）合作心态　不论是在商场还是在职场，都存在激烈而残酷的竞争。班组长在基层管理中，无时无刻不需要领导的支持、下属的合作、朋友的支持。个人的能力总是有限的，与领导、与客户、与同事、与下属，都要摆正竞争与合作的关系，以利人利己的共赢思维做事，要善于用集体的力量去克服共同的困难、完成共同的任务，实现共同的目标。

（6）学习心态　组织的成长与发展在于不断的创新，班组长要能够接受新观念、跟上新思潮、掌握新技能、实现新发展，这都需要不断学习、充电。一年的积攒成就一年的实力，十年的积累成就十年的业绩，工作每天都会有新情况、新挑战，工作的过程就是学习的过程。

（7）忠诚心态　忠诚是一切规则存在的基石。既然选择了这样的企业，就努力地服务于企业；既然选择了这样的职业，就认真地对待自己的工作；既然选择了这样的岗位，就做好自己的本职。忠诚于自己的选择。

三、班组长如何打造职业化心态

（1）打造心里资本，相信自己的能力　形成正向心理定势。既然组织让我们承担班组长的工作，我们自身必然有符合岗位需要的能力和素质；既然具有符合要求的能力和素质，只要用心就一定能干好；因此，我们一定能做好。因此，我们一定要努力、用心做好。"我能行，而且我能成功！"这样的心理暗示能够给我们实现目标的动力、热情和信心。

（2）主动出击，方法总比困难多　遇到困难或问题时，首先不能假想困难和问题的"危险"和"恐惧"；其次不能只关注困难本身。而是要积极探寻困难和问题产生的原因，主动寻求解决的方法，配合以积极的行动，通过行动增强解决问题的信心和勇气，通过行动提高解决问题的技能。只要踏出了第一步，困难就不像我们想象的那么难了。

（3）不说不可能　难，是我们拒绝努力的最好理由。但是，真的有那么难吗？先把"不可能"的"戒条"放在一边，问问我们自己：我们是否完全尽力了？我们是不是想尽了一切办法、穷尽了一切可能？很多人成功的根本原因就在于他们尽可能多地开发了自身无穷无尽的潜能，征服了一个又一个"不可能"。

（4）把信念转换成动力　"没有信念的人是空虚的废物"。信念可以使人在黑暗中不断地摸索，在失败中不放弃奋斗，在挫折中不忘却追求。如果在工作中我们缺少坚定的职业信

念，就谈不上充实、快乐。如果当前的工作与我们自己的兴趣和价值观念不符，要么换工作，要么结合现实调整自己的目标。明确了我们的职业信念，工作就不再是"打工"，不再是"养家糊口"，不再是"完成上级交代的任务"。

（5）不尝试就无权放弃　不试试，怎么知道我们行，还是不行？不做做，怎么知道机会和风险有多大？不出手，怎么知道是不是行家？决心为自己找出路的人，总是能够找到机会；即使他们找不到机会，也会创造出机会。有时候我们觉得自己被埋没、潜能被压抑，应有的业绩没能做出来，我们就要想想，是不是还在尝试之前就先否定了自己。

（6）选择、确认、坚持　每遇到一次挫败，就动摇一次信心；每遇到一次困难，就经受一次考验。达尔文不是第一个提出进化论的人，哥伦布不是第一个到达美洲的人，洛克菲勒也不是最先开发石油的人，但他们都是最能坚持的人。越是到了解决问题的关键时刻，越是所有紧张和痛苦都汇集的时刻，我们也就越要勇于承担那种"建设性痛苦"；越是在"熬不下去"的时候，越需要"咬牙坚持"，抱怨解决不了问题。

四、如何培育班组职工的职业化心态

（1）构筑正确的价值评估体系　正确的价值观念，有助于树立积极的心态，在班组管理中应多鼓励肯吃苦、肯动脑、肯创新、肯奉献的人和事，杜绝违规、违章、违反纪律的行为，是非观念明确，引导班组员工。

（2）培育良好的班组文化　建立班组共同的工作愿景，在班组中宣贯工作即使命，是实现自我价值的手段，工作就变成了一种带来新的活力、激发创造力的快乐活动。创造一个更适合于工作、更有活力的工作环境，让班组职工在工作中轻松愉快地实现自我。

（3）班组长做表率　通过自身的行为感染、影响大家，带动大家培养起乐观、积极的态度。挖掘班组成员里的先进和模范典型，善于捕捉班组成员身上的闪光点，发挥模范带头作用，提升班组整体能力。

（4）强化责任意识　在班组工作中提倡负责任。以理想信念为核心，夯实职工的道德认知基础，强化职工的道德认知能力；以制度建设为契机，通过严格管理规范职工道德行为。

（5）提高员工技能　提高职工技能素质是最大的凝聚力。通过班组培训、计划培养、岗位练兵等活动有效提高班组员工的技能操作水平，让员工体会到工作带来的成长与成就，对职业心态的培养和职业化行为的锻炼具有极大的推动力。

（6）鼓励创新　在班组中营造浓厚的创新氛围，在班组成员中树立创新观念，普及创新方法，建立鼓励创新制度，大力开展推广应用新技术、合理化建议、总结先进操作法、评选创新员工等活动，从而使每名班组成员参与到创新实践中，创造更多的成果。

一个班组长在企业中能否成为一名优秀的基层管理者，心态极其重要。既然班组是企业最基本的细胞，班组长就是细胞核。班组里事无巨细，这就需要班组长具备细心、热心、信心、耐心、恒心、专心、感恩心，最为重要的是阳光心态。成功者与失败者之间的差别就在于：成功者始终用最积极的思考方式、最乐观的精神和最有价值的经验调整和把握自己的职业生涯；失败者则相反，他们的职业生涯是受过去职场中种种失败与疑虑所影响和支配的。

 参考案例

臧勤——珍惜与乘客之间20分钟的缘分

2006年初，微软（中国）部门经理刘润的一篇《一个出租车司机给我上的一堂MBA课》

在网上广泛流传。这个神秘的、全上海也为数不多的高薪出租车司机终于在人们的千呼万唤之中走了出来。

臧勤——一个自称是"快乐的车夫"的人,当《东方早报》记者问他怎样保持快乐的心态时,他是这样回答的:要学会享受工作带来的美和快乐。遇到红灯的时候,把心态放松,放一粒瓜子或者五香豆到嘴中,看看外面的美景,有时候感觉就像自己开着私家车在马路上兜风。有些驾驶员喜欢抱怨交通拥堵、油价上涨或者工作方式不好,要想到外在环境是不能改变的,最好的办法就是改变自己。比如以前我半夜会做到凌晨两三点钟才回家,自从娱乐场所2点钟以后不再营业,就有驾驶员抱怨没生意。既然这个规定不能改变,那么我就在2点钟以前回家,早点休息。

记者又问他,开了这么多年出租车,有没有遇到过让人不开心的乘客。

他说,当然有,但是一般不太会闹矛盾。去年有一个客人坐我的车,共20元钱,他说以前同样的距离打车只要18元,那好,我就只收了18元。您要想到,您和乘客之间是"合作伙伴"的关系,乘客想回家,您想赚钱,要在这个过程中始终保持快乐的心态。您要觉得,您和乘客之间,一辈子可能也就只有20分钟的缘分,因此要特别珍惜。

参考案例

一位一生行善无数的基督徒,他临终前有一位天使特地下凡来接引他上天堂。天使说:"大善人,由于你一生行善,成就很大的功德,因此在你临终前,我可以答应你完成一个你最想完成的愿望。"

大善人说:"神圣的天使,谢谢你这么仁慈。我一生当中最大的遗憾就是,我信奉主一生,却从来没见过天堂与地狱究竟长得像什么样子?在我死之前,您可不可以带我到这两个地方参观参观?"

天使说:"没问题,因为你即将上天堂,因此我先带你到地狱去吧。"

大善人跟随天使来到了地狱,在他们面前出现一张很大的餐桌,桌上摆满了丰盛的佳肴。

"地狱的生活看起来还不错嘛!没有想象中的悲惨嘛!"大善人很疑惑地问天使。"不用急,你再继续看下去。"

过了一会儿,用餐的时间到了,只见一群骨瘦如柴的饿鬼鱼贯地入座。每个人手上拿着一双长十几尺的筷子。每个人用尽了各种方法,尝试用他们手中的筷子去夹菜吃。可是由于筷子实在是太长了,最后每个人都吃不到东西。

"实在是太悲惨了,他们怎么可以这样对待这些人呢?给他们食物的诱惑,从不给他们吃。""你真觉得很悲惨吗?我再带你到天堂看看。"

到了天堂,同样的情景,同样的满桌佳肴,每个人同样用一双长十几尺的长筷子。

不同的是,围着餐桌吃饭的是一群洋溢欢笑,长得白白胖胖的可爱的人们。他们同样用筷子夹菜,不同的是,他们喂对面的人吃菜。而对方也喂他们吃,因此每个人都吃得很愉快。

天堂与地狱的区别在于与人相处的态度。

一个人要想在事业上成功,固然要靠自己的努力,但是,我们发现,除了自己努力之外,还需要与人合作。一个人如果只知有己,不知有人,那么,他努力的成绩会在别人反对

或掣肘之下被抵消。华人首富李嘉诚说："如果利润10%是合理的，本来你可以拿到11%，但还是拿9%为上策，因为只有这样会有后续的生意源源而来。"双赢既非损人利己，亦非损己利人。要学会用"我们"而非"我"的观念为人处世。双赢思维鼓励我们解决问题，并协助个人找到互惠的解决办法，是一种资讯、力量、认可及报酬的分享。

强调精诚合作，互相支持，互相学习的氛围，从而达成一个人或部分人不能达成的事业，让每一个人都能感觉到团队比自我强大的力量。共赢心态要求班组长要有开放的思维和博大的胸怀，正如张瑞敏在《海尔是海》中描写的那样："海尔应像海，唯有海能以博大的胸怀纳百川而不嫌其细流；容污浊且能净化为碧水。正如此，才有滚滚长江、浊浊黄河、涓涓细流，不惜百折千回，争先恐后，投奔而来。汇成碧波浩渺、万世不竭、无与伦比的壮观！一旦汇入海的大家庭中，每一分子便紧紧地凝聚在一起，不分彼此形成一个团结的整体，随着海的号令执着而又坚定不移地冲向同一个目标，即使粉身碎骨也在所不辞。因此，才有了大海摧枯拉朽的神奇。"

合作与竞争

蒙牛总裁牛根生深谙竞争与合作的道理。在早期蒙牛创业时，当有记者问：蒙牛的广告牌上有"创内蒙古乳业第二品牌"的字样，这当然是一种精心策划的广告艺术。那么请问，您认为蒙牛有超过伊利的那一天吗？如果有，是什么时候？如果没有，原因是什么？

牛根生答到：没有。竞争只会促进发展。你发展别人也发展，最后的结果往往是"双赢"，而不一定是"你死我活"。一个地方因竞争而催生多个名牌的例子国内国际都很多。

德国是弹丸之地，但它产生了5个世界级的名牌汽车公司。有一年，一个记者问"奔驰"的老总，奔驰车为什么飞速进步、风靡世界，"奔驰"老总回答说"因为宝马将我们撵得太紧了"。记者转问"宝马"老总同一个问题，宝马老总回答说"因为奔驰跑得太快了"。德国只有六七千万人，5个汽车公司竞争的结果是，它们不能不把目光从德国移向全世界，结果，5家公司都成为世界级名牌。日本的情况也是这样，像丰田、松下呀，都在竞争中共同取得了超常进步。美国百事可乐诞生以后，可口可乐的销售量不但没有下降，反而大幅度增长，这是由于竞争迫使它们共同走出美国、走向世界的缘故。

积极心态的力量

拿破仑·希尔曾讲过这样一个故事：一个星期六的早晨，一个牧师正在为准备第二天的演讲伤透脑筋，他的太太出去买东西了，小儿子由于没人照看一直在旁吵个不停。牧师随手拿起一本旧杂志，顺手一翻无意间看到一张色彩鲜丽的巨幅图画，那是一张世界地图。他于是把这一页撕了下来，撕成碎片，丢到了客厅的地板上，然后对小儿子说："强尼，来，把它拼起来，我就给你两毛五分钱。"牧师以为他至少能安静个半天，怎料不到10分钟，他书房就响起了敲门声，"爸爸，我已经拼好了。"儿子强尼喊道。牧师惊讶万分，他怎么能这么

快就拼好了，而且每一片纸头都整整齐齐地排在一起，整张地图又恢复了原状。"儿子啊，你怎么做到的？"牧师问道。"很简单呀！"强尼说，"这张地图的背面有一个人的图画。我先把一张纸放在下面，把人的图画放在上面拼起来，再放一张纸在拼好的图上面，然后翻过来就好了。我想，假使人拼得对，地图也该拼得对才是。"听完，牧师忍不住笑了起来，立马给儿子两毛五的镍币。"儿子呀，你把明天演讲的题目也给了我了。"牧师说道，"假使一个人是对的，他的世界也是对的。"

故事意味深长，希尔想指出，如果不满意自己的环境，想力求改变，则首先应该改变自己的心态；假如一个人有积极的心态，那么他四周所有的问题都将迎刃而解。积极的心态是心智的健康和营养，它能让一个人充满自信、受人喜欢、知足常乐、倍感幸福，更重要的是它还能让人改变自我、改变世界。这并不是夸大其词，也不是异想天开，因为在人的本性中，始终有这样一种倾向，当我们把自己想象成什么样子，最后往往会变成那个样子。心有多大，舞台就有多大。任何一种励志的学说都笃信（或在宣扬），人意念的力量是无比巨大的。只要有明确的目标、坚定的信念，再加以积极的心态去创造、去追求，您总是能如愿以偿、实现梦想，而这正是一切成功的根本和起点。

当然，积极的心态并不否认消极因素的存在，相反，它教会人们在看待事物时，能充分考虑到生活中既有好的一面，也有坏的一面，这是不以意志为转移的客观事实。同时，它让人不会因此沉溺其中，面对失败、挫折、误解、意外不会自甘堕落、无所作为，而是总能及时地调整情绪、心存高远，以乐观、向上、愉悦和创新的态度走出困境，面向未来。

参考案例

丈夫：我的工作服在哪儿？（此时丈夫实际上是一种成人自我，他期望自己的妻子也是以一种成人的姿态给自己提供信息）妻子如果作出互补性的回答应该是：

妻子：在衣柜的最右边。

但是，如果妻子一整天都感到自己很累，或者憋了一肚子委屈，此时她的回答就可能是：

妻子：谁知道你把它丢到哪里去了？你总是丢三落四！

这时，夫妻之间的沟通出现了交错。当出现这种交错时，正常的交流就会戛然而止。夫妻之间此时可能就不再谈论衬衫的事情，他们可能会讨论谁在丢三落四。最后留下的是对双方的伤害。

参考案例

妻子：上班真累，明天我真的不想去上班了（此时妻子是儿童自我，她并不是真的不想上班，只是希望丈夫能够关心一下而已）。

丈夫：是够累的，今晚咱们不做饭，出去吃一点，放松放松吧。

如果丈夫没有真正明白妻子的用意，他可能以其他的反应方式来应答，结果就会造成交错式的交流方式。

丈夫：不上班怎么能行呢？那样我们的家庭收支就不平衡了。

这样，夫妻之间的沟通出现了交错。本来是一次非常简单的谈话，可能就要论及到家庭收入，甚至是丈夫没有能力获得更多的收入等非常严肃的问题，甚至会出现"你真没有用"，

"当初嫁给你是个错误"等不理智的争吵。

在家庭沟通中，人们往往错误地认为，反正是一家人，怎么说都可以，因此会放松了警惕。很多人在工作中往往会带着某种面具，总想在家庭中放松自己，这是无可非议的。但是，需要注意的是，家庭并不仅是您一个人的安全港湾，对您的配偶也是一样。因此，请注意在家庭中的沟通技能。这一点对于双薪家庭尤为重要。

 参考案例

请您根据下面的设定情景，结合学习的的内容，思考问题。

小张是新来的班长，由于缺乏相互的了解，他和员工的关系并不融洽。虽然他尽量想和同事们多沟通，可是每次员工都借故抽身，即使就工作上的事情进行磋商，别人也很少发言，而是服从安排。他感觉和员工之间存在着相当大的距离。他想努力改变这种状况，可是他不知道怎么做，因此感到很苦恼。

1. 小张感到了压力了吗？压力主要表现在哪些方面？
2. 他应该怎样改变这种状况？

请您思考 ▶▶▶

- 您认为个人能力与工作要求是否匹配？
- 您是否善于自我控制？
- 您个人对压力是如何理解的？
- 您在日常工作和生活中是如何缓解和应对压力的？
- 您认为在现代企业班组管理中如何进行压力管理？
- 身为班组长您是如何调整自己心态的？
- 在日常工作中您如何培养班组员工的积极心态？

 我的心得

模块八 职业卫生与劳动保护

职业卫生工作是保护劳动者的需要，也是企业自身发展的需要。搞好职业卫生和劳动保护是贯彻落实科学发展观、构建和谐社会的必然要求。保护职工身心健康是职业卫生工作的重点，只有不断提高全体职工的自我保护意识，把对职业危害的防护变为一种自觉行为，才能从根本上杜绝危害事故的发生。作为一名班组长，学习职业卫生知识、熟悉劳动保护技能、掌握危害辨识和风险控制的方法，才能有效防止职业危害的发生，从而达到保护员工安全和健康的目的。

职业卫生知识

案例1

车间主任安排班组到有毒有尘场所工作，班长高某发现现场无必要劳动卫生条件。老高在上岗两天后，随即向车间主任及厂环保安全科反映，要求提供必要保护手段时才能继续上岗。双方争执二十余日，厂方以高某带头抗拒领导，月内累计旷工达20天为由，对高某作出除名处理。

问题导向 ▶▶▶

- 作为一名班组长，高班长的做法是否正确？单位对高班长的处理是否合理？
- 作为一名班组长，需要了解哪些有关职业卫生与劳动保护方面的知识？

案例分析

我们说服从不是绝对的。所谓服从义务，指劳动者服从用人单位管理，用人单位对劳动者劳动方法、时间和地点除法律、集体合同的规定外，有权进行安排。但是应受三种限制：一是合法限制，对用人单位违法、有悖公德和有害劳动者身心健康的指示安排，劳动者无服从义务；二是时间限制，即劳动者原则上只在劳动时间内服从用人单位安排；三是劳动内容限制，即劳动者只对自己承担的本职工作有服从用人单位安排的义务。案例中高班长不服从

用人单位安排，拒绝冒险，是因为用人单位提供的劳动条件有害于其身体健康，对这种安排的拒绝是合理合法的。更何况高班长一直在向车间及厂部反映，在反映期间，因未能改善劳动条件，劳动者未到工场上班，用人单位认定为无故旷工，是没有根据的。

经仲裁庭调查，通过当地劳动卫生防治所对高班长上班工场灰尘抽样鉴定，工场劳动条件严重违反有关国家标准，确认为劳动卫生安全条件恶劣，严重影响劳动者身体健康。

仲裁庭最后裁决旷工理由不能认定为不正当，撤销除名处理决定。

一、基本概念

1. 职业卫生

职业卫生研究的是人类从事各种职业劳动过程中的卫生问题，它以职工的健康在职业活动过程中免受有害因素侵害为目的，其中包括劳动环境对劳动者健康的影响以及防止职业性危害的对策。只有创造合理的劳动工作条件，才能使所有从事劳动的人员在体格、精神、社会适应等方面都保持健康。只有防止职业病，才能降低病、伤、缺勤，提高劳动生产率。因此，职业卫生（以前也称工业卫生或劳动卫生）实际上是指对各种工作中的职业病危害因素所致损害或疾病的预防，属预防医学的范畴。

2. 职业病

指企业、事业单位和个体经济组织的劳动者在职业活动中，因接触粉尘、放射性物质和其他有毒有害物质等因素而引起的疾病。要构成《中华人民共和国职业病防治法》中所规定的职业病防治法，必须具备四个条件：

① 患病主体是企业、事业单位或个体经济组织的劳动者；

② 必须是在从事职业活动的过程中产生的；

③ 必须是因接触粉尘、放射性物质和其他有毒、有害物质等职业病危害因素引起的；

④ 必须是国家公布的职业病分类和目录所列的职业病。

四个条件缺一不可。

3.《职业病目录》中所规定的职业病种类——10类115种

医学上所称的职业病是泛指职业危害因素引起的特定疾病，而在立法意义上，职业病却具有一定的范围，即政府规定的法定职业病，是列在《职业病目录》中的疾病，共有10大类115种。

① 尘肺（13种）：例如矽肺、煤工尘肺、石墨尘肺、水泥尘肺等。

② 职业性放射性疾病（11种）：例如外照射放射病、内照射放射病等。

③ 职业中毒（56种）：例如铅及其化合物中毒、汞及其化合物中毒等。

④ 物理因素所致职业病（5种）：例如中暑、减压病、高原病等。

⑤ 生物因素所致职业病（3种）：炭疽、森林脑炎、布氏杆菌病。

⑥ 职业性皮肤病（8种）：例如接触性皮炎、光敏性皮炎、溃疡等。

⑦ 职业性眼病（3种）：例如化学性眼部灼伤、职业性白内障等。

⑧ 职业性耳鼻喉口腔疾病（3种）：噪声聋、铬鼻病、牙酸蚀病。

⑨ 职业性肿瘤（8种）：例如石棉所致肺癌、联苯胺所致膀胱癌等。

⑩ 其他职业病（5种）：例如职业性哮喘等。

4. 职业病的特点

①病因明确，其病因就是职业病危害因素，是人为的，如果这些因素得到消除或控制，就可以防止或减少职业病的发生。

②所接触的危害因素（病因）通常是可以检测的，只有接触量超过一定限度，才能使人得职业病。

③在接触同样职业病危害因素的工人中，常常有一定人数发病，很少只出现个别病人。

④大部分的职业病目前无特效药或治疗方法，早期发现，较易恢复，发现越晚，疗效越差。

⑤职业病是可以预防的，所以，必须强调"预防为主"的原则，提高劳动自我保护意识，加强劳动保护措施。

二、职业病危害因素及其预防

1. 职业病危害因素

职业病危害因素是指在生产工艺过程、劳动过程和生产环境中存在的影响劳动者健康的因素。

（1）生产过程的有害因素 化学因素，如有毒有害的金属、苯和苯类化合物等；物理因素，如高温、高湿、噪声、振动等；生物因素，如微生物、寄生虫等。

（2）劳动过程中的有害因素 劳动时间过长、劳动强度过大、生理状态不适、组织过程不合理等。

（3）生产环境中存在的有害因素 厂房狭小、通风不良、采光欠佳等。

2. 预防职业危害的措施

（1）组织措施 国家监督、行业管理、企业负责、员工守纪。

（2）技术措施

①改革工艺：无毒代替有毒，低毒代替高毒，机械遥控操作代替人工操作。

②隔离操作：自动化、机械化、密闭化。

③通风排毒：通风、排毒、隔热、降温。

（3）保健措施

①做好个体防护：防护头盔、防护面罩、防护眼镜、护耳器、呼吸防护器、防护服、防护鞋、皮肤防护用品、防坠落用具九大类。

②开展职业性健康监护：为全面掌握职工健康状况，必须建立职业医学监护档案。做好职工岗前、在岗、离岗体检以及应急体检，完善健康监护信息系统。

③加强职业危害因素的监测：定期和经常性地对生产环境的职业危害因素进行监测，及时发现和查明有害因素污染环境的原因，以便采取有效的防护措施。

④加强卫生宣传教育：广泛宣传国家、地方政府和集团公司职业卫生制度、普及职业卫生与职业危害因素的知识，使职工养成良好的职业安全卫生习惯。

3. 对职业病的"三级预防原则"

①一级预防：从根本上消除或控制职业病危害因素。

②二级预防：及早发现轻微病情，采取有效防治措施。

③三级预防：对患者作出正确诊断，及时进行恰当处理。

4. 职业卫生防护的"三个目标"、"四档"、"四率"

（1）三个目标 在岗职工职业病发病率控制在0.1‰以下；杜绝一次3人以上的急性职业中毒事故；杜绝职业病死亡事故。

（2）四档　职业卫生档案、职业健康监护档案、个体防护用品领用档案、职工健康教育档案。

（3）四率　职业卫生监测覆盖率100%；职业卫生监测合格率>95%；职业性健康检查受检率100%；职业卫生"三同时"审查率100%。

三、噪声声级的卫生限值

1. 噪声声级的卫生限值

工作地点噪声声级的卫生限值

日接触噪声时间/h	卫生限值/dB（A）
8	85
4	88
2	91
1	94
1/2	97
1/4	100
1/8	103

注：最高不得超过115dB（A）。

非噪声工作地点噪声声级的卫生限值

地点名称	卫生限值/dB（A）
噪声车间办公室	75
非噪声车间办公室	60
会议室	60
计算机室、精密加工室	70

2. 听力的保护

在噪声环境下工作，若不重视听力的保护，随着时间的推移，轻则感到耳朵"蔽"，重则成为"聋子"。怎样保护听力呢？首先，进行定期健康检查，根据检查的听力情况，采取相应的措施。其次，注意休息、加强营养，下班后要睡好觉（尤其是倒班工人），这样有利于听力的恢复，同时，要多吃些富含维生素和蛋白质丰富的食物。再有，在现场工作时要正确使用个体防护用品，如耳罩、耳塞等。另外如有耳部及相关疾患，应积极治疗。总之，增强劳动保护意识、加强劳动保护措施，就能使自己的听力得到最大限度的保护。下面是以小白鼠为对象进行的实验。

观察组别 观察日期	A组（生活在安静环境里）	B组（生活在噪声环境里）
第二星期	A组小白鼠，他们的活动情况正常，进食情况良好	B组小白鼠对突然变化了的环境不能马上适应，表现出来焦急不安的状况。在笼子里窜个不停。喂食物给它们吃，它们对食物的反应不大。两天过后，B组小白鼠渐渐适应了噪声环境，活动和进食情况也恢复正常

续表

观察组别 观察日期	A组（生活在安静环境里）	B组（生活在噪声环境里）
第三星期	A组小白鼠的活动情况还像以往一样，十分活跃，进食情况良好	B组小白鼠虽然适应了噪声的环境，但他们的活动次数减少。B组小白鼠在噪声大的情况，会停止进食食物
第四星期（对比观察）	A组小白鼠的个头较大，毛色雪白，活动情况良好。分给A组小白鼠的食物，它们很快就吃完了	B组小白鼠个头偏小，毛色暗淡，偏黄，反应迟钝。分给B组小白鼠的食物，它们食欲不佳

注：在实验结束的第五个星期里，B组中有两只小白鼠已死亡。

通过上表中不同环境小白鼠生活情况对比实验，我们可以进一步了解噪声的危害，班组长更应了解班组工作现场具体情况，带头并监督班组成员树立正确的劳动保护态度，按要求正确佩戴、使用相应的劳动保护用品用具。

四、职业中毒及其类型

凡是一种物质少量进入人体后，就能与机体组织发生化学或物理化学作用，并能引起机体暂时的或永久的病理状态，就称为毒物。

生产中接触的毒物，常指化学物质，统称为工业毒物或生产性毒物。毒物可通过呼吸道、皮肤和消化道进入人体。在职业活动中，由毒物所引起的全身性疾病就称为职业中毒。职业中毒分三种类型。

① 急性中毒。短时间（几秒至几小时）吸入引起的中毒。

② 慢性中毒。经数月至数年时间接触引起的中毒。

③ 亚急性中毒。介于急性和慢性中毒之间。

五、石油化工行业的职业危害因素及其特点

① 石油化工行业的职业危害因素：噪声、粉尘、硫化氢、氯气、芳烃等。

② 石油化工危害因素的接触特点：低浓度、长周期、多因素、联合作用。

六、有害因素监测点的选择原则

（1）有岗必设点、有点必监测、监测结果危害告知　凡是有毒有害岗位必须设立监测点，凡是有监测点的地方必须监测，监测结果实行危害告知。

（2）区域监测设点原则　深入现场，了解生产环境、生产过程；主管部门审核、认可。

七、职业病危害现场事故处理原则

① 停止导致职业病危害事故的作业，控制事故现场，防止事态扩大，把事故危害降到最低限度；

② 疏通应急撤离通道，撤离作业人员，组织泄险；

③ 保护事故现场，保留导致职业病危害事故的材料、设备和工具等；

④ 对遭受或者可能遭受急性职业病危害的劳动者，及时组织抢救、进行健康检查和医学观察；

⑤ 按照规定进行事故报告；

⑥ 配合卫生行政部门进行调查，按照卫生行政部门的要求如实提供事故发生情况的有关材料和样品；

⑦ 落实卫生行政部门要求采取的其他措施。

八、用人单位在职业卫生方面的法律义务和责任

① 采取措施，保证工作场所符合职业卫生标准和卫生要求。对产生职业病危害因素的工作场所配备防护设施；对作业场所的危害进行评价、控制等。

② 实施对劳动者的健康监护。包括劳动者上岗前、在岗中以及离岗时的动态、连续的职业健康检查等。

③ 作业管理或者劳动过程的管理。针对劳动者所从事的岗位不同，接触的危害因素不同，制定相应的管理制度、配备必要的防护设施等。

④ 履行危害告知义务。依法告知劳动者职业危害、防护措施和有关待遇；公布职业病防治的有关制度及防护情况；对劳动者进行职业病防治知识培训。

⑤ 履行对未成年工、女工等特殊劳动者人群的特殊保护义务。

⑥ 按照法律规定，保证职业病患者和疑似职业病人的诊断、救治等。

⑦ 建立、健全职业病危害事故应急救援预案。

⑧《职业病防治法》规定的其他义务。

九、劳动者享有的职业卫生保护权利

① 获得职业卫生教育、培训（培训权）；

② 接受职业健康检查、职业病诊疗、康复等职业病防治服务（职业健康权）；

③ 了解工作场所产生或者可能产生的职业病危害因素、危害后果及其应当采取的防护措施（知情权）；

④ 要求用人单位提供符合防治职业病要求的职业病防护设施和个人使用的职业病防护用品，改善工作条件（保障权）；

⑤ 对违反职业病防治法律、法规以及危及生命健康的行为提出批评、检举和控告（检举控告权）；

⑥ 拒绝违章指挥和强令进行没有职业病防护措施的作业（拒绝冒险权）；

⑦ 参与用人单位职业卫生工作的民主管理，对职业病防治工作提出意见和建议（参与决策权）；

⑧ 职业病人除去依法享有工伤社会保险外，依照有关民事法律，尚有获得赔偿权利的，有权向用人单位提出赔偿要求（损害赔偿权）。

十、职业病的诊断

得了"职业病"，必须按照职业病诊断标准，由法定职业病诊断机构明确诊断为疾病。因此，在工作中得的病不一定都是职业病。劳动者如果怀疑所得的疾病为职业病，应当及时到当地卫生部门批准的职业病诊断机构进行职业病诊断。对诊断结论有异议的，可以在30日内到市级卫生行政部门申请职业病诊断鉴定，鉴定后仍有异议的，可以在15日内到省级卫生行政部门申请再鉴定。职业病诊断和鉴定按照《职业病诊断与鉴定管理办法》执行。诊断为职业病的，应到当地劳动保障部门申请伤残等级鉴定，并与所在单位联系，依法享有职业病治疗、康复以及赔偿等待遇。用人单位不履行赔偿义务的，劳动者可以到当地劳动保障部门投诉，也可以向人民法院起诉。

十一、职业病病人的待遇

① 劳动者被诊断患有职业病，但用人单位没有依法参加工伤社会保险的，其医疗和生活保障由最后的用人单位承担；如果最后的用人单位有证据证明该职业病是先前用人单位的职业病危害造成的，由先前的用人单位承担。

② 职业病病人变动工作单位，其依法享有的待遇不变。

③ 用人单位发生分立、合并、解散、破产等情形的，应当对从事接触职业病危害作业的劳动者进行健康检查，并按照国家有关规定妥善安置职业病病人。

十二、急救常识——心肺复苏法

心肺复苏，是挽救心跳骤停患者的急救技术，分为两部分：一是人工呼吸，二是胸外心脏按压，两者结合有节奏地重复进行。

基础心肺复苏的步骤和方法如下。

（1）开放气道

① 将伤员旋转适当体位，正确的抢救体位是仰卧位。患者头、颈、躯干平卧无扭曲，双手放于两侧躯干旁。

清理呼吸道的呕吐物、痰液、泥沙。使头偏向一侧，用食指包上纱布或手绢将口腔内的异物掏出来，有义齿的取出来。

② 用压额提颏法打开气道（见图1）

（2）人工呼吸　最常见的是口对口人工呼吸（见图2）

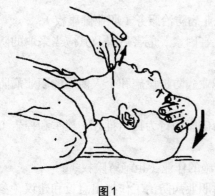

图1

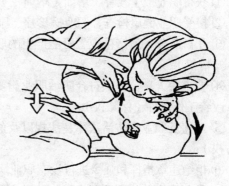

图2

① 用压额提颏法打开气道，判断呼吸是否存在，若无自主呼吸，立即进行人工呼吸。首先深吸口气，用口唇严密包住病人口唇，用压前额的拇指、食指捏紧病人的双侧鼻孔，然后平稳向口腔内吹气，注意不要漏气，在保持气道通畅的操作下，将气体吹到病人的口腔直至肺部。如果吹气有效，伤者的胸部会膨起，并随着气体的排出而下降。

② 吹气后，口唇离开，并松开捏鼻的手指，使气体呼出。同时侧转头吸入新鲜空气，再进行第二次吹气。

③ 吹气入肺部，每次吹气量400～600mL。每分钟吹气12～16次；一个循环吹气2次。

（3）胸外心脏按压

① 心脏按压的位置（见图3）　救护者在伤者肩膀旁跪下，人工呼吸完成后触摸颈动脉判断心跳，时间小于10s。无颈动脉搏动，然后右手沿肋骨下缘向上到达剑突，向上两横指，左手的手根部放于胸骨柄的长轴部，右手重叠于左手上，用力向下按压，即为按压部位。正常成人两乳头中间，左手放于胸骨柄的长轴部，右手重叠于左手上，用力向下按压，即为按压部位。

② 按压方法（见图4）　上身前倾，以髋关节作为支点，双臂伸直，双肩正对病人胸骨上方，垂直地以掌根将胸骨下压约4～5cm，然后放松。但掌根不要离开患者胸壁。

图3 图4

③ 按压频率 每分钟100次，节律要均匀；胸外按压与人工呼吸比例为30∶2。

（4）判断心肺复苏有效的指征

① 意识恢复。

② 出现自主呼吸。

③ 颈动脉搏动：可摸到颈动脉搏动，并可测到血压。

④ 刺激眼睑有反应。

⑤ 瞳孔：散大的瞳孔缩小，说明按压有效。

⑥ 紫绀减轻，口唇、颜面、甲床色泽转为红润。

请您思考 ▶▶▶

● 通过对职业卫生知识的学习，您有哪些收获和感悟？作为一名班组长，在宣传、落实职业卫生知识方面具有哪些责任？今后自己怎样做？

● 通过对急救常识——心肺复苏法的学习，您有哪些收获？其具体操作技术掌握了吗？如何应用？

劳动保护常识

案例2

2010年10月8日，某炼油厂三催化装置北面的含硫污水管道主干线进行人工挖掘工作。6人下到沟内，未采取任何劳动保护措施，从东头388号下水井边开始一字向西排列作业，为了清掏和排水方便，他们将下水井盖打开，在井的西北方向又打掉一个长约1m的V形缺口。10时20分，最东面的3人倒下，接着另3名人员也被熏倒，施工人员见到此况，立即下到沟内救人，也倒下。厂内职工闻讯赶到，佩戴防护面具将晕倒的民工抬到管沟上面，经过现场和医院抢救，5人苏醒生还，1人抢救无效死亡。

问题导向

- 何谓劳动保护？其目的、任务是什么？
- 劳动者的权利与义务有哪些？女工和未成年工的保护有哪些？劳动保护"三同时"指什么？
- 简述劳动防护用品及分类，劳动防护用品的使用管理包括哪些方面？
- 人的不安全行为、物和环境的不安全状态包括哪些方面？预防事故的措施有哪些？
- 如何正确使用防护用品？如何保护听力？作业前应该注意的问题有哪些？
- "海因里希因果连锁理论"的内容是什么？

 **案例分析**

此次事故的发生，原因是多方面的。施工队违反有关规定，未采取任何劳动保护措施，将下水井盖打开，在井的西北方向又打掉一个长约1m的V形缺口，使得含硫污水从缺口处外溢，有毒气体蔓延至施工人员处，造成中毒事故；工程管理部门和安全管理部门现场检查和监督工作有漏洞，没有及早发现打开的井盖和缺口并采取有效防护措施；该厂的安全教育不深入、HSE理念未落实、作业人员思想太麻痹、防范措施不落实、管理制度不严格、劳动保护不到位。作为一名班组长，应该从这次事故中吸取教训、总结经验，真正理解劳动保护的本质涵义和班组劳动保护的主要内容，用法律、法规、条例、制度，维护好班组员工的劳动保护利益，有效地开展好班组的劳动保护活动。

 **读书札记**

一、劳动保护的基本概念

1. 劳动保护的定义

劳动保护是指根据国家法律、法规，依靠科技进步与科学管理，采取组织措施与技术措施，消除危及人身安全与健康的不良条件及行为，预防发生人身工伤事故与职业病危害事故，保护劳动者在劳动生产过程中的安全与健康。

《辞海》中又将劳动保护定义为：劳动过程中为保护劳动者的安全与健康而采取的各种措施。包括改善劳动条件，预防工伤事故与职业病，规定劳动者有适当的休息时间，对特殊工种（如高温、高空、井下、有毒等）的职工、女职工与未成年工进行特殊保护，以及各种劳动保护管理制度等。

2. 劳动保护的目的

劳动保护的目的是为劳动者创造安全、卫生、舒适的劳动工作条件，消除和预防劳动生产过程中可能发生的伤亡、职业病和急性职业中毒，保障劳动者以健康的劳动力参加社会生产，促进劳动生产率的提高，保证社会主义现代化建设顺利进行。

3. 劳动保护的任务

总的来说，劳动保护的任务就是保护劳动者在工作生产过程中的安全与健康，促进生产

的发展，保证国民经济建设的顺利进行。具体可归纳为以下几方面。

① 保证安全生产，同伤亡事故、职业危害和环境污染作斗争，尽一切努力，避免一切可能发生的伤亡事故、职业危害和环境污染，落实HSE管理的内容，做到安全生产、文明生产，可持续发展。

② 努力改善工作条件，变笨重的劳动为轻便劳动，变危险作业为安全作业，变有毒有害作业为无毒无害作业、变粗放生产为清洁生产，使劳动者的工作场所更加清洁、明亮、舒适，真正做到"安全体面地工作，健康舒适地生活"。

③ 科学合理地确定劳动者的工作时间和休息时间，做到劳逸结合，使劳动者能够保持高涨的劳动热情、愉快的工作心情，精力充沛地进行生产劳动，为国民经济的科学发展、可持续发展贡献力量。

④ 根据妇女的生理特点，对她们进行特殊的劳动保护，使妇女在国民经济建设中发挥出更大的作用、体现出更大的人生价值。

4. 法律规定劳动者享有的权利与义务

劳动者享有平等就业和选择职业的权利、取得劳动报酬的权利、休息休假的权利、获得劳动安全卫生保护的权利、接受职业技能培训的权利、享受社会保险和福利的权利、提请劳动争议处理的权利以及法律规定的其他劳动权利。

劳动者应当完成劳动任务，提高职业技能，执行劳动安全卫生规程，遵守劳动纪律和职业道德，维护用人单位的财产安全。

5. 女工和未成年工保护

女工保护是一项重要工作，做好女员工在"四期"的保护，不得安排女员工在"四期"时从事禁忌工作，保护好她们在劳动生产中的安全与健康。

对未成年工要做好特殊保护，不得安排未成年工从事禁忌的劳动。对未成年工的使用和特殊保护要实行登记制度，并对其健康进行检查，根据其身体和检查结果安排适当的岗位。

总之，用人单位必须依照《劳动法》的相关条款，落实好女工和未成年工的保护工作。

6. 我国劳动保护管理工作体制

当前我国实行"企业负责、行业管理、国家监察、群众监督和劳动者遵章守纪"相结合的劳动保护管理工作体制。

7. 劳动保护"三同时"

一切生产性建设工程项目，其职业安全与工程技术措施和设施，必须与主体工程同时设计，同时施工，同时投产和使用。

二、关于劳动防护用品的有关要求

1. 劳动防护用品及其分类

劳动防护用品是指保护职工安全健康的个体防护用品，它是搞好安全生产和劳动保护工作不可缺少的一项物质技术措施。

按有害因素对人体伤害的情况，个体防护用品可分为预防人体急性伤害和预防人体慢性伤害两种。如前者有安全帽、安全带、安全鞋、绝缘手套、防毒面具等；后者有劳动保护眼镜、降尘口罩、防噪声耳塞等。

按性质分类，劳动防护用品可分为特种防护用品和一般防护用品。

按防护部位，又可分成9类：头部防护用品、呼吸器官防护用品、眼面部防护用品、听觉器官防护用品、手部防护用品、足部防护用品、躯干防护用品、护肤防护用品、防坠落防护用品。

劳动保护用品不是一般的福利用品，必须按照有关的规定和制度正确地发放和使用。

2. 劳动防护用品的使用管理

正确配备和使用劳动安全防护用品，是预防事故不可缺少的辅助措施。各生产班组都应该建立这方面的制度和标准，逐步做到管理和使用劳动防护用品标准化。主要应该做到以下几方面。

① 按有关规定及时发给有关作业人员合乎规格质量的劳动安全防护用品。

② 凡上岗作业必须按规定整齐佩戴防护用品。如有关点电器作业的电工，必须穿绝缘鞋、戴绝缘手套；高空作业必须戴安全帽、系安全带等。

③ 对特殊安全防护和接触有毒有害物质的防护用品，要有严格的保管制度，更衣柜要隔离、严禁穿戴回家、污染他人。

④ 对佩戴使用劳动安全防护用品，班组长和安全员要经常检查指导，防止不佩戴、不正确佩戴和使用不合格的防护用品，造成伤害事故和职业危害。

3. 按照规定佩戴和使用劳动防护用品的必要性

（1）防护用品的作用　侧重于消除有损员工的安全与健康的危险因素，避免或减轻人身伤害发生。

（2）从业人员的权利　《安全生产法》等规定，用人单位必须为从业人员提供必要的、安全的劳动防护用品，以避免或者减轻作业中的人身伤害。

（3）从业人员的义务　正确佩戴和使用劳动防护用品是从业人员必须履行的法定义务，这是保障从业人员人身安全和生产经营单位安全生产的需要。

4. 正确佩戴安全帽

① 首先检查安全帽的外壳是否破损（如有破损，不可再用），有无合格帽衬（若无合格帽衬，则丧失保护头部的功能），帽带是否完好，是否在有效期内。

② 调整好帽衬顶端与帽壳内顶的间距（4～5cm），调整好帽箍。

③ 安全帽必须戴正。戴歪了，一旦受到打击，起不到减轻冲击的作用。

④ 必须系紧下颌带，戴好安全帽。如果不系紧下颌带，一旦发生构件坠落打击事故，安全帽就容易掉下来，导致严重后果。

⑤ 现场作业中，切记不得将安全帽脱下搁置一旁，或当坐垫使用。

5. 正确使用安全带

① 检查安全带是否经质检部门检验合格，使用前检查各部分构件有无破损。

② 安全带上的任何部件都不得私自拆换。

③ 在使用过程中，安全带应高挂低用，并防止摆动、碰撞，避免尖刺，不得接触明火，不能将钩直接挂在安全绳上，应挂在连接环上。

④ 严禁使用打结和续接的安全绳，以防坠落时腰部受到较大冲力伤害。

⑤ 作业时应将安全带的钩、环挂在系留点上，各卡接扣紧，以防脱落。

⑥ 在温度较低的环境中使用安全带时，要注意防止安全绳的硬化割裂。

⑦ 使用后，将安全带、绳卷成盘放在无化学试剂、避光处，切不可折叠。在金属配件上涂些机油，以防生锈。

三、人的不安全行为及物和环境的不安全状态

1. 人的不安全行为的表现形式

① 在没有排除故障的情况下操作，没有做好防护或提出警告；

② 在不安全的速度下操作；

③ 使用不安全的设备或不安全地使用设备；

④ 处于不安全的位置或不安全的操作姿势；

⑤ 工作在运行中或有危险的设备上。

2. 物和环境的不安全状态的表现形式

① 不合规格的防护，如防护装置的高度或强度不合适；

② 缺少所需的防护设施；

③ 机器工具的设计不安全；

④ 设备布局不合理，整理工作未做好；

⑤ 照明不足或强光刺眼；

⑥ 工作场地、通道狭窄，油污易滑倒。

四、具体防护措施

1. 预防事故的基本措施

① 提高设备的安全可靠性（从物的因素考虑的一项重要措施）；

② 提高劳动者的整体素质（从人的因素考虑的一项重要措施）；

③ 切实做好个人防护；

④ 工作场所的合理布局（从工作环境的因素考虑的措施）。

2. 作业前"10问"防事故

① 身体状况良好；

② 心理状态正常；

③ 已完成作业前的检查；

④ 防护服装、用具已齐备；

⑤ 操作规程已熟练掌握；

⑥ 异常情况会处理；

⑦ 作业过程、周围环境已熟悉；

⑧ 工作中无不良习惯；

⑨ 能做到避免"三违"；

⑩ 能消除危险因素。

3. 起重工的"十不吊"

① 起重超负荷不吊；

② 指挥信号不明，重量不明，光线暗淡不吊；

③ 吊绳和附件捆绑不牢，不符合要求不吊；

④ 吊件上站人或放有活动物体不吊；

⑤ 歪拉斜挂不吊；

⑥ 吊钩挂重物直接进行加工不吊；

⑦ 带棱角物体未垫好不吊；

⑧ 埋在地下的物体不吊；

⑨ 有爆炸性的物体不吊；

⑩ 钢水过满，未打固定卡子不吊。

4. 焊工的"十不焊"

① 无上岗证不焊割；

② 雨天露天作业无可靠安全措施不焊割；

③ 装过易燃、易爆及有害物品容器，未彻底清洗不焊割；

④ 密闭器具未采取措施不焊割；

⑤ 设备未断电、容器未卸压不焊割；

⑥ 作业区周围有易燃易爆物品，未消除干净不焊割；

⑦ 焊体性质不清、火星飞向不明不焊割；

⑧ 焊接设备安全附件不全或失效不焊割；

⑨ 锅炉、容器等设备内无专人监护，无防护措施不焊割；

⑩ 禁火区未采取措施和办理动火手续不焊割。

5. 电气安全管理的"十不准"

① 无证电工不准装接电气设备；

② 任何人不准玩弄电气设备和开关；

③ 不准使用绝缘损坏的电气设备；

④ 不准利用电热设备和灯泡取暖；

⑤ 任何人不准启动挂有警告牌的电气设备和合上拔去的熔断器；

⑥ 不准用水冲洗揩擦电气设备；

⑦ 熔丝熔断时不准调换容量不符的熔丝；

⑧ 不准在埋有电缆的地方未办任何手续进行打桩动土；

⑨ 有人触电时，应立即切断电源，在未脱离电源前不准直接接触触电者；

⑩ 雷电时，不准接近避雷器和避雷针。

五、班组长在班组安全管理中应起到的作用

① 使法律、法规、标准及公司的要求在班组里得到落实；

② 推进班组劳动保护、安全文化建设；

③ 预防、消除对班组员工人身安全构成潜在威胁的因素；

④ 对班组安全行为进行引导、控制，指导正确操作；

⑤ 调动班组员工安全生产的积极性；

⑥ 增强班组员工自我防护意识和互保意识。

六、海因里希因果连锁理论（多米诺骨牌理论）

美国著名的安全工程师海因里希（Heinrich）于1941首先提出了事故因果连锁论，用以阐明导致伤亡事故的各种原因及其与事故之间的关系。该理论认为，伤亡事故的发生不是一个孤立的事件，尽管伤害可能在某瞬间突然发生，却是一系列事件相继发生的结果。

如图所示：

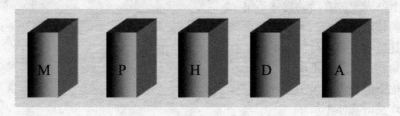

多米诺骨牌理论：

M—遗传及社会环境；P—人的缺点；H—人的不安全行为或物的不安全状态；D—事故；A—伤害。

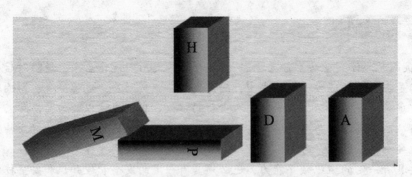

如果移去因果链中的任何一块骨牌，则连锁被破坏，事故过程被中止。

请您思考

- 通过对劳动保护常识的学习，您有哪些收获和感悟？作为一名班组长，在宣传、落实劳动保护知识方面具有哪些责任？今后自己怎样做？
- "海因里希因果连锁理论"的内容是什么？怎样在班组管理中应用这一理论，从而有效地落实劳动保护？

HSE 管理体系认知

 案例3

《汉书》中有个故事：一个人建了新房子后，前来祝贺的邻居和亲友纷纷称赞房子漂亮。主人听了很高兴。但有一位客人看完厨房后，向主人提出修改烟囱和搬挪柴草的建议——曲突徙薪。厨房的烟囱是从灶膛笔直通上去的，灶膛的火很容易飞出烟囱引起火灾。最好在灶膛与烟囱之间加一段弯曲的通道，这样就安全多了；灶门前堆了不少柴草，很危险，又影响环境，还是搬远一点好。主人听了，很不高兴，以为这是找自己的茬。后来这栋房果然由于厨房的毛病失火，幸亏左邻右舍救火。于是主人专门设宴，酬谢救火的人，并把被火烧伤的人请到上上座；惟独没请那位提出忠告的人。所以当时流行了这么两句话：曲突徙薪无恩泽，焦头烂额为上客。

问题导向

- 何谓"HSE"管理体系？其涵义是什么？起源及发展过程如何？
- HSE管理体系的十项要素是什么？管理思想和理念是什么？
- HSE管理体系的基本用词与内容是什么？建立实施HSE管理体系的关键问题有哪些？如何对承包商进行HSE知识的培训？
- HSE管理体系的持续改进原则是什么？班组开展HSE活动的步骤有哪些？实施HSE管理体系的意义是什么？

 案例分析

"曲突徙薪无恩泽，焦头烂额为上客"。这个故事之所以流传至今，说明对后人有借鉴的意义，尤其是在安全管理方面。故事中，厨房失火，损失财产、危害健康、影响环境，是因为主人只重虚荣、光听好话，未采纳别人当初的建议。我们应该以此为鉴，防患于未然，石油石化具有"高温高压、易燃易爆、有毒有害、连续作业、链长面广"的行业特点，决定了我们必须把安全摆在首位，时刻不能放松。班组长是班组安全管理的第一责任人，因此，班组长不但要具有一定的组织领导能力，还必须具有一定的安全管理知识和安全技术知识，在班组管理中要全面落实企业的各项HSE规定。

 读书札记

一、HSE的定名及涵义

HSE分别是英文health、safety、environment的缩写，即健康、安全、环境。

健康——指人身体上没有疾病，在生理、心理（精神上）和社会适应方面保持一种完好的状态。

安全——指在劳动生产过程中，努力改善劳动条件、克服不安全因素，使劳动生产在保证劳动者健康、企业财产不受损失、人民生命安全的前提下顺利进行。安全生产是企业一切经营活动的根本保证。

环境——指与人类密切相关的、影响人类生活和生产活动的各种自然力量或作用的总和。它不仅包括各种自然因素的组合，还包括人类与自然因素间相互形成的生态关系的组合。

健康、安全与环境管理体系（简称为HSE体系）是按：规划（PLAN）—实施（DO）—验证（CHECK）—改进（ACTION）运行模式来建立的，即PDCA模式。该体系突出强调了事前预防和持续改进，具有高度的自我约束、自我完善、自我激励机制，是一种集组织管理、科学技术等多种要素为一体的现代化管理模式。

二、HSE管理体系的由来

1. HSE管理体系的开端

通过对以往安全事故经验教训的总结，1985年，壳牌石油公司首次在石油勘探开发领域提出了强化安全管理的构想和方法。1986年，在强化安全管理的基础上，形成手册，以文件的形式确定下来。自此，HSE管理体系初见端倪。

2. HSE管理体系的开创发展期

20世纪80年代后期，国际上的几次重大安全事故，对安全工作的深化发展与完善起了重大的推动作用。例如，1988年英国北海油田的帕玻尔·阿尔法平台事故等。这些事故，引起了国际工业界的普遍关注，大家都深深认识到，石油石化行业是高风险的作业，必须进一步采取更加有效完善的HSE管理系统以避免重大事故的发生。1991年，在荷兰海牙召开了第一届油气勘探、开发的健康、安全、环境国际会议，HSE这一概念逐步为大家所接受。自此，HSE管理体系进入开创发展时期。

3. HSE管理体系的蓬勃发展期

1994年，油气安全环保国际会议在印度尼西亚的雅加达召开，这次会议由美国石油工程

协会发起，得到国际石油工业保护协会的支持，所以影响面很大，全球各大石油公司和服务厂商积极参与。1996年1月，ISO/TC67分委会发布《石油和天然气工业健康、安全与环境管理体系》，成为HSE管理体系在国际石油业普遍推行的里程碑。自此，HSE管理体系在全球范围内得到蓬勃发展。

4. HSE管理体系在我国的推行

1998年，中国石油、石化系统开始试点，在我国普及HSE管理体系。例如，中国石油颁布的《石油、天然气行业健康、安全与环境管理体系》，对几个独立的管理体系进行整合、研究和试点、考查，并于2001年10月发布了健康、安全、环境管理体系系列标准，包括《健康安全环境管理体系基础和术语》，根据健康、安全与环境管理体系在中国石油所属企业贯彻执行情况及对部分企业调研和收集的意见，在2008年又推出了HSE的最新修订标准。HSE管理体系在中国石油石化系统的贯彻实施，对于在其生产、加工和协作配套领域起到了巨大的推动作用。因此，中国石油石化安全环保部要求所属企业在条件允许的情况下，尽快建立并实施HSE管理体系。

三、HSE管理体系的十项要素

① 领导承诺制定方针目标和职责；

② 组织机构、职责、资源和文件控制；

③ 风险评价和隐患治理；

④ 承包商和供应商管理；

⑤ 装置（设施）设计和建设；

⑥ 运行和维修；

⑦ 变更管理和应急管理；

⑧ 检查和监督；

⑨ 事故处理和预防；

⑩ 审核、评审和持续改进。

四、HSE体系的管理思想和理念

① 一切事故都可以预防的思想；

② 全员参与的观点；

③ 层层负责制的管理模式；

④ 程序化、规范化的科学管理方法；

⑤ 事前识别控制险情的原理；

⑥ 承包商和供应商与业主HSE业绩密切相关联的理念；

⑦ HSE管理从设计抓起、动态循环管理的理念；

⑧ 领导承诺、社会责任、安全第一、积极预防的理念；

⑨ 健康、安全与环境一体化管理的理念等。

五、HSE管理体系的基本用词和内容

审核——是由对管理体系承担检查和评价职责的部门或机构组织的有资质人员对实施管理体系的主体进行的检查。

内部审核——由组织自身对管理体系负监督管理职责的人员依据标准对体系过程和运行状况进行审核检查。

第二方审核——是由实施管理体系主体的相关顾客对其进行的检查。

第三方审核——由第三方认证机构进行的外部审核。

评审——是由高层管理者主持的对健康、安全与环境管理体系的适应性及其执行情况进行正式评审。

事故——造成死亡、职业病、伤害、财产损失或环境破坏的事件。

危害——可能造成人员伤害、职业病、财产损失、环境破坏的根源或状态。

风险——发生特定危害时间的可能性以及发生事件结果的严重性。

企业的最高管理者——HSE第一责任人。

承包商——由业主进行施工、建设、安装、检修等工作或提供服务的个人、公司或合作者。

供应商——为业主供应原料与设备的个人、公司或合作者。

变更管理——指对人员、工作过程、工作程序、技术、设施等永久性或暂时性的变化进行有计划的控制。

应急管理——指对生产、储运和服务进行全面、系统、细致的分析和调查研究，识别可能发生的突发事件和紧急情况，制定可靠的防范措施和应急预案。

六、建立和实施HSE管理体系的三个关键问题

① 各级领导，特别是一把手重视是前提条件。

② 全员参与是关键。

③ 危害和环境因素识别以及风险和环境影响评估是重要环节、首要步骤。

七、对承包商的HSE培训教育

承包商的施工人员入厂前的HSE教育由企业HSE管理部门和工程管理部门组织进行。作业前的HSE教育由相关生产车间和工程管理部门组织进行。作业前的教育内容包括以下几项。

① 作业地点和作业对象的主要危险因素及安全注意事项；

② 施工作业中应遵守的HSE规定；

③ 易发生泄漏、跑冒、着火、爆炸、中毒的部位及防范措施

④ 生产装置消防报警设施和保护、救护设施的摆放位置及使用方法；

⑤ 事故发生后应急处理的方法。

八、HSE管理体系的持续改进原则

HSE管理体系中的持续改进原则是指HSE管理体系着眼于持续改进，采用PDCA模式，实现动态循环。通过持续改进，使体系得到不断完善。同时，体系要求所属企业应按适当的时间间隔对HSE进行审核和评审，以确保其持续改进的适应性和有效性。

九、班组开展HSE活动的步骤

① 主动协助相关部门进行班组风险识别；

② 配合专业人员编制和修订班组HSE作业指导书；

③ 严格遵守和执行班组HSE作业指导书；

④ 明确责任，保证HSE体系的顺利运行；

⑤ 发现隐患、及时处理、反映汇报情况、完善风险控制、做到持续改进。

十、实施HSE管理体系的意义

1. 实施HSE管理体系对于国家和社会的价值与意义

实施HSE管理体系是贯彻落实科学发展观、坚持低碳经济、可持续发展，构建和谐社会的重要内容；实施HSE管理体系可以促进我国众多的企业进入国际市场，并且尽快地与国际先进的管理方式接轨，从而增强在国际市场的竞争力，与国外先进的企业论伯仲，最终给我

国的经济带来腾飞，让人民从中受益。

2. 实施HSE管理体系对于企业的价值与意义

实施HSE管理体系，可以保障安全生产，降低生产成本，提高经济效益；可以促进企业提升整体的管理水平，真正做到"精心工作、止于至善"；可以帮助企业改善与各个相关方面的关系，树立良好的企业形象；实施HSE管理体系，有利于企业吸引投资、寻求合作、创造双赢。

3. 实施HSE管理体系对于职工个人的价值和意义

实施HSE管理体系，可以使职工的健康得到保护，让职工在身体上没有疾病，心理上和社会适应方面保持一种完好的状态；可以消除不安全因素，使劳动生产在保证劳动者健康、企业财产不受损失、人民生命安全的前提下顺利进行；可以创造良好的环境和心境，从而提高劳动生产率，真正做到"安全体面地工作、健康舒适地生活"。

请您思考 ▶▶▶

● 通过对"HSE管理体系"的学习，您有哪些收获和感悟？作为一名班组长，在宣传、落实"HSE管理体系"知识方面具有哪些责任？今后应该怎样做？

🔖 **参考案例**

2010年某月某日16时，某炼油厂焦化车间因泵房外8m处的下水井（深约2.5m）不畅通，车间工艺一班班长王某安排两名工人去疏通。他们刚下到井里，感觉到瓦斯气味（含硫化氢）很大，立即上来，并劝告王班长不能下去，要下去也必须戴防毒面具。王班长则认为没什么大事，只要在井下干活的动作快点，抓紧时间上来就行了，另外，手头上也没有合适的防毒面具，到别处去借，又嫌太麻烦。于是，王班长未采取任何安全防护措施，只身一人下到井里，刚开始干活，便因硫化氢中毒晕倒在井下。在抢救过程中，人们又不戴防毒面具（现场也没有防毒面具）、未采用任何安全防护措施，用绳子拴人下井抢救，几个人都眩晕、支持不住而被拉上来，未能将王班长救出。此时，除焦班班长赵某闻声赶到现场，立即把绳子绑在腰间冲到井里，下井后，刚把工艺班长王某拉起，自己也昏迷过去，倒在井底。井上面的人立即将绳子往上拉，因绳子系得太宽松，所以从腰间、肩部滑落，除焦班班长赵某又掉入井内。约16时30分，厂安全环保处工作人员紧急赶到现场，佩戴防毒面具下井，努力地将二人捞出。由于中毒过重，经医院多方抢救无效，工艺一班班长王某于当日22时30分死亡，除焦班班长赵某于次日11时死亡。

硫化氢的分子式为H_2S，相对分子量为34.08，主要来自生产过程或日常生活中产生的废气。硫化氢是有强烈的臭鸡蛋气味的无色气体，易溶于水，生成氢硫酸；溶于醇类、石油制品中。化学性质不稳定，在空气中容易燃烧及爆炸；硫化氢对铁等金属有强腐蚀性，也易吸附于各种织物。硫化氢是强烈的刺激神经的毒物，可引起窒息，对黏膜有明显的刺激作用，车间空气中最高允许浓度为$10mg/m^3$。

人体吸入硫化氢可引起急性中毒和慢性损害。急性硫化氢中毒可分为三级，即轻度、中度和重度。不同程度的中毒，其临床表现不同。例如：畏光、流泪；头痛、抽搐；昏迷、死亡。长期反复吸入一定量的硫化氢可引起嗅觉减退等障碍。

　　预防措施主要是加强工程控制、防止泄漏外溢；储运轻装轻卸、远离火源热源；定期检测体检、做好个体防护（配备防毒面具、防化学眼镜、防化学手套，相应岗位一定要配备合格的空气呼吸器）。

　　这起事故纯属于违章作业所致，透过现象看本质，说明该厂安全教育不深入、员工思想太麻痹、劳动保护不到位、防范措施不落实、管理制度不严格。工艺一班班长王某等人，在工作前没有办理下井作业票，自作主张，属于违章作业；下井之前未对井内空气进行检测，可谓草率行事；盲目下井作业，未戴防毒面具和采取安全保护措施，算是冒险蛮干；救人过程又未考虑周全，未采取相应的预防措施，手忙脚乱，自行其是，从而导致更大伤亡事故的发生。

　　首先，应该从领导入手、从内部入手、从自我入手，重视和加强对职工的全员安全教育培训，增强劳动保护意识，提高劳动保护能力，反对违章操作行为和违章指挥行为，培养职工"我要安全"的理念、"我会安全"的技能、"我管安全"的责任，把握住"安全为天"这个前提，真正做到劳动保护、从我做起；危险预防、人人有责；三不伤害、落到实处；安全生产、警钟长鸣。

　　其次，事故发生在一瞬间，但却是日常管理不善的综合反映。所以，要采取措施、加强管理、防止人的不安全行为、消除物和环境的不安全状态，建立、健全各项劳动保护、安全管理规章制度，做到谁主管、谁负责，以及事故处理要坚持"四不放过"的原则，严肃纪律和考核，提高素质与认识，以确保劳动保护、职业卫生和安全生产的各项规章制度得到有效的落实。

　　最后，要严格执行操作规程，提高职工的专业技能和劳动保护、职业危害的防范水平。在有毒有害场所作业时，个体防护用品是必不可少的，并且要正确佩戴和使用，同时要有人监护。因此，要在全体职工中强调使用个体防护用品的重要性与必要性，加强个体防护用品使用的技术培训，一旦发生事故，迅速采取有效措施，以免延误时机。当然，企业要坚决落实劳动保护、职业卫生和安全生产的资金投入，在必要的岗位和场所，给职工配备符合要求的个体防护用品，以确保职工的安全，杜绝类似事故的再次发生。

请您思考

● 造成此次事故的原因都有哪些（直接与间接）？
● 从本次事故中，您得到什么警示？受到了哪些教育？总结出什么经验？
● 仔细查找自己身边的安全隐患，认真落实"安全生产方针"，坚决执行"十大禁令"。以"安全生产警钟长鸣　劳动保护从我做起"为题，写一篇不少于1000字的议论文。

参考案例

　　张班长是某化工厂焦化车间的一名老班长。该厂以生产焦炭及其副产品为主，由于生产工艺及产品的特殊性，各种职业病危害因素错综复杂。因此，厂里每年投入大量的资金改善作业环境，定期对职工进行职业健康检查，对作业岗位进行职业危害因素检测。但是，张班长对职业病危害因素及其防护措施的认识并不到位，也不重视。他想："我身体棒着呢，哪

有那么弱不禁风！"随着这种麻痹思想的产生，防范意识也就淡薄了，工作时戴防护口罩不方便就不戴了，每年的体检也是常常以工作忙为借口能躲就躲过去……可就在张班长即将退休回家享受天伦之乐时，却越来越感觉到自己体力不支，平时一贯身体强壮的他，现在上楼梯也累得满头大汗、气喘吁吁，还经常头晕乏力、面色苍白。在家人的催促下，到医院检查，结果显示白细胞减少，怀疑"再生障碍性贫血"。经过单位协调，到职业病防治医院进行复查，经专家组会诊，最终确诊为"职业性苯中毒"。张班长面对自己的诊断结果，痛心疾首，追悔莫及。

正是由于张班长平时对职业病危害因素防范意识的淡薄，才造成了无法挽回的后果。具体地说，张班长对本岗位职业病危害因素不重视、对可能导致的职业病情况不了解、缺乏职业病防护知识；张班长没有真正认识到职业病防护的重要性，工作时嫌麻烦不戴防护口罩等；张班长对职业病危害检测和职业健康检查的重要性认识不够，借口工作忙而不去参加体检，使职业卫生工作流于形式，没有起到防患于未然的作用。张班长的教训告诉我们：无论何时都不能忽略职业卫生工作，作为一名班组长，更应该主动学习职业卫生知识，发挥班组团队在职业卫生工作中的作用，真正把职业卫生工作落到实处。

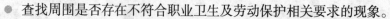

请您思考

- 查找周围是否存在不符合职业卫生及劳动保护相关要求的现象。
- 作为一名班组长，思考如何指导、监督班组员工做好职业卫生及劳动保护方面的工作？

我的心得

模块九

实用文体写作与应用

语言即思维。语言就是思维本身。一个人的逻辑结构、思想形态、思考深度、全面性、对表达内容的组织以及价值观、文笔等，都会在一篇文章中体现出来。

常用行政公文的写作方法与应用

 案例1

小王是一位车间的班组长，一天车间里发生了火灾，从厂长到车间主任到班组二十多人经过两个多小时才把火扑灭。第二天，厂长要小赵写一份关于这场火灾的文字材料，三天之后交上来。这可愁坏了小赵，写成什么文章？如何下笔呢？救火都没这么发愁。于是他不得不请教企业办公室的秘书。试想，如果小王自己非常清楚这篇文章该怎么写，还用这么发愁而去求别人吗？

问题导向

- 为什么班组长要学习一些实用文体的写作知识？
- 实用文体有什么作用？

 案例分析

在班组工作中，您是不是也常常遇到像小王这样的难题？向上级递交请示、报告时不知如何行文，进行事故案例调查时不知如何描述，制定工作计划时不知如何落实到文字上，写工作总结时不知如何下笔等。这时候我们该用实用文体来表达，实用文体是与欣赏型文章相对而言的，是各类实用型文章的总称，是为解决实际问题、在社会生活中具有特定用途的文章。

实用型文章的内容和形式主要表现出两大特征：一是从内容上看，实用型文章是为解决某个实际问题或处理某项具体工作而撰写的文种，其内容与现实生活密切相关，是现实生活内容的反映；二是从形式上看，实用型文章大都具有固定的体式，带有突出的规范化或者说

一定的程式化特点。

"公文"即公务文书。广义的公务文书是指党政机关、企事业单位及社会团体在公务活动中所用的各类文字材料。主要包括以下几大类：第一类是行政机关公文，即有关机构与部门正式规定的公文文种；第二类为事务文书，即机关、单位、团体为处理工作而普遍使用的法定公文之外的文书，又称常用文书。这两类公务文书均有较强的通用性，适用于不同的社会行业或领域，所以合称通用文书。第三类为专用文书，即在不同的社会行业、专业领域或特定场合专门应用的文书。

这里所说的公文是指狭义的公文而言。狭义的公文即法定公文，专指国务院2000年8月24日发布的《国家行政机关公文处理办法》（国发〔2000〕23号）列出的13类公文，即命令（令）、决定、公告、通告、通知、通报、议案、报告、请示、批复、意见、函、会议纪要。

 案例2

最近厂里进行工作信息化改革，工作中所有的资料都要求用计算机完成，小王所在班组中原有的计算机已经远远不能满足工作的要求，一是数量少，二是旧电脑速度太慢，他想解决这两个问题，向上级申请购买3台新的计算机以满足工作需要。他向厂长反映了情况，厂长答应了，但是要求他写一份书面材料备案。他回到车间不知如何下笔，一是不知写成什么文种，二是不知语言如何组织。他苦恼了一天，终于写成了一份《申请报告》，但是递交到厂长手里，被打了回来。他又陷入了困境……

问题导向

- 小王写作的《申请报告》为什么被打回来？
- 小王应如何完成此项任务？

案例分析

班组长小王遇到的问题其实不难，如果他平时注意积累，有一定的写作常识，具备一定的写作能力，这个问题会迎刃而解。关键是有些班组长在工作中往往不重视写作，认为只要干好活就行了，殊不知班组长要想起到桥梁纽带的作用，还要具有较强的沟通和表达能力（包括口头表达和书面表达）。

小王写作的《申请报告》不是规范文种名称，所以被打回来了，他应该写一篇《请示》才能完成此项任务。

 **读书札记**

一、请示的写作与应用

请示适用于下级机关就有关问题向上级机关请求指示和批准。这是请示区别于报告的主

要特征之一。请示属于上行文。请示的使用主要有几种情况：在遇到现有的方针、政策及法规、规定所不曾涉及的新情况、新问题，或政策界限难以把握时请求上级机关指示；在遇到超越本机关的职权范围，或本机关人员看法、意见不一致时请求上级机关批准；上级机关明文规定必须请示的事项。

（一）请示的写作格式

请示由标题、正文和落款三部分构成。

1. 标题

请示的标题由发文机关、（关于）事由和文种三个要素构成。如《××公司关于购置笔记本电脑等办公用品的请示》。事由一般不能省略，而且往往写得非常具体。

2. 正文

请示的正文包括三部分：开头部分，介绍情况、指明问题、说明发文目的、写明缘由、引出下文；主体部分，对上级提出自己对解决问题的态度和意见，具体规定及施行规定的要求和措施，这部分是全文的重点；结尾部分，通常用"以上意见当否，请审核指示"、"当否，请指示"、"妥否，请批示"、"特此请示，请批复"等语言。

3. 落款

请示的落款一般有两行：请示单位名称和时间。

（二）写作请示的注意事项

写作请示时要注意以下几点：第一，要正确选用文种，不要错用了函、报告、申请、申请报告或请示报告；第二，要做到一文一事；第三，不要多头请示，请示只能主送主管上级机关；第四，不要越级请示，一般应逐级请示；第五，语言要简洁，观点要明确；第六，请示产生于事前，不可"先斩后奏"；第七，要有明确的理由或原因。

 参考案例

××车间关于购置××设备技术材料的请示

××部门（或××单位）：

为了解决我厂××设备的××技术难题，提高产品质量，降低产品废品率，拟决定申购××技术材料，此材料性能……，价格……，如果应用此材料，结果……。

妥否，请批示。

××车间

二○○×年九月×日

 案例3

小王明白了原来他写的"申请报告"为什么被打回来，但是他还有个疑问：平时他遇到需要向上级进行请示的时候，领导总说"打个报告吧"，领导说的这个"报告"是真的要写成《报告》？

问题导向

- 什么情况下要写报告？
- 写作报告要注意什么？报告与请示的区别是什么？
- 当我们向上级提出工作建议的时候，是否既可以写成请示，又可以写成报告？

　案例分析

　　领导常说的"打个报告吧"，并不是真的要写成《报告》，因为报告只适用于下级向上级汇报工作、反映情况、提出意见或建议、答复上级机关的询问用。

读书札记

　　二、报告的写作与应用

　　（一）报告的写作格式

　　报告适用于下级机关向上级机关汇报工作、反映情况、提出意见或建议，答复上级机关的询问。报告属于上行文，一般产生于事后和事情过程中。按性质和内容的不同，报告可分为综合报告和专题报告；按行文的直接目的不同，报告可分为呈报性报告和呈转性报告。需要注意的是，2001年1月1日开始实施的《国家行政机关公文处理办法》取消了报告原有的"提出建议"的功能，此类报告使用会越来越少。

　　报告由标题、正文、落款三部分构成。

　　1. **标题**

　　报告的标题由报告单位、事由和文种三个要素构成，如《××公司关于2009年上半年工作情况的报告》。

　　2. **正文**

　　报告的正文包括三部分：前言，介绍情况、总述问题，说明发文缘由；主体部分，具体写明所要阐述问题的各个方面，包括问题、原因、解决办法等，重点突出、做好分析、点面结合；结尾，一般用"特此报告，请审阅"等语句。

　　3. **落款**

　　报告的落款一般有两行：报告单位名称和时间。

　　（二）写作报告的注意事项

　　写作报告时要注意以下几点：第一，用途要合理、明确，不得夹带"请示"事项；第二，内容要客观、真实，避免夹杂过多主观判断，避免"提出建议"的言语。

　　（三）请示与报告的区别

　　请示与报告都是上行文，但是二者是有区别的。

　　第一，用途或目的不同。请示是向上级机关请求指示或批准，需要上级机关答复；报告是向上级机关汇报工作、反映情况，不能夹带"请示"事项，不需要上级机关答复。

　　第二，行文的时机不同。请示一般在事前提出，不能"边干边请示"，更不能"先斩后奏"；报告一般在工作结束或阶段性结束之后提交。

　　第三，内容不同。请示强调"一文一事"，内容单一，篇幅较短；报告的内容较为广泛，

含量大，篇幅较长。

 **参考案例**

××车间关于2009年上半年工作情况的报告

××部门（或单位）：

××车间按照××厂的目标任务要求，结合实际，认真制定了全年工作计划，经过半年实施，各项工作取得了一定成绩，现具体汇报如下。

一、2009年上半年工作取得的成绩

（一）围绕××车间抓发展工作

迅速推进××车间建设，打造五星级车间，积极完成厂内下达的专项目标，……

（二）围绕职工和谐抓思想工作……

（三）围绕生产生活抓稳定工作……

（四）围绕三个文明建设抓工作作风……

二、下半年工作思路

（一）学习《科学发展观》，继续抓好三个文明建设……

（二）七月上旬，结合车间实际，完善民主监督制度，搞好车间干部民主测评和绩效考核工作。……

（三）以车间重点项目为突破口，加强目标督查力度。……

（四）认真解决职工的生活困难……

特此报告，请领导审阅。

××车间

二○○×年六月三十日

 **案例4**

小王兼任车间的办事员岗位，最近车间要组织班组长培训，要写一份培训通知，发到厂内的网站上。他想不就一份通知嘛，告诉班组长什么时间、什么地点、干什么不就得了吗，他也懒得仔细去写，于是草草写了几句，给宣传处张师傅发了过去，要求他挂到网上。宣传处的张师傅看后给他打电话说："王班长，您这通知连标题都没有，也没有落款，中间也没分段，如果您觉得这样的东西挂到网上，您不觉得难看的话，我就给您挂上去，不然，我看您还是改一改。"小王听了，脸涨得通红，幸亏别人提醒，要不然多丢人，于是，他找到了一本教材，照着通知的样本改了起来……

> **问题导向** ▶▶▶
>
> ● 通知真的那么难写吗？小王写的通知为什么不合格？

 **案例分析**

　　如果小王能够认真对待此事，一开始就查阅资料，找份通知的样本对照写，就能写出来，关键是他从思想上没有重视，认为不必按照文章的格式，只要事情办了就行了，殊不知，文章质量代表着一个人的工作态度和综合素质。如果我们能够把每一次"不懂"通过学习变为"懂"，那我们就会一点点成长和成熟起来，就可能成为专家和全才。

 **读书札记**

　　三、通知的写作与应用

　　通知适用于批转下级机关的公文，转发上级机关和不相隶属机关的公文，传达要求下级机关办理和需要有关单位周知或者执行的事项，任免人员等。

　　（一）通知的特点

　　1. 功能的多样性

　　在下行文中，通知的功能是最丰富的。它可以用来布置工作、传达指示、晓谕事项、发布规章、批转和转发文件、任免干部等，总之，下行文的主要功能，它几乎都具备。但通知在下行文中的规格，要低于命令、决议、决定、指示等文体。用它发布的规章，多是基层的、局部性的、非要害性的；用它布置工作、传达指示的时候，文种的级别和行文的郑重程度，明显不如决定、指示。

　　2. 运用的广泛性

　　通知的发文机关，几乎不受级别的限制。大到国家级的党政机关，小到基层的企事业单位，都可以发布通知。通知的受文对象也比较广泛。在基层工作岗位上的干部和职工，接触最多的上级公文就是通知。而且通知虽然从整体上看是下行文，但部分通知（如晓谕事项的通知）也可以发往不相隶属机关。

　　3. 一定的指导性

　　通知这一文体名称，从字面上看不显示指导的姿态，但事实上，多数通知都具有一定程度的指导性。用通知来发布规章、布置工作、传达指示、转发文件，都在实现着通知的指导功能，受文单位对通知的内容要认真学习，并在规定时间内完成通知布置的任务。个别晓谕性的通知，特别是通知作为平行文发布的时候，可以没有指导性或只有微弱的指导性。

　　4. 较强的时效性

　　通知是一种制发比较快捷、运用比较灵便的公文文种，它所办理的事项，都有比较明确的时间限制，受文机关要在规定的时间内办理完成，不得拖延。

　　（二）通知的分类

　　通知可分为"批示性通知"、"指示性通知"、"一般性通知"、"会议性通知"、"任免通知"五种。

　　事务类通知属于一般性通知，日常应用较多，多用于系统内或单位内布置工作、传达事情、召集会议等。事务性通知就是通知事项是事务性工作的通知，事务性通知工作范围非常大，小到通知开会，大到通知招标、应诉答辩。事务类通知有时也以书面形式发出，但并非正式公文（明显标志是无公文号）。有时直接在单位内部告示栏写出（或张贴或挂到网上）而不另行文。

（三）通知的写作格式

通知的格式由标题、正文和落款三部分构成。

1. 标题

标题由发文机关名称、被批转的公文（或通知事项）和文种名称组成。例如，《××（发文机关名称）关于组织××活动的通知》。

2. 正文

正文有两种写法。从结构上看，段落不同，其写作方法亦不同。

① 只有一个自然段的。结构比较简单，内容包括被批转或转发的公文标题、批准机关、对贯彻执行的要求三个部分。

② 有两个或两个以上自然段的。除第一个自然段与上述写法相同外，还要根据实际情况写明具体的指示性意见，包括对某工作的定性、做好某工作的意义和对贯彻执行的要求等，以提高下级机关对某项工作重要性的认识，达到统一思想的目的，并能在实际工作中抓落实。

3. 落款

落款包括发文机关名称和成文日期，标注在正文之后。

（四）写作通知的注意事项

① 通知是下行文，具有较强的执行性。通知事项应写得清楚明白，易于执行，使受文单位能正确理解并准确执行。

② 通知的语言要求准确。当通知对象为平级时，应注意缓和语气，用告知性语言。

③ 注意转发性通知和批转性通知的区别。转发性通知一般是在转达上级机关、同级机关或不相隶属机关的公文时使用；批转性通知是批准下级机关公文、再转发给下级机关和有关单位贯彻执行时使用。未经"同意"或"批准"的公文不能批转，可用"批复"等形式处理。转发、批转性通知的标题要注意简洁，避免"通知的通知的通知"标题出现。

④ 会议通知应注意其时效性。根据其受文范围，可通过报纸、电台、电视等形式发布，函送时一般应注明"会议通知，即到即达"、"紧急"等字样。

 参考案例

关于新员工入职培训的通知

公司各单位：

为了使新员工能更快、更清楚地了解公司的概况、规章制度和企业文化。增强新员工的自信心和工作意识，使其尽快投入到工作和融入企业文化。

行政人事部定于200×年11月18日下午（星期二）举办新入职员工培训，具体安排如下：

日期：

时间：

课程内容及安排：

负责部门：

培训地点：

请新员工所在部门提前做好工作安排，以保证新员工能及时参加培训。参加培训学员自备笔记簿、笔及《员工手册》，并准时出席，如因工作关系确实不能参加者，请以书面形式经部门负责人批准后，向行政人事部请假方可。

附:《新员工培训人员名单》

行政人事部

二〇〇×年十一月十五日

小王和其他班组长一起在厂里开了一个非常重要的会议，由于领导讲话速度快，他没能完全记录下来。会后他想重新学习会议内容，却没有书面资料，他也不好意思去找领导要讲话稿。他的同事给他出了个主意，看看厂办公室有没有这个会议的记录。于是他找到了厂办公室秘书说明来意，秘书毫不犹豫地拿出了刚刚整理好的一份"会议纪要"给他。他非常高兴，说:"要不是这份会议纪要，我真的不知道该从哪找到有关会议的记录了，也没法再深入学习会议的精神了。"他明白了会议纪要的作用，也了解了会议纪要的格式。

问题导向

- 什么情况下要写会议纪要?
- 会议纪要有什么作用?
- 写作会议纪要应注意什么?

不同的实用文体有不同的作用，正是办公室的这份"会议纪要"，使得非常重要的会议内容被记录并保存了下来，所以千万不要认为这些写作的东西是可有可无的，关键时刻它们发挥着非常重要的作用。

四、会议纪要的写作方法与应用

（一）会议纪要的写作格式

会议纪要是当事人记录会议情况以供备查的一种文体。

会议纪要有以下几个特点。一是内容的纪实性。会议纪要如实地反映会议内容，它不能离开会议实际搞再创作，不能搞人为的拔高、深化和填平补齐。否则，就会失去其内容的客观真实性，违反纪实的要求。二是表达的要点性。会议纪要是依据会议情况综合而成的。撰写会议纪要应围绕会议主旨及主要成果来整理、提炼和概括，而不是叙述会议的过程，切忌记流水账。三是称谓的特殊性。会议纪要一般采用第三人称写法，由于会议纪要反映的是与会人员的集体意志和意向，常以"会议"作为表述主体，"会议

认为"、"会议指出"、"会议决定"、"会议要求"、"会议号召"等就是称谓特殊性的表现。

会议纪要有别于会议记录。一是性质不同，会议记录是讨论发言的实录，属事务文书。会议纪要只记要点，是法定行政公文。二是功能不同，会议记录一般不公开，无须传达或传阅，只作资料存档；会议纪要通常要在一定范围内传达或传阅，要求贯彻执行。

会议纪要的写法由标题、正文两部分构成。

1. 标题

标题有两种情况，一是会议名称加纪要，如《全国农村工作会议纪要》；二是召开会议的机关加内容加纪要，如《省经贸委关于企业扭亏会议纪要》。

2. 正文

会议纪要的正文一般包括两部分：一部分是导语，即会议的组织情况，要求写明会议名称、时间、地点、出席人数、缺席人数、主持人、记录人等；另一部分是主体，即会议的内容，要求写明发言、决议、问题。这是会议纪要的核心部分。有以下几种写法：条文式写法，就是把会议议定的事项分点写出来，办公会议纪要、工作会议纪要多用这种写法；综述式写法，就是将会议所讨论、研究的问题综合成若干部分，每个部分谈一个方面的内容。较复杂的工作会议或经验交流会议纪要多用这种写法；摘记式写法，就是把与会人员的发言要点记录下来。

一般在记录发言人首次发言时，在其姓名后用括号注明发言人所在单位和职务。为了便于把握发言内容，有时根据会议议题，在发言人前面冠以小标题，在小标题下写发言人的名字。一些重要的座谈会纪要，常用这种写法。

会议结束，记录完毕，要另起一行写"散会"二字，如中途休会，要写明"休会"字样。

（二）写作会议纪要的注意事项

会议纪要作为一种反映会议基本情况和精神的纪实性公文，有着传达会议议定事项和重要精神的作用。一份好的会议纪要，对提高工作效率、确保工作顺利进行有着十分重要的作用。写好会议纪要关键注意以下几点。

1. 吃透精神，领会实质，把握基调

撰写会议纪要前一定要仔细研析会议记录，分析每一位发言者的发言，归纳会议决议，全面吃透会议精神，领会好精神实质，把握住会议基调。这样在落笔行文时才能够"统筹全局驾驭全篇"，体现"要旨"，才能够确保所要传达的会议精神和部署的事项不"失真"不"跑调"。

2. 删繁就简

会议纪要不是会议记录，没有必要将会议的所有内容进行记录。"纪要"，顾名思义就是"纪其主要"。因此，在内容上要详略得当，重点突出，不能过于啰嗦繁杂。所以，在动笔之前，要对会议记录进行详细地归纳整理，删繁就简。

3. 讲究语言技巧

切忌对语言不加整理，说什么记什么。对于不宜公开或有不好影响的观点言辞可以删除不记；对于言辞激烈的观点可以用较温和的词句替代表达；对于难以量化或不精确的事项，要善于运用模糊语言；对于难以集中在同一段或同一个标题下体现的意见观点可以以"会议指出"、"会议认为"等为导语引出。

4. 做好"三勤"

勤思考：会后不要先忙于撰写会议纪要，要勤思考，要把开会的内容先在脑海里过一

遍，以便增加一下印象，然后对照会议记录再检查一遍，看看是否有漏记的内容。勤动口：对于检查出的漏记内容或有不太理解明白的内容，要勤动口，及时向相关与会人员请教，以免将错误的信息写入纪要，同时对于正确理解会议精神也有所帮助。勤动手：会中认真做好记录，会后及时撰写纪要。

 **参考案例**

××公司办公会议纪要

会议名称：公司办公会议

会议时间：一九××年×月×日×时

会议地点：公司办公楼五楼大会议室

出席人：×××　×××　×××　×××　×××……

缺席人：×××　×××　×××……

会议主持人：公司总经理

记录人：办公室主任刘××

主要议题：

1．通报费用使用情况

2．讨论费用超支问题

发言记录：（包括主持人发言、与会者发言）

休会或散会

支持人：×××

记录人：×××

（本会议纪要共×页）

常用事务文书的写作方法与应用

 **案例6**

还记得厂长让小王把火灾发生的有关情况写成书面材料上交的事情吗？小王请教了办公室秘书，知道了这个事情应该写成什么文种，但是问题又摆在面前，怎么去写呢？怎么开头，怎么写内容，怎么结尾？

问题导向 ▶▶▶

● 小王写成的文章应该是什么文种？

● 这个文章具体应该写些什么，怎么开头、怎么结尾？

 案例分析

　　"事务文书"是指法定公文和专用文书之外的公务文书。事务文书应用范围广、使用频率高，其特点有：写作对象比较明确，格式比较固定，写法比较实际，能够解决实际问题，讲求时效。

　　小王写成的文章应该是调查报告，因为调查报告就是对某项工作、某个事件、某个问题，经过深入细致的调查后，将调查中收集到的材料加以系统整理，分析研究，以书面形式向组织和领导汇报调查情况的一种文书。小王对火灾发生的过程、原因、处理方法和防范措施都要作细致的调查后才能写出书面材料，所以应该写成调查报告。调查报告的写法如下。

 读书札记

　　一、调查报告的写法与应用

　　（一）调查报告的写作格式

　　调查报告可以反映情况、揭露问题、总结经验、揭示规律。调查报告具有真实性、针对性、典型性和逻辑性等特点。

　　调查报告一般由标题、署名和正文三部分组成。

　　1. 标题

　　调查报告的标题可以有三种写法：一种是调查对象、内容范围和文种三个要素（可以省略报告二字）构成的类似公文式的标题，如《西北地区机关事业单位收入分配调查报告》；另一种是新闻式标题，揭示文章主旨；第三种是双行标题，正标题是新闻式标题，副标题类似公文式的标题，如《高校发展重在学科建设——东北师范大学硕士毕业生就业情况调查》。

　　2. 署名

　　在标题之下，可以写直接参加调查研究及调查报告的撰写工作、并能对报告内容负责的人员的名字，如果调查报告是以集体名义完成的，也可以署集体名称。

　　3. 正文

　　调查报告的正文一般由前言、主体、结尾三部分构成。前言，写明调查的目的、起因、时间、地点、对象、范围、经过、方法、结果，以及人员组成等调查的基本情况，从而引出中心问题或基本结论。主体，是调查报告最主要的部分，这部分详细描述调查研究的基本情况或事实、经验与做法、问题与原因，提出建议或对策。结尾主要有总结式写法，总结全文，深化主题；指导式写法，指明努力的方向；启发式写法，引发人们的进一步思考；号召式写法，展望前景，发出鼓舞和号召。也可以简单以"特此报告"为结束语。

　　（二）写作调查报告的注意事项

　　1. 必须要进行认真的调查研究，掌握第一手资料

　　在调查的时候，要取得必要而又充分的资料，必须有明确的目的，做好充分的准备，有确定的调查对象，做好细致的调查计划（如调查时间、地点、时限、人员、方法、项目、预算等），有明确的操作步骤，找到更适合、更实用的方法（如开会、采访、问卷）进行调查，收集到的材料要善于分类汇总，分析其可靠程度、鉴别真伪、分清主次。

2. 要以正确的立场和方法，认真分析整理调查材料

调查与研究分析是同步进行的，一边调查，一边分析整理材料。材料必须归类、汇总、整理、分析后才可以使用。在调查结束之后还要对调查过程中已进行初步整理的材料进行进一步的分析研究，去伪存真、取其精华、加工提炼，找出现象中的规律，抓住事物的本质，形成对问题正确的认识、看法和立场。

3. 组织材料，合理安排结构

材料要按照调查报告的结构形式进行组织，语言清晰顺畅，简洁朴素，一般可采用"情况、问题、原因、措施"或"情况、经验、不足、设想"等结构撰写。

××地高处坠落事故的调查
××调查小组

200×年3月2日×工地3号楼，发生施工人员从高层坠落的安全生产责任事故，造成一人死亡，三人重伤，多人轻伤的严重后果，死者名叫×××，男，40岁，××县人。此建筑是××工程有限公司和××工程公司共同承建。经调查，了解到具体情况如下。

一、事故经过

200×年3月2日23时15分左右，××有限公司工人××在××工程公司承建的3号楼10层楼电梯井口，……

事故发生后，××等有关部门有关人员组成了事故调查组，对该起事故进行调查。经过对事故现场勘查和对有关人员调查，认定该起事故为一起生产安全责任事故。

二、事故原因分析

（一）直接原因

忽视安全规定，……

（二）间接原因

1. ××有限公司安全管理工作有漏洞……
2. ××工程公司安全管理工作有漏洞……
3. ××有限公司工长……
4. ××有限公司法人代表……
5. ××工程公司技术负责人……
6. ××工程公司项目经理……

三、对事故责任的认定和处理建议

依据《安全生产法》、《企业职工伤亡事故调查处理办法》、《劳动安全条例》等相关法律、法规规定，对该起事故的相关单位及人员作以下处理建议。

（一）单位

××有限公司和××工程公司对该起事故负有不可推卸的安全生产管理责任，建议……

（二）个人

1. ××是该起事故的直接责任者，……
2. ××有限公司法人代表××在此项工作中管理不严，监督不力，对该起事故负直接

领导责任，建议罚款人民币××元整，……

3. ……

四、预防事故重复发生的措施

为了加强安全生产工作，防止事故重复发生，事故单位必须采取以下措施。

1. 加强对《中华人民共和国安全生产法》的学习，按《安全生产法》的有关要求，对××涉及高处作业时，应严格按照操作规程进行。

2. 建立健全安全生产相关制度，加强对工作人员的岗位培训、安全教育和遵守劳动纪律培训。

3. 通过该起事故举一反三，……

4. 强化安全责任制的落实，……

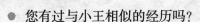 案例7

小王今天共有八件事情要办：① 上午9：30上交一份重要材料；② 上午10：00开班组例会；③ 要找一个组员谈入党问题；④ 上级要检查车间卫生，要打扫卫生；⑤ 中午朋友相约吃饭；⑥ 今天下班前要交下月资金预算表；⑦ 要去医院探望一个住院的同事；⑧ 一个同事让他帮忙看一份材料。

他早上来到办公室，看到办公桌很乱，就收拾起来，并要求他的组员和他一起收拾。9：00，他忽然想起要交一份重要材料，于是赶快放下手中的活写材料；9：30把材料交了，然后接到朋友的电话，聊起了家常；10：00他去开会了；11：00会开完了，他找到要入党的组员谈话，话还没谈完，下班时间到了，于是改在以后谈；11：30他约朋友吃饭；下午一上班，就又开始收拾卫生；然后要车去医院看望了同事；15：00回来接着找入党的组员谈话；16：00电话催他交下月的预算表，谈话停止，开始做预算表；16：50，离下班10分钟的时候交了预算表；他已经忙得团团转，忘记了给同事看材料。

问题导向 ▶▶▶

● 您有过与小王相似的经历吗？

● 小王这一天为什么这么忙乱？该如何改善？

● 请您为班组长小王作一份今天的工作计划（可以写成条文式，也可以写成表格式）。

 案例分析

可能我们都有过与小王相似的经历，一天到晚觉得时间不够用，我们是不是思考过，怎样做才能不忙乱？是的，我们可以作一份周详的计划，把今天要完成的八件事列在一张表格里，或写成书面材料放在桌前，分清什么时间做什么，什么是最紧迫的，最重要的，什么是不太紧迫、不太重要的，做好规划，这样可以减少重复劳动、提高工作效率。

二、计划的写法与应用

（一）计划的写法

计划是人们根据一定时期的方针政策，承担的任务，结合客观实际情况预先对某个时期的工作用书面文字作出安排的一种文体。有了计划，事情可以有条不紊地进行，能提高自觉性和工作效率；如果没有计划，工作就可能杂乱无序，安排不周，存在诸多盲目性。计划有预见的作用、指导的作用、约束的作用。有时"工作要点"、"工作意见"、"工作部署"也可以起到计划的作用。

计划按时间长短划分，有长期计划、中期计划和短期计划；按性质划分，有综合性计划和专题计划；按形式划分，有条文计划和表格计划。班组长常用到的一般有工作计划、生产计划、学习计划等专题性计划，视具体情况，可以写成条文式，也可以写成表格式。

计划一般由标题、正文和落款三部分构成。

1. **标题**

标题一般包括单位名称、计划时限、计划内容和文种四个要素组成。如《××班组2009年工作计划》。

2. **正文**

正文包括前言、主体、结尾三部分。前言，主要写明制定计划的依据、上级的要求、指导思想、总体任务目标等基本情况。主体，主要写明目的（做什么、任务）、步骤（阶段、时间）、措施（怎么做、方法、人员安排），这三个要素缺一不可。多个任务时要分开写，做到条理清晰、具体、明确。结尾，可以总括全文、表明决心，强调工作重点和主要环节，分析计划实施中可能出现的问题，也可以提出希望和号召。

3. **落款**

落款一般包括制定计划的单位名称或个人姓名和日期两行。

（二）写作计划的注意事项

计划是一个统称，我们常说的安排、打算、设想、意见、要点、方案等，从本质上讲都属于计划范畴，都适用于计划的写法，在计划的制定中，要注意以下事项。

① 要符合法律、法规、制度等政策的要求。制定计划必须贯彻党和国家的方针、政策以及上级的指示精神，不能与之相背离。

② 要有严谨的态度。为了使计划制定得周全、细密，要有严谨的态度，事前作广泛调查，听取领导和班组成员的意见，集思广益，目标得体明确、方法得当、步骤清晰，考虑细节，把困难估计得充分些，预防措施想得周到些，真正起到预见和约束的作用。

③ 要切合实际。制定计划虽然具有一定的主观性，但是必须充分考虑工作实际，考虑全局，绝不能说空话、说假话，说做不到的事情，完全按个人意志办事。

④ 要具体明确，便于执行和检查。计划的内容要具体、明确，事情要实实在在，有能量化的目标，便于操作执行，也便于考核检查。

⑤ 要适当留有余地。计划的预见性，决定了在计划的实施过程中常常会有一些不可预料的情况出现。制定计划时，既要有积极先进的目标，又要适当留有余地，灵活地执行，合理地根据实际情况适当调整计划。

班组要想管理好，班组长要从自身做起；要想使自己的工作不忙乱，首先要从日计划

做起。只有每一天都过得井井有条，只有每个人都按部就班地完成好自己的工作，整个班组工作才是有序的，才是高效的。

 参考案例

（条文式计划）
××班组200×年建设与管理工作计划

依据××厂的工作计划，××班组为了达到五星级班组标准，工作目标为：安全标准化、质量信得过；现场管理保持五星级标准；通过落实"我为降本增效做贡献"、"精心操作从我做起"、"节能减排我行动"、"金点子建议"、"建设节约型班组"等活动，保证班组可控性资源消耗指标呈下降趋势。

××班组建设和管理的重点工作如下。

一、根据××厂组织编写的《班组建设与管理实录》，认真组织班组员工，相互学习和借鉴班组管理经验，在学习系列制度的基础上，不断完善……

二、开展以安全生产为重点的安全标准化、安全示范岗班组活动，加强对"充分准备规范、精心操作规范和谨慎收尾规范"的考核落实，……

三、开展以质量管理为重点的质量信得过班组和QC小组活动，通过开展质量成果发表会、质量体系审核等形式，落实质量文化，……

四、开展"节能减排我行动"、提"金点子建议"和"我为降本增效做贡献"等活动，……

五、完善班组建设考评与奖惩制度……

六、进一步规范班组记录……

七、加强设备维护保养…………

我们相信在××厂领导的大力支持下，××班组成员的共同努力下，我们的目标一定可以实现。

××班组
200×年1月2日

 参考案例

（表格式计划）

每日工作计划表

年	月	日	星期
时间	**预定行程与主要工作**	**执行结果**	**完成与否**
上午08：00			
上午09：00			

续表

年	月	日	星期	
时间	预定行程与主要工作		执行结果	完成与否
上午10：00				
上午11：00				
上午12：00				
下午01：00				
下午02：00				
下午03：00				
下午04：00				
下午05：00				

案例8

　　小王这一年来工作非常饱和，非常辛苦，他的班组也因工作出色被评为公司级五星级班组。到年底了，他要交工作总结，而且还要交一份先进事迹材料。翻阅工作记录本，他好不容易把工作罗列出来，写了一份材料，他认为这份材料既可以作总结，也可以作先进事迹材料了，可是领导把这份材料打回来了，说他没有总结出经验，更不能作为先进事迹材料，他陷入了苦恼之中。

问题导向

● 小王的材料为什么得不到领导的认可？
● 总结应该怎么写？总结可以作为先进事迹材料吗？二者有什么区别？

 案例分析

　　总结是对某一时期的工作或某项任务的完成情况，进行回顾和分析，归纳取得的成绩、成功的经验、失败的教训，并将其条理化、系统化，为今后的工作提供帮助、指导和借鉴的一种文书材料。小王写的这份材料只是在整理了工作记录之后，简单地把工作罗列出来，并没有写出他是怎么做好工作的，也就是他只回答做了什么，并没有回答怎么做。总结重在把工作方法、经验写出来，而不能只写做了什么。这份材料就更不能作为先进事迹材料了。先进事迹材料更要把做法和比别人更优的经验写出来，要让读者感觉出您就是榜样，您在某些方面值得学习。

三、总结的写法与应用

（一）总结的写法

总结的特点是，回顾过去、找出规律、分析得失、指导未来。总结按照性质和内容分为综合性总结和专题性总结，工作总结属于专题性总结。

总结一般由标题、正文和落款三部分构成。

1. **标题**

总结的标题一般有三种写法：第一种是类似公文式标题，包括单位名称、时间、总结内容和文种名称四个要素，如《××班组200×年工作总结》；第二种是新闻式标题，概括文章的核心内容，如《发挥科学优势　培养跨世纪学术骨干》；第三种是双行标题，正标题是新闻式标题，点明中心思想，副标题是类似公文式标题，如《工会在班组建设工作中的作用——××市总工会200×年工作总结》。

2. **正文**

正文一般包括前言、主体和结尾三部分。

前言，也称导语，通常概述情况，对工作的背景、条件、工作量、成绩、经验作简要描述，可以是概述式的，也可以是论述式的，不宜过长。

主体部分，主要是写"成绩与经验"和"问题与教训"。"成绩与经验"部分是总结的核心部分，总结的目的首要就是要肯定成绩，成绩有哪些，有多大，表现在哪些方面，是怎样取得的，都要用翔实、具体、规律性的资料，实事求是地把工作中取得的成绩、经验、做法、体会论述清楚，写作过程中可以用"分类——提炼"的方法总结规律，形成论点，从感性认识到理性认识，有理有据，论点和论据互相支撑，互相黏合。"问题与教训"部分主要找出主观上的原因造成的问题，存在的不足或缺点，有多少，表现在哪些方面，是什么性质的，怎样产生的，都应讲清楚，切忌不要找客观原因。

总结的结尾部分，写明改进工作的办法、措施、建议，下一步努力的方向或今后的意见等，不要只表决心，空喊口号。

3. **落款**

总结的落款同计划的落款的写法完全相同。

（二）写作总结的注意事项

（1）一定要实事求是，切忌弄虚作假　成绩不夸大，缺点不缩小，内容真实可信，翔实可靠，观点客观正确。这是分析、得出教训的基础。

（2）结构合理、条理清晰　先写什么，后写什么，怎么写，每段的标题是什么，有什么逻辑关系，这些在写总结之前都要想好。平时积累的素材如何分类、汇总，该论述哪个观点，放在什么地方用，这些都能看出一个人的思路是否清晰，表现出的就是文章的结构是否合理，条理是否清楚。否则条理不清晰，别人看了，也不知其所以然，这样就达不到总结的目的。

（3）要剪裁得体，详略适宜　材料有本质的、有现象的、有重要的、有次要的，写作时要抓重点、抓典型、抓本质。总结中的问题要有主次、详略之分，该详的要详，该略的要略，不要平均分配笔墨，要有所侧重，避免面面俱到、泛泛而谈。

（4）善于提炼观点，切忌肤浅平庸　对掌握的材料要深入分析、探求规律，从感性认识上升到理性认识，形成规律性的东西，骨架清楚，有血有肉。不要罗列材料，"记流水账"，或一味地就事论事，这样的总结对今后的工作不会有太大的指导意义。

（三）总结与先进事迹材料的区别

先进事迹材料的主要功能是如实反映工作中涌现出来的先进人物、先进集体的模范事迹，为评选表彰先进、宣传教育服务。先进事迹材料有总结的特点，如必须对一定时期的成绩和经验进行全面的总结。与总结不同的是，先进事迹材料还要显示出高于同类人或单位的先进之处。

① 从内容上讲，工作总结的内容讲究全面，既要肯定成绩，又要指出问题；经验材料不仅是只讲成绩，而且要把成绩中最精粹、最闪光、最独特的东西提炼出来。

② 从参照物上讲，工作总结的参照物是期初的工作计划、安排部署，是自己跟自己比，是纵向比；经验材料的参照物是同行业、同类别的群体，是自己跟别人比，是横向比。

③ 从作用上讲，工作总结主要是写给自己看，写给上级看；经验材料主要是写给别人看，写给同行看，用以指导今后的工作。经验材料比工作总结要更深刻、更独特、更凝练。

④ 从写作的人称上看，工作总结以第一人称写（即我或我们）；经验材料一般以第三人称写（即他、他们或她、她们），有时也可以以第一人称写，这比较少见。

参考案例

××班组200×年工作总结

200×年是节能减排工作年，公司、车间在年初都制定了相关的工作制度。身为一线生产班组长，就是带领全体职工齐心协力，执行节能减排以及各种工作的实践者。紧紧围绕公司、车间"节能减排"整体战略目标开展工作，狠抓班级各项管理，落实目标管理责任，较好地完成了全年各项工作任务。主要工作如下。

一、加强管理，严明纪律，安全生产

"安全为天"、"安全大于一切"、"安全是职工最好的福利"等，公司安全理念在我们班组职工心中时常在回响。在日常工作中，我时刻牢牢绷紧安全这根弦，在班前会上讲安全，班中查安全，班后总结安全。带领大家严格遵守岗位安全操作规程，严格遵守岗位制度；配合车间做好危险品的安全生产工作；加强设备巡视，把事故消灭于萌芽状态；认真执行交接班程序，手交手，口交口，双人交接后签字才能离开。……

二、加强学习，认清形势，适应节能减排工作新要求

在日常工作中，我们十分注意职工的节能减排思想意识的教育工作。利用班前会后、周二和周五学习会等，挤出时间，学习公司会议、车间文件精神，学习理论知识，学习岗位操作技能，努力提高大家节能减排觉悟、理论文化水平及业务操作技能。及时组织职工学习，准确熟练地掌握操作流程，较好地完成了生产任务。……

三、搞好班组民主管理和队伍建设

在我们班组，民主管理是一直以来养成的好习惯。无论是工资奖金分配、工休假的安排，还是先进职工的评选，我们全部按照公司、车间的要求，做到公平、公正、公开。还在班组成员中广泛开展提合理化建议、开展创先争优、讲评互评等活动，极大地提高了职工的工作积极性、主观能动性，在我们班组形成了一股党员干部带头，人人争先进，个个当模范，一心为工作的良好氛围。……

四、认真总结不足，提高工作责任心

加强自我修炼，提高自身素质，努力打造一支高效精干的班组队伍，是我一贯坚持的工作方法。然而，由于我们的生产人工操作的环节较多，在具体的操作中，存在着一些不确定的威胁因素。……

我们班组出现了一起质量事故和安全责任事故。而在安全责任事故中，作为带班长的我却是此次事故的直接操作者。在具体的工作中，事故让我警醒，并让我再次深刻地体会到安全的重要性。……

在今后的工作中，我一定积极参加安全学习，努力提高自身素质，高标准，严要求，提高自己的安全意识，为班组成员树立一个安全的工作形象。这样才能带领大家精心打造一支高效精干、纪律严明、作风过硬的班组队伍。把安全理念渗透到职工的日常工作中，以安全文化引导职工思想，规范职工行为。明年，我将带领全体成员，……克服以往工作的不足，更加努力地工作，确保安全生产，为公司整体工作做出自己应有的贡献。

××班组

200×年12月31日

案例9

小王作为班组长，技术职称已经是技师，根据厂里要求，技师每年要完成一篇3000字左右的技术报告。小王今年工作业绩突出，曾在某领域完成一项技术改造，给企业带来不少的效益，他想把自己的这个成果写成技术报告，但对技术报告的认知太少，他又陷入了苦恼……

问题导向

- 技术报告的格式什么样？
- 写技术报告应注意什么？

案例分析

技术报告是科学技术报告的简称，是描述一项科学技术研究的结果或进展或一项技术研制试验和评价的结果；或是论述某项科学技术问题的现状和发展的文件。小王今年工作业绩突出，他平时应该注意积累数据、事实材料、阶段性总结等材料，然后学习技术报告的写作

格式，就可以游刃有余地完成技术报告了。

四、技术报告的写法与应用

（一）技术报告的写法

技术报告一般由封皮、目录、摘要和关键词、正文、致谢、参考文献和附录等部分构成。

1. 封皮

封皮一般由报告名称、撰写人所在单位、撰写人姓名、完成日期等构成。

2. 目录

即把技术报告的各章节所在的页码标注在章节标题之后，以便对技术报告的章节顺序一目了然。

3. 摘要和关键词

摘要是对技术报告的主要内容作大概介绍，如果要求单独成页，要写得详细些，如果不要求单独成页，要写得很简练。

关键词是对技术报告的主要内容进行概括性描述的几个关键性的词语。

4. 正文

（1）项目概述（或项目背景）　阐述与项目来源相关的技术背景，现有技术基础和工作基础，包括前期所取得的成果或技术（工艺）情况，相关领域的研究开发情况及与国内外同类技术比较情况。

（2）应用领域　详细写出项目的技术总体目标、内容及技术指标（参照合同）、项目成果涉及的科技领域、推广应用的范围、技术方案及原理、技术路线、项目过程管理的方法等内容。

（3）关键技术的科学性、先进性和创新性　这部分包括项目特色及解决的关键技术及内容、取得的专利（尤其是发明专利和取得的国外专利）及知识产权分析、项目涉及到的技术改造、技术引进及国际合作、项目技术水平与国内外的对比评价等。

（4）项目的规模、功能及系统性能

（5）应用情况及分析　成果目前的应用、转化情况（包括与用户或企业等的合作状况）及推广应用的范围、条件和前景分析。

5. 致谢

对技术报告撰写的主要支持者给予感谢，如果没有也可以不写。

6. 参考文献

注明撰写技术报告参考的专著、报纸、期刊、论文、报告等各类资料。

（二）写作技术报告应注意的事项

技术报告要能够代表作者最高专业水平的工作实践、工作业绩、贡献与成果，重点阐述者在所从事的专业岗位上进行技术创新和技术改造，在其中发现、解决疑难问题或重点技术应用、创新的过程。撰写的技术报告要做到层次分明、条理清楚；繁简有度、重点突出；内容详尽、图文并茂；语句通顺、用词准确。

 **参考案例**

封皮：（除了题目之外，要写清相关信息，根据目的和要求不同，披露的相关信息也有所不同）

题目：<u>关于微机保护应用中的问题分析报告</u>

摘　要

综合自动化经过二十年的发展，我国电网中，中低压变电站及企业自备电厂中广泛地使用了综合自动化保护装置，但在实际使用中还有一些因使用不当而发生不正常、保护拒动等问题（略）。

关键词：微机保护、问题、分析

目　录

关于微机保护应用中的问题分析报告

综合自动化经过二十年的发展，我国电网中中低压变电站及企业自备电厂中广泛地使用了综合自动化保护装置，但在实际使用中还有一些因使用不当而发生不正常、保护拒动等问题。

一、电气设备状态指示灯指示混乱的问题（后面内容略）

请您思考

● 实用文体的作用有哪些？主要包括哪几类？

● 通过本章节的学习您的收获有哪些？请写一篇500字以上的班组学习总结。

 我的心得

相关法律法规知识

法的定义是由国家制定或认可，并由国家强制力保证实施的，反映着统治阶级意志的规范体系，这一意志的内容由统治阶级的物质生活条件所决定，它通过规定人们在社会关系中的权利和义务，确认、保护和发展有利于统治阶级的社会关系和社会秩序。

我国的法律法规体系

案例1

某鞋厂老板由于经营不下去，携款逃跑，欠工人1个月工资。几百名工人聚集在厂门口，部分员工情绪比较激动。工人聚集在马路上，当地派出所民警维持秩序，并积极做好劝解疏导。部分员工声言要堵塞马路，民警果断制止，并进一步耐心疏导，教育他们遵纪守法，并要求工厂的几个主管到现场做工作，经民警及街道领导努力工作，终于将情绪激动及准备实施堵塞交通的员工劝回厂区，暂时平息事态发展。

在工厂内，当地街道办及劳动等职能部门找出几名员工代表，详细倾听他们的诉求，员工代表向政府提出了三个要求：① 发还所欠工资；② 退还工厂所欠的社保；③ 按照辞退方式补回工龄补助工资（每一年补助一个月工资）。对于第一、二个要求，政府部门当天下午答应解决。对于第三个要求，劳动部门表示暂未认定该问题。

在政府答应工人提出的两个条件的情况下，该鞋厂近300多名员工在部分为首人员的教唆下，仍然举着"还我血汗钱"的牌子向该地街道办步行，声称要到街道办及区政府上访，有员工甚至扬言要到市政府上访。当地派出所派出约40多名民警、辅警对行走中的员工不断地规劝，但工人不听劝阻，还故意推撞执勤民警，故意殴打警察及执勤人员。通过各方努力，成功将员工劝回工厂。期间，石某、彭某翠（女）、石某志、王某、张某印等人站在机动车道及人行道，造成过往车辆无法通行，交通堵塞长达三小时。

问题导向

- 我国的法律法规体系包括哪些？
- 班组长应掌握哪些法律法规，以维护自己的合法权益？

 案例分析

案例中该厂工人因举行集会、游行、示威未依照法律规定申请，又拒不服从解散命令，严重破坏社会秩序，已触犯《中华人民共和国刑法》。《刑法》第二百九十六条规定：举行集会、游行、示威，未依照法律规定申请或者申请未获许可，或者未按照主管机关许可的起止时间、地点、路线进行，又拒不服从解散命令，严重破坏社会秩序的，对集会、游行、示威的负责人和直接责任人员，处五年以下有期徒刑、拘役、管制或者剥夺政治权利。因此该区人民检察院决定，对石某、彭某翠（女）、石某志、王某、张某印五人以涉嫌非法集会、游行、示威罪予以逮捕，本来拖欠工资是老板有错在先，但该厂部分工人不懂法，又不听劝，最后却受到法律的严惩。

因此，法律对于一个公民来说，不是遇到委屈时哭诉的对象，不是胜诉以后念念不忘的恩人，法律是客观存在的行为准则，是实现公平正义的桥梁，是人们维护自身权益的武器。因此掌握基本的法律知识、知法、懂法、用法、不做违法的事、树立良好的法律意识是班组长的一种素养，是一种品质，是一种能力，是现代企业对班组长的新要求。

 读书札记

一、我国法律法规体系

根据规范的效力层次与制定主体，可以将我国的法律法规体系分为以下几个层次：宪法、法律、行政法规、地方性法规、自治区法规、特别行政区的法、行政规章、国际条约等，应注意法律形式的制定机关和法律效力。见表1。

表1　法的形式及制定机关

形　式		制定机关
宪法		全国人民代表大会
法律		全国人民代表大会及其常务委员会
法规	行政法规	国务院
	地方性法规	省级、自治区、直辖市的人大及其常务委员会
	自治区法规	自治区、自治州、自治县的人大
特别行政区法		全国人民代表大会
规章	部门规章	国务院各部委及直属机构
	地方政府规章	省级、较大市人民政府
国际条约、协定		国家之间

我国法律法规主要有以下几种。

（1）宪法　宪法由国家最高权力机关——全国人民代表大会制定，是国家的根本大法，具有最高的法律效力。

（2）法律　法律包括基本法律（全国人民代表大会制定和修改）、基本法律以外的法律（全国人民代表大会常务委员会制定和修改）。另外，全国人民代表大会及其常务委员会还有

权就有关问题作出规范性决议或决定，它们与法律具有同等地位和效力。

（3）行政法规　行政法规是由国家最高行政机关——国务院制定、发布的规范性文件。

（4）地方性法规　省、自治区、直辖市的人民代表大会及其常务委员会在与宪法、法律和行政法规不相抵触的前提下，可以根据本地区情况制定、发布规范性文件即地方性法规。

（5）自治区法规

（6）特别行政区的法　如《中华人民共和国香港特别行政区法》。

（7）行政规章　行政规章分为部门规章（也称部委规章）和政府规章（也称地方规章）两种。

政府规章除不得与宪法、法律和行政法规相抵触外，还不得与上级和同级地方性法规相抵触。行政规章在法院审理行政案件时仅起参照作用。

（8）国际条约

二、班组长应掌握哪些法律法规

一个优秀的班组长要以各种法律法规为武器，职工有哪些权利，哪些义务，怎么签劳动合同，个税是如何缴纳的，如何安全生产，如何防范职业病，保护自己的健康等。班组长只有懂法，才能从容不迫，只有懂法才能维护企业和员工的利益。

（一）宪法

《宪法》规定，国家举办和发展各种学校和教育，包括职业教育，对劳动者进行政治、文化、科学、技术、业务的教育。《宪法》第42条规定："中华人民共和国公民有劳动的权利和义务。劳动是一切有劳动能力的公民的光荣职责。"同时还规定："国家对就业前的公民进行必要的劳动就业训练。"第46条规定："中华人民共和国公民有受教育的权利和义务。"这些规定的重要意义体现在：一是为国家的劳动法制建设确立了基本的框架原则和指导思想；二是为《劳动法》和《职业教育法》的出台，提供了重要依据；三是规定公民有劳动和受教育的权利和义务。《宪法》符合我国公民的要求和愿望，保护劳动者的切身利益，是国家发展和经济建设最基本的准则。

此外，《宪法》还明确规定了劳动立法的基本原则，对公民的劳动权、劳动报酬、劳动保护、劳动纪律和社会保险等都作了许多具体规定。所有这些规定无疑为我国劳动立法、职业教育和培训立法奠定了坚实的法律基础，提供了基本的法律依据。

（二）中华人民共和国劳动合同法

《中华人民共和国劳动合同法》（以下简称《劳动合同法》）是国家为了完善劳动合同制度，明确劳动合同双方当事人的权利和义务，保护劳动者的合法权益，构建和发展和谐稳定的劳动关系，而制定颁布的法律。《劳动合同法》是在2007年6月29日第十届全国人民代表大会常务委员会第二十八次会议通过并由中华人民共和国主席令发布的关于劳动合同的法律条文。《劳动合同法》自2008年1月1日起施行。

《劳动合同法》在明确劳动合同双方当事人的权利和义务的前提下，重在对劳动者合法权益的保护，被誉为劳动者的"保护伞"，为构建与发展和谐稳定的劳动关系提供法律保障。作为一名普通的公民或工人，或许一辈子都不会接触到刑法、诉讼法等，但《劳动合同法》却关系到我们每个人的生活，我们无时无刻不在《劳动合同法》的保护和约束之中。不管是普通工人还是其他劳动者，应该清楚《劳动合同法》赋予我们的基本权利和义务，履行义务，维护权利。我们每个人不可能也没有必要成为劳动法律专家，但了解基本的《劳动合同法》知识是必要的和有益的。

（三）中华人民共和国个人所得税法

《中华人民共和国个人所得税法》于1980年9月10日第五届全国人民代表大会第三次会议通过，根据1993年10月31日第八届全国人民代表大会常务委员会第四次会议《关于修改〈中华人民共和国个人所得税法〉的决定》第一次修正，根据1999年8月30日第九届全国人民代表大会常务委员会第十一次会议《关于修改〈中华人民共和国个人所得税法〉的决定》第二次修正，根据2005年10月27日第十届全国人民代表大会常务委员会第十八次会议《关于修改〈中华人民共和国个人所得税法〉的决定》第三次修正，根据2007年6月29日第十届全国人民代表大会常务委员会第二十八次会议《关于修改〈中华人民共和国个人所得税法〉的决定》第四次修正，根据2007年12月29日第十届全国人民代表大会常务委员会第三十一次会议《关于修改〈中华人民共和国个人所得税法〉的决定》第五次修正，现行个人所得税法是于2011年6月30日第十一届全国人民代表大会常务委员会第二十一次会议上《关于修改〈中华人民共和国个人所得税法〉的决定》通过，并于2011年9月1日起正式实施。

现行个人所得税法第三条第一项修改为："工资、薪金所得，适用超额累进税率，税率为百分之三至百分之四十五。"第六条第一款第一项修改为："工资、薪金所得，以每月收入额减除费用三千五百元后的余额，为应纳税所得额。"这是自1994年现行个人所得税法实施以来第3次提高个税免征额，2006年免征额从每月800元提高到1600元；2008年免征额从1600元提高到2000元。此次修法涉及的减税额是最大的一次。

（四）中华人民共和国婚姻法

1950年4月30日，中华人民共和国中央人民政府公布《中华人民共和国婚姻法》。这部新中国颁布的第一部婚姻法，自1950年5月1日起施行。1980年9月10日，五届全国人大三次会议通过新的《中华人民共和国婚姻法》，新婚姻法自1981年1月1日起施行。2001年4月28日九届全国人大常委会第21次会议通过对《中华人民共和国婚姻法》的修订，新修订的婚姻法包括六章五十一条，于同日起施行。之后分别于2001年12月24日、2003年12月4日、2011年8月12日，经最高人民法院审判委员会审议通过了婚姻法最新司法解释（一）、司法解释（二）和司法解释（三）。

最高人民法院于2011年8月12日发布《婚姻法》司法解释（三），并在8月13日正式实施以来，受到各界人士的普遍关注。主要集中在婚后财产如何分割、婚前财产如何分割、亲子与生育权问题如何解决等。婚姻中感情永远大于财产，但了解法律，把"丑话说在前面"，更有助于夫妻双方在各种情况下都充满自信，从容应对一切。

（五）中华人民共和国安全生产法

为了加强安全生产监督管理，防止和减少生产安全事故，保障人民群众生命和财产安全，促进经济发展，制定《中华人民共和国安全生产法》。由中华人民共和国第九届全国人民代表大会常务委员会第二十八次会议于2002年6月29日通过，自2002年11月1日起施行。

《中华人民共和国安全生产法》包括总则、生产经营单位的安全生产保障、从业人员的权利和义务、安全生产的监督管理、生产安全事故的应急救援与调查处理、法律责任、附则共七章九十七条。

目前，国家正在组织对《中华人民共和国安全生产法》进行完善与修改，新的修改将更加注重强化安全知情权和安全培训权利。

（六）中华人民共和国工会法

为保障工会在国家政治、经济和社会生活中的地位，确定工会的权利与义务，发挥工会在社会主义现代化建设事业中的作用，根据宪法，制定《中华人民共和国工会法》。1992年4

月3日第七届全国人民代表大会第五次会议通过，2001年10月27日第九届全国人民代表大会常务委员会第二十四次会议《关于修改〈中华人民共和国工会法〉的决定》修正。

《中华人民共和国工会法》分总则、工会组织、工会的权利和义务、基层工会组织、工会的经费和财产、附则共六章四十二条。工会是职工自愿结合的工人阶级的群众组织。中华全国总工会及其各工会组织代表职工的利益，依法维护职工的合法权益。

（七）工伤保险条例

为了保障因工作遭受事故伤害或者患职业病的职工获得医疗救治和经济补偿，促进工伤预防和职业康复，分散用人单位的工伤风险，制定《工伤保险条例》，《工伤保险条例》于2003年4月16日国务院第5次常务会议讨论通过，2010年12月8日国务院第136次常务会议《国务院关于修改〈工伤保险条例〉的决定》已经通过，自2011年1月1日起施行。

《工伤保险条例》分总则、工伤保险基金、工伤认定、劳动能力鉴定、工伤保险待遇、监督管理、法律责任、附则共八章六十七条。

（八）中华人民共和国职业病防治法

《中华人民共和国职业病防治法》于2001年10月27日经九届全国人大常委会第二十四次会议通过，2002年5月1日起施行。这部法律分总则、前期预防、劳动过程中的防护与管理、职业病诊断与职业病病人保障、监督检查、法律责任、附则共七章七十九条。这部法律的施行，标志着我国预防、控制和消除职业危害因素的侵袭，防治职业病，保护劳动者的健康和权益工作将走上规范化、法制化的轨道。

（九）工人考核条例

为进一步加强工人培训考核工作，调动工人生产劳动和学习政治、技术业务的积极性，劳动部在总结考核工作的历史经验，特别是《工人技术考核暂行条例》颁布以来的工作情况的基础上，经国务院批准，于1990年7月12日发布施行了《工人考核条例》，这是新中国成立以来国务院第一次批准有关工人考核的行政法规。《工人考核条例》规定，"国家实行工人考核制度，把培训、考核与使用、待遇结合起来"，并明确规定了适用范围：本条例适用于全民所有制企业、事业单位和国家机关。此外，它还详细规定了考核种类、内容、方法以及考核组织证书核发及处罚等内容。

《工人考核条例》出台的重要意义，不仅在于通过考核手段，有效地调动了工人生产和学习政治、技术业务的积极性，有力地提高了工人队伍的整体素质，还在于初步形成了国家工人考核管理体系和工人初、中、高级技术等级和技师、高级技师职务考核晋升体系，初步建立了国家技术等级、技师资格证书制度，为我国工人考核制度、职业资格证书制度的建立奠定了基础。

（十）职业技能鉴定规定

为适应社会主义市场经济发展的需要，进一步完善职业技能鉴定制度，实现职业技能鉴定的社会化管理，促进职业技能开发，提高劳动者素质，根据《工人考核条例》，劳动部于1993年制定并发布了《职业技能鉴定规定》。该规定对技术等级考核制度作了适应社会主义市场经济要求的调整，特别是首次提出了"职业培训"和"职业技能鉴定"等重要概念；提出了"职业技能鉴定实行政府指导下的社会化管理体制"的基本原则；提出了建立职业技能鉴定机构并实行许可证制度，组织职业技能鉴定考评员队伍等基础建设的要求。根据劳动力管理发展趋势，企业员工考核开始由企业内向社会化转移，"工人考核"制度向"职业技能鉴定"过渡。这标志着在我国计划经济体制下运行了近40年的工人等级考核制度开始向符合社会主义市场经济体制要求的国家职业技能鉴定制度转轨。

（十一）危险物化学品安全管理条例

为了加强对危险化学品的安全管理，保障人民生命、财产安全，保护环境，制定《危险物化学品安全管理条例》，自2002年3月15日起施行。分总则、危险化学品的生产、储存和使用危险化学品的经营、危险化学品的运输、危险化学品的登记与事故应急救援、法律责任、附则共七章七十四条。

随着我国经济的发展，我国的法制体系不断完善，班组长在工作和生活中遇到的法律问题和困惑越来越多，为了让班组长从容地应对工作和生活中的问题，本章重点对与班组长工作和生活息息相关的劳动合同法、个人所得税法和婚姻法进行介绍。

劳动合同法

 **案例2**

小张：对了，最近听说出台了个新的《劳动法》。

小李：怎么会呢，《劳动法》是于1995年出台的，是劳动领域里的基本法，而且这部法律到目前为止，也没有作任何修改，所以不存在新的《劳动法》一说，你说的是《劳动合同法》吧。

小张：哦？那新出台的《劳动合同法》与《劳动法》之间到底是什么关系呢？

问题导向

- 《劳动法》与《劳动合同法》有什么区别？
- 新的《劳动合同法》重点关注哪些呢？

 **案例分析**

《劳动合同法》和《劳动法》一样吗？许多人在《劳动合同法》草案出台之时，都曾发出过这样的疑问。《劳动合同法》出台以后，必然出现与《劳动法》的并存，因此，两部大法的相互关系就成为普通百姓尤其是班组长关心的问题。理论上说，《劳动法》应当是一部全面调整劳动关系的法律，《劳动合同法》仅仅是就劳动关系中的"劳动合同"进行调整。在《劳动合同法》总则第一条中也开宗明义指出了这一点。因此，《劳动法》似乎应当是"母法"，《劳动合同法》则是"子法"。如此，《劳动法》理应成为《劳动合同法》制定的法律依据，其效力当然高于《劳动合同法》。然而，仔细研究《劳动合同法》的条文，我们就会发现，《劳动合同法》许多条款不仅是对《劳动法》的空白部分进行填补、原则部分进行具体规范，还对原《劳动法》已经有明确规定的事项作出了完全不同的规定。可以说，不仅没有完全依据《劳动法》，甚至某些方面还颠覆了《劳动法》，正由于此，普通老百姓才会关注两者之间的关系。

一、劳动法与劳动合同法有什么区别?

（一）《劳动合同法》是《劳动法》的一个子法

二者的关系确切地说，《劳动合同法》是《劳动法》的一个子法。见表2。

表2 劳动合同法与劳动法的关系

劳动法					
劳动合同法	劳动基准法	社会保险法	促进就业法	劳动争议处理法	其他相关法律

（二）《劳动合同法》需要重点关注的点

《劳动合同法》需要关注以下这七个方面。

1. 劳动合同法的适用范围

① 规定我国境内的企业、个体经济组织、民办非企业单位等组织与劳动者建立劳动关系，订立、履行、变更、解除或者终止劳动合同，适用本法。

在适用范围中增加了民办非企业单位等组织及其劳动者。

② 规定事业单位与实行聘用制的工作人员订立、履行、变更、解除或者终止劳动合同，法律、行政法规或国务院另有规定的，依照其规定；未作规定的，依照本法有关规定执行。

明确事业单位与实行聘用制的工作人员之间也应订立劳动合同，但考虑到事业单位实行的聘用制度与一般劳动合同制度存在一定差别，允许其优先适用特别规定。

③ 规定国家机关、事业单位、社会团体与其建立劳动关系的劳动者，订立、履行、变更、解除或者终止劳动合同，依照本法执行。

除公务员和参照公务员法管理的人员，以及事业单位中实行聘用制的工作人员外，国家机关、事业单位、社会团体与其他劳动者均应当建立劳动关系，并执行本法。

2. 用人单位裁员应承担社会责任

劳动合同法规定，补充规定裁减人员时，应当优先留用下列人员：

① 与本单位订立较长期限的固定期限劳动合同的；

② 与本单位订立无固定期限劳动合同的；

③ 家庭无其他就业人员，有需要扶养的老人或者未成年人的。

劳动合同法还规定，用人单位在六个月内重新招用人员的，应当通知被裁减的人员，并在同等条件下优先招用被裁减的人员。

3. 劳动合同法加大对试用期劳动者保护力度

（1）劳动合同法限定了试用期期限（见表3）。

表3 试用期

劳动合同期限	试用期
3个月～1年（不包括1年）	不得超过1个月
1年（包括1年）～3年（不包括3年）	不得超过2个月
3年以上（包括3年）固定期限和无固定期限的	不得超过6个月

另：以完成一定工作任务为期限的劳动合同或者劳动合同期限不满三个月的，不得约定

试用期。同一用人单位与同一劳动者只能约定一次试用期。

（2）劳动合同法限定了试用期工资的最低水平　劳动者在试用期的工资不得低于本单位相同岗位最低档工资或者劳动合同约定工资（即试用期满后的工资）的80%，并不得低于用人单位所在地的最低工资标准。

劳动合同法限定用人单位不得随意解除试用期劳动者。在试用期中，除规定的情形外，用人单位不得解除劳动合同。用人单位在试用期解除劳动合同的，应当向劳动者说明理由。

4. 用工不签合同要付双月薪

（1）书面劳动合同入职一月内必须签订，不签合同要付双月薪（见表4）。

表4　劳动合同法又区分不同情况进行了规定

自用工之日起未定合同期限	处理规定
1个月内	经用人单位书面通知后，劳动者不与用人单位订立书面劳动合同的，用人单位应当书面通知劳动者终止劳动关系；无需支付经济补偿，但要支付其实际工作时间的劳动报酬
1个月～1年	（1）用人单位未与劳动者订立书面劳动合同的，应当向劳动者每月支付2倍的工资，并与劳动者补订书面劳动合同 注释：2倍工资的从用工之日起满1个月的次日，至补订书面劳动合同的前1日 （2）劳动者不与用人单位订立书面劳动合同的，用人单位应当书面通知劳动者终止劳动关系，并支付经济补偿
满1年	（1）用人单位自用工之日起满一个月的次日至满一年的前一日应当向劳动者每月支付2倍的工资 （2）并视为自用工之日起满1年的当日已经与劳动者订立无固定期限劳动合同，应当立即与劳动者补订书面劳动合同

案例3

小王从2008年2月1日起在一家机械厂设备车间工作，工资每月6000元，双方未订立书面劳动合同。其后小王多次向公司提出订立书面合同的要求，公司却没有回应。2009年3月公司突然通知小王签订书面合同，薪水降为每月3000元，小王不同意签订该劳动合同。试分析该案件如何解决？

案例分析

从2008年2月至2009年3月，小王在该单位工作已满一年，用人单位未与小王签订书面劳动合同，那么视为用人单位与小王签订了无固定期限劳动合同，小王可要求公司签订无固定期限劳动合同，同时小王可获得从2008年3月起至2009年1月（自用工之日起满一个月的次日至满一年的前一日）共11个月的双倍工资补偿，即除了正常的工资外，小王可再获得66000元（6000×11=66000）。

（2）关于无固定期限合同连续服务满十年即可签约　据《劳动合同法》规定，用人单位

与劳动者协商一致，可以订立无固定期限劳动合同。有下列情形之一，应当订立无固定期限劳动合同：

①　劳动者在该用人单位连续工作满十年的；

②　用人单位初次实行劳动合同制度或者国有企业改制重新订立劳动合同时，劳动者在该用人单位连续工作满十年且距法定退休年龄不足十年的；

③　连续订立二次固定期限劳动合同，且劳动者无法律规定的其他情形，续订劳动合同的。

5.　劳动合同新增休息休假、增加工作地点、社会保险等必备条款

（1）休息休假

①　休息：工作日内的间歇时间、工作日之间的休息时间（8小时以外）、周末。

②　休假：无需履行劳动义务且一般有工资保障的法定休息时间，包括法定假日、年休假，见表5。

表5　年休假

2种休假	时间
法定假日	7节11天：新年、春节、清明节、劳动节、端午节、中秋节、国庆节
年休假 （2008年1月1日 起施行）	1、三档年假：5天、10天、15天。 2.　年休假在1个年度内可以集中安排，也可以分段安排，一般不跨年度安排（单位因生产、工作特点确有必要跨年例外）。 3.　职工有下列情形之一的，不享受当年的年休假： （1）职工依法享受寒暑假，其休假天数多于年休假天数的； （2）职工请事假累计20天以上且单位按照规定不扣工资的； （3）累计工作满1年不满10年的职工，请病假累计2个月以上的； （4）累计工作满10年不满20年的职工请病假累计3个月以上的； （5）累计工作满20年以上的职工，请病假累计4个月以上的。

（2）工作地点　劳动者的工作地点可能与用人单位住所地不一致，有必要在订立劳动合同时予以明确。

（3）社会保险条款　劳动合同必备条款增加了社会保险条款，以强化用人单位和劳动者的社会保险权利义务意识；增加了职业危害防护条款，将工作过程中可能产生的职业病危害及其后果、职业病防护措施和待遇等如实告知劳动者，并在劳动合同中写明，不得隐瞒或欺骗。

6.　新颁劳动合同法规定知识产权保密事项

用人单位与劳动者可以在劳动合同中约定保守用人单位的商业秘密和与知识产权相关的保密事项。对负有保密义务的劳动者，用人单位可以在劳动合同或者保密协议中与劳动者约定竞业限制条款，并约定在解除或者终止劳动合同后，在竞业限制期限内按月给予劳动者经济补偿。劳动者违反竞业限制约定的，应当按照约定向用人单位支付违约金。

竞业限制的人员限于用人单位的高级管理人员、高级技术人员和其他负有保密义务的人员。竞业限制的范围、地域、期限由用人单位与劳动者约定，竞业限制的约定不得违反法律、法规的规定。在解除或者终止劳动合同后，上述人员到与本单位生产或者经营同类产品、从事同类业务的有竞争关系的其他用人单位，或者自己开业生产或者经营同类产品、从事同类业务的竞业限制期限，不得超过二年。

 案例4

小张原是某公司的高级技师，公司与他签订了竞业限制协议，约定无论张磊因何离职，离职后1年内不得在本行业从事相关业务，公司在离职当月、3个月和半年时分三次支付总数为6万元的补偿金。在该公司工作3年后，小张突然向公司辞职。但公司只给了他第一笔补偿金2万元，其余部分公司一直没有支付。张磊认为公司违约，竞业限制协议已自动失效，遂在离职后4个月到原公司的对手公司上班。请问张磊的做法是否能得到法律支持？其对原公司是否应承担违约责任？

案例分析

因用人单位原因不按协议约定支付经济补偿金，经劳动者要求仍不支付的，劳动者可以解除竞业限制协议。因此，小张应该先向公司要求支付剩余的经济补偿，如果公司仍不履行合同义务的话，张磊可主张竞业限制协议终止。此时，张磊可以自由择业。然而本案中，虽然张磊只拿到一笔经济补偿，但竞业限制协议并未自然失效，张磊仍然负有不与原企业竞争的义务。因此，张磊的做法不能得到法律支持，其对原公司应承担违约责任。

7. 用人单位强迫劳动将受罚

劳动合同法规定，用人单位存在强迫劳动等四类情形的，依法给予行政处罚；构成犯罪的，依法追究刑事责任；给劳动者造成损害的，应当承担赔偿责任。

劳动合同法规定的四类情形是：

① 以暴力、威胁或者非法限制人身自由的手段强迫劳动的；

② 违章指挥或者强令冒险作业危及劳动者人身安全的；

③ 侮辱、体罚、殴打、非法搜查或者拘禁劳动者的；

④ 劳动条件恶劣、环境污染严重，给劳动者身心健康造成严重损害的。

二、劳动合同与集体合同有什么区别

案例5

小王与某仪表厂签订了为期5年的劳动合同。合同中约定：甲的工资每月计发一次。合同履行期间，仪表厂工会与仪表厂经协商签订了一份集体合同，该份集体合同中约定：企业所有员工每年年终可获得第13个月的工资。但年终过后，小王并没有得到仪表厂支付的第13个月工资。小王很是疑惑，到底是按照哪个合同来履行呢，该不该要求公司补发第13个月的工资呢？

案例分析

《劳动合同法》第五十一条企业职工一方与用人单位通过平等协商，可以就劳动报酬、工作时间、休息休假、劳动安全卫生、保险福利等事项订立集体合同。集体合同草案应当提交职工代表大会或者全体职工讨论通过。

《集体合同法》第三条规定：集体合同由工会代表企业职工一方与用人单位订立；尚未

建立工会的用人单位，由上级工会指导劳动者推举的代表与用人单位订立。

　　根据以上规定，当劳动合同的内容与集体合同的内容不一致时，劳动合同中有关劳动条件和劳动报酬等标准不得低于集体合同的规定，如低于集体合同规定的，适用集体合同标准，即按集体合同标准处理。因此，该仪表厂应当按照集体合同的规定补发小王年终第13个月的工资。

读书札记

　　劳动合同与集体合同的区别：

　　集体合同是指工会或职工代表代表全体职工与用人单位或其团体（即集体协商双方当事人）之间根据法律、法规的规定，就劳动报酬、工作时间、休息休假、劳动安全卫生、职业培训、保险福利等事项，通过集体协商签订的书面协议。与劳动合同比，集体合同更能保护劳动者的利益，具体体现在以下方面。

　　① 集体合同的内容比劳动合同广泛。它除了规定工资、工时等劳动条件外，还要就职工的集体福利等问题加以规定。集体合同的有些内容是劳动合同无法包括的，由这些内容所产生的劳动者的权利也是劳动合同所无法保护的。

　　② 集体合同与劳动合同就劳动条件等某项合同内容的标准是不一样的。劳动合同的工资、劳动条件等只要规定得不低于国家法定最低标准就可以了，用人单位往往可以凭借其优势地位把这些标准定得很低，而集体合同是劳动者集体力量的结晶，往往可以通过谈判提高这些标准，维护工会合法权益。

　　③ 劳动合同往往是参照国家法律规定订立的，对于一些劳动条件规定过于原则化，不利于操作，而集体合同可以结合本用人单位实际作出详细规定，更细致地维护劳动者的合法权益。

　　虽然劳动合同与集体合同有相同之处，都涉及劳动关系双方当事人的各种权利义务，但是又各具特色。集体合同与劳动合同的主要区别在于以下几方面。

　　① 目的不同。实行集体合同的目的是为了维护劳动者整体的合法权益，调整和改善劳动关系，促进企业和劳动者的共同发展；劳动合同是劳动者个人与用人单位确立劳动关系，明确双方权利义务的协议，劳动合同的目的在于在双方当事人之间建立劳动关系，利用合同制度实现和保护当事人的权利和义务。

　　② 主体不同。集体合同的主体是雇主或雇主团体与由工会代表的全体职工，在我国是企业与由企业工会（没有建立工会的企业，由职工推举的代表）代表的全体职工；劳动合同的主体是雇主与单个雇员，在我国是用人单位与劳动者个人。

　　③ 内容不同。集体合同不仅规定本企业的一般劳动和生活条件，而且涉及劳动关系的各个方面，内容具有广泛性、整体性的特点。劳动合同规定劳动者个人和用人单位的权利和义务，内容多是关于劳动条件的规定。

　　④ 法律效力不同。集体合同的效力高于劳动合同，集体合同适用于企业全体职工；劳动合同仅对劳动者个人有约束力。集体合同规定了本企业的最低劳动标准，劳动合同规定的各项劳动标准不得低于集体合同的规定，否则无效，无效部分以集体合同规定的标准代替。

　　⑤ 责任不同。集体合同的一方当事人如企业违反集体合同的规定，侵害了工会和全体职工的合法权益并造成损失时，应承担物质赔偿责任；工会一方不履行集体合同的规定，一般

只对上级工会和全体会员负道义上的责任，由上级工会给予批评教育，纠正违约的行为，以适当方式弥补因违约给企业造成的损失，但一般不承担物质赔偿责任。

劳动合同任何一方当事人违约可导致另一方提前解除劳动合同，任何一方因违约而给对方造成经济损失时，应根据其后果及损失的大小，予以赔偿。

⑥ 订立时间不同。集体合同产生于劳动过程中，劳动合同则应产生于当事人一方参加劳动之前。集体合同是企业职工一方与用人单位通过平等协商，就劳动报酬、工作时间、休息休假、劳动安全卫生、保险福利等事项订立的书面协议。集体合同是协调劳动关系、保护劳动者权益、建立现代企业管理制度的重要手段。

个人所得税法

案例6

产权证加名要征税、单位发月饼也要征税……最近，关于税的这两条新闻引发社会强烈关注。尤其是"月饼税"，各界对此争议颇多。月饼作为一种福利，对其征税能否站得住脚？是否与个税法中的福利费免缴个税相违背？收"月饼税"算不算重复征税？是不是所有福利都要缴税？……

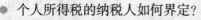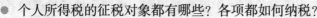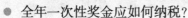

问题导向

- 个人所得税的纳税人如何界定？
- 个人所得税的征税对象都有哪些？各项都如何纳税？
- 全年一次性奖金应如何纳税？

案例分析

目前，个人所得税税法的知识普及得还不够，实际上"月饼税"的说法不准确，其实是个人所得税。收取"月饼税"的法律依据是《中华人民共和国个人所得税法实施条例》（以下简称"条例"）第八条的第一小条："个人所得的范围包括：工资、薪金所得，是指个人因任职或者受雇而取得的工资、薪金、奖金、年终加薪、劳动分红、津贴、补贴以及与任职或者受雇有关的其他所得。"同时第十条也提到："个人所得的形式，包括现金、实物、有价证券和其他形式的经济利益。"月饼算是受雇取得的实物，所以应该并入工资总额一并缴纳个人所得税。

读书札记

个人所得税法是指国家制定的用以调整个人所得税征收与缴纳之间权利与义务关系的法

律规范。个人所得税是对个人（自然人）的劳务和非劳务所得征收的一种税。个人所得税起源于英国，自1799年开征。个人所得税已经成为当今众多国家的主要税种之一。我国于1980年开征个人所得税，期间经历了不断的修改和调整。2005年10月，全国人大审议通过了《个人所得税法修正案（草案）》，决定从2006年起，将工资、薪金所得减除费用标准从每月800元提到1600元。2007年12月29日，第十届全国人大常委会第三十一次会议审议通过了《全国人民代表大会常务委员会关于修改<中华人民共和国个人所得税法>的决定》，将工资、薪金所得减除费用标准由1600元/月提高到2000元/月。最近的一次重要修改是2011年6月30日，第十一届全国人民代表大会常务委员会第二十一次会议通过了《关于修改〈中华人民共和国个人所得税法〉的决定》，同日，国家主席胡锦涛签署第48号主席令予以公布，自2011年9月1日起施行。

一、个人所得税的纳税人

个人所得税的纳税人按住所和居住时间两个标准，划分为居民纳税人和非居民纳税人，分别承担不同的纳税义务，见表6。

表6　居民纳税人和非居民纳税人划分标准和纳税义务对比表

序号	纳税人名称	判定标准	类别	纳税义务
1	居民纳税人	只要具备下列1个条件即为居民纳税人： （1）在中国境内有住所的人； （2）在中国境内无住所，但在中国境内居住满1年的个人	在中国境内定居的中国公民和外国公民	居民纳税人负无限纳税义务，即：来源于境内和境外的所得，都要向中国政府缴纳个人所得税
2	非居民纳税人	只要具备下列1个条件即为非居民纳税人： （1）在中国境内无住所且不居住的个人； （2）在中国境内无住所且居住不满1年的个人	中国港、澳、台同胞和外国人	非居民纳税人负有限纳税义务，仅就来源于中国境内的所得，向中国政府缴纳个人所得税

其中，在境内居住满1年，是指一个纳税年度在中国境内居住满365日，临时离境的，不扣减其在华居住的天数，临时离境是指在一个纳税年度中一次不超过30日或多次累计不超过90日的离境。

案例7

罗斯是一名美国的高级技师，在中国没有住所，他在2008年1月1日来北京，4月15日回美国，5月22日来西安，并一直居住到2009年12月20日，之后返回美国，请问罗斯是否属于个税的纳税义务人。

案例分析

我们判断是否属于纳税义务人是以纳税年度为参照期间，我国规定纳税年度自公历1月1日起至12月31日止。在2008年度内，罗斯一次离境超过30天了，因此，不属于临时离境，罗斯2008年不构成纳税年度的纳税义务人。2009年度，罗斯从2009年1月1日一直居住到12

月20日，虽然没有满365天，但是剩余时间已经不足30天，可以认定为临时离境，所以，罗斯2009年构成纳税义务人。

二、个人所得税的征税对象及税率

现行个人所得税的应税项目，共11项，税率实行超额累进税率和比例税率两种形式，见表7。

表7　现行个人所得税税目和税率表

序号	应税项目	内容	税率
1	工资、薪金所得	工资、薪金所得是指个人因任职或受雇而取得的工资、薪金、奖金、年终加薪、劳动分红、津贴、补贴，以及与任职或者受雇有关的其他所得。工资、薪金多的属于非独立个人劳务所得，但不包括下列所得：独生子女补贴，托儿补助费，差旅费津贴，误餐补助	七级超额累进税率（表8）
2	个体工商户的生产、经营所得	个体工商户的生产、经营所得包括：个体工商户从事工业、手工业、建筑业、交通运输业、商业、饮食业、服务业、修理业以及其他行业生产、经营所得；个人经政府有关部门批准，取得执照，从事办学、医疗、咨询，以及其他有偿服务活动取得的所得；其他个人从事个体工商业生产、经营取得的所得；上述个体工商户和个人取得的与生产、经营有关的各项应纳税所得；依法登记成立的个人独资企业、合伙企业的投资者取得的生产经营所得	五级超额累进税率（表9）
3	对企事业单位的承包经营、承租经营所得	对企事业单位的承包经营、承租经营所得具体是指个人承包、承租经营以及转包、转租取得的所得，还包括个人在承包、承租经营期内按月或者按次取得的工资、薪金性质的所得	五级超额累进税率（表9）
4	劳务报酬所得	劳务报酬所得是指个人独立从事非雇佣的各种劳务所取得的所得	税率20%，一次收入畸高的，可以加成征收（表10）
5	稿酬所得	稿酬所得是指个人因其作品以图书、报刊形式出版、发表而取得的所得	税率20%，并按应纳税额减征30%，实际税率14%
6	特许权使用费所得	特许权使用费所得是指个人提供专利权、商标权、著作权、非专利技术以及其他特许权的使用权取得的所得	20%
7	利息、股息、红利所得	利息、股息、红利所得是指个人因拥有债权、股权而取得的利息、股息、红利所得。自2008年10月9日起，储蓄存款利息暂免征收个人所得税	20%
8	财产租赁所得	财产租赁所得是指个人出租建筑物、土地使用权、机器设备、车船以及其他财产取得的所得	20%，个人出租居民住用房适用10%的税率
9	财产转让所得	财产转让所得是指个人转让有价证券、股权、建筑物、土地使用权、机器设备、车船以及其他财产取得的所得。根据国务院规定，对股票转让所得暂不征收个人所得税。个人转让自用5年以上并且是家庭惟一生活用房取得的所得，免征个人所得税	20%

续表

序号	应税项目	内容	税率
10	偶然所得	偶然所得是指个人因得奖、中奖、中彩以及其他偶然性质取得的所得。个人购买福利彩票、赈灾彩票、体育彩票，一次中奖收入在1万元以下（含1万元）的暂免征收个人所得税，超过1万元的，全额征收个人所得税	20%
11	其他所得	经国务院财政部门确定征税的其他所得	20%

表8　工资薪金所得适用税率（适用3% ~ 45%的七级超额累进税率）

级数	全月应纳税所得额	税率	速算扣除数（元）
1	不超过1500元的部分	3%	0
2	超过1500元至4500元的部分	10%	105
3	超过4500元至9000元的部分	20%	555
4	超过9000元至35000元的部分	25%	1005
5	超过35000元至55000元的部分	30%	2755
6	超过55000元至80000元的部分	35%	5505
7	超过80000元的部分	45%	13505

注：表中所列应纳税所得额=扣除"三险一金"后的月收入额–3500。

表9　个体工商户的生产、经营所得和对企事业单位的承包经营、
承租经营所得适用税率（5% ~ 35%的五级超额累进税率）

级数	全月应纳税所得额（含税所得额）	税率	速算扣除数（元）
1	不超过15000元的部分	5%	0
2	超过15000至30000元的部分	10%	750
3	超过30000至60000元的部分	20%	3750
4	超过60000元至100000元的部分	30%	9750
5	超过100000元的部分	35%	14750

注：表中所列应纳税所得额是按照税法规定减除有关费用（成本、损失）后的所得额。

表10　劳务报酬所得适用税率（20% ~ 40%的三级超额累进税率）

级数	每次应纳税所得额（含税劳务报酬收入）	税率	速算扣除数（元）
1	不超过20000元的部分	20%	0
2	超过20000元至50000元的部分	30%	2000
3	超过50000元的部分	40%	7000

注：1.表中所列含税劳务报酬收入为按照税法规定减除有关费用后的所得额。

2. 劳务报酬所得按次计算纳税，每次收入额不超过4000元的，减除费用800元，收入额超过4000元的，减除20%的费用，余额为应纳税所得额。

三、各项费用减除及应纳税所得额

1. **各项费用减除标准及应纳税所得额见（表11）**

表11 各项费用减除标准及应纳税所得额

序号	应税项目	扣除时间	扣除标准	应纳税所得额
1	工资、薪金所得	按月	（1）月扣除3500元 （2）特殊扣除 ① 范围：外籍人员、外籍专家；在境外任职的中国公民 ② 标准：月扣除4800元	每月工资、薪金收入−3500元或4800元
2	个体工商户的生产、经营所得	按年	以每一纳税年度的收入总额减除成本、费用以及损失	每年收入总额−成本、费用、税金及损失
3	对企事业单位的承包经营、承租经营所得	按年	以每一纳税年度的收入总额，减除必要费用（月扣除3500元）	每年收入总额−必要费用（42000）
4	劳务报酬所得、稿酬所得、特许权使用费所得、财产租赁所得	按次	四项均实行定额或定率扣除： 每次收入≤4000元，定额扣800元 每次收入>4000元，定率扣20%	每次收入不超过4000元的，为每次收入额−800元，每次收入超过4000元的，为每次收入额×（1−20%）
5	财产转让所得	按次	转让财产的收入额减除财产原值和合理费用	每次转让收入−（财产原值+合理费用）
6	利息、股息、红利所得、偶然所得、其他所得	按次	以每次收入为应纳税所得额	每次收入额

2. **其他费用扣除**

（1）个人公益救济性捐赠支出的扣除　对个人将其所得通过中国境内非营利的社会团体、国家机关向教育、公益事业和遭受严重自然灾害地区、贫困地区的捐赠，捐赠额不超过应纳税所得额的30%的部分，可以从其应纳税所得额中扣除。

个人通过非营利性的社会团体和国家机关进行的下列公益救济性捐赠支出，在计算缴纳个人所得税时，准予在税前的所得额中全额扣除：

① 向红十字事业的捐赠；

② 向农村义务教育的捐赠；

③ 向公益性青少年活动场所（其中包括新建）的捐赠；

④ 向汶川地震灾区的捐赠，允许在当年个人所得税前全额扣除。

（2）个人资助支出　直接捐赠时不允许扣除的。

四、全年一次性奖金应如何纳税

1. **全年一次性奖金**

全年一次性奖金是指行政机关、企事业单位等扣缴义务人根据其全年经济效益和对雇员全年工作业绩的综合考核情况，向雇员发放的一次性奖金。

上述一次性奖金也包括年终加薪、实行年薪制和绩效工资办法的单位根据考核情况兑现的年薪和绩效工资。

2. 全年一次性奖金应如何纳税

基本原则：全年一次性奖金或年终加薪，视同工资、薪金征收个人所得税，具体计算方法可有两种。

第一种方法：按全年一次性奖金或年终加薪的全年月平均额确定使用的税率和速算扣除数。税率实行九级超额累进税率。计算步骤如下：

一是以全年一次性奖金除以12个月，求得月平均奖金额；

二是按月平均奖金额确定使用税率和速算扣除数（参照表8）；

三是以其全年一次性奖金乘以适用的税率，再减去速算扣除数，即为全年一次性奖金的应纳税额。

计算公式：应纳税额＝全年一次性资金 × 适用税率－速算扣除数

第二种方法：按照适用于全年一次性奖金的税率表（见表12），直接计算应纳税额。

计算公式为：应纳税额＝应纳税所得额 × 适用税率 － 速算扣除数。

表12　全年一次性奖金适用税率（适用5% ~ 45%的七级超额累进税率）

级数	全年一次性奖金（含税）	税率	速算扣除数/元
1	不超过18000元的部分	3%	0
2	超过18000元至54000元的部分	10%	105
3	超过54000元至108000元的部分	20%	555
4	超过108000元至420000元的部分	25%	1005
5	超过420000元至660000元的部分	30%	2755
6	超过660000元至960000元的部分	35%	5505
7	超过960000元的部分	45%	13505

 案例8

年终奖"多发一元多缴税一千"是否属实?

2011年年终将近，许多企业、单位又开始筹划发放"年终奖"。由于这是新修订的个人所得税法施行后的首个年终奖发放季节，网上也正盛传着年终奖"多发一元多缴税一千"的说法，这种说法到底是否属实？作为纳税人来说，搞清楚年终奖发放与计税问题无疑是至关重要的。

 案例分析

"老算法+新税率"的模式

目前全年一次性奖金的算法依然按照2005年国家出台的《关于调整个人取得全年一次性奖金等计算征收个人所得税方法问题的通知》所明确的计算办法进行计算，但要适用新个税法的减除费用标准和七级超额累进税率。因此，就出现了在不同级数临界点多发1元年终

奖而适用更高税率承担高税赋的现象。如18000元这个临界点，如果年终奖是18000元，适用税率是3%，速算扣除数是0，应缴纳的个人所得税为18000×3%-0=540元，而如果年终奖多发1元，即18001元的话，适用税率10%，速算扣除数105元。应缴纳的个人所得税为18001×10%-105=1695.1元，年终奖仅多发1元，就多1155.1元，导致了纳税人"得不偿税"的现象。

为什么会出现这种所得与税负不匹配的情况？这就是"盲区"在作怪。根据我国年终奖个人所得税计算方法，会出现这样一个规律：如果年终奖数额增加到或超过某个临界点时，使得对应的纳税税率提高一档，如从3%提高到10%，随之纳税额也相应地大幅增加，这时会出现一种特别的情况，就是年终奖数额增加"一小步"纳税额却提高"一大步"，多发不能多得的情况；不过，这种情况在奖金增加幅度大到一定数额（或称"平衡点"）时又会消失，重新回到奖金增加的幅度大于纳税额提高的幅度的状态，即多发奖金税后也能多得。业内将这种现象称为"盲区"，表明在这些区间内，所得增加与税负增加不相匹配。

那这些盲区是多少？我们又应该如何避免"得不偿税"的现象呢？

仍以18000元这个临界点为例，如果年终奖超过18000元，只有当超过的那个值（我们设它为X），足以弥补多缴纳的税才可以有效避免这个"盲区"。所以就建立了这样一种平衡关系：

$$[(18000+X)\times10\%-105]-18000\times3\%=X$$

将X解出，X=1283.33元。

即年终奖要在18001元~19283.33元之间，就会出现多发年终奖而多纳税的"盲区"现象，即"得补偿税"。而年终奖要在19283.33元以上，多发的部分就可以补偿多缴纳的税，即可以"多发多得"。

以此类推，我们可以以此解出各个临界点的"盲区"（见表13）。

表13　年终奖临界点纳税盲区表

序号	年终奖/元	适用税率	速算扣除数/元	应纳税额/元	与临界点比多发奖金/元	增加税额/元
1	18000	3%	0	540	0	0
	18001	10%	105	1695.10	1	1155.10
	19283.33	10%	105	1823.33	1283.33	1283.33
2	54000	10%	105	5295	0	0
	54001	20%	555	10245.20	1	4950.20
	60187.50	20%	555	11482.50	6187.50	6187.50
3	108000	20%	555	21045	0	0
	108001	25%	1005	25995.25	1	4950.25
	114600	25%	1005	27645	6600	6600
4	420000	25%	1005	103995	0	0
	420001	30%	2755	123245.30	1	19250.30
	447500	30%	2755	131495	27500	27500

续表

序号	年终奖/元	适用税率	速算扣除数/元	应纳税额/元	与临界点比多发奖金/元	增加税额/元
5	660000	30%	2755	195245	0	0
	660001	35%	5505	225495.35	1	30250.35
	706538.46	35%	5505	241783.46	46538.46	46538.46
6	960000	35%	5505	330495	0	0
	960001	45%	13505	418495.45	1	88000.45
	1120000	45%	13505	490495	160000	160000

3. 当月工资、薪金小于费用扣除标准的特殊计算

上述的全年一次性奖金应扣缴个人所得税的特殊计算方法，必须具备的基本前提条件是纳税义务人取得全年一次性奖金当月的工资、薪金收入都有纳税义务，即：

月工资薪金应税收入额－费用扣除标准（中国居民为3500元，外籍人员为4800元）> 0。

如果在发放年终一次性奖金的当月，雇员当月工资、薪金所得低于税法规定的费用扣除标准（3500元/月），应将全年一次性奖金减除"雇员当月工资、薪金所得与费用扣除标准的差额"后的余额，按上述办法确定全年一次性奖金的适用税率。

应缴纳的个人所得税 = ［全年一次性奖金－（费用扣除标准－当月工资薪金所得）］× 适用税率－速算扣除数（参照表12）

特别说明：在一个纳税年度内，每一个纳税人，该计税办法只允许采用一次。

 **案例9**

某车间王某2010年12月取得一次性奖金40000元，当月工资是1200元，请计算王某2010年12月应缴纳个人所得税额。

 案例分析

① 费用扣除标准与工资差额为 3500–1200=2300 元。

② 全年一次性奖金减除差额后的余额为 =40000–2300=37700。

经查表12得出，适用10%的税率，速算扣除数是105元。

③ 王某2010年12月应缴纳的个人所得税 =37700×10%–105=3665元。

［拓展］如果当月工资是3700元，就直接将全年一次性奖金40000查表12，确定适用税率10%，速算扣除数105元，应纳税额 =40000×10%–105=3895元；当月工资的应纳税额 =（3700-3500）×3%–0=6；最后纳税人合计应纳税额 =3895+6=3901元。

五、个人所得税案例解析

 **案例10**

某化工厂乙烯车间某班长张某2010年12月取得以下收入：

① 当月工资、奖金共计3800元。

② 为本厂设计技术改造方案，取得一次性设计收入18000元。

③ 购买福利彩票支出500元，取得一次性中奖收入15000元。

④ 股票转让所得20000元。

⑤ 转让自用住房一套，取得转让收入100万元，支付转让税费5万元，该套住房购买价为80万元，购买时间为2005年6月份并且是家庭惟一生活用房。

要求：

① 分别说明张某当月各项收入是否应缴纳个人所得税。

② 计算张某当月应缴纳的个人所得税税额。

 案例分析

（1）张某当月各项收入应缴纳的个人所得税

① 根据工资、薪金七级超额累进税率的规定，适用的税率为3%，速算扣除数为0。

该笔收入应缴纳的个人所得税为：

应纳税额＝（3800－3500）×3%－0＝9元

② 为本厂设计技术改造方案取得的设计收入，属于劳务报酬所得，属于个人所得税的征收范围。应缴纳的个人所得税为：

应纳税额＝18000×（1－20%）×20%＝2880元

③ 根据规定，对个人购买福利彩票、赈灾彩票、体育彩票，一次中奖收入在1万元以下（含1万元）的暂免征收个人所得税，超过1万元的，全额征收个人所得税。本题中，中奖收入为15000，超过了1万元，应全额计征个人所得税。

应纳税额＝15000×20%＝3000元

④ 目前，我国对股票转让所得暂不征收个人所得税。

⑤ 对个人出售自有住房取得的所得按照"财产转让所得"征收个人所得税，但对个人转让自用5年以上并且是家庭惟一生活用房取得的所得，免征个人所得税。该业务中，张某自用时间已经为5年以上，并且是惟一的家庭生活住房，所以，免征个人所得税。

（2）张某当月应缴纳的个人所得税

税额＝9＋2880＋3000＝5889元

婚姻法

案例11

最高法正式公布《婚姻法司法解释（三）》后，其中涉及的夫妻房产权益分配问题引起了大家的关注，其中《解释（三）》中的第七和第十条，分别被概括为"婚后一方父母给买的房子，另一方无权分割"，"谁首付，离婚后房子归谁"。某厂包装车间的何欣最近很苦恼，因为他们的婚房是她和老公结婚时，由男方父母出的首付款购买的，房产证上写的是老公的

名字，婚后两个人共同还贷。她认为婚姻法的新规定让女性离婚后人房两空，降低了男方离婚成本，不利于女性婚后财产权益的保护。

问题导向

● 班组长应该关注婚姻法中的哪些内容？

案例分析

　　实际上，《婚姻法》司法解释（三）中的规定并不是对婚前首付婚后还贷情形按照单一方式简单机械地处理，而是按照尊重当事人协议优先的原则，即离婚时双方可以就房产处理优先按照双方协议进行处理。即使在不能达成协议的情况下，法院也只是"可以"判决房产归产权登记的一方，并非"必须"，裁判时仍可以根据具体情况按照婚姻法的相关原则权变处理，并非一定对女方不利。此外，在分割共同财产时，是按照婚姻法中"照顾子女及妇女权益"的原则。如房产归男方，女方在离婚时存在住房困难或生活困难，婚姻法也规定"如一方生活困难，另一方应从其住房等个人财产中给予适当帮助"。

　　此外，认为婚后父母出资为子女购房属购方子女个人财产，助长男方外遇及离婚冲动的想法也是不对的。实际生活中，父母出资为子女结婚购房往往倾注全部积蓄，一般也不会与子女签署书面协议，如果离婚时一概将房屋认定为夫妻共同财产，侵害了出资购房父母的利益。将房产登记在出资购房一方父母的子女名下，视为只对一方的赠与比较合情合理，兼顾了中国国情与社会常理。这种做法，将财产关系摆在明面，避免了因感情模糊了产权、离婚时纠纷复杂的现状，从长远看有利于婚姻的理性和稳定。另外，上述规定并未否定婚姻法中"离婚过错赔偿原则及照顾子女和女方权益的原则"，如果男方出现了外遇情况，离婚时女方生活及住房困难，即使该房屋是男方父母赠其个人的财产，也应当依照婚姻法规定给予女方经济帮助及住房保障。

读书札记

　　婚姻法是婚姻关系的基本准则，实行婚姻自由、一夫一妻、男女平等的婚姻制度，禁止非法的婚姻家庭行为。夫妻应当互相忠实、互相尊重，家庭成员应当敬老爱幼，互相帮助，维护平等、和睦、文明的婚姻家庭关系。现行的婚姻法包括六章五十一条，主要包括结婚、家庭关系和离婚。工资-家庭关系是影响班组长职业生涯与个人家庭幸福的重要因素，掌握好婚姻法，能够帮助班组长正确地处理家庭关系，用法律的手段来维护捍卫自己的婚姻和权益。

　　一、结婚
　　（一）结婚的要件
　　结婚必须男女双方完全自愿，不许任何一方对他方加以强迫或任何第三者加以干涉。结婚的要件见表14。

表14　结婚的要件

实质要件	1. 必须是男女异性结婚
	2. 必须出于男女双方的自愿
	3. 必须达到法定的结婚年龄：男方不得早于二十二周岁，女方不得早于二十周岁
	4. 无禁止结婚的情形：一是直系血亲和三代以内的旁系血亲；二是患有医学上认为不应当结婚的疾病
形式要件	1. 结婚登记：要求结婚的男女双方必须亲自到婚姻登记机关进行结婚登记。符合本法规定的，予以登记，发给结婚证。取得结婚证，即确立夫妻关系。未办理结婚登记的，应当补办登记
	2. 补办登记后婚姻效力的起算：根据《婚姻法解释（一）》第四条，男女双方根据婚姻法第八条规定补办结婚登记的，婚姻关系的效力从双方均符合婚姻法所规定的结婚的实质要件时起算

（二）禁止的婚姻家庭行为

婚姻法规定：禁止包办、买卖婚姻和其他干涉婚姻自由的行为，禁止借婚姻索取财物，禁止重婚，禁止有配偶者与他人同居，禁止家庭暴力，禁止家庭成员间的虐待和遗弃。

表15　禁止的婚姻家庭行为

禁止的婚姻家庭行为	1. 包办婚姻：指第三人违反婚姻自由的原则，包办强迫他人婚姻的违法行为
	2. 买卖婚姻：指第三人以索取大量财物为目的，强迫他人婚姻的违法行为
	3. 其他干涉婚姻自由的行为：指除包办、买卖婚姻以外的其他干涉婚姻自由的行为，如子女干涉父母再婚、干涉寡妇再婚、阻碍或胁迫他人结婚或者离婚等
	4. 借婚姻索取财物：指婚姻当事人一方（或其父母等第三人）向对方索要一定的财物，以此作为结婚要件的违法行为
	5. 重婚：指有配偶者又与他人结婚的违法行为，即一个人在同一时间内存在两个或两个以上的婚姻关系。构成重婚必须具备的两个要件： （1）当事人一方或者双方已存在有效的婚姻关系，或者说前一婚姻关系仍然有效存续 （2）有配偶者与他人结婚，包括两种形式：一是有配偶者又与他人登记结婚，称为法律上的重婚；二是未经结婚登记，但又与他人以夫妻关系同居生活，称为事实上的重婚
	6. 姘居（婚外同居）：有配偶者与婚外异性，不以夫妻名义，持续、稳定地共同居住
	7. 家庭暴力：指行为人以殴打、捆绑、残害、强行限制人身自由或者其他手段，给其家庭成员的身体、精神等方面造成一定伤害后果的行为
	8. 虐待：指经常故意地折磨、摧残家庭成员，使其在精神上、身体上遭受巨大的痛苦，蒙受损失的行为。持续性、经常性的家庭暴力，也构成虐待
	9. 遗弃：指对于年老、年幼、患病或者其他原因没有独立生活能力的人负有赡养、抚养、扶养义务而拒绝的行为。遗弃是以不作为的方式出现的，即应为而不为，致使家庭成员的合法权益遭受侵害

案例12 ....

某厂工人蒋某于1978年与吴某结婚，生育一儿一女，均已结婚。2008年6月，吴某因病

去世，蒋某一人独居。平时儿女工作忙很少回家，夕阳之内，倍感孤独。2010年12月经人介绍，蒋某与50岁的周某相识。俩人都因丧偶独自一人，相同的遭遇使得两个人很快从相识到相恋，甚至到了谈婚论嫁。蒋某的儿女知道后，极力反对，在儿女的干涉下，蒋某不敢与周某在家见面，只能躲到公园里相对落泪。虽然经单位和邻居劝说，儿女仍然横加阻止。他们只好放弃这段感情，再也没有来往。

 案例分析

我国《婚姻法》规定的"婚姻自由"原则，不仅是法律赋予青年人的权利，也是赋予中老年人的权利。在法律上，任何人的婚姻自由权利都是平等的。丧偶中老年人再婚，只要是出于双方自愿，并且符合法律的规定，都应当受到法律的保护。本案例中蒋某的儿女无视《婚姻法》的规定，出于旧的思想观念，阻止蒋某再婚，这是干涉婚姻自由的违法行为。《婚姻法》第二条第二款中明确规定保护老年人的合法权益。因此，对于蒋某的子女干涉父亲和周某的婚姻自由的行为，有关部门应该对他们进行严肃的批评教育，帮助他们正确对待老人再婚的问题。同时，应鼓励蒋某与周某要敢于同违法的行为作斗争，大胆追求幸福，运用婚姻法来保护自己的正当权利。

（三）事实婚姻和同居关系

表16 事实婚姻

概念	事实婚姻：指没有配偶的男女，未经结婚登记即以夫妻名义同居生活，群众也认为是夫妻关系的婚姻
事实婚姻关系的处理	根据《婚姻法解释（一）》第五条，1994年2月1日以前，男女双方已经符合结婚实质要件的，按事实婚姻处理。在此日期之后符合结婚实质条件而未办理结婚登记的，一律以同居关系论
	1. 事实婚姻关系具有婚姻效力：一方死亡的，另一方可以配偶的身份主张继承权 2. 审理事实婚姻关系的离婚案件，适用婚姻法有关离婚的规定

表17 同居关系

概念	同居关系，是指双方或一方有配偶但以夫妻名义公开共同生活或者无配偶的男女同居但不符合实施婚姻条件
同居关系的处理	1. 经查确属非法同居关系的，应当一律判决解除。离婚后未办理复婚登记手续，又以夫妻名义同居生活，一方起诉解除的，一般也按照非法同居关系解除
	2. 同居期间所得财产，按共同共有处理。但有证据证明为当事人一方所有的除外
	3. 一方死亡的，另一方可以配偶的身份主张继承权。但是如果符合《继承法》第十四条规定，对继承人以外的依靠被继承人扶养的缺乏劳动能力又没有生活来源的人，或者继承人以外的对被继承人扶养较多的人，可以分给他们适当的遗产
	4. 法院审理同居关系案件，如涉及非婚生子女抚养和财产分割问题，应一并予以解决。该期间双方各自继承和受赠的财产，一般按个人财产论

（四）无效婚姻和可撤销婚姻

表18　无效婚姻

无效的婚姻情形	重婚的
	有禁止结婚的亲属关系的
	婚前患有医学上认为不应当结婚的疾病，婚后尚未治愈的
	未到法定婚龄的
无效婚姻的处理	1. 根据《婚姻法解释（一）》第七条，有权依据婚姻法第十条规定向人民法院就已办理结婚登记的婚姻申请宣告婚姻无效的主体，包括婚姻当事人及利害关系人
	2. 根据《婚姻法解释（一）》第八条，当事人依据婚姻法第十条规定向人民法院申请宣告婚姻无效的，申请时，法定的无效婚姻情形已经消失的，人民法院不予支持
	3. 根据《婚姻法解释（一）》第九条，人民法院审理宣告婚姻无效案件，对婚姻效力的审理不适用调解，应当依法作出判决；有关婚姻效力的判决一经作出，即发生法律效力 涉及财产分割和子女抚养的，可以调解。调解达成协议的，另行制作调解书。对财产分割和子女抚养问题的判决不服的，当事人可以上诉
无效婚姻的法律后果	1. 无效婚姻，自始无效。根据《婚姻法解释（一）》第十三条，自始无效，是指无效或者可撤销婚姻在依法被宣告无效或被撤销时，才确定该婚姻自始不受法律保护
	2. 当事人不具有夫妻的权利和义务。同居期间所得的财产，由当事人协议处理；协议不成时，由人民法院根据照顾无过错方的原则判决。对重婚导致的婚姻无效的财产处理，不得侵害合法婚姻当事人的财产权益。当事人所生的子女，适用本法有关父母子女的规定

表19　可撤销婚姻

可撤销婚姻的情形	因受胁迫而结婚的
婚姻撤销权	1. 婚姻撤销权的主体：受胁迫的一方
	2. 受理机关：婚姻登记机关或人民法院
	3. 行使期限：受胁迫的一方撤销婚姻的请求，应当自结婚登记之日起一年内提出。被非法限制人身自由的当事人请求撤销婚姻的，应当自恢复人身自由之日起一年内提出
婚姻被撤销后的法律后果	被撤销的婚姻，自始无效。后果同无效婚姻（见表18）

二、家庭关系

夫妻在家庭中地位平等，都有各用自己姓名的权利，都有参加生产、工作、学习和社会活动的自由，一方不得对他方加以限制或干涉。都有实行计划生育的义务。

夫妻在婚姻关系存续期间所得的财产，归夫妻共同所有。

表20　夫妻共同财产

1.	工资、奖金
2.	生产、经营的收益

续表

3.	知识产权的收益，包括实际取得或已经明确可以取得的财产性权益
4.	继承或赠与所得的财产，但遗嘱或赠与合同中确定只归一方所有的除外
5.	其他应当归共同所有的财产，根据《婚姻法解释（二）》第十一条，住房补贴、住房公积金、养老保险金、破产安置补偿费及一方以个人财产投资取得的收益，若属于婚姻关系存续期间实际取得或应得部分，也认定为共同财产。 但根据《婚姻法解释（三）》第十三条，离婚时夫妻一方尚未退休、不符合领取养老保险金条件，另一方请求按照夫妻共同财产分割养老保险金的，人民法院不予支持；婚后以夫妻共同财产缴付养老保险费，离婚时一方主张将养老金账户中婚姻关系存续期间个人实际缴付部分作为夫妻共同财产分割的，人民法院应予支持
6.	根据《婚姻法解释（二）》第十四条，人民法院审理离婚案件，涉及分割发放到军人名下的复员费、自主择业费等一次性费用的，以夫妻婚姻关系存续年限乘以年平均值，所得数额为夫妻共同财产
7.	根据《婚姻法解释（二）》第十九条，由一方婚前承租、婚后用共同财产购买的房屋，房屋权属证书登记在一方名下的，应当认定为夫妻共同财产。 但根据《婚姻法解释（三）》第七条，婚后由一方父母出资为子女购买的不动产，产权登记在出资人子女名下的，可按照婚姻法第十八条第（三）项的规定，视为只对自己子女一方的赠与，该不动产应认定为夫妻一方的个人财产。 由双方父母出资购买的不动产，产权登记在一方子女名下的，该不动产可认定为双方按照各自父母的出资份额按份共有，但当事人另有约定的除外
夫妻共同财产的处理	1. 夫妻对共同所有的财产，有平等的处理权。根据《婚姻法解释（一）》第十七条： （一）夫或妻在处理夫妻共同财产上的权利是平等的。因日常生活需要而处理夫妻共同财产的，任何一方均有权决定 （二）夫或妻非因日常生活需要对夫妻共同财产做重要处理决定，夫妻双方应当平等协商，取得一致意见。他人有理由相信其为夫妻双方共同意思表示的，另一方不得以不同意或不知道为由对抗善意第三人
	2. 夫妻一方死亡，应先将共同财产的一半分给另一方，剩下的一半才是被继承人的个人财产

案例13

甲乙是夫妻，甲是某炼油厂催化车间的班长，是班长中的骨干，肯吃苦，爱钻研。甲在婚前研究了"甲**操作法1"，并获得专利，婚后获得奖金。在婚姻存续期间研究了"甲**操作法2"，并获得专利，离婚后第二天获得奖金。在婚姻存续期间研究了"甲**操作法3"，离婚后获得专利并获得奖金。如何确定甲乙夫妻的共同财产。

案例分析

这个案例是婚姻法中确定夫妻共同财产时的一个经典案例。根据《婚姻法》第十七条规定，夫妻在婚姻关系存续期间所获得的知识产权的收益属于夫妻共同财产，《婚姻法解释（二）》第十二条进一步明确："婚姻法第十七条规定的'知识产权的收益'，是指婚姻关系存续期间，实际取得或意见明确可以取得的知识产权的财产性收益。"可见，判断知识产权的收益是否为夫妻共同财产应以该项收益的取得或是否明确在婚姻关系存续期间内取得为标

准，而不应以知识产权权利本身的取得为判断标准。就"甲**操作法1"而言，虽然专利权是婚前取得，但其财产性收益（奖金）是婚姻关系存续期间实际取得，该奖金应认定为夫妻共同财产；就"甲**操作法2"而言，是婚姻关系存续期间取得的专利，意味着已经明确可以取得财产性收益（奖金），该奖金应认定为夫妻共同财产；就"甲**操作法3"而言，虽然是在婚姻关系存续期间研究出的，但该操作法在离婚后才取得专利，也即离婚后才确定并实现了其财产性收益，则该稿费应认定为甲的个人财产。

三、离婚
（一）协议离婚和诉讼离婚

表21 协议离婚

概念	男女双方自愿离婚的，准予离婚。双方必须到婚姻登记机关申请离婚。婚姻登记机关查明双方确实是自愿并对子女和财产问题已有适当处理时，发给离婚证
不受理登记离婚的情形	1. 一方请求登记离婚的
	2. 双方请求登记离婚但一方或双方是外国人的
	3. 双方未办理过结婚登记的
	4. 双方属于重婚的
	5. 双方请求登记离婚，但就子女抚养、财产分割未达成协议的
	6. 双方或者一方当事人为无民事行为能力人或限制行为能力人的

表22 诉讼离婚

诉讼离婚的范围	1. 双方未达成离婚协议的可以诉讼离婚
	2. 登记机关不受理的离婚登记可以诉讼离婚
离婚案件的前置程序	人民法院审理离婚案件，应当进行调解
离婚限制	1. 现役军人的配偶要求离婚，须得军人同意，但军人一方有重大过错的除外
	2. 女方在怀孕期间、分娩后一年内或中止妊娠后六个月内，男方不得提出离婚。女方提出离婚的，或人民法院认为确有必要受理男方离婚请求的，不在此限。"确有必要"一般是指： （1）女方怀孕和分娩的婴儿系与他人的非法两性关系所致； （2）夫妻矛盾十分尖锐，不受理可能发生伤害、杀人或自杀的后果的
经调解无效，应准予离婚的情形	1. 重婚或有配偶者与他人同居的
	2. 实施家庭暴力或虐待、遗弃家庭成员的
	3. 有赌博、吸毒等恶习屡教不改的
	4. 因感情不和分居满二年的
	5. 夫妻感情确已破裂的
	6. 其他导致夫妻感情破裂的情形；《婚姻法解释（三）》第九条，夫以妻擅自中止妊娠侵犯其生育权为由请求损害赔偿的，人民法院不予支持；夫妻双方因是否生育发生纠纷，致使感情确已破裂，一方请求离婚的，人民法院经调解无效，应准予离婚
	7. 一方被宣告失踪，另一方提出离婚诉讼的，应准予离婚
	强调：根据《婚姻法解释（一）》第二十二条，人民法院审理离婚案件，符合上述条件的，不应当因当事人有过错而判决不准离婚

（二）离婚后的子女抚养问题

表23　离婚后子女抚养问题

离婚后父母子女关系的处理	1．父母与子女间的关系，不因父母离婚而消除。离婚后，子女无论由父或母直接抚养，仍是父母双方的子女。离婚后，父母对于子女仍有抚养和教育的权利和义务 2．离婚后，哺乳期内的子女，以随哺乳的母亲抚养为原则。 哺乳期后的子女，如双方因抚养问题发生争执不能达成协议时，由人民法院根据子女的权益和双方的具体情况判决
离婚后子女生活费和教育费的负担	1．离婚后，一方抚养的子女，另一方应负担必要的生活费和教育费的一部或全部，负担费用的多少和期限的长短，由双方协议；协议不成时，由人民法院判决 2．关于子女生活费和教育费的协议或判决，不妨碍子女在必要时向父母任何一方提出超过协议或判决原定数额的合理要求
离婚后父母对子女的探望权	1．离婚后，不直接抚养子女的父或母，有探望子女的权利，另一方有协助的义务
	2．行使探望权利的方式、时间由当事人协议；协议不成时，由人民法院判决
	3．根据《婚姻法解释（一）》第二十四条，生效的离婚判决书中未涉及探望权的，当事人有权予以单独就探望权起诉，应予受理
	4．如属下列情形的，应中止探望权： （1）根据《婚姻法解释（一）》第二十六条，未成年子女、直接抚养子女的父或母及其他对未成年子女负担抚养、教育义务的法定监护人，有权向人民法院提出中止探望权的请求 （2）父或母探望子女，不利于子女身心健康的，由人民法院依法中止探望的权利 （3）根据《婚姻法解释（一）》第二十五条，中止探望的情形消失后，人民法院应当根据当事人的申请通知其恢复探望权的行使

（三）离婚后的财产的处理

表24　离婚后的财产的处理

共有财产的确定	夫妻共同财产指夫妻婚姻关系存续期间所得的财产，当事人另有约定的除外
夫妻共有财产的分割	1．离婚时，夫妻的共同财产由双方协议处理；协议不成时，由人民法院根据财产的具体情况，照顾子女和女方权益的原则判决
	2．若男女双方协议离婚后1年内就财产分割的问题返回，请求变更或撤销财产分割协议的，法院应予受理
	3．离婚时，一方有隐匿、变卖、毁损共有财产或企图侵占另一方财产的，法院可判有过错方少分或不分
	4．离婚后发现上述行为的，可以自当事人发现之日起2年内，起诉请求再次分割共有财产
夫妻共有财产的特殊规定	1．有下列情形之一的，为夫妻一方的财产： （1）一方的婚前财产； （2）一方因身体受到伤害获得的医疗费、残疾人生活补助费等费用； （3）遗嘱或赠与合同中确定只归夫或妻一方的财产； （4）一方专用的生活用品； （5）其他应当归一方的财产 2．根据《婚姻法解释（二）》第十一条，上述"其他应当归共同所有的财产"： （1）一方以个人财产投资取得的收益； （2）男女双方实际取得或者应当取得的住房补贴、住房公积金； （3）男女双方实际取得或者应当取得的养老保险金、破产安置补偿费

续表

夫妻共有财产的特殊规定	3. 根据《婚姻法解释（三）》第十三条，离婚时夫妻一方尚未退休、不符合领取养老保险金条件，另一方请求按照夫妻共同财产分割养老保险金的，人民法院不予支持；婚后以夫妻共同财产缴付养老保险费，离婚时一方主张将养老金账户中婚姻关系存续期间个人实际缴付部分作为夫妻共同财产分割的，人民法院应予支持
	4. 根据《婚姻法解释（三）》第十五条，婚姻关系存续期间，夫妻一方作为继承人依法可以继承的遗产，在继承人之间尚未实际分割，起诉离婚时另一方请求分割的，人民法院应当告知当事人在继承人之间实际分割遗产后另行起诉
	5. 根据《婚姻法解释（三）》第十八条，离婚后，一方以尚有夫妻共同财产未处理为由向人民法院起诉请求分割的，经审查该财产确属离婚时未涉及的夫妻共同财产，人民法院应当依法予以分割
	6. 夫妻书面约定婚姻关系存续期间所得的财产归各自所有，一方因抚育子女、照料老人、协助另一方工作等付出较多义务的，离婚时有权向另一方请求补偿，另一方应当予以补偿
	7. 离婚时，如一方生活困难，另一方应从其住房等个人财产中给予适当帮助。具体办法由双方协议；协议不成时，由人民法院判决

 案例14

张伟和王丽是某环保设备公司的两名职工，经过三年的恋爱结婚后，张伟的父母为张伟在婚前买了一处房子用于日后结婚使用，两人结婚后起初日子还算和美，后来因为工作压力大，张伟的身体每况愈下。作为妻子的王丽不但没有尽到照顾的义务，反而还对张伟牢骚满腹，常常和张伟吵架，导致张伟的病情加重。张伟觉得王丽十分不体谅自己，和她一起继续生活也没有什么意思，还是离婚算了。王丽也同意离婚，但在财产分割时产生了分歧：王丽认为她和张伟一起居住的那处房子她应该有一半的产权；张伟则认为那房子是自己的财产，谁的观点正确？

案例分析

本案例主要涉及离婚时父母所购房如何分配的法律问题。张伟的观点是正确的。

随着经济的发展，人们的生活水平得到了显著的提高。为子女早早地买一处结婚用房便成了眼下当父母比较流行的做法。这样做，一来可以为儿女以后成家立业早做准备，二来随着房价的大幅上升，这也是为儿女储备未来财富的一种稳定的"保值增值"手段。

住了父母早早给买的婚房的新婚小夫妻们自然是很开心，没有了房贷的烦恼，婚后日子过得也算相当清闲。但是，现实生活中，夫妻双方离婚时往往会在父母所买的婚房的产权归属上产生纠纷，常常会对簿公堂。

《婚姻法》解释（二）第二十二条规定，当事人结婚前，父母为双方购置房屋出资的，该出资应当认定为对自己子女的个人赠与，但父母明确表示赠与双方的除外。

《婚姻法》解释（三）第七条规定，婚后由一方父母出资为子女购买的不动产，产权登记在出资人子女名下的，可按照婚姻法第十八条第（三）项的规定，视为只对自己子女一方的赠与，该不动产应认定为夫妻一方的个人财产。由双方父母出资购买的不动产，产权登记在一方子女名下的，该不动产可认定为双方按照各自父母的出资份额按份共有，但当事人另

有约定的除外。

　　本案例中的房子是张伟父母婚前购买的，又没有明确表示赠与双方，因此该房屋应当属于张伟的个人财产，在离婚财产分割时不参与分割。

（四）离婚后债务的清偿

表25　离婚后债务的清偿

共同债务的偿还	1. 先由共同财产偿还
	2. 共同财产不足清偿的或约定分别所有的，对外负连带责任，对内负按份责任，份额由双方协议清偿；协议不成的，由法院判决
男女一方个人债务的确定与清偿	1. 婚前一方以个人名义所负的债务，原则上应当认定为个人债务。 根据《婚姻法解释（二）》第二十三条，债权人就一方婚前所负个人债务向债务人的配偶主张权利的，人民法院不予支持。但债权人能够证明所负债务用于婚后家庭共同生活的除外
	2. 婚姻存续期间所负的债务原则上认定为共同债务，除非夫妻一方能够证明该债务确为个人债务。 根据《婚姻法解释（二）》第二十四条，债权人就婚姻关系存续期间夫妻一方以个人名义所负债务主张权利的，应当按夫妻共同债务处理。但夫妻一方能够证明债权人与债务人明确约定为个人债务，或者能够证明属于婚姻法第十九条第三款规定情形的除外
	3. 第三人知道夫妻双方明确约定由个人承担的债务，由个人承担，但以逃避债务为目的的除外
	4. 擅自资助与其无抚养义务关系的亲友所负担的债务，由个人承担
	5. 一方未经对方同意，独自筹资进行经营，其收入未用于共同生活所负的债务，由个人承担

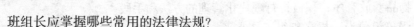

请您思考

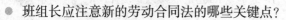

- 班组长应掌握哪些常用的法律法规？
- 班组长应注意新的劳动合同法的哪些关键点？
- 劳动合同和集体合同有何区别？
- 工资、薪金应该如何纳税？
- 全年一次性奖金应如何纳税？
- 班组长应重点关注婚姻法的哪些内容？

我的心得

附　录

燕山石化公司班组管理手册

前言

班组作为企业生产经营活动的最基层组织，是物质文明建设、精神文明建设、政治文明建设的落脚点，是企业管理的基础。加强班组建设，是企业的一项长期战略任务，应坚持不懈地抓好。

班组的基本任务是：贯彻落实党和国家的路线、方针、政策、法规、命令，遵守职业道德和社会公德；严格遵守劳动纪律、作业纪律，严格执行技术标准、作业标准和操作规程，按时、保质、保量地完成上级下达的工作任务；做好工作现场管理和专业基础工作，实现文明生产；加强思想政治工作，搞好民主管理，做好班组"建家"工作；广泛开展技术培训活动，开展技术革新、合理化建议活动，组织劳动竞赛和技术比武，提高职工素质；积极参加社会公益活动，组织开展健康有益的文体活动，增强班组的凝聚力；强化班组管理，落实各项责任制。完善制度，严格考核，认真做好原始记录、凭证、台帐、报表和信息反馈工作，实行定置管理，物品摆放有序，积极推行现代化管理的方法和手段。

为进一步加强班组建设，提高班组工作水平，推进企业实现既定目标，特制定《燕山石化公司班组管理手册》。

一、班组构建

1. **班组组建原则**

班组应根据实际工作需要，坚持"三定①"原则，坚持精简效能原则，坚持专业化和有利于组织生产、便于管理的原则设置。

2. **组织领导**

班组建设实行由行政主管、工会配合，党政工团齐抓共管的组织领导体制。各管理部门应根据各自的管理权限和职责，共同抓好班组建设。

3. **班组设置**

3.1　班组中有三名以上党员或团员的，按规定应设立党小组或团小组。班组按规定设立工会小组。班组长与工会小组长一般应该分设。要逐步建立并形成以班组长、工会小组长为核心的班组管理体制。

3.2　班组实行民主管理，根据实际情况设立安全与劳动保护监督检查员、节能与产品质量监督员、班组经济核算员、民主管理与宣传员、考勤员，共同参与班组管理。

3.3　每班组按规定配备班组长。

4．班组长任职基本条件及其产生

4.1 班组长要具备政治思想好，责任心强，以身作则，敢抓善管，办事公道，身体健康，能胜任班组领导工作。

4.2 班组长原则上要具备五年以上工作经验，技术业务水平较高，具有独立处理安全、生产等相关事故的应变能力。

4.3 班组长要具备相应的管理知识和组织能力，能较好地开展班组各项管理工作。

4.4 班组长一般应具有大专以上文化程度，经岗位培训考试合格，职业技能等级为高级工以上，持有班组长任职资格证书和首都职工素质教育证书，通过计算机1个模块的考试。新任用的班组长，须在2年内取得以上相应资质。

4.5 班组长实行聘任制，按程序由具有车间行政建制的行政领导直接任命或按照民主程序竞聘产生，并向人力资源部门备案。

4.6 对班组长实行年度考核、竞争上岗，择优聘任。

二、班组长及班组成员的职责与权限

1. 班组长职责与权限

1.1 在车间主任领导下，认真学习和遵守各项安全生产规章制度，认真履行岗位的安全职责，严细认真地做好各项工作，对本岗位的安全生产负直接责任；按时完成上级领导安排的各项工作，负责班组的生产、安全、质量、劳动、岗位练兵、班组建设等各项管理工作；负责向班组成员传达上级精神，做到上情下达、下情上传；带领班组成员全面完成各项生产指标和工作任务。

1.2 做好职工的思想政治工作，搞好精神文明建设，构建和谐班组。实行民主管理，搞好班容班貌，关心职工生活，培养良好班风。对班组职工的评优、奖惩、提职、晋级以及职工培训深造等方面向上级提出意见和建议。

1.3 充分调动班组成员的积极性，发挥班组"五大员"和工会小组的作用，搞好班组的政治、文化、技术、业务学习活动，发动和依靠班组成员做好班组的各项生产和管理工作；组织好班组劳动纪律管理，认真执行考勤制度，对班组成员的病假、事假有一天以内的批准权；做好班组内部考核和分配工作，根据上级的规章制度、工作标准等，制定班组工作的实施细则；按照企业内部经济责任制的考核规定，合理对本班组的奖金进行二次分配。

1.4 有权拒绝违章指挥和强令冒险作业；发现事故隐患或者其他不安全因素，应当立即向现场安全生产管理人员或者本单位负责人报告；发现直接危及人身安全的紧急情况时，有权停止作业或者在采取可能的应急措施后撤离作业场所，并及时向上级领导汇报；在本岗位范围内对所有的活动和人员有检查权；对他人违章作业有劝阻和制止权；负责组织在岗期间直接作业的监护工作，落实各项防范措施；有权拒绝未经培训合格的人员上岗。

1.5 在任职期间享受本单位规定的待遇。

1.6 对班组职工的评优、奖惩、提职、晋级以及职工培训深造等方面向上级提出意见和建议。

1.7 班组长应当积极参加燕山石化公司和本单位班组长培训，不断提高自身组织管理能力和业务素质，积极履行职责，鼓励开展特色班组建设。

1.8 公司对班组长分层次、按业务系统进行培训，班组长每年累计接受脱产培训不少于40学时，每2年轮训一遍。

2. 班组五大员职责

班组五大员由班组成员担任，接受班组长的直接领导，协助班组长共同完成班组的各项

工作。

2.1 安全与劳动保护监督检查员职责

2.1.1 坚持"安全第一、预防为主、全员动手、综合治理"的方针，接受车间安全员的业务指导，执行安全生产的各项规章制度，协助班组长落实安全生产的各项措施。

2.1.2 组织开展班组安全活动；详细记录班组安全活动内容；随时收集、上报安全工作建议；及时制止违章指挥和违章作业。

2.1.3 对班组成员进行安全生产教育；对新上岗人员进行班组级安全教育；对外来施工人员实施安全施工、文明施工监督。

2.1.4 协助相关部门做好事故调查工作，及时总结经验教训，落实避免事故再次发生的措施。

2.1.5 负责班组劳动保护用品、气防器材及消防器材的管理工作，监督和检查个人防护用品的正常使用。

2.1.6 负责领取、分发劳保生活福利用品等。

2.2 民主管理与宣传员职责

2.2.1 组织班组成员积极参加企业、车间开展的政治、文化、技术、业务学习等活动，向班组成员宣传党的路线、方针、政策，协助班组长做好思想政治工作，并做好相关会议记录。

2.2.2 开展"创建学习型班组、争当知识型员工"活动。宣传班组内的好人好事，加强社会道德和职业道德教育。

2.2.3 办好班组园地，做好信息上报工作。组织开展有益的文体活动。

2.2.4 按要求组织班组民主管理会；监督班务公开执行情况；做好相应的记录工作。

2.3 节能与产品质量监督员职责

2.3.1 协助班组长做好加强班组专业技术、质量管理等工作，认真贯彻全面质量管理、质量体系认证的有关规定，积极开展质量管理小组相关活动。

2.3.2 组织班组成员开展技术创新、合理化建议和小指标竞赛等活动。

2.3.3 协助组长提出增产节约措施和改进意见。对责任区的节能情况进行总体考核，负责收集、上报班组的节能建议和措施。

2.3.4 杜绝所辖区域的长明灯、长流水现象，做到责任区人走关电脑、关空调；负责维护责任区节能设施，检查、消除或报告生产装置跑、冒、滴、漏现象。

2.4 考勤员职责

2.4.1 协助班组长对班组成员进行劳动纪律教育，严格执行考勤制度。

2.4.2 准确记录班组的出勤情况，及时填报、公开考勤表。

2.5 经济核算员职责

2.5.1 协助班组长执行上级下达的各项生产命令，掌握各种物料的消耗和使用情况，优化生产运行。

2.5.2 及时提供劳动竞赛评比资料和经济责任制考核数据，协助班组长做好讲评工作。

2.5.3 按时做好班组经济核算数据收集、整理、计算、填报等工作。准确核算，记好台帐，公布结果。

三、班组管理

1.制度管理

班组要严格遵守燕山石化公司"十项制度"，包括岗位责任制度、巡回检查制度、质量

管理制度、安全生产制度、设备维护保养制度、班组经济核算制度、岗位练兵制度、交接班制度、文明生产（施工）制度、思想政治工作责任制度。班组根据公司的相关制度规定制定本班组的管理措施。

1.1 岗位责任制度

员工必须按有关部门规定持证上岗。明确本岗位应担负的任务和责任。严格遵守公司的各项规章制度和要求，保证圆满完成班组的各项工作任务。

1.2 巡回检查制度

按照巡检时间、巡检路线、巡检内容及巡检要求进行巡回检查和记录，发现问题及时处理或上报。在巡检中发现特殊或紧急情况，按照事故紧急预案进行处理，保证生产稳定运行。

1.3 质量管理制度

明确产品和工作质量的标准与要求，严格按照过程控制指标执行，保证完成产品质量目标。严格质量检查、推行全面质量管理并组织好班组的QC小组活动。

1.4 安全生产制度

贯彻"安全第一、预防为主、全员动手、综合治理"的方针，严格执行公司的安全管理规定、操作规程和安全技术措施。参加安全技术知识培训，保证正确使用防护用具、消防器材和安全设施，及时解决有关安全问题。严格佩戴好劳动防护用品。

1.5 设备维护保养制度

严格遵守设备操作、维护制度和规程。特种设备操作人员必须持证上岗。对管辖范围内的设备必须做到"四懂②"、"三会③"。认真控制操作指标，严禁设备超温、超压、超负荷运行，做好设备的防尘、防潮、防冻、防凝、防腐、保温、保冷、堵漏等维护工作。配合设备维修人员对设备的维护和修理工作。

1.6 班组经济核算制度

班组核算应本着干什么、管什么、算什么的原则，核算办法简明扼要，核算数据及时准确，发挥经济核算对生产运行的指导作用。建立班组经济核算台帐，对各种指标进行记录、计算、分析和控制，并按时公布，做到工作有预算、完工有核算、消耗有定额、领料有记录。

1.7 岗位练兵制度

以生产岗位为主要课堂，学习岗位生产基础知识、安全环保知识（HSE）、工艺操作规程、岗位设备性能、结构及原理、岗位紧急情况故障处理及事故预案、练兵题库及与本岗位相关的知识。按照各自岗位应知、应会和系统操作的要求，完成车间制定的培训计划，接受车间对岗位练兵效果的定期考核。

1.8 交接班制度

交接班时间要整点、准确，交接内容要详实、完整，交接班时要求现场清，接班班长提前到岗，向交班班长了解生产情况，检查工艺条件，操作记录及控制室卫生情况，做好班前会的准备；整点进行交接班；由交班班长交生产情况、有无工作指令等。交班必须现场交接，交清本班的生产及工艺情况，接班操作人员签字接班后，方可离岗。严格执行"十交"④、"五不交"⑤。

1.9 文明生产制度

严格遵守劳动纪律、工艺纪律、操作纪律、工作纪律、分析纪律；不违章指挥，不违章操作；树立良好的职业道德，做好职业行为规范，衣冠整齐，礼貌待人，语言文明，诚实守信，团结协作。加强班组人员HSE环保意识，爱护生产装置周围花草树木，不得随意排放废

水、废物、废渣及生产垃圾，不发生环境污染扰民事故；班组严格控制装置尾气排放，做到不超标排放。文明生产施工。

1.10 思想政治工作责任制度

从培养有思想、有道德、有文化、有纪律职工队伍的总目标出发，充分调动班组职工的积极性、主动性、创造性，形成讲团结、讲奉献、讲风格、讲职业道德的班组作风。人人争当高素质职工。坚持思想灌输、说服教育与疏导相结合，以疏导为主；坚持解决思想问题与解决实际问题结合，以解决思想问题为主；坚持表扬与批评相结合，以表扬为主；坚持精神奖励与物质奖励相结合，以精神奖励为主；坚持班组长言教与身教相结合，以身教为主的原则。班组工作公开、考核公开、分配公开、奖励公开。主动参与本单位生产管理，积极提出合理化建议，认真履行班组、职工的民主管理权利和义务。

2. HSE管理

2.1 安全

2.1.1 贯彻实施《安全生产法》，做到人人事事保安全。坚持"安全第一，预防为主，全员动手，综合治理"的方针，实现"安全管理无盲区"的目标，严格执行《燕山石化公司安全生产监督管理制度》和本单位安全生产管理规定，对安全生产事故（包括未遂事故）坚持"四不放过"[6]。

2.1.2 强化现场安全管理。充分调动职工自主管理和自我监督的积极性，杜绝人的不安全行为和物的不安全状态；对危险点（源）及安全隐患进行监控检查，把不安全因素消灭在萌芽之中，使安全状况做到时时可控、在控。

2.1.3 班组每月开展三次安全活动，每次不少于2小时。及时传达、学习有关法规、制度、规程、标准等，通报安全生产情况，分析典型事故案例，总结讲评本班组近期安全工作情况，制定整改计划和措施，布置近期班组安全工作。

2.1.4 保管好消防、气防器材，严格消防管理制度，定期进行检查和维护。班组人员全部能够正确使用消防、气防器材。

2.1.5 提高处理突发事件的能力。树立"事先预防"的意识。了解燕山石化公司安全生产应急事件管理办法，熟悉并掌握本岗位的安全生产应急预案。配合车间做好应急预案演练工作，提高处理突发事件的能力，做到处变不惊、处置得法。

2.1.6 班组新入厂人员必须经三级安全教育合格，新上岗和换岗人员在安全教育合格后方可进入生产现场实习或上岗。

2.2 健康

提高职业健康卫生和劳动保护意识。加强职业健康卫生知识和法律法规的学习，严格遵守作业环境和作业条件管理的相关规定。使用好劳动防护用品及各类防护措施，保护班组人员身心健康，按规定进行体检，尽量减少职业病发生。实现从"要我安全"向"我要安全"、"我会安全"观念的转变。

2.3 环境

认真学习环境保护的法律、法规，严格遵守《燕山石化公司环境保护管理制度》，精心操作，确保装置环保达标。积极配合清洁生产工作的开展，在保证环保达标的基础上，优化操作，进一步减少"三废"的排放，降低污染，改善环境。

3. 生产与设备管理

3.1 生产管理

严格执行燕山石化公司和本单位的生产管理制度，严格遵守工艺、操作纪律管理规定，

依照岗位操作法规定进行操作。生产装置的工艺卡片上的主要控制指标、产品质量控制指标、消耗控制指标、环保控制指标等必须严格遵照执行，并做好操作记录。认真执行巡回检查、交接班等管理制度。

3.2　设备管理

严格执行设备管理制度和操作规程，建立健全设备分工负责制，做好设备的日常维护和巡回检查，提高设备完好率。建立设备维护保养制度，班组定期做好设备保养和清洁工作，及时发现设备缺陷，对设备缺陷情况进行全过程跟踪和监视。配合维修人员消除设备缺陷，防止缺陷扩大，防范因缺陷导致的设备事故。做好设备巡检记录及其他设备专业相关记录。

3.3　现场管理

班组生产现场要推行"6S"⑦管理，做到环境优美、设备完好、物品定置、纪律严明。环境优美指把营造良好的现场工作环境作为日常工作的重要内容，做到一平（地面、道路平整），二净（门窗玻璃净、四周墙壁净），三见（沟见底、轴见光、设备见本色），四无（无垃圾、无杂草、无废料、无闲散器材），五不缺（油漆保温不缺、螺栓手轮不缺、门窗玻璃不缺、灯泡灯罩不缺、地沟盖板不缺），六不漏（不漏水、不漏气、不漏油、不漏风、不漏料、不漏电）。各种标语、标牌和警示牌牢固整齐，清晰洁净；黑板报、宣传橱窗位置适当，内容新颖；设备管道识别色标志、位号明显，符合规范。设备完好指设备完好运转正常，达到铭牌出力和额定能力；零、附件完整齐全，质量符合要求；设备整洁，无跑、冒、滴、漏，防腐、防冻、保温的设施完整；设备档案运转记录、技术资料齐全准确。物品定置指各种物品定置摆放，排列整齐，对号入座，整洁有序。纪律严明指严格执行各项规章制度，奖惩分明，职工严格遵守操作纪律、工艺纪律、施工纪律、劳动纪律和工作纪律，各项工作井然有序。实现人与环境的和谐发展。

4.　质量管理

4.1　增强质量意识，贯彻ISO9001质量管理体系。以顾客为核心、质量第一，强化痕迹管理和规范化管理，严格质量控制把好质量关。

4.2　加强质量过程控制。班组要严格执行燕山石化公司和本单位质量管理标准。班组应当按照标准进行生产，加强质量过程控制，变事后控制为事先预防，产品合格、杜绝质量标准过剩。

4.3　班组应当及时与质量分析部门沟通，如果发现质量问题，应及时向相关人员汇报，并根据实际情况采取相应的处置措施。

4.4　组建QC小组，开展技术革新、合理化建议等活动。运用各种质量管理手段积极开展群众性的质量管理活动。

5.　成本管理

5.1　树立成本意识，加强班组经济核算，建立健全班组经济核算的制度，节约能源、原材料，努力降低消耗。

5.2　落实责任制度，开好班组经济核算会。细化班组成本核算考核内容，将各项经济指标按性质和内容进行层层分解，逐级落实到班组的每个人。建立起班组考核个人的考核机制，做到考核指标分解到班组、落实到个人，人人肩上有指标。

5.3　建立"每班一统计、每日一核算、当班一分析"制度，班组结合在岗期间生产实际对指标进行分析，操作中对影响成本的指标进行监控，运行过程中对实际发生原始数据进行记录、归集、核算出本班组消耗的各种成本，进行对比分析并准确记录。

6. **劳动管理**

6.1 组织贯彻各项制度,严格劳动纪律,严格工作绩效考核,奖勤罚懒,激励先进。

6.2 在现有的条件下,结合班组实际,本着精简和提高劳动效率的原则,组织好班组成员之间的劳动分工和协作。

6.3 保持正常秩序和良好的劳动环境,充分利用设备和生产场地,提高劳动生产率。

7. **民主管理**

7.1 加强班组思想政治工作,强化民主管理意识。组织好班组政治学习,不断提高班组成员思想政治觉悟,推进班组精神文明建设,增强职工的主人翁责任感,调动班组成员的积极性、主动性和创造性,培养有理想、有道德、有文化、有纪律的职工队伍,保证各项生产和工作任务的完成。

7.2 班组每季度召开一次班组民主管理会。贯彻企业职代会有关决议,落实车间(队、室)工作计划,听取班组长工作汇报;完善班组管理制度,讨论班组人员奖惩等重要事项;交流工作经验,对车间和班组工作提出意见或建议。

7.3 做好班务公开工作。班组计划安排公开、考核和奖惩公开、安全情况公开、劳动竞赛公开、好人好事公开、评比先进公开,尊重职工的民主权利。通过班务公开增强班组凝聚力,提高职工工作积极性和创造性。

7.4 积极开展有利于增进职工身心健康的文体活动,丰富生活,陶冶情操,构建和谐班组。

7.5 开展"让标准变成习惯"主题教育活动,倡导执行力文化,使制度管理上升到文化管理,使遵章守纪为成为职工的自觉行为,将"精心工作、严细管理、持续创新、科学发展"体现在班组管理过程中的每一个细节。

8. **资料管理**

8.1 贯彻执行各项制度、标准,并有明确的检查考核办法和细则,实现管理工作制度化、规范化、程序化。

8.2 班组技术资料内容

8.2.1 综合台帐

8.2.2 班组经济核算台帐

8.2.3 两本记录(安全活动记录、交接班记录),

8.2.4 其他资料按公司统一要求和实际需要设立。

8.3 班组中技术资料按规定保管,各种台帐、记录要整洁,内容完整,填写不漏项,数据真实准确,字迹工整,文题相符。

四、班组文化建设

班组文化是整个班组生存和发展的源动力,是班组成员付诸于实践的共同价值观体系。燕山石化班组文化建设要紧密结合"团结、求实、严细、创新"的企业精神;紧紧围绕"大企业要为国家做大贡献"的企业使命;始终秉承"精心做事,责任为先"的工作理念开展工作。班组在各项工作中应积极宣贯燕山石化公司企业文化,培养员工对企业文化的认同感和对企业的忠诚度,加强班组之间的交流与沟通,融炼团队精神,构建和谐班组。

1. **创建学习型班组 争当知识型员工**

1.1 建立"创争"活动小组,有年度"创争"活动计划,抓好"创争"计划落实。

1.2 广泛开展宣传教育活动,职工具有较强学习意识,确立终身学习的理念,班组长带头学习。

1.3 班组要从自身实际出发,半年总结交流一次班组"创争"活动经验,把学习典型经验与学习身边的先进经验结合起来,使职工进一步增强学习的自觉性和主动性。形成尊重知识、崇尚学习的良好氛围。

1.4 不断丰富教育内容和学习形式,为"创争"活动开辟广阔的空间。开展多种形式的学习活动,学习工作化,工作学习化。

1.5 职工个人制定并完成年度学习计划,完成公司规定的培训学时任务。

1.6 每月班组集体学习一次(安全学习按照公司规定组织)。

2. 建家活动

2.1 组织建设

按要求配备工会小组长,积极开展"建小家"活动,基础资料健全。

2.2 建"家"活动的基本内容

建"家"活动要做到"知、参、学、做、帮、建"。

2.2.1 知。班组工作要告知全体组员,协助行政组长做好"五公开",即工作任务、奖金分配、考勤、劳保用品发放、职工困难补助公开。

2.2.2 参。搞好班组民主管理,使职工人人参与决策、参与管理、参与分配,落实班组民主管理的职责。积极参加企业各种文体活动,活跃小组文化体育生活,形成文明健康、整洁有序的班组氛围。

2.2.3 学。搞好政治、技术业务学习,活跃小组文化生活,建立文明、整洁、有家庭气氛的活动阵地,发挥工会小组的课堂作用。

2.2.4 做。立足本岗,搞好本职,围绕班组中心工作,积极参与或开展各种劳动竞赛、技术革新、技术比赛等活动;开展合理化建议活动,每年达到人均2条,实施率40%以上;搞好班组、工序间的团结协作,完成小组的各项工作任务。

2.2.5 帮。坚持团结协作,搞好互助互济,帮生活、帮思想、帮工作,做到矛盾不上交,一般问题不出组,不断增强小组的凝聚力和向心力。

2.2.6 建。搞好小组的组织建设,民主选举工会组长,并形成小组骨干核心。

3. 创新

3.1 加强班组创新,落实各项制度。认真贯彻执行《燕山石化公司职工创效、招标揭榜、创新冠名成果管理办法》,深化细化班组创新工作。

3.2 广泛开展岗位练兵、技术比武活动。班组要在强化职工技术、技能培训的基础上,配合车间组织好各岗位的练兵、比武活动,给职工创造更多的学习、交流机会,激发和保护职工学业务的积极性,营造崇尚技能、发现人才、推举人才的良好环境,引导职工钻研技术、创新技术、提高素质。

3.3 深入开展群众性的合理化建议活动。将合理化建议的集中征集与日常征集、主动提出与自主实施统一起来。活动重点放在创新技术、优化生产、完善管理、提高效益上,放在提高合理化建议质量和推广应用上,创造浓郁的技术创新氛围。

3.4 大力开展各种形式的劳动竞赛活动。围绕公司的中心工作,以完成生产、工作任务为指标,结合工作中的重点、难点、关键点开展劳动竞赛。在活动中要把技能型竞赛与知识型竞赛统一起来,努力把职工的智慧转化为技术创新成果。

3.5 积极参与职工创效、招标揭榜、创新冠名等活动,积极组织开展职工优秀操作方法的创造、更新、推广和征集活动。班组要起到发动、组织、宣传的作用,培养职工创新意识和学习创新方法,争做敬业爱岗、业务精湛、贡献突出的模范。

4. 红旗班组

按照《燕化公司班组工作竞赛考核标准》，重点抓好以下工作：

4.1 组织建设到位。充分发挥班组长、工会小组长、班组"五大员"的作用，广泛开展民主管理工作。

4.2 安全生产优质。保质保量地完成各项任务；合理组织、认真开展班组经济核算工作；按时、按计划组织安全活动。

4.3 管理制度健全。严格执行十大制度，建立健全、认真执行各项规章制度。

4.4 思想工作扎实。班组有良好的精神面貌，能及时发现和解决职工中的思想问题；学习气氛浓厚、群众工作活跃。标准规范管理。基础工作扎实、稳健。

4.5 争当红旗班组，为争创五星级车间打基础。

5. 企业文化宣贯

企业文化是企业的灵魂，是新型企业的现代化管理科学理论和管理方式。其主要内容包括企业的环境、规章制度、精神、目标、形象、文化活动等。为了加强企业文化建设，中石化集团公司编写了《员工守则》，燕山石化编写了《中国石化集团北京燕山石化公司企业文化手册》(以下简称《企业文化手册》)和《中国石化集团北京燕山石化公司企业文化案例》(以下简称《企业文化案例》)，正式下发给公司每一位职工。为了加快企业文化建设，提升员工对企业的忠诚度，班组要做到：

5.1 充分认识颁发《员工守则》、《企业文化手册》和《企业文化案例》的重要意义。认真组织学习《员工守则》、《企业文化手册》和《企业文化案例》。使班组成员从了解中国石化、燕山石化的厂情厂史入手，从全面系统地认知中国石化、燕山石化的理念体系做起，逐步实现从认知到认同、从认同到自觉，进一步将燕山石化的优良传统和企业理念内化于心、固化于制、外化于行，以共同的价值理念统一员工思想、凝聚员工力量、规范员工行为，实现真正意义上的文化自觉。

5.2 班组要紧密联系工作实际，将企业文化理念转化为全面完成各项改革发展任务的内在动力。班组成员是企业文化最直接、最具体的落实者、推动者和实践者。各班组要以企业文化宣贯为契机，开展班组思想文化建设、技术文化建设、安全文化建设，认真搞好班组劳动竞赛等活动，努力营造终身学习氛围，积极开展文化体育活动，以强大的文化力量凝聚人心、激发斗志，充分调动班组成员的积极性、主动性和创造性，以全面完成公司各项改革发展任务。

【说明】

① 三定：定主要职责、定内设机构、定人员编制。

② 四懂：懂原理、懂结构、懂性能、懂用途。

③ 三会：会使用、会维护保养、会排除故障。

④ 十交：

（1）交工艺指标执行情况；

（2）交安全生产和存在的问题；

（3）交仪表运行和存在的问题；

（4）交上级指示执行情况；

（5）交本班的生产情况；

（6）交工艺流程及变化情况；

（7）交原始记录是否正确完整；

（8）交设备运行情况；

（9）交岗位环境；

（10）冬季生产要交设备防冻情况。

⑤ 五不交：

（1）生产不正常，事故未采取可靠措施不交；

（2）原始记录不全不交；

（3）车间指定本班的任务未完成不交；

（4）设备有问题未落实处理措施不交；

（5）岗位卫生未搞不交。

⑥ 四不放过：事故原因不清楚不放过，事故责任者和应受教育者没有受到教育不放过，没有采取防范措施不放过，事故责任者没有受到处理不放过。

⑦ 6S：整理（SEIRI）、整顿（SEITON）、清扫（SEISO）、清洁（SEIKETSU）、素养（SHITSUKE）、安全（SAFETY）。

班组管理综合台帐

北京燕山石化公司

班组管理综合台帐

单　位：＿＿＿＿＿＿＿＿＿
车　间：＿＿＿＿＿＿＿＿＿
班　组：＿＿＿＿＿＿＿＿＿
班组长：＿＿＿＿＿＿＿＿＿
　　　　＿＿＿＿＿＿＿＿＿年

北京燕山石化公司

使用须知

一、班组管理综合台帐是企业管理基础工作的一项重要内容，同时也是配合班组管理者加强班组建设的重要手段，请切实使用好、管理好、保管好。

二、本台帐使用期限一年，由公司统一发放，年底由各车间或作业部负责统一收回并统一保管，保存期限为三年。

三、本台帐由班长或工会小组长负责使用和保管。各项内容应准确填写，字迹清晰、内容完整，不得漏项、缺项，不虚假填报，台帐应当完好整洁。

四、各班组按照有关规定组织好各项活动，并做好记录。定期按管理权限组织检查并签署意见。

五、本台帐将作为"合格班组"、"优秀职工之家"、"红旗班组"评选的重要依据。

规范篇

目　录

全家福

全家福照片

班　　　　组　　　　长 ＿＿＿＿＿＿

工　会　小　组　长 ＿＿＿＿＿＿
安全与劳动保护监督员 ＿＿＿＿＿＿
节能与产品质量监督员 ＿＿＿＿＿＿
班　组　经　济　核　算　员 ＿＿＿＿＿＿
民　主　管　理　与　宣　传　员 ＿＿＿＿＿＿
考　　　　勤　　　　员 ＿＿＿＿＿＿

班组成员自然状况

序号	姓名	性别	身份证号码	文化程度	政治面貌	民族	工作时间	技能等级职称	班内职务	爱人姓名及联系电话	个人特长	备注

班组年度工作计划

_____ 年

班组培训（学习）计划

班组成员考试成绩公开栏

序号	姓名				

班组经济责任制考核办法（细则）

班组月奖金公开

_____月

序号	姓名	应发金额	奖励金额	扣奖金额	实发金额	奖扣原因

后续插11页，每月1页

班组政治学习活动记录

学习时间：　　　　　主持人：　　　　　学习地点：

实际参加学习人数：　　　缺席人员：

缺席原因：

缺席人员补学签字：

学习内容：

内容要点：

评语：

"班组政治学习活动记录"后续插11页，每月1页

签字：

班组民主管理会活动记录

活动时间：　　　　　主持人：　　　　　活动地点：

实际参加学习人数：　　　缺席人员：

缺席原因：

缺席人员补学签字：

讨论议题：

发言记录：

评语：

"班组民主管理活动会活动记录"后续插 3 页，每季度 1 页　　　　签字：

班组合理化建议登记表

序号	建议人	建议内容	日期	受理人签字	采纳情况	奖励情况
1						
	简要说明：					
2						
	简要说明：					
3						
	简要说明：					
4						
	简要说明：					
5						
	简要说明：					
6						
	简要说明：					
	说明：	仅填写被采纳的合理化建议				

班组成员参加培训登记

姓名	参加学习起止日期	组织单位部门	培训内容	培训成效考核分数	培训建议

此表由班组长填写，集体培训须在姓名栏中注明集体　　　　单位培训部门检查签字：

班组备忘录

时间	事件

上级检查情况记录

检查时间	检查内容	结果评价	反馈结果	签字

年度工作总结

特色篇

1. 根据上级主管部门要求，针对自身特点，独立自主地开好各种会议，搞好各项活动，做到组织周密、计划清晰、记录整齐。

2. 班组事务性工作，如班务公开、慰问记录、总结评比等可根据自身特点自制表格或粘贴或绘制在相应活页上。

3. 车间、事业部每季度检查验收班组工作情况，根据工作性质，自制表格或粘贴或绘制在相应页面上。

班组成员个人愿景

姓名	个人愿景

特色1

特色2

特色3

测试：您的时间管理得好吗

测试1：拖延商数测验

请据实选择以下每一个陈述最切合您的答案：

（1）为了避免对棘手的难题采取行动，我于是寻找理由和借口。
　　　　A.非常同意　　　B.略表同意　　　C.略表不同意　　　D.极不同意

（2）为使困难的工作能被执行，对执行者下压力是必要的。
　　　　A.非常同意　　　B.略表同意　　　C.略表不同意　　　D.极不同意

（3）我经常采取折中办法以避免或延缓不愉快的事是困难的工作。
　　　　A.非常同意　　　B.略表同意　　　C.略表不同意　　　D.极不同意

（4）我遭遇了太多足以妨碍完成重大任务的干扰与危机。
　　　　A.非常同意　　　B.略表同意　　　C.略表不同意　　　D.极不同意

（5）当被迫从事一项不愉快的决策时，我避免直截了当的答复。
　　　　A.非常同意　　　B.略表同意　　　C.略表不同意　　　D.极不同意

（6）我对重要的行动计划的追踪工作一般不予理会。
　　　　A.非常同意　　　B.略表同意　　　C.略表不同意　　　D.极不同意

（7）试图令他人为管理者执行不愉快的工作。
　　　　A.非常同意　　　B.略表同意　　　C.略表不同意　　　D.极不同意

（8）我经常将重要工作安排在下午处理，或者携回家里，以便在夜晚或周末处理它。
　　　　A.非常同意　　　B.略表同意　　　C.略表不同意　　　D.极不同意

（9）我在过分疲劳（或过分紧张、或过分泄气、或太受抑制）时，以致无法处理所面对的困难任务。
　　　　A.非常同意　　　B.略表同意　　　C.略表不同意　　　D.极不同意

（10）在着手处理一件艰难的任务之前，我喜欢清除桌上的每一个物件。
　　　　A.非常同意　　　B.略表同意　　　C.略表不同意　　　D.极不同意

评分标准：

每一个"非常同意"评4分，"略表同意"评3分，"略表不同意"评2分，"极不同意"评1分。总分小于20分，表示您不是拖延者，您也许偶尔有拖延的习惯。总分在21～30分之间，表示您有拖延的毛病，但不太严重。总分多于30分，表示您或许已患上严重的拖延毛病。

测试2：文件处置测验

请快速地解答以下十二个问题。如您无法即刻对某些题目提供确切的答案，则请在题目前打问号"？"。

1. 订购文具后所取得的账单。
2. 收到一本管理杂志，其中可能具有值得阅读的文章，但目前您无暇阅读。
3. 来自上司的会议通知（下周一举行会议）。
4. 某大学企管系学生寄来的问卷。
5. 部属交来的（或是您个人的）一份用于准备下一个月业务报告的有关资料。

6. 一封需要尽快回复的信，但您必须先打数次电话才能回复。

7. 一位您经常接触的人告知新地址及新电话号码的E-mail。

8. 组织内其他平行部门的来函，要求取得您的部门的市场（或其他）调查报告。

9. 某管理顾问公司寄来的出版物宣传单中，您认为其中一两本书也许值得订购，但您无法确定是否真正值得订购。

10. 客户寄来的一封投诉信。

11. 人事部门发出的有关员工考核程序的函件。

12. 提醒自己明年及早准备财务预算的备忘录。

评分标准：

假如您在以上十二个问题的前面写上了两个或两个以上的"？"，则表示您仍欠缺一套完整的文件处置系统。您最好尽快设计这样的一套系统（包括您的纸面文件夹和电脑文件夹）！

测试3：请看下面的行事次序，看看您自己平时喜好用哪种方式？

1. 先做喜欢做的事，然后再做不喜欢做的事。

2. 先做熟悉的事，然后再做不熟悉的事。

3. 先做容易做的事，然后再做难做的事。

4. 先做只需花费少量时间即可做好的事，然后再做需要花费大量时间才能做好的事。

5. 先处理资料齐全的事，然后再处理资料不全的事。

6. 先做已排定时间的事，然后再做未经排定时间的事。

7. 先做经过筹划的事，然后再做未经筹划的事。

8. 先做别人的事，然后再做自己的事。

9. 先做紧迫的事，然后再做不紧要的事。

10. 先做有趣的事，再做枯燥的事。

11. 先做易于完成的整件事或易于告一段落的事，然后再做难以完成的整件事或难以告一段落的事。

12. 先做自己所尊敬的人或与自己关系密切的利害关系的人所拜托的事，然后再做其他人所拜托的事。

13. 先做已发生的事，后做未发生的事。

评分标准：

以上的各种行事准则，从一定程度上说大致上都不符合有效的时间管理的要求。我们既然是以目标的实现为导向，那么在一系列以实现目标为依据的待办事项中，到底哪些应该先着手处理，哪些可以拖后处理，哪些甚至不予处理？一般认为是按照事情的紧急程度来判断。

测试4：急迫性指数测验

选取出您最可能作出的反应行为或态度（A=从不；B=有时候；C=常常）

1. 我在压力之下表现最好。（　　　）

2. 我常归咎外在环境太匆忙或紧张，以致无法作深入的自我反省。（　　　）

3. 我常因周围的人或事动作太慢而不耐烦。我讨厌等待或排队。（　　　）

4. 我休息时会觉得不安。（   ）

5. 我似乎永远在赶时间。（   ）

6. 我常为了完成某项事情而拒人于千里之外。（   ）

7. 我只要片刻没和办公室联系就觉得不安。（   ）

8. 我在做一件事时常会想到另一件事。（   ）

9. 我处理危机时表现最好。（   ）

10. 处理突发状况的兴奋感，似乎比慢工出细活更让我觉得有成就。（   ）

11. 我常为了处理突发状况，牺牲和亲友共处时间。（   ）

12. 当我为了处理突发状况，必须取消约会或中途离开，我认为别人应该能谅解。（   ）

13. 我觉得处理突发状况让一天的生活更有意义。（   ）

14. 我常边工作边吃饭。（   ）

15. 我一直认为总有一天能做我真正想做的事情。（   ）

16. 一天下来办公桌上"已办"文件如果堆得高高的，我会很有成就感。（   ）

评分标准：

A=0分；B=2分；C=4分；将总分求和：

0 ~ 25分属于低度急迫性心态，26 ~ 45分属于强烈急迫性心态，46分以上已经到了严重急迫性的程度。

压力测试

1．测试问卷

我总是比别人更加忧虑不安。	（ ）
我经常头疼。	（ ）
我在沉重的压力下工作。	（ ）
我对自己的金钱和工作感到担忧。	（ ）
我即使在很冷的天气里也容易出汗。	（ ）
我注意到自己总是心跳过快及呼吸短促。	（ ）
我的胃有问题。	（ ）
我曾经有由于忧虑而失眠的经历。	（ ）
我经常发现自己在为某事担心或感到不安。	（ ）
我经常感到疲乏不已。	（ ）
我希望自己能被别人重视。	
我觉得自己面前的困难太多了，无法克服它们。	（ ）
我总是担心一些本来没有什么大不了的事情。	（ ）
有时我会觉得自己很没用。	（ ）
我的反应能力越来越差。	（ ）

2．记分方法

对待问题的态度	分值
强烈不同意	1
不同意	2

不确定	3
同意	4
非常同意	5

3．评分说明

15～30分：这一范围内意味着您是一个放松的人，不会受到压力的困扰。

31～45分：这一范围内表明在大多数时间里，您可以对自己进行足够的控制。但某些情况偶尔也会引发一些压力。

46～60分：这一范围内意味着您已经在承受着压力引发的痛苦，并可能会患上一些与压力有关的疾病。

61～75分：这一范围内表明您正在承受着高度的压力。您非常有可能受到某些与压力相关疾病的折磨。

抗压测试

1．测试问卷

1.1　心理症状

您觉得很容易放松吗？ （　　）

您是否易怒？ （　　）

您是否经常感到厌烦、无聊？ （　　）

您是不是精力很难集中？ （　　）

您是不是感到焦虑？ （　　）

您是否难以做决定？ （　　）

您是否感到沮丧？ （　　）

您是不是觉得别人对您有敌意？ （　　）

您烦躁过吗？ （　　）

您感到过大脑一片空白吗？ （　　）

您失眠吗？ （　　）

1.2　生理症状

您头痛吗？ （　　）

您感觉过心跳剧烈吗？ （　　）

您有过敏反应吗？ （　　）

您有过消化不良吗？ （　　）

您睡觉磨牙吗？ （　　）

您颈部疼痛吗？ （　　）

您感到过浑身无力吗？ （　　）

您背部疼痛吗？ （　　）

您手脚出汗吗？ （　　）

您胃部疼痛吗？ （　　）

您有没有浑身发抖过？ （　　）

您感到胸闷吗？ （　　）

您是否无法控制您的情绪?　　　　　　　　　　(　　)

2．记分方法

对待问题的态度	分值

对待问题的态度　　　　　　　　　　　　　分值

从来没有过　　　　　　　　　　　　　　1

不经常：没有达到1月1次，但每半年不止1次　2

有时：没有达到1周1次，但每月不止1次　　3

经常：1周不止1次　　　　　　　　　　　4

一直都一样　　　　　　　　　　　　　　5

3．分数评析

3.1　60分以下：您的生理、心理上的压力症状不明显，看来您对压力的应付还是很自如的。

3.2　61～80分：您的身心压力症状中等。您还没有进入危险地带，但若不注意，压力的危险便可能会不期而至。

如果您的回答中有两个1分或两个5分的话，那么您可能正承受着过去的某种压力。几年前没有解决的问题，没做成的生意，都会给您带来同样的压力。若是这样的话，您应该尽量找出并解决这个问题。如果这也做不到，那么，最好去看医生或进行心理咨询。

3.3　81～100分：您的生理和心理上的压力症状非常明显。可以每天做一些放松练习，针对带给您压力的问题逐一去解决。

3.4　100分以上：您的生理和心理上的压力症状已经到了非常严重的地步，接近心理和生理极限了。如果不能尽快改善生活方式，您很可能会精神全面崩溃。现在就行动起来战胜这些压力，或去寻求专家帮助。

《工作场所职业病危害警示标识》图解

序号	名称及图形符号	设置范围和地点
1	禁止入内	可能引起职业病危害的工作场所入口处或泄险区周边，如高毒物品作业场所、放射工作场所等；或可能产生职业病危害的设备发生故障时；根据现场实际情况等设置
2	禁止停留	在特殊情况下，对劳动者具有直接危害的作业场所

序号	名称及图形符号	设置范围和地点
3	禁止启动	可能引起职业病危害的设备暂停使用或维修时,如设备检修、更换零件等,设置在该设备附近
4	当心中毒	使用有毒物品作业场所
5	当心腐蚀	存在腐蚀物质的作业场所
6	当心感染	存在生物性职业病危害因素的作业场所
7	当心弧光	引起电光性眼炎的作业场所
8	当心电离辐射	产生电离辐射危害的工作场所

序号	名称及图形符号	设置范围和地点
9	注意防尘	产生粉尘的作业场所
10	注意高温	高温作业场所
11	当心有毒气体	存在有毒气体的工作场所
12	噪声有害	产生噪声的作业场所
13	戴防护镜	对眼睛有危害的作业场所
14	戴防毒面具	可能产生职业中毒的作业场所

序号	名称及图形符号	设置范围和地点
15	戴防尘口罩	粉尘浓度超过国家标准的作业场所
16	戴护耳器	噪声超过国家标准的作业场所
17	戴防护手套	需要对手部进行保护的作业场所
18	穿防护鞋	需对脚部进行保护的作业场所
19	穿防护服	具有放射、微波、高温及其他需穿防护服的工作场所
20	注意通风	存在有毒物品和粉尘等需要进行通风处理的作业场所

续表

序号	名称及图形符号	设置范围和地点
21	左行紧急出口	安全疏散的紧急出口处，通向紧急出口的通道处
22	右行紧急出口	安全疏散的紧急出口处，紧急出口的通道处
23	直行紧急出口	安全疏散的紧急出口处，紧急出口的通道处
24	急救站	用人单位设立的紧急医学救助场所
25	救援电话	救援电话附近
26	红色警示线	高毒物品作业场所、放射作业场所、紧邻事故危害源周边
27	黄色警示线	一般有毒物品作业场所、紧邻事故危害区域的周边
28	绿色警示线	事故现场救援区域的周边

除去上述常用的警示标识之外，还有"警示语句"、有毒物品作业岗位职业病危害"告知卡"等。

例如：

有毒物品，对人体有害，请注意防护		
苯 **Benzene**	健康危害	理化特性
	可吸入、经口和皮肤进入人体：大剂量会致人死亡；高浓度会引起嗜睡、眩晕、头痛、心跳加快、震颤、意识障碍和昏迷等，经口还会引起恶心、胃肠刺激和痉挛等；长期接触会引起贫血、易出血、易感染，严重时会引起白血病和造血器官癌症	不溶于水；遇热、明火易燃烧、爆炸
当心中毒	应急处理	
	急性中毒：立即脱离现场至空气新鲜处，脱去污染的衣物，用肥皂水或清水冲洗污染的皮肤 立即与医疗急救单位联系	
	注意防护	
急救电话120	职业卫生咨询电话：××× ××××××××	

图书在版编目（CIP）数据

明明白白当好班组长/谢景山，李粤冀等编著． —北京：
化学工业出版社，2012.4
ISBN 978-7-122-13541-4

Ⅰ．明… Ⅱ．①谢…②李… Ⅲ．班组管理 Ⅳ．F406.6

中国版本图书馆CIP数据核字（2012）第026068号

责任编辑：宋　辉　　　　　　　　　　文字编辑：徐卿华
责任校对：吴　静　　　　　　　　　　装帧设计：史利平

出版发行：化学工业出版社（北京市东城区青年湖南街13号　邮政编码100011）
印　　装：三河市延风印装厂
787mm×1092mm　1/16　印张16　字数406千字　　2012年5月北京第1版第1次印刷

购书咨询：010-64518888（传真：010-64519686）　售后服务：010-64518899
网　　址：http://www.cip.com.cn
凡购买本书，如有缺损质量问题，本社销售中心负责调换。

定　　价：39.80元

看得懂
学得会
用得上

MINGMING BAIBAI
DANGHAO
BANZUZHANG

明明白白当好
班组长

■ 谢景山 李粤冀 等编著

化学工业出版社
·北京·